STAR WARS™

Episode I
Die dunkle Bedrohung

Terry Brooks

STAR WARS™

EPISODE I

Die dunkle Bedrohung

Terry Brooks

Roman nach dem Drehbuch
und der Geschichte von
George Lucas

Deutsch von Regina Winter

LUCAS BOOKS

BLANVALET

Die Originalausgabe erschien unter dem Titel
Star Wars: Episode I The Phantom Menace
bei Del Rey/The Ballantine Publishing Group, Inc., New York

Der Blanvalet Verlag
ist ein Unternehmen der Verlagsgruppe Bertelsmann GmbH

1. Auflage

Lizenzausgabe mit freundlicher Genehmigung
der Copyright Promotions GmbH, Ismaning
Satz: deutsch-türkischer fotosatz, Berlin
Druck und Bindung: Graphischer Großbetrieb Pößneck
Printed in Germany
ISBN 3-7645-0083-2

Für Lisa, Jill, Amanda und Alex,
die mit dieser Geschichte aufgewachsen sind,
und für Hunter,
den Ersten der nächsten Generation

ES WAR EINMAL VOR
LANGER ZEIT IN EINER WEIT, WEIT
ENTFERNTEN GALAXIS

Eins

Tatooine. Die Sonnen brannten von einem wolkenlosen, blauen Himmel und überzogen die riesigen Wüsten des Planeten mit gleißendem weißem Licht. Die flache, sandige Oberfläche strahlte die Hitze flirrend wieder ab, und von dort drang sie bis in den letzten Riß der gewaltigen Felsen und Steilwände, die neben den Wüstenflächen alles waren, was der Planet an Landschaft zu bieten hatte. Scharf umrissen vom flimmernden Licht, standen die Monolithen aufrecht wie Wachposten.

Als die Rennkapseln vorbeischossen und ihre Motoren vor wilder Gier und gnadenloser Energie aufbrüllten, schienen träge Hitze und Licht zu bersten und selbst die Berge zu erzittern.

Anakin Skywalker lehnte sich in die Kurve der Rennstrecke, die ihn unter dem steinernen Bogen vorbeiführte, der den Eingang zum Beggar's Canyon auf der ersten Etappe des Rennens markierte. Er bewegte die Schubregler vorwärts und gab den Motoren ein wenig mehr Saft. Die keilförmigen Raketen explodierten vor Kraft, die rechte ein winziges bißchen mehr als die linke, und leiteten den Kurvenflug der Kapsel ein, in der Anakin sich nach links warf. Rasch richtete er dann das Rennfahrzeug wieder geradeaus, beschleunigte weiter und schoß durch den Bogen. Sand peitschte hinter ihm auf und trübte die hitzeflirrende Luft. Anakin raste durch den Canyon, seine Finger spielten über die Instrumente, die Handwurzeln lagen ruhig an der Steuerung.

Es ging alles ungeheuer schnell. Ein einziger Fehler, eine einzige Fehleinschätzung, und er wäre aus dem Rennen und könnte froh sein, wenn er überlebte. Aber genau darin bestand der Nervenkitzel. All diese Kraft, all diese Geschwindigkeit, die sich auf eine leise Berührung seiner Fingerspitzen entfaltete und nicht den geringsten Fehler zuließ. Zwei gewaltige Turbinen rissen eine zerbrechliche Kapsel über sandige Ebenen und um steile Felsvorsprünge herum, durch schattige Täler und haarsträubende Sturzflüge in einer Reihe von engen Kurven und Sprüngen, und das Ganze in höchstmöglicher Geschwindigkeit. Kontrollkabel verliefen von der Kapsel zu den Motoren, die ihrerseits miteinander gekoppelt waren. Sollte einer der drei Bestandteile irgendwo anstoßen, würde das Ganze sich in Metallsplitter und eine Explosion von Raketentreibstoff auflösen. Wenn nur ein Teil abriß, war alles vorbei.

Ein Grinsen breitete sich auf Anakins jungem Gesicht aus, als er noch ein wenig mehr Schub gab.

Vor ihm wurde der Canyon schmaler, die Schatten tiefer. Anakin raste auf den Schlitz von Helligkeit zu, der sich wieder auf die Ebene hinaus öffnete, und hielt sich dabei dicht am Boden, wo der Durchgang am breitesten war. Wenn er sich höher hielt, lief er Gefahr, gegen eine der Felswände auf beiden Seiten zu stoßen. Das war Regga letzten Monat bei einem Rennen passiert, und man hatte immer noch nicht alle Stücke gefunden.

Das würde ihm nicht passieren.

Er beschleunigte abermals und schoß mit kreischenden Motoren auf die Ebene hinaus.

Dort in der Kapsel, die Hände an den Instrumenten, konnte Anakin spüren, wie die Vibration der Motoren über die Kontrollkabel lief und ihn mit ihrer Musik erfüllte. In seinem einfachen Overall, seinem Rennhelm, der Brille und den Handschuhen war er so eng in seinen Sitz gezwängt, daß er das Vorbeizischen des Windes an der Karosserie der Kapsel spüren konnte. Bei einem solchen Rennen war er niemals nur der Pilot einer Rennkapsel, niemals nur ein Teil des Ganzen. Er war eins damit, und Motoren, Kapsel und Mensch waren auf eine Weise miteinander verbunden, die er nicht recht hätte erklären können. Jedes noch so geringe Schleudern, jedes Pulsieren, jedes Zerren an einer Strebe oder Verbindung bemerkte er sofort, und er konnte jeden Augenblick genau spüren, was einer beliebigen Stelle seines Rennfahrzeugs geschah. Es sprach in seiner eigenen Sprache zu ihm, einer Mischung aus Geräuschen und Gefühlen, und obwohl es keine Worte benutzte, konnte Anakin alles verstehen, was es ihm sagte.

Manchmal, dachte er versonnen, konnte er schon spüren, was es sagen würde, bevor es sprach.

Schimmerndes orangefarbenes Metall schoß rechts an ihm vorbei, und er erkannte das charakteristische breite X von Sebulbas Motoren vor sich, der ihm jetzt die Führung abnahm, die er durch einen ungewöhnliche raschen Start erlangt hatte. Anakin verzog verärgert das Gesicht – er nahm es sich selbst übel, daß seine Konzentration nachgelassen hatte, aber die Grimasse hatte auch mit seiner Abneigung gegen den anderen Rennfahrer zu tun. Schlaksig und krummbeinig, war Sebulba innerlich genauso verschroben wie äußerlich – ein gefährlicher Gegner, der häufig gewann und sich freute, wenn das auf Kosten anderer geschah. Allein im vergangenen Jahr hatte der Dug mehr als ein Dutzend Unfälle verursacht, und seine Augen blitzten, wenn er anderen auf den staubigen Straßen von Mos Espa davon erzählte. Anakin kannte Sebulba sehr gut – gut genug, um nichts zu riskieren.

Er schob die Beschleunigungsregler vor, erhöhte die Energiezufuhr und raste geradeaus.

Daß er ein Mensch, oder noch schlimmer, der einzige Mensch war, der je an diesen Kapselrennen teilgenommen hatte, machte die Sache sicher nicht besser. Diese Rennen waren die ultimative Prüfung von Wagemut und Können der Piloten auf Tatooine und der liebste Sport der Bürger von Mos Espa, und man war allgemein der Ansicht, daß kein menschliches Wesen die hohen Anforderungen bewältigen konnte.

Mehr als zwei Arme, Glieder mit einer Unzahl von Gelenken, Augen auf Stielen, Köpfe, die sich um hundertachtzig Grad drehen ließen, und Körper, die sich verrenkten, als hätten sie keine Knochen, boten anderen Geschöpfen Vorteile, von denen Menschen nicht einmal träumen konnten. Die berühmtesten Rennfahrer, die besten dieser Elitegruppe, waren seltsam und kompliziert geformte Gestalten mit einer Leidenschaft für Gefahren, die an Wahnsinn grenzte.

Anakin Skywalker hatte nichts von alledem zu bieten, statt dessen verstand er intuitiv, was dieser Sport erforderte, und war so vertraut damit, daß es offenbar unwichtig war, woran es ihm sonst mangelte. All das war für die anderen mehr als rätselhaft und besonders für Sebulba ausgesprochen irritierend und unangenehm.

Bei einem anderen Rennen, im vergangenen Monat, hatte der hinterlistige Dug versucht, Anakin in eine Steilwand zu drängen. Er war nur gescheitert, weil Anakin gespürt hatte, daß der andere sich von hinten näherte und eine illegale Säge ausfuhr, um Anakins rechtes Kontrollkabel zu durchtrennen. Dadurch hatte er ausweichen können, bevor die Säge zubiß. Dieser Schlenker hatte ihn den Sieg gekostet, ihm aber das Leben gerettet. Er war immer noch wütend, daß Sebulba ihn zu diesem Tausch gezwungen hatte.

Die Kapseln schossen an einer Reihe uralter Statuen vorbei in die Arena am Rand von Mos Espa. Sie fegten durch den Siegertorbogen, vorbei an Reihen und Reihen von Zuschauern, die ihnen zujubelten, an Boxendroiden und an den Logen, von denen aus die Hutts hoch über dem einfachen Volk dem Rennen zusahen. Aus seiner Beobachtungsstation mitten über dem Torbogen teilte der zweiköpfige Troig, der als Ansager diente, der Menge ihre Namen und Positionen mit. Anakin gestattete sich einen kurzen Blick auf eine verschwommene Gruppe von Gestalten, die er so rasch wieder hinter sich ließ, daß man hätte glauben können, es handelte sich nur um eine Fata Morgana. Shmi, seine Mutter, würde unter diesen

Zuschauern sein, besorgt wie immer. Sie konnte es nicht ausstehen, ihm beim Rennen zuzusehen, tat es aber trotzdem. Sie sprach niemals darüber, aber er nahm an, daß sie glaubte, ihn durch ihre bloße Anwesenheit vor Schaden bewahren zu können. Bisher hatte das auch funktioniert. Er hatte zwei Unfälle gehabt und hatte es noch nicht ein einziges Mal bis zum Ziel geschafft, aber nun hatte er mehr als ein halbes Dutzend Rennen hinter sich, in denen ihm nichts geschehen war. Und er hatte es gern, wenn sie dort war. Es gab ihm eine seltsame Art von Selbstvertrauen, über das er lieber nicht zu genau nachdenken wollte.

Außerdem, was hätte er denn tun können? Er fuhr Rennen, weil er es konnte, Watto wußte, daß er es konnte, und was immer Watto von ihm verlangte, würde er tun. Das war der Preis dafür, ein Sklave zu sein, und Anakin Skywalker war sein Leben lang Sklave gewesen. Der Bogencanyon erstreckte sich weit vor ihm, eine felsige Schlucht, die in die Sägezahnklamm führte, einen gewundenen Kanal, den die Fahrer auf dem Weg zu den Hochebenen bewältigen mußten. Sebulba war direkt vor ihm, dicht über dem Boden, und versuchte, den Abstand zwischen sich und Anakin zu vergrößern. Hinter Anakin, nun näher als zuvor, waren drei andere Fahrer. Ein rascher Blick zeigte, daß es sich um Mawhonic, Gasgano und Rimkar in seiner seltsamen Blasenkapsel handelte. Alle drei kamen rasch näher. Anakin setzte dazu an, mehr Schub zu geben, dann hielt er sich zurück. Sie waren zu nahe an der Klamm. Zu große Geschwindigkeit bedeutete hier nur Ärger. Im Kanal war die Reaktionszeit beinahe auf null reduziert. Es war besser zu warten.

Mawhonic und Gasgano schienen derselben Ansicht zu sein und blieben hinter ihm, als sie sich dem Riß im Felsen näherten. Aber Rimkar wollte nicht warten, er raste Bruchteile von Sekunden, bevor sie in den Riß eindrangen, an Anakin vorbei und verschwand in der Dunkelheit.

Anakin balancierte seine Kapsel aus, zog sie ein wenig

höher über den Geröllboden des Kanals und ließ sich von Erinnerungen und Instinkten durch den gewundenen Riß tragen. Wenn er Rennen fuhr, schien alles rings um ihn her eher langsamer als schneller zu werden. Das war nicht, was man erwartete hätte. Felsen und Sand und Schatten flogen in einer wilden Mischung von Mustern und Formen an ihm vorbei, und dennoch konnte er alles so klar erkennen. Alle Einzelheiten schienen auf ihn zuzuspringen, als würden sie genau durch das hervorgehoben, was eigentlich hätte dazu führen sollen, daß sie schwerer zu erkennen waren. Fast hätte er die Kapsel mit geschlossenen Augen lenken können. Er war im Einklang mit allem, was ihn umgab, und sich seiner Umgebung vollkommen bewußt.

Er raste weiter und weiter durch den Kanal und bemerkte hier und da das rote Aufglühen von Rimkars Motoren im Schatten. Hoch, hoch über ihm war der Himmel ein leuchtend blauer Streifen zwischen den Klammrändern, dessen Licht mit jedem Meter abwärts trüber wurde, so daß Anakin und die anderen beinahe in vollkommener Dunkelheit navigierten. Trotzdem war Anakin ruhig und tief in sich selbst versunken, während er seine Kapsel lenkte, verbunden mit seinen Motoren, völlig eins mit dem Pulsieren und Dröhnen seines Rennfahrzeugs und der weichen, samtigen Dunkelheit, die ihn umgab.

Als sie abermals ins Licht hinauskamen, schob Anakin die Regler mit einem Ruck vorwärts und schoß hinter Sebulba her. Mawhonic und Gasgano waren direkt hinter ihm. Vor ihm hatte Rimkar Sebulba eingeholt und versuchte sich vorbeizuschieben. Der Dug zog seine breiten, x-förmigen Motoren ein wenig hoch, damit der Rückstoß Rimkars Kapsel treffen sollte. Aber Rimkars abgerundetes Fahrzeug wich anmutig und unbeschadet aus. Seite an Seite rasten die beiden über die Hochebene auf die Metta-Senke zu. Anakin holte sie ein und vergrößerte den Abstand zwischen sich, Mawhonic und Gasgano. Man konnte über Watto sagen, was man wollte – und es gab viel zu sagen, das alles andere als angenehm gewesen wäre –, er hatte einen Blick für Rennkapseln. Die riesigen Motoren reagierten sofort, als Anakin mehr Treibstoff zugab, und Sekunden später war er auf gleicher Höhe wie Sebulbas X.

Sie erreichten gleichzeitig die Steilwand zur Metta-Senke, schossen über den Rand und stürzten sich abwärts.

Der Trick bei solch gewaltigen Höhenunterschieden bestand – wie jeder Rennpilot wußte – darin, beim Sturzflug schnell genug zu sein, um einen Vorteil gegenüber den Gegnern herauszuholen, aber nicht so schnell zu werden, daß man die Kapsel nicht wieder geradeaus richten konnte, bevor sie auf den Felsen aufprallte. Daher war Anakin einen Augenblick lang überrascht, als Sebulba rasch wieder in die Horizontale kam. Dann spürte er, wie der Rückstoß der X-Motoren auf seine Kapsel eindrosch. Der heimtückische Dug hatte sich bewußt über Anakin und Rimkar geschoben, um die beiden mittels des Rückstoßes an die Steilwand zu schleudern.

Rimkar, vollkommen überrascht, beschleunigte automatisch und landete sofort am Felsen. Fragmente von Kapsel und Motoren prallten in einem feurigen Regen von der Felswand ab und hinterließen eine lange, schwarze Narbe auf der Oberfläche.

Ohne seine Instinkte hätte Anakin dasselbe passieren können. Aber beinahe ehe er wußte, was er tat, riß er die Kapsel noch im selben Augenblick, als Sebulbas Rückstoß ihn traf, wieder nach oben und stieß fast mit seinem überraschten Kontrahenten zusammen, der schnell ausscherte, um sich zu retten. Die schnelle Aufwärtsbewegung der Kapsel riß Anakin natürlich direkt in die Mittagssonnen hoch, und das Fahrzeug geriet vollkommen außer Kontrolle. Anakin nahm den Schub zurück, drosselte die Treibstoffzufuhr, zog den Steuerhebel zurück und sah, wie ihm der Boden in Form von Sand und gleißend reflektiertem Licht wieder entgegenkam. Er prallte mit einem markerschütternden Knirschen auf, das beide Kontrollkabel durchfetzte und die großen Motoren abriß und davonfliegen ließ, während die Kapsel erst nach links, dann nach rechts schlitterte und zu rollen begann. Anakin konnte sich drinnen nur so gut wie möglich abstützen und beten, daß ihn dieser Wirbel von Sand und Hitze nicht gegen einen Felsvorsprung schleuderte. Irgendwo rechts von ihm explodierte einer der Motoren mit einem Knall, der den Boden erbeben ließ. Anakin hatte die Arme nach beiden Seiten ausgestreckt und hielt sich in der Mitte der rüttelnden Kapsel, die weiter und weiter rollte.

Endlich kam sie zum Stehen, wenn auch schief. Anakin wartete einen Augenblick, dann löste er seinen Sicherheitsgurt und kroch hinaus. Die Wüstenhitze schlug ihm ins Gesicht, und das blendende Sonnenlicht bohrte sich durch seinen Sichtschutz. Über ihm rasten die letzten Rennteilnehmer auf den blauen Horizont zu, und Motoren jaulten und dröhnten. Dann folgte tiefe Stille.

Anakin sah sich nach den Resten seiner Motoren um und versuchte einzuschätzen, wieviel Arbeit es kosten würde, sie wieder funktionsfähig zu machen. Endlich blickte er zu seiner Kapsel hin und verzog das Gesicht. Watto würde alles andere als erfreut sein.

Aber Watto war nie sonderlich erfreut.

Anakin Skywalker setzte sich hin, lehnte sich gegen die verbogene Kapsel und genoß das bißchen Schatten, das die glühenden Zwillingssonnen von Tatooine ihm ließen. In ein paar Minuten würde ein Gleiter vorbeikommen und ihn auflesen. Watto würde es sich nicht nehmen lassen, ihm sofort eine Standpauke zu halten. Auch seine Mutter würde da sein, ihn umarmen und ihn nach Hause bringen. Er war nicht zufrieden damit, wie die Dinge sich entwickelt hatten, aber er ließ sich auch nicht entmutigen. Gegen einen fairen Gegner hätte er das Rennen gewonnen. Mühelos.

Er seufzte und schob den Helm zurück.

Eines Tages würde er viele Rennen gewinnen. Vielleicht schon nächstes Jahr, wenn er zehn wurde.

Zwei

Hast du auch nur die geringste Ahnung, was mich das alles kosten wird? Hast du auch nur eine Sekunde darüber nachgedacht? *Oba chee ka!*«

Watto flatterte hoch über ihm. Unwillkürlich verfiel er ins Huttische, eine Sprache, die einen gewaltigen Vorrat an beleidigenden Adjektiven bot. Anakin regte sich nicht und starrte mit ausdrucksloser Miene den dicklichen blauen Toydarianer an, der vor ihm in der Luft hing. Watto schlug so heftig mit den Flügeln, daß sie nur als verschwommene Bewegung zu sehen waren, es sah aus, als würden sie jeden Moment von seinem feisten kleinen Körper abreißen. Anakin mußte sich das Lachen verbeißen, als er sich das vorstellte. Es wäre keine gute Idee gewesen, jetzt zu lachen.

Als Watto innehielt, um Luft zu holen, sagte Anakin leise: »Es war nicht meine Schuld. Sebulba hätte mich mit seinem Rückstoß beinahe in die Felswand geschleudert. Er ist einfach unfair.«

Wattos Mund bewegte sich, als kaute er etwas, und sein Rüssel krauste sich über den vorstehenden Zähnen. »Natürlich ist er unfair, Junge! Wie immer! Auf diese Art gewinnt er! Vielleicht solltest du hin und wieder auch ein bißchen unfair sein! Vielleicht würdest du dann nicht jedesmal deine Kapsel in tausend Stücke zerfetzen und mich soviel Geld kosten!«

Sie standen in Wattos Laden im Kaufmannsviertel von Mos Espa, einer schäbigen Schlamm- und Sandhütte vor einem Hof mit Raketen- und Motorteilen, die aus allen möglichen Wracks ausgebaut worden waren. Drinnen war es kühl und schattig, die Hitze des Planeten wurde von den dicken Mauern abgehalten, aber selbst hier hing der Staub dick in der Luft und schimmerte im Licht der Glühlampen. Das Rennen war lange vorbei, und die Zwillingssonnen des Planeten hingen schon dicht über dem Horizont. Langsam wurde es Abend. Die verbeulte Rennkapsel und ihre Motoren waren von Reparaturdroiden zum Laden zurücktransportiert worden. Auch Anakin war zurückgebracht worden, wenn auch mit erheblich geringerer Begeisterung.

»Rassa dwee cuppa, peedunkel!« brach Watto abermals ins Huttische aus.

Mit jedem Schimpfwort ruckte sein dicklicher Körper ein paar Zentimeter weiter nach vorn, und Anakin wich gegen seinen Willen zurück. Watto gestikulierte wild mit knochigen Armen und Beinen und ruckte mit dem Kopf, wobei er alles in allem sehr komisch ausssah. Er war wütend, aber Anakin hatte ihn schon oft wütend gesehen und wußte, was zu erwarten war. Er wand sich nicht, er senkte nicht unterwürfig den Kopf; er ließ die Tirade ungerührt über sich ergehen. Er war ein Sklave, und Watto war sein Herr. Beschimpft zu werden gehörte zum Leben. Außerdem würde Watto sich jetzt bald wieder beruhigen, nachdem er seinen Zorn losgeworden und einem anderen die Schuld an allem gegeben hatte, und dann würde alles wieder so sein wie immer.

Alle drei Finger von Wattos rechter Hand zeigten auf den Jungen. »Ich sollte dich nicht mehr an Rennen teilnehmen lassen! Das sollte ich tun! Ich sollte mir einen anderen Piloten suchen!«

»Das halte ich für eine sehr gute Idee«, stimmte Shmi ihm zu.

Anakins Mutter hatte an der Seite des Raumes gestanden und während Wattos Ausbruch kein Wort gesagt, aber nun beeilte sie sich, eine Situation auszunutzen, die sie nur zu gerne selbst herbeigeführt hätte.

Watto fuhr zu ihr herum und kam mit schwirrenden Flügeln auf sie zu. Aber ihr ruhiger, fester Blick hielt ihn zurück und schien ihn zwischen Mutter und Sohn in der Luft festzunageln.

»Es ist ohnehin zu gefährlich«, fuhr sie fort. »Anakin ist doch erst neun!«

Watto ging sofort in die Defensive. »Der Junge gehört mir, er ist mein Eigentum, und er wird tun, was ich ihm sage!«

»Genau.« Shmis dunkle Augen in ihrem abgehärmten, faltigen Gesicht hatten einen entschlossenen Blick. »Deshalb wird er an keinen Rennen mehr teilnehmen, wenn Sie das nicht wollen. Haben Sie das nicht gerade selbst gesagt?«

Das schien Watto zu verwirren. Wieder bewegte er heftig den Mund und die rüsselartige Nase, und wieder brachte er kein Wort hervor. Anakin betrachtete seine Mutter anerkennend. Ihr glattes, dunkles Haar wurde langsam grau, und ihre einstmals anmutigen Bewegungen waren schwerfälliger geworden. Aber er fand sie immer noch schön und mutig. Er hielt sie für vollkommen.

Watto näherte sich ihr noch ein paar Zentimeter, dann hielt er wieder inne. Shmi hielt sich auf dieselbe Weise aufrecht wie Anakin und weigerte sich, das geringste Zugeständnis an ihre Stellung als Sklavin zu machen. Watto betrachtete sie einen Augenblick lang säuerlich, dann drehte er sich wieder herum und flog auf den Jungen zu.

»Du wirst alles reparieren, was du zerstört hast, Junge!« zischte er und stach mit dem Finger nach Anakin. »Du wirst die Motoren und die Kapsel reparieren, bis sie so gut wie neu sind! Genauer gesagt besser als neu! Und damit fängst du sofort an! Auf der Stelle. Verschwinde und mach dich an die Arbeit!«

Dann wandte er sich trotzig wieder Shmi zu. »Es ist draußen immer noch hell genug zum Arbeiten! Zeit ist Geld!« Er machte eine Geste, zunächst zur Mutter, dann zum Sohn. »Macht weiter, beide! Zurück an die Arbeit, zurück an die Arbeit.«

Shmi lächelte Anakin liebevoll zu. »Mach schon, Anakin«, sagte sie leise. »Danach gibt es Abendessen.«

Sie drehte sich um und ging hinaus. Watto warf Anakin einen letzten vernichtenden Blick zu und folgte ihr. Anakin blieb einen Augenblick in dem dunkler werdenden Raum stehen und starrte ins Leere. Er dachte immer noch daran, daß er das Rennen nicht hätte verlieren dürfen. Das nächste Mal – und so, wie er Watto kannte, würde es ein nächstes Mal geben – würde das nicht passieren.

Mit einem frustrierten Seufzer wandte er sich um und ging durch die Hintertür des Ladens in den Hof hinaus. Er war ein zierlicher Junge, selbst für seine neun Jahre eher klein, mit wirrem, hellbraunem Haar, blauen Augen, einer Stupsnase und einem fragenden Blick. Er war stark für sein Alter und hatte eine rasche Auffassungsgabe, und er war auf eine Weise begabt, die jene, die mit ihm zu tun hatten, immer wieder überraschte. Schon jetzt hatte er sich als fähiger Rennkapselpilot erwiesen – etwas, das keinem Menschen, gleich welchen Alters, zuvor gelungen war. Er hatte großes handwerkliches Geschick und war in der Lage, beinahe alles zusammenzubasteln. In beiderlei Hinsicht war er nützlich für Watto, und Watto gehörte nicht zu den Leuten, die die Begabung eines Sklaven verschwenden.

Aber nur Anakin selbst und seine Mutter wußten von seinem anderen Talent. Häufig spürte er Dinge, bevor irgend jemand sonst ahnte, daß sie passieren würden. Es war wie eine Bewegung der Luft, ein warnendes Flüstern, eine Ahnung, die sonst niemand wahrnahm. Dieses Talent war ihm bei den Rennen sehr nützlich, aber es beschränkte sich nicht darauf. Irgendwie gelang es ihm oft zu erkennen, wie die Dinge waren oder wie sie sein sollten. Er war erst neun Jahre alt, und er nahm die Welt bereits auf eine Weise wahr, die die meisten Erwachsenen nie erreichen würden.

Nicht, daß ihm das im Augenblick viel genützt hätte.

Unwillig schlurfend und Sand aufwirbelnd, ging er zu den

Motoren und der Kapsel hinüber, die die Droiden zuvor im Hof abgestellt hatten. Er überlegte bereits, was er brauchen würde, um sie zu reparieren. Der rechte Motor war nahezu unbeschädigt, wenn man einmal von den Kratzern und Rissen in der Metallhülle absah. Der linke allerdings war eine Katastrophe. Und die Kapsel war verbeult und verzogen, die Instrumente ein heilloses Durcheinander.

»Kleinkram«, murmelte er leise. »Nur Kleinkram!«

Reparaturdroiden kamen auf seinen Befehl herbei und machten sich daran, die beschädigten Teile der Kapsel zu entfernen. Nachdem Anakin sich einige Minuten damit beschäftigt hatte, das Durcheinander zu entwirren, wurde ihm klar, daß er Teile brauchen würde, die Watto nicht besaß, unter anderem thermale Varistats und Relais für die Feinsteuerung. Bevor er ernsthaft mit dem Zusammenbauen beginnen konnte, würde er erst diese Ersatzteile besorgen müssen, indem er etwas anderes dagegen eintauschte. Das würde Watto nicht gefallen. Er konnte es nicht ausstehen, wenn er anderswo etwas kaufen mußte, und bestand immer darauf, daß er bereits alles besaß, was man haben mußte, es sei denn, es kam von einem anderen Planeten. Die Tatsache, daß er selbst vom Handel lebte, schien seine Abneigung dagegen, sich mit den Ortsansässigen abgeben zu müssen, nicht zu verringern. Er hätte lieber alles, was er brauchte, beim Kapselrennen gewonnen. Oder es einfach gestohlen.

Anakin blickte zum Himmel auf, wo es nun endgültig dunkel wurde. Die ersten Sterne kamen heraus, ein zögerndes Blinzeln vor dem rasch dunkler werdenden Nachthimmel. Welten, die Anakin nie gesehen hatte und von denen er nur träumen konnte, warteten da draußen, und eines Tages würde er sie sehen. Er würde nicht ewig hierbleiben. Er nicht.

»Psst! Anakin!«

Aus dem Schatten weit hinten im Hof erklang eine leise Stimme, und zwei kleine Gestalten schlüpften durch das Loch in einer Ecke des Zauns, wo nicht mehr genug Draht übrig gewesen war. Das war Kitster, sein bester Freund, und direkt hinter ihm kam Wald, ein anderer Freund. Kitster war klein und dunkel, mit kurzem Topfhaarschnitt; seine Kleidung war weit und unauffällig und dafür gedacht, Feuchtigkeit zu bewahren und Hitze und Sand abzuwehren. Wald, der etwas unsicher hinterhergeschlurft kam, war ein Rodianer, ein Außenweltler, der erst vor kurzem nach Tatooine gekommen war. Er war Jahre jünger als seine Freunde, aber unerschrocken genug, daß sie ihn akzeptierten.

»He, Annie, was machst du denn da?« fragte Kitster und hielt nervös nach Watto Ausschau.

Anakin zuckte die Achseln. »Watto sagt, ich muß die Kapsel heilmachen, bis sie wieder wie neu ist.«

»Ja, aber doch nicht heute!« protestierte Kitster. »Heute ist doch schon beinahe vorbei. Komm schon. Dafür hast du morgen auch noch Zeit. Holen wir uns ein Rubinbliel.«

Das war ihr Lieblingsgetränk. Anakin spürte, wie ihm das Wasser im Mund zusammenlief. »Das geht nicht. Ich muß hierbleiben und arbeiten, bis ...«

Er hielt inne. Bis es dunkel wird, hatte er sagen wollen, aber es war schon fast dunkel, also ...

»Und womit sollen wir bezahlen?« fragte er zweifelnd.

Kitster zeigte auf Wald. »Er hat fünf Druggats, die er angeblich irgendwo gefunden hat.« Er warf Wald einen vielsagenden Blick zu. »Angeblich.«

»Ich habe sie wirklich.« Wald nickte mit dem schuppigen Kopf und blinzelte hektisch. Er zupfte an einem seiner grünen Ohren. »Glaubt ihr mir etwa nicht?« fragte er auf huttisch.

»Doch, doch, wir glauben dir.« Kitster zwinkerte Anakin zu. »Kommt schon, laßt uns verschwinden, bevor der alte Schwirrer zurückkommt.«

Sie zwängten sich durch die Lücke im Zaun, wandten sich auf der Straße hinter dem Hof nach links und rannten dann über den großen Platz in Richtung der Lebensmittelläden. Auf den Straßen herrschte immer noch reger Betrieb, aber die meisten waren unterwegs nach Hause oder zu den Vergnügungslokalen der Hutts. Die Jungen huschten an Fußgängern und Karren vorbei, an Gleitern, die direkt über dem Boden schwebten, unter Markisen hindurch, die gerade aufgerollt wurden, und an Ladenbesitzern vorüber, die damit beschäftigt waren, ihre Waren nach drinnen zu schleppen und über Nacht wegzuschließen. Schon bald hatten sie den Laden erreicht, in dem die Rubinbliels verkauft wurden, und standen vor der Theke.

Wald stand zu seinem Wort, zahlte für die drei Getränke und reichte jedem seiner Freunde eins davon. Sie nahmen sie mit nach draußen, tranken die klebrige Mixtur durch Strohhalme und schlenderten langsam zurück. Sie unterhielten sich über Rennkapseln und Gleiter und Schiffe, über Schlachtenkreuzer und Sternenjäger und ihre Piloten. Eines Tages würden sie alle Piloten sein, versprachen sie einander – ein Schwur, der mit Spucke und Handschlag besiegelt wurde.

Sie waren gerade mitten in einer hitzigen Diskussion über die Vorteile diverser Kampfjägertypen, als ganz in der Nähe eine Stimme sagte: »Wenn ich die Wahl hätte, würde ich allemal einen Z-95 Headhunter nehmen.«

Die Jungen drehten sich um. Ein alter Raumfahrer lehnte an einer Gleiterluke und blickte sie an. An seiner Kleidung, seinen Waffen und den kleinen, abgetragenen Rangabzeichen, die an sein Hemd genäht waren, sahen sie sofort, wen sie da vor sich hatten. Es waren Rangabzeichen der Republik. So etwas bekam man auf Tatooine nicht zu oft zu sehen.

»Ich habe dich heute beim Rennen gesehen«, sagte der alte Raumfahrer zu Anakin. Er war hochgewachsen, schlank und sehnig, sein Gesicht war wettergegerbt und sonnengebräunt, seine Augen von einem seltsamen Grau, sein Haar so kurz geschnitten, daß es ihm vom Kopf abstand, und sein Lächeln ironisch und freundlich. »Wie heißt du?«

»Anakin Skywalker«, antwortete Anakin unsicher. »Das hier sind meine Freunde, Kitster und Wald.«

Der Mann nickte den beiden anderen wortlos zu, ohne den Blick von Anakin zu wenden. »Deine Art zu fliegen paßt zu deinem Namen, Anakin. Du bewegst dich über den Himmel, als wäre er dein Eigentum. Das ist wirklich vielversprechend.« Er richtete sich auf – eine ungezwungene, ruhige Bewegung – und blickte von einem Jungen zum anderen. »Ihr wollt also eines Tages große Schiffe fliegen?«

Alle drei nickten. Der alte Raumfahrer lächelte. »Es ist unvergleichlich. Einfach unvergleichlich. Irgendwann habe ich sie alle geflogen, als ich noch jünger war. Alles, was man fliegen konnte, in den Streitkräften und außerhalb. Kennt ihr diese Abzeichen, Jungs?«

Wieder nickten sie, voller Neugier und Staunen, sich einem echten Piloten gegenüberzufinden – einem, der nicht nur Rennkapseln geflogen hatte, sondern Kampfschiffe und Kreuzer und all die großen Schiffe, die auf den Hauptstrecken verkehrten.

»Das ist lange her«, sagte der Mann versonnen. »Ich habe die Streitkräfte vor sechs Jahren verlassen. Zu alt. Die Zeit vergeht schnell, und plötzlich muß man sich für den Rest seines Lebens etwas anderes suchen.« Er kniff die Lippen zusammen. »Wie sind diese Rubinbliels? Taugen sie immer noch was? Hab seit Jahren keins getrunken. Vielleicht wäre jetzt eine gute Gelegenheit. Trinkt ihr noch eins mit? Wie wär's mit einem Rubinbliel mit einem alten Piloten der Republik?«

Er mußte nicht zweimal fragen. Sie kehrten in den Laden zurück, den sie gerade erst verlassen hatten, und der alte Raumfahrer kaufte ein zweites Bliel für jeden der Jungen und eins für sich selbst. Sie suchten sich draußen ein ruhiges Plätzchen, wo sie an ihren Bliels nippten und zum Himmel hinaufschauten. Inzwischen war es vollkommen dunkel, und die Sterne blitzten überall am Himmel, wie Myriaden silberner Augen in einem Gesicht aus samtigem Schwarz.

»Ich bin mein ganzes Leben lang geflogen«, meinte der alte Raumfahrer und blickte zum Himmel auf. »Ich bin überall hingeflogen, wo ich konnte, und wißt ihr was? Ich habe nicht ein Hundertstel dieser Welten erreicht. Nicht ein Millionstel von ihnen. Aber es hat Spaß gemacht, es zu versuchen. Jede Menge Spaß.«

Nun sah er wieder die Jungen an. »Während der Rebellion auf Makem Te habe ich einen Kreuzer mit Soldaten der Republik dorthin gebracht. Das war eine ziemlich gefährliche Angelegenheit. Und einmal hatte ich auch Jediritter als Passagiere.«

»Jedi«, flüsterte Kitster ehrfürchtig. »O Mann!«

»Ehrlich? Sie sind Jedi begegnet?« Anakin schaute ihn mit weit aufgerissenen Augen an.

Der Raumfahrer lachte über ihr Staunen. »Die Banthas sollen mich fressen, wenn ich lüge. Es ist schon lange her, aber ich habe vier von ihnen an einen Ort gebracht, über den ich nicht einmal jetzt reden darf. Ich habe es euch doch gesagt. Ich war überall, wo man im Laufe eines langen Lebens hinkommen kann. Überall.«

»Eines Tages will ich Schiffe zu all diesen Welten fliegen«, sagte Anakin leise.

Wald schnaubte. »Du bist ein Sklave, Anakin! Du kannst nicht einfach von hier weggehen.«

Der alte Pilot sah Anakin an. Der Junge wich seinem Blick aus. »Nun ja«, sagte der Mann leise, »oft beginnt man sein Leben anders, als man es beendet. Man muß nicht einfach hinnehmen, daß das, womit man geboren wird, auch alles ist, was man bei seinem Tod besitzen wird.«

Er lachte plötzlich. »Das erinnert mich an etwas. Einmal, vor langer Zeit, bin ich nach Kessel geflogen. Das haben nicht viele geschafft. Und viele haben mir gesagt, es wäre unmöglich, also sollte ich es erst gar nicht versuchen – ich sollte es vergessen und etwas anderes tun. Aber ich wollte diese Erfahrung unbedingt machen, also habe ich es versucht und ihnen bewiesen, daß sie unrecht hatten.«

Er schaute Anakin an. »Kann sein, daß du genau das tun

mußt, kleiner Skywalker. Ich habe gesehen, wie du mit einer Rennkapsel umgehen kannst. Du hast die Augen und das Gespür dafür. Du bist jetzt schon besser, als ich es war, als ich doppelt so alt war wie du.« Er nickte ernst. »Wenn du wirklich große Schiffe fliegen willst, dann glaube ich, daß du es schaffen wirst.«

Er starrte den Jungen an, und Anakin starrte zurück. Der alte Raumfahrer lächelte und nickte bedächtig. »Ja, Anakin Skywalker, ich glaube, du wirst es schaffen.«

Er kam zu spät zum Abendessen und bekam zum zweitenmal an diesem Tag eine Strafpredigt zu hören. Vielleicht hätte er versuchen können, eine Ausrede zu erfinden; er hätte behaupten können, daß Watto ihm befohlen hatte, länger zu arbeiten, aber Anakin Skywalker log seine Mutter nicht an. Niemals. Er sagte ihr die Wahrheit: daß er sich mit Kitster und Wald davongestohlen, Rubinbliels getrunken und sich mit einem alten Raumfahrer unterhalten hatte. Shmi war nicht sonderlich beeindruckt. Es gefiel ihr nicht, wenn ihr Sohn seine Zeit mit Leuten verbrachte, die sie nicht kannte, selbst wenn sie verstand, daß Jungen nun einmal Jungen waren und daß Anakin selbst auf sich aufpassen konnte.

»Wenn du meinst, du müßtest der Arbeit aus dem Weg gehen, die Watto dir aufträgt, dann komm hierher und arbeite für mich«, sagte sie streng.

Anakin widersprach ihr nicht, denn inzwischen war er klug genug, zu wissen, daß ihn das in solchen Situationen nicht weiterbrachte. Er saß schweigend da und aß sein Abendessen mit gesenktem Kopf, nickte, wenn Nicken angebracht war und wußte, daß seine Mutter ihn liebte und sich um ihn sorgte und daß ihr Zorn daher verständlich war.

Danach setzten sie sich auf Hocker draußen in die kühle Nachtluft und schauten zu den Sternen hinauf. Anakin saß gern noch draußen, bevor er schlafen ging. Es war nicht so eng und stickig wie drinnen. Hier konnte er atmen. Sein Zuhause war klein und schäbig und dicht von Dutzenden anderer Häuser umgeben, die ebenfalls aus einer Mischung aus Schlamm und Sand gebaut waren. Es war typisch für ein Sklavenquartier in diesem Teil von Mos Espa, eine Hütte mit einem Hauptraum und einer oder zwei kleinen Schlafkammern. Aber seine Mutter hielt alles sauber und ordentlich, und Anakin hatte sein eigenes Zimmer, größer als die meisten anderen, wo er seine Sachen aufbewahrte. Eine große Werkbank mit Werkzeugen nahm den größten Teil dieses Zimmers ein. Im Augenblick war er damit beschäftigt, einen Protokolldroiden zu bauen, der seiner Mutter helfen sollte. Immer wieder hatte er hier ein Teil, dort ein Teil gefunden, und so war der Droide langsam gewachsen. Er konnte bereits reden und sich bewegen und ein paar andere Dinge tun, und bald würde er fertig sein.

»Bist du müde, Annie?« fragte seine Mutter nach langem Schweigen.

Er schüttelte den Kopf. »Nein.«

»Denkst du immer noch an das Rennen?«

»Ja.«

Das tat er tatsächlich, aber vor allem dachte er an den alten Raumfahrer und seine Geschichten darüber, wie er Schiffe zu weit entfernten Welten geflogen hatte, für die Republik in den Krieg gezogen war und sogar Jediritter gesehen hatte.

»Ich will, daß du mit diesen Rennen aufhörst, Annie«, sagte seine Mutter leise. »Ich will nicht, daß du Watto bittest, dich wieder daran teilnehmen zu lassen. Versprich mir, daß du das nicht tust.«

Er nickte widerstrebend. »Ich verspreche es.« Dann dachte er einen Augenblick lang nach. »Aber was ist, wenn Watto sagt, daß ich es tun muß? Was soll ich dann machen? Ich muß tun, was er mir sagt. Und wenn er es von mir verlangt, muß ich weitermachen.«

Sie streckte die Hand aus und tätschelte sanft seinen Arm. »Vielleicht wird er es ja nicht wieder von dir verlangen. Vielleicht findet er einen anderen.«

Anakin sprach es nicht aus, aber er wußte, daß seine Mutter sich irrte. Es gab keinen besseren Kapselpiloten als ihn. Nicht einmal Sebulba war besser, wenn er nicht betrügen konnte. Außerdem würde Watto niemals einen anderen bezahlen, wenn Anakin es umsonst tat. Watto würde noch ein oder zwei Tage wütend sein und dann wieder ans Gewinnen denken. Noch vor Ende dieses Monats würde Anakin wieder Rennen fliegen.

Er schaute zum Himmel hinauf, spürte die Hand seiner Mutter auf seinem Arm und dachte daran, wie es wohl wäre, da draußen zu sein, Schlachtenkreuzer und Frachtschiffe zu fliegen und zu abgelegenen Welten und seltsamen Orten zu reisen. Es war ihm gleich, was Wald gesagt hatte – er würde nicht sein Leben lang Sklave bleiben. Genausowenig, wie er sein Leben lang ein Junge bleiben würde. Er würde eine Möglichkeit finden, Tatooine zu verlassen. Er würde eine Möglichkeit finden, seine Mutter mitzunehmen. Seine Träume wirbelten ihm durch den Kopf, während er zu den Sternen hinaufsah – ein Kaleidoskop bunter Bilder. Er stellte sich vor, wie es sein würde. Er sah alles ganz deutlich, und das brachte ihn zum Lächeln.

Eines Tages, dachte er und sah im Dunkeln vor sich das Gesicht des alten Raumfahrers, das ironische Lächeln und die seltsamen grauen Augen ... eines Tages werde ich all das tun, was er getan hat. Alles.

Er holte tief Luft und hielt den Atem an.

Und ich werde sogar mit Jedirittern fliegen.

Langsam atmete er aus. Das Versprechen war besiegelt.

Drei

Der kleine Raumkreuzer der Republik war rot lackiert, was deutlich machte, daß sich ein Botschafter an Bord befand und er deshalb neutral war. Er schoß durch den sternenglitzernden Raum auf den smaragdgrün schimmernden Planeten Naboo und die Flotte der Handelsföderation zu, die ihn umkreiste. Die Schiffe waren riesige, klotzige Festungen, an einem Ende gespalten und mit einem kugelförmigen Aufbau, in dem sich Brücke, Kommunikationszentrum und Hyperantrieb befanden. Aus jeder Luke ragten Waffensysteme hervor, und Kampfjäger der Handelsföderation umkreisten diese riesigen Ungeheuer wie Fliegen. Der eher traditionell gebaute Kreuzer der Republik mit seinen Dreifachmotoren, dem flachen Rumpf und dem rechteckigen Cockpit sah im Schatten dieser Kriegsschiffe unbedeutend aus, aber er flog dennoch unerschrocken weiter auf sie zu.

Captain und Kopilot des Kreuzers saßen Seite an Seite an der vorderen Konsole und steuerten auf das Schiff mit den Insignien des Vizekönigs der Handelsföderation zu. Beide zeigten eine nervöse Energie in ihren Bewegungen, die unverkennbar war. Von Zeit zu Zeit wechselten sie einen besorgten Blick – und schauten dann über die Schultern zu der Gestalt hinüber, die hinter ihnen im Schatten stand.

Auf den Schirmen vor ihnen war Nute Gunray, Vizekönig der Handelsföderation, zu sehen, der auf der Brücke des Kriegsschiffes stand, auf das sie zuflogen. Aus orangeroten Augen blickte er sie erwartungsvoll an. Der Neimoidianer hatte seine übliche säuerliche Miene aufgesetzt, die Mundwinkel nach unten gezogen, die knochige Stirn mißbilligend gerunzelt. Seine graugrüne Haut reflektierte die Beleuchtung des Schiffs, bleich und kalt im Kontrast zu seinem dunklen Gewand, dem Kragen und dem dreihörnigen Kopfputz.

»Captain.«

Der Captain des Kreuzers drehte sich etwas auf ihrem Sitz um und warf der Gestalt im Schatten hinter ihr einen Blick zu. »Ja, Sir?«

»Sagen Sie ihnen, wir wollen sofort an Bord kommen.«

Die Stimme war tief und wohlklingend, aber die Entschlossenheit darin war nicht zu überhören.

»Ja, Sir«, sagte der Captain und warf dem Kopiloten einen heimlichen Blick zu, den dieser erwiderte. Dann wandte sie sich Nute Gunray auf dem Schirm zu. »Mit allem Respekt, Vizekönig, die Botschafter des Kanzlers verlangen, sofort an Bord gelassen zu werden.«

Der Neimoidianer nickte hastig. »Ja, selbstverständlich, Captain. Wir fühlen uns geehrt, die Botschafter hier empfangen zu können. Wir sind sehr erfreut, Captain.«

Der Schirm wurde dunkel. Der Captain zögerte, dann schaute sie wieder zu der Gestalt hinter sich. »Sir?«

»Machen Sie weiter, Captain«, sagte Qui-Gon Jinn.

Der Jedimeister sah schweigend zu, wie das Kriegsschiff der Handelsföderation vor ihnen größer und größer wurde und der schimmernde Rumpf schließlich das gesamte Aussichtsfenster füllte. Qui-Gon war ein hochgewachsener, kräftig gebauter Mann mit ausgeprägten, löwenhaften Zügen. Sein Bart war kurz geschnitten, sein Haar lang und im Nacken zusammengebunden. Hemd, Hose und Kapuzenumhang waren weit und bequem, und an der Schärpe um die Taille war sein Lichtschwert so befestigt, daß es kaum zu sehen, aber schnell zu erreichen war.

Qui-Gon heftete den Blick seiner scharfen blauen Augen auf das Kriegsschiff, als wollte er erkennen, was darin auf ihn wartete. Die Besteuerung der Handelsrouten zwischen den Sternensystemen durch die Republik war von Anfang an umstritten gewesen, aber bisher hatte die Handelsföderation nichts weiter unternommen, als sich zu beschweren. Die Blockade von Naboo war die erste offene Zuwiderhandlung, und obwohl die Föderation eine mächtige Körperschaft war, mit eigener Kriegsflotte und einer Armee von Droiden, war dies doch ungewöhnlich. Die Neimoidianer waren Geschäftsleute und keine Kämpfer. Es fehlte ihnen an Rückgrat, die Republik herauszufordern. Irgendwo mußten sie sich dieses Rückgrat verschafft haben. Es beunruhigte Qui-Gon, daß er nicht wußte, wie und wo.

Er verlagerte sein Gewicht von einem Fuß auf den anderen. Langsam bewegte sich der Kreuzer in die Lücke des äußeren Rads am Flaggschiff der Handelsföderation, die zur Hangarbucht führte. Traktorstrahlen griffen zu und leiteten den Kreuzer in den Hangar, wo magnetische Halterungen das Schiff aufnahmen.

Die Blockade hatte vor beinahe einem Monat begonnen. Der republikanische Senat debattierte weiterhin darüber und suchte nach einer Möglichkeit, die Auseinandersetzung friedlich zu beenden. Aber bisher hatten sie nichts erreicht, und nun hatte der Kanzler insgeheim den Jedirat informiert, daß er zwei Jedi zu den offensichtlichen Initiatoren der Blockade, den Neimoidianern, geschickt hatte, die sich der Angelegenheit vor Ort annehmen sollten. Das war ein kühner Schachzug. Theoretisch dienten die Jediritter dem Kanzler und richteten sich in gefährlichen Situationen nach seinen Anweisungen. Aber jede Einmischung in die inneren Angelegenheiten eines der Mitglieder der Republik bedurfte der Zustimmung des Senats, besonders, wenn es um einen bewaffneten Konflikt ging. In diesem Fall hatte der Kanzler seine Autorität zumindest ungewöhnlich ausgedehnt. Selbst im allerbesten Fall war dies eine verdeckte Aktion und würde später zu hitzigen Debatten im Senat führen.

Der Jedimeister seufzte. Das alles ging ihn zwar nichts an, aber er konnte nicht ignorieren, welche Folgen ein Versagen in diesem Fall haben würde. Die Jediritter waren Friedensstifter – das war die Grundlage ihres Ordens, das schrieb ihr Glaubensbekenntnis ihnen vor. Seit Tausenden von Jahren hatten sie der Republik gedient, eine stetige Quelle der Stabilität und der Ordnung in einem sich ständig wandelnden Universum. Gegründet als theologische und philosophische Studiengemeinschaft, vor so langer Zeit, daß ihre Ursprünge im Nebel der Mythen verlorengegangen waren, waren die Jedi sich der Macht nur langsam bewußt geworden. Jahre hatten sie damit verbracht, sie zu erforschen, über ihre Bedeutung zu meditieren und sie schließlich zu meistern. Langsam hatte der Orden sich entwickelt und den Glauben an ein Leben einsamer Meditation zugunsten einer mehr nach außen orientierten Verpflichtung zur gesellschaftlichen Verantwortung aufgegeben. Es bedurfte mehr als zurückgezogenen Lernens, wenn man die Macht hinlänglich verstehen wollte, um sie tatsächlich zu beherrschen. Es bedurfte des Dienstes an der Allgemeinheit und der Durchsetzung eines Gesetzessystems, das Gerechtigkeit für alle garantierte. Dieser Kampf war noch nicht gewonnen. Vielleicht würde das auch nie geschehen. Aber keiner sollte den Jedirittern je nachsagen, daß sie es nicht versucht hätten.

Zur Zeit von Qui-Gon Jinn mühten sich zehntausend Jediritter im Dienst der Republik auf hunderttausend Welten, die über eine so gewaltige Galaxis verteilt waren, daß ihre Ausmaße kaum zu begreifen waren.

Qui-Gon wandte sich halb um, als sein Begleiter bei diesem Unternehmen die Brücke betrat und sich neben ihn stellte. »Gehen wir an Bord?« fragte Obi-Wan Kenobi leise.

Qui-Gon nickte. »Der Vizekönig wird uns empfangen.«

Er warf seinem Schützling einen abschätzenden Blick zu. Obi-Wan war mit Mitte zwanzig mehr als dreißig Jahre jünger und immer noch Schüler der Kunst. Er war noch kein vollständiger Jedi, aber er würde bald bereit sein. Obi-Wan war kleiner als Qui-Gon, aber kräftig und sehr schnell. Sein glattes, jungenhaftes Gesicht ließ eine Unreife vermuten, die er schon längst abgelegt hatte. Er war ähnlich gekleidet wie Qui-Gon, aber sein Haar war im Stil eines Padawan-Schülers geschnitten, kurz und gleichmäßig bis auf den dünnen, fest geflochtenen Zopf, der ihm über die rechte Schulter hing.

Qui-Gon starrte aus dem Aussichtsfenster ins Innere des Kriegsschiffs der Handelsföderation. »Was meinst du, mein junger Padawan ... wieso ausgerechnet Naboo? Warum blockieren sie ausgerechnet diesen Planeten, wenn sie doch so viele zur Auswahl haben, von denen die meisten größer sind und die Auswirkungen einer solchen Blockade mehr spüren würden?«

Obi-Wan schwieg. Naboo war tatsächlich eine seltsame Wahl für eine solche Aktion: ein kleiner, eher unwichtiger Planet am Rand der Galaxis. Seine Herrscherin, Amidala, stellte eine Art unbekannte Größe dar. Sie hatte erst ein paar Monate vor Beginn der Blockade den Thron bestiegen. Sie war jung, aber es hieß, sie sei über ihre Jahre hinaus begabt und ausgesprochen gebildet. Es hieß, sie könne es in der politischen Arena mit jedem aufnehmen. Es hieß, sie könne je nach Notwendigkeit sowohl vorsichtig als auch unerschrocken sein und sie sei weiser, als von einer so jungen Frau zu erwarten war.

Die Jedi hatten ein Hologramm Amidalas gesehen, bevor sie Coruscant verlassen hatten. Die Königin hatte eine Vorliebe für dramatische, aufwendige Kleidung und verbarg ihr wahres Aussehen hinter Schminke und auffälligen Gewändern, die ihr eine Aura von Glanz und Schönheit verliehen. Sie war eine Art Chamäleon, zeigte der Öffentlichkeit lediglich eine Maske und umgab sich ständig mit einer Gruppe von Dienerinnen, die so gut wie nie von ihrer Seite wichen.

Qui-Gon dachte noch einen Augenblick lang über die Angelegenheit nach, dann sah er seinen Schüler an und sagte: »Gehen wir.«

Durch den Bauch des Schiffs gingen sie zur Hauptluke,

warteten, bis das Lichtsignal grün wurde, und lösten den Riegel, so daß die Rampe gesenkt werden konnte. Sie zogen ihre Kapuzen über, um ihre Gesichter zu verbergen, dann traten sie ins Licht hinaus.

Ein Protokolldroide namens TC-14 wartete, um sie zu ihrer Besprechung zu eskortieren. Der Droide führte sie eine Reihe von Fluren entlang in einen leeren Konferenzraum.

»Bitte, meine Herren, machen Sie es sich bequem.« Die blecherne Stimme vibrierte innerhalb der Metallhülse. »Mein Herr wird sofort hier sein.«

Der Droide drehte sich um und ging hinaus, dann schloß er die Tür leise hinter sich. Qui-Gon sah ihm nach, warf einen raschen Blick auf die exotischen, vogelähnlichen Geschöpfe in einem Käfig nahe der Tür und trat dann neben Obi-Wan an ein breites Fenster, von dem aus man an den Kriegsschiffen der Föderation vorbei den üppigen grünen Planeten Naboo vor dem dunklen Himmel schimmern sehen konnte.

»Ich habe ein ungutes Gefühl bei dieser Sache«, sagte Obi-Wan, nachdem er den Planeten einen Augenblick lang betrachtet hatte.

Qui-Gon schüttelte den Kopf. »Ich spüre nichts.«

Obi-Wan nickte. »Es hat nichts mit diesem Ort hier zu tun, Meister. Auch nicht mit dieser Mission. Es ist etwas anderes ... woanders. Etwas schwer Faßbares ...«

Der ältere Jedi legte seinem Schüler die Hand auf die Schulter. »Konzentriere dich nicht auf deine Unruhe, Obi-Wan. Achte auf das, was hier und jetzt geschieht. Hier gehört deine Aufmerksamkeit hin.«

»Meister Yoda sagte immer, ich müsse die Zukunft bedenken –«

»Aber nicht auf Kosten der Gegenwart.« Qui-Gon wartete, bis sein junger Schüler ihn ansah. »Achte auf die lebendige Macht, mein junger Padawan.«

Man muß zugunsten Obi-Wans anführen, daß ihm ein schwaches Lächeln gelang. »Ja, Meister.« Wieder blickte er aus dem Fenster, den Blick ins Weite gerichtet. »Wie, glaubst du, wird der Vizekönig auf die Forderungen des Kanzlers reagieren?«

Qui-Gon zuckte die Achseln. »Diese Leute sind feige. Es wird nicht schwer sein, sie zu überzeugen. Die Verhandlungen werden nicht lange dauern.«

Auf der Brücke des Kriegsschiffs der Handelsföderation standen der neimoidianische Vizekönig Nute Gunray und sein Leutnant Daultay Dofine und starrten entsetzt den Protokolldroiden an, den sie ausgesandt hatten, sich um die Botschafter des Kanzlers zu kümmern.

»Was sagst du da?« zischte Gunray wütend.

TC-14 störte sich nicht an dem Blick, mit dem der Neimoidianer ihn durchbohrte. »Die Botschafter sind Jediritter. Einer von ihnen ist ein Jedimeister – da bin ich ganz sicher.«

Dofine, ein flachgesichtiges, ruheloses Geschöpf, war entsetzt. »Ich wußte es! Man hat sie geschickt, um eine Einigung zu erzwingen! Wir sind verloren!«

Gunray machte eine beschwichtigende Geste. »Bleiben Sie ruhig! Ich wette, der Senat hat keine Ahnung davon, was der Kanzler hier veranstaltet. Gehen Sie. Lenken Sie sie ab, während ich mich mit Lord Sidious in Verbindung setze.«

Der andere Neimoidianer starrte ihn entsetzt an. »Haben Sie den Verstand verloren? Ich gehe doch nicht in die Nähe von zwei Jedirittern! Schicken Sie den Droiden!«

Er zeigte auf TC-14, der sich verbeugte, ein leises Quietschen von sich gab und davonstakste.

Nachdem der Protokolldroide gegangen war, rief Dofine Rune Haako herbei, das dritte Mitglied ihrer Delegation, und zog seine beiden Landsleute in einen engen, abgeschirmten Bereich auf der Brücke, wo niemand sonst sie sehen oder hören konnte. Dort startete er eine holographische Kommunikation.

Es dauerte einen Augenblick, bis das Hologramm erschien.

Dann zeigte sich das Abbild einer dunkel gewandeten Gestalt mit hängenden Schultern, so in Umhang und Kapuze gehüllt, daß ihr Gesicht nicht zu erkennen war.

»Was ist los?« fragte der Mann im Kapuzenumhang ungeduldig.

Nute Gunrays Kehle war so trocken, daß er einen Augenblick lang kein Wort herausbrachte. »Die Botschafter der Republik sind Jediritter.«

»Jedi?« Darth Sidious sprach das Wort leise und beinahe ehrfürchtig aus, aber er nahm die Nachricht ruhig auf. »Sind Sie sicher?«

Nute Gunray stellte fest, daß das geringe Maß an Mut, das er für diesen Augenblick aufgebracht hatte, rasch verpuffte. Er starrte die schwarze Gestalt des Sith-Lords in gebanntem Entsetzen an. »Man hat sie eindeutig als Jedi identifiziert, Sir.«

Als könne er das darauffolgende Schweigen nicht ertragen, stürzte sich Daultay Dofine in die Gesprächslücke, Panik in den weit aufgerissenen Augen. »Ihr Plan ist fehlgeschlagen, Lord Sidious! Die Blockade ist zu Ende! Wir wagen es nicht, uns gegen Jediritter zu stellen!«

Die dunkle Gestalt im Hologramm drehte den Kopf ein wenig zur Seite. »Wollen Sie damit andeuten, daß Sie sich lieber gegen mich stellen würden, Dofine? Wirklich amüsant.« Dann bewegte sich der kapuzenumhüllte Kopf wieder zu Gunray hin. »Vizekönig!«

Nute trat rasch vor. »Ja, Euer Lordschaft?«

Darth Sidious' Stimme wurde schleppend, beinahe zischend. »Ich will nicht, daß dieser erbärmliche Schleimhaufen mir noch einmal vor die Augen kommt. Verstanden?«

Nutes Hände zitterten, und er verschränkte sie, um sie ruhig halten zu können. »Jawohl, Euer Lordschaft.«

Er wandte sich Dofine zu, aber dieser flüchtete bereits von der Brücke, das Gesicht vor Entsetzen verzerrt; sein Gewand wehte hinter ihm her wie ein Leichenhemd.

Nachdem er fort war, sagte Darth Sidious: »Diese Entwicklung ist ungünstig, aber nicht vernichtend. Wir müssen unsere Pläne beschleunigen, Vizekönig. Beginnen Sie mit der Landung der Truppen. Sofort.«

Nute warf Rune Haako, der angestrengt versuchte, sich in Luft aufzulösen, einen Blick zu. »Äh, selbstverständlich, Euer Lordschaft, aber ... ist das legal?«

»Ich werde es legal machen, Vizekönig.«

»Jawohl, selbstverständlich.« Nute holte tief Luft. »Und die Jedi?«

Die dunkle Gestalt im Hologramm schien noch dunkler zu werden, und der Lord wich noch tiefer in den Schatten seines Umhangs zurück. »Der Kanzler hätte die Jedi nicht hinzuziehen dürfen. Töten Sie sie sofort. Auf der Stelle.«

»Jawohl, Euer Lordschaft«, antwortete Nute Gunray, aber das Hologramm Darth Sidious' war bereits verschwunden. Der Vizekönig starrte einen Augenblick lang die leere Stelle an, wo es sich befunden hatte, dann wandte er sich Haako zu. »Sprengen Sie ihr Schiff. Ich schicke eine Staffel Kampfdroiden, um sie zu erledigen.«

Im Besprechungsraum sahen sich Qui-Gon und Obi-Wan über einen langen Tisch hinweg an.

»Ist es bei den Neimoidianern üblich, Gäste so lange warten lassen?« fragte der jüngere Jedi.

Ehe Qui-Gon antworten konnte, öffnete sich die Tür, und der Protokolldroide kam mit einem Tablett mit Essen und Getränken herein. TC-14 kam an ihren Tisch, stellte das Tablett vor sie hin und reichte jedem ein Glas. Dann trat er zurück und wartete. Qui-Gon sah seinen jüngeren Begleiter an, dann hoben sie die Gläser an den Mund und tranken einen Schluck.

Qui-Gon nickte dem Droiden zu, dann schaute er Obi-Wan an. »Ich spüre eine ungewöhnliche Menge von Winkelzügen für etwas so Banales wie dieses Handelsproblem. Ich spüre auch Angst.«

Obi-Wan stellte das Getränk wieder auf den Tisch zurück. »Vielleicht –«

Eine Explosion erschütterte das Schiff und ließ das Tablett mit Essen und Getränken zum Tischrand rutschen. Die Jedi sprangen auf, zogen und aktivierten die Lichtschwerter. Der Protokolldroide stolperte hastig rückwärts, hob die Arme, murmelte Entschuldigungen und sah sich erschrocken und verwirrt um.

»Was ist passiert?« fragte Obi-Wan rasch.

Qui-Gon zögerte, schloß die Augen und zog sich tief in sich selbst zurück. Dann riß er die Augen wieder auf. »Sie haben unser Schiff zerstört.«

Rasch sah er sich um. Es dauerte nur einen Augenblick, bis er ein leises Zischen aus den Lüftungsschlitzen nahe der Tür vernahm.

»Gas«, sagte er warnend zu Obi-Wan.

In dem Käfig neben der Tür fielen die vogelartigen Geschöpfe wie Steine von ihren Sitzstangen.

Auf der Brücke verfolgten Nute Gunray und Rune Haako auf einem Bildschirm, wie eine Schwadron von Kampfdroiden in den Flur vor den Konferenzraum marschierten, in dem die Jedi festsaßen. Auf krummen Metallbeinen näherten sie sich der Tür, die Blaster bereit. Ein Hologramm Nutes gab ihnen von hinten Befehle.

»Inzwischen sollten sie tot sein, aber überzeugt euch lieber«, wies er die Droiden an und schaltete dann das Hologramm ab.

Die Neimoidianer sahen gebannt zu, wie die ersten Droiden die Tür öffneten und wieder zurücktraten. Eine Wolke grünlichen Gases drang aus dem Raum, und eine vereinzelte Gestalt taumelte wild mit den Armen fuchtelnd heraus.

»Entschuldigen Sie bitte, meine Herrschaften, es tut mir leid«, schnatterte TC-14, während er sich an den Kampfdroiden vorbeischob, das Tablett mit Essen und umgestürzten Gläsern noch in den Händen.

Im nächsten Augenblick kamen die Jedi mit blitzenden Lichtschwertern aus dem Konferenzraum gestürmt. Qui-Gons Waffe verwandelte zwei Droiden in einen Schauer aus Funken und Metallsplittern. Obi-Wans Lichtschwert wehrte Blasterfeuer ab, so daß die Querschläger mehrere weitere Gegner trafen. Er hob die Hand mit der Handfläche voraus, und ein weiterer Droide wurde gegen die Wand geschleudert.

Auf dem Bildschirm auf der Brücke war vor lauter Rauch und grünen Gaswolken nicht viel zu erkennen. Alarmsirenen begannen auf dem ganzen Schiff zu ertönen, und ihr Schrillen hallte überall wider.

»Was um alles in der Welt ist da unten los?« fragte Nute Gunray mit weit aufgerissenen Augen.

Rune Haako schüttelte zweifelnd den Kopf. Angst stand unübersehbar in seinen orangeroten Augen. »Sie haben wohl noch nie mit Jedirittern zu tun gehabt?«

»Nein, eigentlich nicht, aber ich verstehe nicht ...« Der Alarm schrillte weiter, und plötzlich hatte Nute Gunray einfach nur noch Angst. »Versiegeln Sie die Brücke!« rief er entsetzt.

Rune Haako wich zurück, während die Türen zur Brücke sich langsam schlossen. Seine Stimme war so leise, daß niemand ihn hörte, als er flüsterte »Das wird nicht genügen.«

Sekunden später standen die Jedi im Flur vor der Brücke und entledigten sich dort der letzten Kampfdroiden, die ihnen im Weg standen. Wie eine einzige, unaufhaltsame Kraft arbeiteten die beiden Männer gemeinsam gegen ihre Feinde und schienen jeden möglichen Angriff vorauszuahnen. Lichtschwerter blitzten in brillanten Farben, Droiden und Blaster wurden in Stücke gehackt.

»Ich will sofort Zerstörerdroiden hier oben haben!« schrie Nute Gunray, als er sah, wie einer der Jedi begann, mit seinem Lichtschwert die Tür zur Brücke aufzuschneiden. Er spürte einen Kloß in seiner Kehle und bekam eine Gänsehaut. »Schließt die Druckschutztüren! Sofort!«

Eine nach der anderen begannen die Druckschutztüren sich zu schließen und wurden mit einem Zischen versiegelt. Erstarrt beobachtete die Besatzung auf dem Schirm, wie die Jedi ihren Angriff fortsetzten, mit den Lichtschwertern auf die massiven Türen eindrangen und das schwere Metall wegschmolzen wie Butter. Ungläubiges Murmeln ertönte, und Nute schrie seine Leute an zu schweigen. Funken rieselten von der Druckschutztür, die die Jedi angriffen, und ein roter Punkt erschien in ihrer Mitte, als der größere der beiden Männer sein Lichtschwert beinahe bis zum Griff in das Metall bohrte.

Plötzlich wurde der Schirm schwarz. Das Metall inmitten der Tür glühte und tropfte herab.

»Sie kommen«, flüsterte Rune Haako und raffte seinen Umhang um sich, während er weiter zurückwich.

Vizekönig Nute Gunray antwortete nicht. *Unmöglich!* dachte er. *Unmöglich!*

Qui-Gon hämmerte mit jeder Unze von Kraft, die er besaß, auf die Druckschutztür ein, entschlossen, zu den verräterischen Neimoidianern durchzubrechen, als seine Instinkte ihn vor einer Gefahr aus einer anderen Richtung warnten.

»Obi-Wan!« rief er seinem Begleiter zu, der sofort zu ihm herumfuhr. »Zerstörerdroiden!«

Lächelnd nickte der jüngere Jedi. »Ich würde sagen, daß diese Mission das Verhandlungsstadium hinter sich gelassen hat.«

Im Flur, direkt hinter dem Bereich, wo die Jedi kämpften, rollten zehn Zerstörerdroiden in Sicht. Sie erinnerten an schimmernde Metallräder, als sie glatt und lautlos um die Ecke bogen. Einer nach dem anderen begannen sie sich zu entfalten, streckten spinnenartige Stativbeine und kurze, kräftige Arme aus, in die Laserwaffen eingebaut waren. Gebogene Rücken richteten sich auf, und die Droiden kamen zum Stehen, die gepanzerten Köpfe nach vorn gewandt. Sie sahen unheimlich und tödlich aus und hatten nur einen einzigen Zweck.

Als sie um die letzte Ecke zum Brückeneingang bogen, lösten sie ihre Laserwaffen aus und füllten den Bereich mit tödlichem Kreuzfeuer. Als die Laser verstummten, rückten die Zerstörerdroiden weiter vor und suchten nach ihrer Beute.

Aber der Vorraum war leer und die Jediritter verschwunden.

Auf der Brücke sahen Nute Gunray und Rune Haako, wie der Bildschirm wieder zum Leben erwachte. Die Zerstörerdroiden nahmen wieder Radform an und rollten am Eingangsbereich vorbei den Flur entlang, eindeutig in Verfolgung der Jedi.

»Sie fliehen«, flüsterte Rune Haako, der ihr Glück kaum glauben konnte.

Nute Gunray sagte nichts, er dachte nur, daß sie diesem Unheil viel zu knapp entkommen waren. Es war ohnehin lächerlich, daß sie gegen Jediritter kämpfen sollten. Dies hier war eine Handelsangelegenheit, keine politische. Es war vollkommen gerechtfertigt, daß die Handelsföderation sich der unsinnigen Entscheidung des republikanischen Senats widersetzte, eine Steuer auf Handelsrouten zu erheben, wenn es dafür keine gesetzliche Grundlage gab. Daß die Neimoidianer einen Verbündeten gefunden hatten, der in dieser Angelegenheit zu ihnen stand, sie beim Errichten der Blockade beraten und ihnen vorgeschlagen hatten, ein Ende der Sanktionen zu erzwingen, war kein Grund, die Jedi einzuschalten.

Er zog die Schultern ein wenig vor und zupfte umständlich seine Gewänder zurecht, um sein Zittern zu verbergen.

Plötzlich unterbrach ihn ein Ruf vom Kommunikationszentrum hinter ihm. »Sir, eine Übertragung aus der Stadt Theed auf Naboo.«

Der Bildschirm zum Planeten flackerte auf, und ein Frauengesicht erschien. Sie war jung, schön und ernst. Ein Schönheitsfleck von tiefstem Rot teilte ihre Unterlippe, und ein goldener Kopfputz umrahmte ihr puderweißes Gesicht. Sie starrte die Neimoidianer vom Bildschirm aus an, als stünde sie so hoch über ihnen, als wäre sie so weit entrückt, daß sie schlichtweg niemand erreichen konnte.

»Das ist Königin Amidala persönlich«, flüsterte Rune Haako, der außerhalb des Hologrammbereichs stand.

Nute Gunray nickte und trat näher heran. »Zumindest werden wir jetzt Ergebnisse sehen«, flüsterte er zurück.

Er ging an eine Stelle, wo die Königin ihn sehen konnte. Amidala, in ihre Zeremonialgewänder gehüllt, saß auf ihrem Thron, einem kunstvoll geschmückten Sessel auf einem Podium, vor dem eine niedrige Trennwand stand. Die Königin war von fünf ihrer Dienerinnen umgeben, alle in scharlachrote Kapuzenumhänge gehüllt. Ihr Blick war fest und direkt auf das ledrige Gesicht des Vizekönigs gerichtet.

»Die Handelsföderation ist erfreut, daß Sie uns die Ehre geben, vor uns zu erscheinen, Euer Hoheit«, begann er.

»Sie werden nicht mehr so erfreut sein, wenn Sie hören, was ich zu sagen habe, Vizekönig«, fiel sie ihm kühl ins Wort. »Ihr Handelsboykott ist zu Ende.«

Nute kämpfte gegen den ersten Schreck an, faßte sich wieder und grinste höhnisch zu Rune hinüber, bevor er sich wieder dem Bildschirm zuwandte. »Tatsächlich, Euer Hoheit? Mir war nicht bewußt –«

»Ich habe erfahren, daß der Senat endlich über diese Angelegenheit abstimmt«, fuhr sie fort, ohne auf seinen Einwand zu achten.

»Dann kennen Sie vermutlich bereits auch das Ergebnis.« Nute spürte, wie eine gewisse Unsicherheit in ihm aufkeimte. »Ich frage mich, wieso sie sich überhaupt mit einer Abstimmung abgeben.«

Amidala beugte sich ein wenig vor, und der Neimoidianer konnte sehen, wie ihre braunen Augen aufblitzten. »Ich habe genug von diesem Getue, Vizekönig. Ich weiß genau, daß die

Botschafter des Kanzlers in diesem Augenblick bei Ihnen sind und daß man Ihnen befohlen hat, sich mit ihnen zu einigen. Wie sieht diese Einigung aus?«

Nute Gunray spürte einen klaffenden Riß in seinem ohnehin schwankenden Selbstvertrauen. »Ich weiß nichts von Botschaftern. Sie müssen sich irren.«

Eine gewisse Überraschung zeichnete sich auf der Miene der Königin ab, als sie den Vizekönig forschend betrachtete. »Seien Sie vorsichtig, Vizekönig«, sagte sie leise. »Diesmal ist die Föderation zu weit gegangen.«

Nute schüttelte rasch den Kopf und reckte sich selbstgerecht in die Höhe. »Euer Hoheit, wir werden uns niemals einer Entscheidung des Senats widersetzen. Sie ziehen voreilige Schlüsse.«

Amidala saß reglos, den Blick direkt auf ihn gerichtet – als könne sie die Wahrheit entdecken, die er zu verbergen versuchte ... als bestünde er aus Glas. »Das werden wir ja sehen«, sagte sie leise.

Der Bildschirm wurde schwarz. Nute Gunray holte tief Luft. Es gefiel ihm nicht, wie er sich gegenüber dieser Frau gefühlt hatte.

»Sie hat recht«, sagte Rune Haako direkt neben ihm. »Der Senat wird niemals zulassen –«

Nute hob die Hand, um ihn zu unterbrechen. »Jetzt ist es zu spät. Die Invasion hat bereits begonnen.«

Rune Haako schwieg einen Augenblick. »Glauben Sie, daß Amidala mit einem Angriff rechnet?«

Der Vizekönig drehte sich um. »Das weiß ich nicht, aber ich werde kein Risiko eingehen. Als nächstes müssen wir jegliche Kommunikation dort unten unterbinden, bis wir fertig sind!«

In der Haupthangarbucht des Schiffs hockten Qui-Gon Jinn und Obi-Wan Kenobi geduckt in der Öffnung eines großen Luftschachts oberhalb von sechs massiven, doppelflügligen Landungsschiffen, die von einer größeren Anzahl Transportern umgeben waren. Die Transporter waren lange, stiefelförmige Fahrzeuge mit runden, knolligen Nasen. Die Türen, die diese Nasen bildeten, klafften auf, Rampen wurden ausgefahren, und Tausende schlanker, silbriger Gestalten marschierten in vollendeter Formation hinein.

»Kampfdroiden«, sagte Qui-Gon leise. In seiner tiefen Stimme schwang Überraschung und so etwas wie Bestürzung mit.

»Eine Invasionsarmee«, meinte Obi-Wan.

Eine Weile sahen sie noch zu, zählten Transporter und Droiden, während diese das halbe Dutzend Landungsschiffe füllten, und verschafften sich einen Überblick über die Größe der Armee.

»Das ist ungewöhnlich für die Föderation«, bemerkte Qui-Gon. »Wir müssen Naboo warnen und uns mit Kanzler Valorum in Verbindung setzen.«

Obi-Wan nickte. »Das sollten wir lieber nicht von hier aus tun.«

Sein Mentor warf ihm einen Blick zu. »Vielleicht nehmen unsere Freunde da unten uns ja mit.«

»Das ist das mindeste, was sie tun können, nach dem, wie sie uns behandelt haben.« Obi-Wan kniff die Lippen zusammen. »In einer Hinsicht hattest du recht, Meister – die Verhandlungen haben wirklich nicht lange gedauert.«

Qui-Gon Jinn lächelte und bedeutete ihm mit einer Geste, vorauszugehen.

Vier

Ein dunstiges, anscheinend immerwährendes Zwielicht lag in silbriggrauen Schichten über der grünen Oberfläche von Naboo, als die Landungsschiffe der Föderation aus der schwarzen Unendlichkeit des Raumes langsam zu dem Planeten hinabschwebten. Drei der Schiffe trennten sich von den anderen und sanken lautlos durch die Wolken, die unbewegt und endlos über der smaragdenen Oberfläche des Planeten hingen. Wie Geister drangen sie durch den Dunst, ihre Doppelflügel geformt wie ein riesiges *I*, und tauchten nacheinander über einem ausgedehnten Sumpfgelände auf. Als sie sanft neben dunklen Teichen und Inseln von Bäumen und Gräsern landeten, teilten sich ihre metallenen Rümpfe, damit die knollennasigen Transporter auf die Oberfläche hinausschweben und sich dort formieren konnten.

In einiger Entfernung von einem dieser Landeschiffe erschien Obi-Wan Kenobis Kopf über der Oberfläche des stillen Sumpfwassers. Rasch holte er Luft und war wieder verschwunden. Dann tauchte er abermals auf, ein Stück weiter entfernt, und diesmal nahm er sich einen Augenblick Zeit, um zu den Invasionsstreitkräften zurückzublicken. Dutzende von Transportern voller Kampfdroiden und Panzer bezogen vor dem Landungsschiff Position. Einige schwebten über dem Sumpfwasser. Andere waren auf trockenem Boden gelandet.

Weit links von sich, vor einer Baumgruppe, entdeckte er eine schattenhafte Gestalt, die durch den Nebel rannte. Qui-Gon. Obi-Wan holte abermals tief Luft, tauchte und begann zu schwimmen.

Qui-Gon schlüpfte durch den Sumpf wie ein Nebelhauch

und lauschte, als die Transporter der Handelsföderation sich auf den Weg machten. Blätter raschelten, Zweige brachen. In das dunklere, schwerere Brummen der Transportermotoren mischte sich das schrillere Schwirren kleiner, mit einzelnen Piloten besetzter, schwebender Plattformen, die Kampfdroiden als Späher der Hauptarmee beförderten. Diese Plattformen schossen nun über die Sumpflandschaft von Naboo; wie flüchtige Schatten huschten sie vor den größeren Transportern her.

Tiere aller Art und Größe flohen aus ihren Verstecken und rannten auf der Suche nach einem sicheren Platz an Qui-Gon vorbei. Ikopi, Fulumpasets, Motts, Peko Pekos – sofort fielen dem Jedimeister die Namen ein, mit denen er sich bei seiner Vorbereitung für diese Mission vertraut gemacht hatte. Er wich der Stampede der verängstigten Geschöpfe aus, sah sich nach Obi-Wan um und bewegte sich dann schneller, als der dunkle Schatten eines Transporters direkt hinter ihm aus dem Nebel auftauchte.

Bald schon hatte er keinen festen Boden mehr unter den Füßen. Er tastete sich gerade dicht am Ufer eines großen Sees entlang, als er vor sich ein seltsames, froschähnliches Geschöpf sah. Es hockte im Wasser, den geschmeidigen Körper über eine Muschelschale gebeugt, die es gerade aufgestemmt hatte; die lange Zunge schoß mit raschen, peitschenähnlichen Bewegungen ins Innere der Muschel, der Hals zuckte. Dann warf es die leere Muschel weg und erhob sich. Lange, flache Ohren hingen schlaff von dem Amphibienkopf herab, und der entenähnliche Schnabel schmatzte noch über dem Nachgeschmack der Muschel. Augen, die ganz oben auf seinem Kopf auf Stielen vorstanden, blinzelten verwirrt, beäugten Qui-Gon und die anderen Tiere ringsumher und bemerkten dann zum erstenmal den gewaltigen Schatten, vor dem sie flüchteten.

»Oh-oh!« murmelte das Geschöpf, die Silben ein wenig verzerrt, aber deutlich genug zu erkennen.

Qui-Gon lief an dem seltsamen Wesen vorbei, bemüht, dem Transporter auszuweichen. Das Geschöpf ließ die Muschel fallen und klammerte sich mit weit aufgerissenen Augen an Qui-Gons Gewand.

»Hife, Hife!« schrie es flehentlich und verzog verzweifelt und entsetzt das gummiartige Gesicht.

»Laß los!« rief Qui-Gon und versuchte vergeblich, sich loszureißen.

Der Transporter donnerte auf sie zu, glitt über die Sumpfoberfläche hinweg und ließ flachgedrücktes Gras und wirbelnde Wasserfontänen zurück. Er kam direkt auf Qui-Gon zu, während der Jedimeister weiterhin versuchte, sich von dem Geschöpf zu befreien, das sich an ihn klammerte, und es in einem vergeblichen Fluchtversuch zur Seite zerrte.

Endlich, als der Transporter nur noch wenige Meter entfernt war und über ihm aufragte wie ein Gebäude kurz vor dem Einsturz, gelang es Qui-Gon, das Geschöpf ins flache Wasser zu stoßen und sich bäuchlings darauf zu werfen. Der Transporter der Handelsföderation fegte über ihn hinweg; der Rückstoß seiner Triebwerke drosch auf die beiden ausgestreckten Lebewesen ein und drückte sie tiefer in den Sumpf.

Nachdem der Transporter vorüber war, erhob sich Qui-Gon aus dem Schlamm und holte tief Luft. Auch das seltsame Geschöpf kam wieder hoch, immer noch an seinen Arm geklammert. Schlammiges Wasser floß von seinem flachen Gesicht. Es schickte einen Seitenblick zu dem davonrauschenden Transporter, dann warf es sich auf Qui-Gon und umarmte ihn begeistert.

»O Mann, o Mann!« keuchte es mit schriller, bebender Stimme. »Ich dich lieben, ich dich ewig lieben!«

Das Geschöpf begann ihn abzuküssen.

»Laß los!« schnaubte Qui-Gon. »Hast du denn überhaupt kein Hirn? Wegen dir wären wir beinahe umgebracht worden!«

Das Geschöpf starrte ihn beleidigt an. »Kein Hirn? Ich sprechen!«

»Daß du sprechen kannst, heißt noch lange nicht, daß du intelligent bist!« Qui-Gon gab sich mit solchem Unsinn nicht ab. »Und jetzt laß mich los und verschwinde hier!«

Er befreite sich und ging weiter, wobei er sich unruhig umsah, als er in der Ferne das schrille Schwirren der Späherplattformen hörte.

Das Geschöpf zögerte, dann begann es, ihm zu folgen. »Nein, nein, ich bei dir bleiben! Mitgehen will! Jar Jar guter Gungandiener. Jar Jar Freund.«

Der Jedimeister würdigte ihn kaum eines Blickes und hielt statt dessen nach Obi-Wan Ausschau. »Danke, aber das ist nicht nötig. Du solltest lieber machen, daß du wegkommst.«

Jar Jar, der Gungan, platschte hinter ihm drein, die Schnabelschnauze stand keinen Augenblick still, und er fuchtelte mit den Armen. »Doch notwendig! Das Wunsch von Götter! Das Lebensschuld. Ich wissen so sicher, wie Name Jar Jar Binks!«

Überall im Sumpf war nun das Schwirren der Plattformtriebwerke zu hören, und zwei von ihnen kamen aus dem Nebel, direkt auf den fliehenden Obi-Wan Kenobi zu. Die Kampfdroiden, die sie bemannten, setzten zum Angriff an.

Qui-Gon zog sein Lichtschwert und schob Jar Jar weg. »Ich habe jetzt keine Zeit für so etwas –«

»Du mich mitnehmen müssen, behalten müssen –« Jar Jar hielt inne, als er nun selbst die Plattformen hörte, entdeckte sie und riß abermals die Augen weit auf. »Oh-oh, wir –«

Qui-Gon packte den Gungan und schleuderte ihn noch einmal mit dem Gesicht nach unten ins Sumpfwasser. »Bleib liegen.« Er aktivierte das Lichtschwert und hielt sich bereit, während Obi-Wan und die Verfolger immer näher kamen.

Jar Jar streckte den Kopf aus dem Wasser. »Wir sterben werden!« schrie er.

Die Kampfdroiden auf den Plattformen eröffneten das Feuer mit Laserkanonen, gerade als Obi-Wan seinen Freund erreichte. Qui-Gon blockte die rosa Blitze mit seinem Lichtschwert ab und schickte sie zurück zu den Kampffahrzeugen. Die Plattformen explodierten und stürzten in den Sumpf.

Ein erschöpfter Obi-Wan wischte sich die schlammige Stirn und blieb keuchend stehen. »Tut mir leid, Meister. Der Sumpf hat mein Lichtschwert kurzgeschlossen.«

Er zog seine Waffe. Das aktive Ende war schwarz verbrannt. Qui-Gon nahm ihm das Schwert ab und untersuchte es. Hinter ihm zog Jar Jar Binks sich aus dem Sumpfwasser und blinzelte den zweiten Jedi neugierig an.

»Du hast schon wieder vergessen, die Spannung abzuschalten, nicht wahr, Obi-Wan?« fragte der Meister spitz.

Obi-Wan nickte verlegen. »Scheint so, Meister.«

»Es wird nicht lange dauern, es wieder aufzuladen, aber es wird schwierig sein, es wieder zu säubern. Ich nehme an, du hast endlich deine Lektion gelernt, mein junger Padawan.«

»Ja, Meister.« Obi-Wan nahm das Lichtschwert betreten zurück.

Jar Jar trat mit platschenden Amphibienfüßen vor. Seine Ohren hingen herab, die langgezogenen Glieder sahen aus, als wolle er in alle Richtungen gleichzeitig fliehen. »Du mich wieder gerettet?« fragte er Qui-Gon überflüssigerweise.

Obi-Wan starrte ihn an. »Was ist das denn?«

»Ein Gungan. Eines der hiesigen Lebewesen. Er heißt Jar Jar Binks.« Qui-Gon wandte sich wieder dem Sumpf zu. »Gehen wir, bevor noch mehr von den Plattformen auftauchen.«

»Mehr?« Jar Jar war entsetzt. »Noch mehr?«

Qui-Gon hatte sich bereits wieder auf den Weg gemacht und stapfte entschlossen durch den Sumpf. Obi-Wan folgte ihm, und Jar Jar brauchte einen Augenblick, bis er sie eingeholt hatte.

»Schuldigung, aber wir in Otoh Gunga sicherer«, keuchte er in dem Versuch, ihre Aufmerksamkeit zu erregen. Überall um sie her konnte man aus dem Nebel das schrille Schwirren der Plattformen hören. »Otoh Gunga«, wiederholte Jar Jar. »Ich dort aufgewachsen. Sicherheit!«

Qui-Gon blieb stehen und sah den Gungan an. »Was sagst du da? Was ist das für ein Ort, eine Stadt?« Jar Jar nickte begeistert. »Kannst du uns dorthin bringen?«

Der Gungan schien plötzlich verunsichert. »Äh, oh ... vielleicht nicht hinbringen ... nicht hinbringen.«

Qui-Gon beugte sich vor und bedachte das Geschöpf mit einem finsteren Blick. »Nein?«

Jar Jar sah aus, als wünschte er sich, wieder im Sumpf verschwinden zu können. Sein Hals zuckte, und sein Schnabel klappte auf und zu wie ein Fischmaul. »Das peinlich, aber ... ich verbannt. Weggeschickt. Ich vergessen, daß Boss Nass Jar Jar weh tun, wenn Jar Jar zurückkommen. Schrecklich viel weh tun.«

Ein tiefes, pulsierendes Geräusch war über dem Jaulen der Plattformen zu vernehmen und wurde immer lauter. Jar Jar sah sich nervös um. »Oh-oh.«

»Hörst du das?« fragte Qui-Gon leise und bohrte dem Gungan einen Finger in die knochige Brust. Jar Jar nickte widerstrebend. »Tausend schreckliche Dinge sind auf dem Weg hierher, mein Gunganfreund ...«

»Und wenn sie dich finden, werden sie dich zu Staub zermahlen, in kleine Stücke zerlegen und dann in der Luft zerreißen«, fügte Obi-Wan vergnügt hinzu.

Jar Jar rollte die Augen und schluckte. »Oh-oh. Ich verstehen.« Er gestikulierte zur Seite. »Hier lang! Hier lang! Schnell, beeilen!«

Eilig rannten sie in den Nebel hinein.

Einige Zeit später tauchten die Jedi und der Gungan aus einem Gestrüpp aus Sumpfgras und dicken Binsen am Rand eines Sees auf, der so schlammig war, daß man in dem reflektierten Zwielicht auf der Oberfläche nichts erkennen konnte. Jar Jar beugte sich vor und stützte die dreifingrigen Hände auf knochige Knie, während er nach Atem rang. Er drehte sich noch einmal in die Richtung, aus der sie gekommen waren, und die langen Ohren flatterten bei der Bewegung. Obi-Wan schüttelte tadelnd den Kopf. Er war nicht glücklich über die Entscheidung des Jedimeisters, sich mit dieser grotesken Kreatur einzulassen.

In der Ferne konnten sie das tiefe Brummen der Föderationstransporter hören.

»Wie weit ist es noch?« wollte Qui-Gon von ihrem widerstrebenden Führer wissen.

Der Gungan zeigte auf den See. »Wir jetzt unter Wasser gehen, okeday?«

Die Jedi schauten einander an, holten dann kleine Behälter aus ihren Gewändern und schüttelten Atemmasken von Handflächengröße heraus.

»Ich euch warnen.« Jar Jar sah von einem zum anderen. »Gungan keine Außenweltler mögen. Kein Willkommen für euch.«

»Beweg dich«, sagte Qui-Gon und schob sich das Atemgerät zwischen die Zähne.

Der Gungan zuckte die Achseln, als wolle er alle Verantwortung für das, was folgen würde, ablehnen, dann wandte er sich wieder dem See zu, vollführte einen wilden doppelten Salto und verschwand in dem schlammigen Wasser.

Die Jedi wateten hinter ihm her.

Sie schwammen im trüben Wasser nach unten; die Jedi folgten der schlanken Gestalt des Gungan, der im Wasser viel eher zu Hause zu sein schien als an Land. Er schwamm anmutig, die langgezogenen Glieder ausgestreckt, während er seinen Körper wellenförmig bewegte. Sie schwammen lange Zeit immer tiefer in den See, und langsam wurde das Licht von der Oberfläche schwächer. Nun schien es nur noch Licht von unten zu geben, dessen Herkunft nicht deutlich festzustellen war. Minuten vergingen, und Obi-Wan war sich immer weniger sicher, ob es eine gute Idee gewesen war, dem Gungan zu folgen.

Dann tauchte plötzlich ein neues Licht auf, diesmal ein stetiges Glühen dicht vor ihnen. Langsam kam Otoh Gunga in Sicht. Die Stadt bestand aus einer Ansammlung ballonähnlicher Blasen, die miteinander verbunden und an mehreren Felssäulen verankert waren. Eine nach der anderen wurden die Blasen deutlicher, und man konnte die Einzelheiten der Gebäude und die Gestalten der Gungan darin erkennen.

Jar Jar schwamm direkt auf eine der größeren Blasen zu, dicht gefolgt von den Jedi. Als er die Blase erreichte, drückte er mit den Händen dagegen, und sie gab nach, nahm erst seine Arme, dann Kopf und Rumpf und schließlich die Beine auf, verschlang ihn und schloß sich wieder hinter ihm. Die staunenden Jedi folgten, bewegten sich durch diese seltsame Membran und trafen auf keinen Widerstand.

Drinnen fanden sie sich auf einer Plattform wieder, von der man zu einem von Gebäuden umgebenen Platz herabsteigen konnte. Gleichmäßiges Licht kam von den Wänden der Blase und beleuchtete das Innere. Die Jedi stellten fest, daß sie die Luft atmen konnten. Als sie in ihren triefenden Kleidern zum Platz hinabgingen, erspähten einige Gungan sie und rannten mit entsetztem Geschrei davon.

Kurz darauf erschien eine Truppe uniformierter Gungansoldaten auf zweibeinigen Reittieren mit Schnäbeln, die ihren eigenen nicht unähnlich waren. Das waren Kaadu, erinnerte sich Qui-Gon – Sumpfläufer mit kräftigen Beinen, großer Ausdauer und scharfen Sinnen. Die Gungan waren mit langen, tödlich aussehenden Elektrostäben bewaffnet, die sie benutzten, um die erschrockenen Bürger zur Seite zu schieben, während sie sich den Eindringlingen näherten.

»Haydee Ho, Cap'n Tarpals«, grüßte Jar Jar den Anführer der Truppe vergnügt. »Ich wieder da!«

»Schlechte Idee, Jar Jar Binks!« meinte der andere verärgert. »Jetzt du zu Boss Nass gehen. Diesmal viel Ärger für dich.«

Er ignorierte die Jedi, stieß Jar Jar rasch mit seinem Elektrostab an und versetzte dem unglücklichen Gungan einen

Schlag, der ihn einen halben Meter in die Höhe riß. Jar Jar rieb sich leise brummelnd das Hinterteil.

Die Gungansoldaten führten sie entlang mehrerer miteinander verbundener Passagen durch die Gebäude der Stadt. Ihr Ziel war, wie Jar Jar ihnen zuflüsterte, der Sitzungssaal im hohen Turm. Dieser Raum war nach allen Seiten transparent, und kleine leuchtende Fische schwammen außerhalb der Membran umher wie winzige Sterne vor einem dunkleren Hintergrund. Eine lange, kreisrunde Bank beherrschte ein Ende des Raums; ein Teil dieser Bank war höher als der Rest. Sämtliche Plätze waren von Gunganwürdenträgern in ihren Amtsroben besetzt, und Gungan, die bereits wegen anderer Angelegenheiten anwesend waren, wichen rasch zur Seite und machten den Neuankömmlingen Platz.

Der Gungan auf dem erhöhten Platz war ein untersetzter, kleiner Bursche, so zusammengepreßt von Alter und Gewicht, daß es kaum möglich war, sich vorzustellen, daß er einmal so schlank gewesen war wie Jar Jar. Hautfalten hingen in losen Schichten von seinem Körper, der Hals war ihm zwischen die Schultern gesackt, und er zeigte eine so säuerliche Miene, daß Jar Jar auf der Stelle den Kopf einzog, als sie vor ihm standen.

Die anderen Gungan starrten sie an und flüsterten untereinander, als die Jedi näher kamen. »Was Ihr wollen, Außenweltler?« brummte Boss Nass, nachdem sie sich vorgestellt hatten.

Qui-Gon Jinn sagte es ihm, berichtete, was die Jedi nach Naboo gebracht hatte, warnte sie vor der gerade stattfindenden Invasion und bat die Gungan, ihnen zu helfen. Der Rat hörte geduldig zu, und alle schwiegen, bis Qui-Gon fertig war.

Dann schüttelte Boss Nass den Kopf, und die Speckrollen an seinem dicken Hals wackelten mit. »Ihr nicht hier sein dürft. Robotarmee da oben nicht unser Problem.«

Qui-Gon ließ sich nicht beeindrucken. »Diese Armee von Kampfdroiden wird die Naboo angreifen. Wir müssen sie warnen.«

»Gungan Naboo nicht mögen!« Boss Nass knurrte verärgert.

»Und sie Gungan nicht mögen. Naboo denken, sie schlauer als wir. Naboo denken, ihre Hirne riesengroß. Wir im Sumpf und sie oben. Lange Zeit kein Kontakt. Armee das nicht ändern.«

»Nachdem die Armee die Naboo unterworfen hat, werden sie kommen und euch ebenfalls unterwerfen«, sagte Obi-Wan leise.

Boss Nass lachte. »Ich nicht glauben. Ich im ganzen Leben einmal, zweimal mit Naboo gesprochen. Nie mit Maschinen gesprochen. Maschinen nicht herkommen. Maschinen nicht wissen, daß Gungan hier!«

Die restlichen Ratsmitglieder nickten zustimmend und murmelten in Anerkennung von Boss Nass' Weisheit.

»Ihr und die Naboo, ihr steht in Verbindung miteinander.« Obi-Wan vertrat seine Sache entschlossen weiter. »Was den einen geschieht, wird auch die anderen berühren. Das müßt ihr doch verstehen.«

Boss Nass machte eine wegwerfende Bewegung mit der feisten Hand. »Wir euch nicht kennen, Außenweltler, und Naboo uns nicht interessieren.«

Bevor Obi-Wan fortfahren konnte, trat Qui-Gon vor. »Dann helft uns, daß wir schnell hier wegkommen«, forderte er, hob mit einer lässigen Bewegung die Hand und vollführte vor den Augen des Gunganführers eine rasche Geste, die die geistige Kraft der Jedi heraufbeschwor.

Boss Nass starrte ihn an, dann nickte er. »Wir euch helfen, schnell wegzukommen.«

Qui-Gon starrte ihm weiterhin in die Augen. »Wir müssen nach Theed.«

»Okeday.« Wieder nickte Boss Nass. »Wir euch Bongo geben. Schnellster Weg zu Naboo quer durch Planet. Ihr jetzt gehen.«

Qui-Gon trat einen Schritt zurück. »Danke für Eure Hilfe. Wir gehen in Frieden.«

Als die Jedi sich zum Gehen wandten, flüsterte Obi-Wan: »Meister, was ist ein Bongo?«

Qui-Gon warf ihm einen Blick zu und zog nachdenklich eine Braue hoch. »Eine Art Schiff, hoffe ich.«

Sie waren schon ein ganzes Stück von Boss Nass und den anderen Amtsträgern entfernt, als sie Jar Jar Binks entdeckten, der verlassen dastand und mit gefesselten Handgelenken sein Schicksal erwartete. Qui-Gon wurde langsamer und fing den Blick des unglücklichen Geschöpfes auf.

»Meister«, warnte Obi-Wan leise. Er kannte Qui-Gon zu gut, um nicht zu wissen, was jetzt geschehen würde.

Der hochgewachsene Jedi ging zu Jar Jar hinüber und betrachtete ihn.

»Sie euch reinlegen!« erklärte der Gungan mürrisch und blickte sich vorsichtig um, ob jemand zuhörte. »Quer durch Planet gehen gefährlich.«

Qui-Gon nickte. »Danke, mein Freund.«

Jar Jar Binks zuckte die Achseln und warf ihm einen traurigen Blick zu. »Schon gut.« Dann bedachte er den Jedimeister mit einem langsamen, verlegenen Grinsen und einem hoffnungsvollen Blick. »He, ich brauchen Hife. Hife super.«

Qui-Gon zögerte. »Wir haben nicht viel Zeit, Meister«, bemerkte Obi-Wan leise und trat an Qui-Gons Seite.

Der Jedimeister wandte sich seinem Schüler zu, aber sein Blick ging in die Ferne. »Die Zeit, die wir hier verbringen, könnte uns später helfen. Jar Jar könnte uns von Nutzen sein.«

Obi-Wan schüttelte frustriert den Kopf. Sein Mentor war immer viel zu begierig, sich zu engagieren, wo es nicht notwendig war. Viel zu schnell nahm er sich irgendwelcher Angelegenheiten an, die ihn nichts angingen. Wieder und wieder hatte das dazu geführt, daß er vor den Jedirat gerufen wurde. Eines Tages würde es ihm zum Verhängnis werden.

Er beugte sich näher heran. »Ich spüre einen Mangel an Konzentration.«

Qui-Gon schaute ihn an. »Sei vorsichtig, junger Obi-Wan«, tadelte er sanft. »Sensibilität gegenüber der lebendigen Macht ist nicht gerade deine starke Seite.«

Der jüngere Jedi erwiderte den Blick einen Augenblick lang, dann wandte er sich ab, getroffen von der Kritik. Qui-Gon ging zu Boss Nass zurück. »Was wird aus Jar Jar Binks?« fragte er.

Boss Nass, der gerade dabei war, sich mit anderen Gungan zu unterhalten, wandte sich ihm verärgert zu. Seine Hängebacken bebten. »Binks brechen Gesetz. Binks Exil, nicht zurückkommen dürfen. Strafe dafür schwer.«

»Doch nicht zu schwer?« bohrte der Jedimeister weiter. »Er ist uns eine große Hilfe gewesen.«

Boss Nass lachte ein träges, knurrendes Lachen. »Totgeschlagen werden.« Irgendwo im Hintergrund stöhnte Jar Jar Binks laut. Ein paar andere Gungan kommentierten das mit leisem Gemurmel. Selbst Obi-Wan, der nun wieder an der Seite seines Meisters stand, schien entsetzt.

Qui-Gon handelte rasch. »Wir brauchen einen Navigator, der uns nach Theed bringt. Ich habe Jar Jar auf der Oberfläche das Leben gerettet. Dafür ist er mir etwas schuldig. Ich fordere diese Lebensschuld von ihm ein.«

Boss Nass glotzte den Jedi schweigend an, und sein mürrisches Gesicht wurde noch faltiger. Sein Kopf schien tiefer in die Schultern zu sinken, in die Hautfalten, die seinen Hals verbargen.

Dann starrte er den unseligen Jar Jar aus seinen kleinen Äuglein an und zeigte auf ihn. »Binks?«

Jar Jar trat gehorsam vor und stellte sich neben die Jedi.

»Du schulden Außenweltler Leben?« wollte Boss Nass finster wissen.

Jar Jar nickte und ließ Kopf und Ohren hängen, aber in seinen Augen blitzte Hoffnung auf.

»Die Götter verlangen, daß er diese Schuld abträgt«, erklärte Qui-Gon und beschwor abermals mit einer Geste vor Boss Nass' Augen seine Jedimacht herauf. »Sein Leben gehört jetzt mir.«

Der oberste Gungan dachte einen Augenblick nach, bevor er zustimmend nickte. »Sein Leben gehören dir. Sein Leben ohnehin nichts wert. Du gehen und ihn mitnehmen.«

Einer der Wachen trat vor und nahm Jar Jar die Fesseln ab.

»Komm, Jar Jar«, befahl Qui-Gon Jinn und führte den Gungan weg.

»Quer durch Planet?« ächzte Jar Jar, dem plötzlich klarwurde, was geschehen war. »Das lieber vergessen! Lieber tot hier, als tot mitten in Planet! Ich hierbleiben ...«

Aber schon hatten die Jedi ihn aus dem Raum und aus Hör- und Sichtweite von Boss Nass weggezerrt.

Auf der Brücke des Schiffs der Handelsföderation standen Nute Gunray und Rune Haako allein vor einem Hologramm von Darth Sidious. Die Neimoidianer sahen einander nicht an, und beide hofften, daß der Sith-Lord nicht spüren konnte, was sie dachten.

»Die Invasion verläuft nach Plan, Euer Lordschaft«, sagte der Vizekönig. Sein Gewand und der Kopfputz verbargen das ängstliche Zucken seiner Glieder angesichts der dunkel gekleideten Gestalt vor ihm. »Unsere Armee nähert sich Theed.«

»Gut. Sehr gut.« Darth Sidious sprach mit leiser, ruhiger Stimme. »Ich habe dafür gesorgt, daß das Verfahren im Senat ins Stocken kommt. Bis über diesen Vorfall abgestimmt wird, werden sie keine andere Wahl haben als zu akzeptieren, daß Ihre Blockade erfolgreich war.«

Nute Gunray warf einen raschen Blick auf seinen Landsmann. »Die Königin vertraut darauf, daß der Senat sich auf ihre Seite stellt.«

»Königin Amidala ist jung und naiv. Sie werden feststellen, daß es nicht schwierig sein wird, sie zu kontrollieren.« Das Hologramm schimmerte. »Gut gemacht, Vizekönig.«

»Danke, Euer Lordschaft.« Dann verblaßte das Hologramm.

In der folgenden Stille wechselten die Neimoidianer einen wissenden Blick. »Sie haben es ihm nicht gesagt«, meinte Rune Haako anklagend.

»Daß die Jedi verschwunden sind?« Nute Gunray machte eine abfällige Geste. »Das ist nicht nötig. Es ist nicht nötig, ihm irgendwas zu sagen, bevor wir nicht sicher wissen, was passiert ist.«

Rune betrachtete ihn forschend, bevor er sich abwandte. »Nein, nicht nötig«, sagte er leise und verließ den Raum.

Fünf

Obi-Wan Kenobi hatte sich über die Steuerkonsole des Bongo gebeugt und machte sich mit den einzelnen Funktionen vertraut, während Jar Jar Binks, der neben ihm hockte, sinnloses Zeug vor sich hin schwatzte. Qui-Gon saß schweigend und wachsam hinter ihnen im Schatten.

»Das verrückt, total verrückt!« stöhnte Jar Jar, während sich das Bongo langsam von den schimmernden, beleuchteten Blasen von Otoh Gunga entfernte und tiefer ins Wasser von Naboo eindrang.

Das Bongo war ein unansehnliches kleines Unterwasserfahrzeug, das hauptsächlich aus einem Elektrokraftwerk, einem Steuerungssystem und den Passagierkabinen bestand. Dank seiner flachen, nach hinten weisenden Flossen und Hecktentakel, die rotierten, um das Schiff vorwärts zu bewegen, sah es ein wenig wie ein Tintenfisch aus. Drei blasenförmige Passagierkabinen befanden sich jeweils auf einem Flügel und vorne an der Nase.

Die Jedi und der Gungan saßen in der vorderen Blase, wo Obi-Wan die Instrumentenkonsole bediente und Jar Jar ihnen den Weg zeigen sollte. Offensichtlich gab es Unterwasserpassagen durch den gesamten Planeten, und wenn man die richtige fand, konnte man viel Zeit sparen.

Oder, dachte Obi-Wan finster, sich umbringen.

»Wir sterben werden«, murmelte Jar Jar bedrückt. Er hob den flachen Schnabel von dem Leitsystem, das er vor sich hatte, und drehte sich zu dem Jedi um, wobei seine langen Ohren aufs lächerlichste wackelten. »Wohin wir gehen, Cap'n Quiggon?«

»Du bist der Navigator«, murmelte Qui-Gon. Jar Jar schüttelte den Kopf. »Ich? Nix da. Ich nix wissen.«

Qui-Gon legte dem Gungan eine Hand auf die Schulter. »Immer mit der Ruhe, mein Freund. Die Macht wird uns leiten.«

»Macht? Welche Macht?« Jar Jar schien nicht beeindruckt. »Super Sache, Macht, jede Wette. Macht mich retten, Macht euch retten, wie?« Obi-Wan schloß verzweifelt die Augen. Das würde eine Katastrophe werden. Aber eine Katastrophe, mit der Qui-Gon zurechtkommen mußte. Es war nicht seine Sache, sich hier einzumischen. Immerhin war es Qui-Gon gewesen, der beschlossen hatte, Jar Jar Binks mitzunehmen. Nicht, weil der Gungan ein erfahrener Navigator war oder auch nur die geringste Spur einer anderen Begabung gezeigt hatte, sondern weil er ein weiteres Projekt darstellte, das Qui-Gon mit seiner üblichen Mißachtung aller Entscheidungen des Rats für lohnend hielt.

Das war eine Neigung, die Obi-Wan immer wieder staunen und frustriert den Kopf schütteln ließ. Sein Mentor war vielleicht der größte Jedi seiner Zeit, ein Mann mit großem Einfluß im Rat, ein starker und mutiger Krieger, der sich selbst von der größten Herausforderung nicht einschüchtern ließ, und ein guter und liebenswerter Mensch. Vielleicht war es das, was ihm so viel Ärger eingebracht hatte. Er hatte sich dem Rat wiederholt in Angelegenheiten widersetzt, die Obi-Wan kaum für des Nachdenkens wert erachtete. Er hatte seine eigene Vorstellung von den Zielen eines Jedi, von den Diensten, die er der Gesellschaft leisten und den Idealen, denen er sich annehmen sollte, und dieser Vorstellung folgte er mit unerschütterlicher Zielstrebigkeit.

Obi-Wan war jung und ungeduldig, dickköpfig und längst nicht so eins mit der Macht wie Qui-Gon, aber er glaubte doch, besser als sein Meister zu verstehen, was es bedeutete, sich zu überschätzen und zu viele Aufgaben gleichzeitig bewältigen zu wollen. Qui-Gon neigte dazu, alles aufs Spiel zu setzen, wenn er eine Herausforderung fand, die ihn interessierte – selbst wenn er sein Leben dabei riskierte.

Wie zum Beispiel jetzt. Jar Jar war ein Risiko allererster Ordnung, und es gab keinen Grund anzunehmen, daß es ihnen auch nur den geringsten Vorteil bringen könnte, wenn er sie weiterhin begleitete.

Der Gungan murmelte immer noch vor sich hin und starrte dabei die ganze Zeit durch das Sichtfenster, als suchte er ein Straßenschild, das ihm zumindest gestatten würde, so zu tun, als wüßte er, was er tat. Obi-Wan biß die Zähne zusammen. Halt dich da raus, sagte er sich. Misch dich bloß nicht ein.

»Übernimm das Steuer«, fauchte er Jar Jar an.

Er zwängte sich von seinem Sitz und kniete sich dicht neben Qui-Gon. »Meister«, sagte er beinahe gegen seinen Willen, »warum schleppst du immer wieder diese jämmerlichen Lebensformen mit, wenn sie doch zu nichts zu gebrauchen sind?«

Qui-Gon Jinn lächelte schwach. »Er sieht im Moment vielleicht so aus, aber du mußt lernen, tiefer zu blicken, Obi-Wan.«

»Ich habe tief genug geblickt, und da gibt es nichts zu sehen!« Obi-Wan wurde rot vor Zorn. »Er ist nur eine unnötige Ablenkung!«

»Im Augenblick vielleicht. Aber das könnte sich im Lauf der Zeit ändern.« Obi-Wan wollte noch mehr sagen, aber der Jedimeister schnitt ihm das Wort ab. »Hör mir zu, mein junger Padawan. Die Macht birgt Geheimnisse, die nicht leicht zu entdecken sind. Die Macht ist gewaltig und allesdurchdringend, und alle lebenden Wesen sind ein Teil von ihr. Es wird jedoch nicht immer deutlich, worin Sinn und Aufgabe dieser Wesen besteht. Manchmal müssen wir ihren Zweck erst spüren, damit er uns später konkret enthüllt werden kann.«

Obi-Wan verzog das Gesicht. »Einige Geheimnisse sollten lieber ungelüftet bleiben, Meister.« Er schüttelte den Kopf. »Davon einmal abgesehen, wieso mußt immer du es sein, der sich damit befaßt? Du weißt doch, wie der Rat zu diesen ... Umwegen steht. Vielleicht sollten wir dieses eine Mal die Entdeckung anderen überlassen.«

Qui-Gons Blick wurde plötzlich traurig. »Nein, Obi-Wan. Geheimnisse müssen enthüllt werden, wenn man sie findet. Umwege müssen genommen werden, wenn sich die Möglichkeit bietet. Und wenn du derjenige bist, der am Kreuzweg steht oder etwas Verborgenes bemerkt, darfst du es nie einem anderen überlassen, an deiner Stelle zu handeln.«

Die letzten Lichter von Otoh Gunga verschwanden im trüben Wasser, und der Schlamm schloß sich wie eine dunkle Wolke um sie. Jar Jar Binks lenkte das Fahrzeug mit langsamer, aber stetiger Geschwindigkeit, hatte aufgehört zu murmeln und sich zu winden, und seine Hände ruhten fest auf der Steuerkonsole. Er schaltete das Licht an, als es dunkler wurde, und die breiten, gelben Strahlen beleuchteten gewaltige, bunte Korallenbänke, die sich durch die Schwärze wanden.

»Ich respektiere dein Urteil, Meister«, sagte Obi-Wan schließlich. »Aber das hält mich nicht davon ab, mir Sorgen zu machen.«

Wie alle Jediritter war Obi-Wan Kenobi früh entdeckt und von seinen Eltern weggeholt worden. Er erinnerte sich jetzt nicht mehr an sie; die Jediritter waren seine Familie geworden. Und von ihnen allen stand er Qui-Gon, seinem Mentor seit nun mehr als einem Dutzend Jahren, am nächsten. Der Mann war sein engster, vertrautester Freund geworden.

Qui-Gon verstand diese Zuneigung und teilte sie. Obi-Wan war der Sohn, den er selbst nie haben würde. Er war die Zukunft, die er zurücklassen würde, wenn er starb. Er hatte gewaltige Hoffnungen für Obi-Wan, aber nicht immer teilte er die Ansichten seines Schülers.

»Hab Geduld mit mir, Obi-Wan«, erwiderte er leise. »Manchmal hilft ein wenig Glauben sehr viel.«

Das Bongo schlängelte sich durch einen Korallentunnel,

und die Lichter des kleinen Fahrzeugs fielen auf scharlachrote und malvenfarbene Verzweigungen. Rings um sie her schwammen Schwärme leuchtend bunter Fische durch die rissigen Felsschluchten.

»Sind die Gungan und die Naboo im Krieg miteinander?« fragte Qui-Gon Jar Jar nachdenklich.

Der Gungan schüttelte den Kopf. »Kein Krieg. Naboo und Gungan nicht kämpfen. Vielleicht früher kämpfen. Jetzt Naboo nicht in Sumpf gehen, Gungan nicht auf Ebenen. Sie einander nicht begegnen.«

»Aber sie mögen einander nicht?« bohrte der Jedimeister weiter.

Jar Jar schnaubte. »Naboo eingebildet, glauben immer, sie besser als Gungan! Viel Unsinn!«

Obi-Wan beugte sich hinüber zu Jar Jar Binks, wandte aber den Blick nicht vom Sichtfenster. »Warum hat man dich verbannt, Jar Jar?« wollte er wissen.

Der Gungan gab eine Reihe schmatzender Geräusche von sich. »Das lange Geschichte, aber ich ganz kurz sagen, ich ... oh ... ich irgendwie ungeschickt.«

»Man hat dich verbannt, weil du ungeschickt bist?« fragte Obi-Wan ungläubig.

Das Bongo bog in etwas offeneres Wasser zwischen zwei gewaltigen Korallenbänken ein. Weder die Jedi noch der Gungan sahen die dunkle Gestalt, die sich hinter einer der größeren Bänke hervorschob und begann, sie zu verfolgen.

Jar Jar wand sich geradezu. »Ich Grund für ein, zwei ganz kleine Unfälle. Kleine Explosion, und dann Heyblibber von Boss kaputt, dann Jar Jar verbannt.«

Obi-Wan war sich nicht ganz sicher, was Jar Jar ihm da erzählte. Aber bevor er nachfragen konnte, stieß etwas krachend gegen das Bongo und schleuderte es ruckartig zur Seite. Ein riesiges Schalentier mit vielen Beinen und gewaltigen, zähnestarrenden Kiefern hatte sie mit seiner langen Zunge erfaßt und zog sie auf sein aufgesperrtes Maul zu.

»Opee Killerfisch!« schrie Jar Jar verzweifelt. »Wir sterben!«

»Voller Schub vorwärts, Jar Jar!« befahl Qui-Gon rasch und sah zu, wie sich das Maul hinter ihnen weiter öffnete.

Aber statt Vorwärtsschub zu geben, geriet Jar Jar in Panik und beschleunigte rückwärts, was das kleine Schiff direkt ins Maul ihres Angreifers rasen ließ. Das Bongo krachte mit einem Ruck, der die Jedi von den Sitzen und an die Wände schleuderte, gegen die Rückseite des Schlunds des Ungeheuers. Reihen spitzer Zähne begannen, sich vor ihnen zu schließen, und die Lichter auf der Steuerkonsole flackerten unsicher.

»Oh-oh«, sagte Jar Jar Binks.

Rasch sprang Obi-Wan wieder auf den Sitz des Kopiloten. »Hier, laß mich!«

Er übernahm die Steuerung und gab vollen Schub vorwärts. Zu seiner Überraschung öffnete sich das Maul des Opee mit einem krampfartigen Zucken, und sie schossen wie von einer Laserkanone abgefeuert durch die Zahnreihen.

»Wir frei! Wir frei!« Jar Jar hüpfte in seinem Sitz herum, ganz begeistert über ihr Glück.

Aber ein rascher Blick nach hinten zeigte, daß sie aus einem ganz anderen Grund wieder draußen waren als angenommen. Der Opee-Killerfisch steckte im Maul eines Geschöpfs, das so riesig war, daß das Schalentier dagegen geradezu winzig wirkte. Ein langes, aalartiges Raubtier mit klauenbewährten Vorderbeinen, Flossen auf dem Rücken und ausgesprochen unangenehmen Zähnen zermalmte den Killerfisch in kleine Stücke und schluckte ihn begierig.

»Sando-Monster, oh-oh!« ächzte Jar Jar Binks und schlug die Hände vors Gesicht.

Obi-Wan versuchte, die größtmögliche Entfernung zwischen sie und diese neueste Bedrohung zu legen. Das Sando-Monster verschwand hinter ihnen, aber die Lichter des Bongo flackerten unheilverkündend. Das kleine Schiff tauchte tiefer ins Innere des Planeten ein. Plötzlich explodierte etwas in einer Schalttafel hinter ihnen und sprühte einen Regen von Funken durch die Kabine. Metallplatten über ihnen rissen an den Schweißnähten, und Wasser drang durch die Außenhaut des Bongo.

»Meister«, sagte Obi-Wan, als sich das Geräusch des Antriebs plötzlich veränderte, »wir verlieren Energie.«

Qui-Gon hatte sich über die Schalttafel gebeugt. »Ganz ruhig. Noch sind wir nicht in Schwierigkeiten.«

»Keine Schwierigkeiten!« Jar Jar hatte es aufgegeben, auch nur so zu tun, als könne er sich beherrschen, und schlug wild um sich. »Ungeheuer draußen! Wasser drinnen. Keine Energie! Ihr verrückt! Wann sein Schwierigkeiten?«

Genau in diesem Moment gingen die Lichter im Bongo aus. Jar Jar Binks hatte seine Antwort erhalten.

Im Konferenzraum des Flaggschiffs der Handelsföderation fanden sich Nute Gunray und Rune Haako vor einem hochaufragenden Hologramm von Darth Sidious. Der neimoidianische Vizekönig und sein Leutnant standen reglos da, die orangeroten Augen starr auf das Abbild fixiert, die Reptiliengesichter von schrecklicher Angst gezeichnet.

Die schwarzgewandete Gestalt betrachtete sie schweigend. Das Gesicht von Darth Sidious war weiterhin tief in der Kapuze verborgen, und dem Schatten war nichts zu entnehmen. Aber die starre Haltung des Sith-Lords sprach Bände.

»Sie enttäuschen mich, Vizekönig«, sagte er schließlich zu Nute Gunray.

»Euer Lordschaft, ich bin sicher, daß alles –« setzte der Neimoidianer zu einer vergeblichen Erklärung an.

»Und noch schlimmer, Sie widersetzen sich meinen Befehlen!«

Das Gesicht des Neimoidianers machte eine schreckliche Wandlung durch. »Nein, Euer Lordschaft! Niemals! Diese Jedi sind ... tückisch, das ist alles. Es ist nicht so einfach, sie zu töten –«

»Das heißt also, sie sind noch am Leben, Vizekönig?«

»Nein, nein, ich bin sicher, daß sie tot sind. Sie müssen einfach tot sein. Wir – wir konnten nur noch nicht bestätigen, daß ...«

Darth Sidious ignorierte ihn. »Wenn sie noch leben, werden sie sich bald zeigen. In diesem Fall, Vizekönig, will ich sofort unterrichtet werden. Dann werde ich mich selbst um sie kümmern.«

Nute Gunray sah aus, als würde er gleich unter dem durchdringenden Blick des Sith-Lords zusammenbrechen. »Jawohl, Euer Lordschaft«, würgte er hervor, aber das Hologramm war bereits verschwunden.

In der Dunkelheit bemühte Obi-Wan sich weiterhin, das ziellos dahintreibende Fahrzeug unter Kontrolle zu bekommen.

Plötzlich jaulte der Motor wieder auf, und die Heckflossen begannen zu wirbeln. »Wir haben wieder Energie«, flüsterte Obi-Wan dankbar.

Die Lichter der Kontrollkonsole gingen wieder an, flackerten und blieben dann hell. Die Scheinwerfer folgten und blendeten sie einen Augenblick lang, als das Licht von Felswänden und gezackten Vorsprüngen reflektiert wurde. Dann schrie Jar Jar auf. Ein neues Ungeheuer befand sich direkt vor ihnen, nichts als Schuppen, Zähne und Stacheln. Es erhob die gebogenen, klauenbewehrten Vorderbeine zur Verteidigung.

»Colo-Klauenfisch!« kreischte der Gungan. »Ihr besser was unternehmen! Wo eure Macht jetzt?«

»Immer mit der Ruhe«, sagte Qui-Gon Jinn leise und legte die Hand aufs Jar Jars zuckende Schulter. Der Gungan fuhr erschrocken herum und fiel in Ohnmacht.

»Du hast es ein bißchen übertrieben«, meinte Obi-Wan, riß das Bongo herum und schoß ins Dunkel davon.

Selbst ohne hinzusehen wußte er, daß der Colo-Klauenfisch ihnen folgte. Sie befanden sich in einem Tunnel, der vermutlich die Höhle des Geschöpfs war. Sie hatten Glück, das Tier überrascht zu haben. Er lenkte das Bongo zum Höhleneingang und einer Reihe überhängender Korallen, die ihnen auf dem Weg nach draußen ein wenig Schutz bieten konnten. Etwas krachte gegen das Fahrzeug, hielt es einen Augenblick an Ort und Stelle und ließ es dann wieder los. Obi-Wan gab mehr Energie auf die Antriebsflossen.

»Komm schon, komm schon«, flüsterte er leise.

Sie schossen aus der Höhle hinaus, direkt auf das Maul des wartenden Sando-Monsters zu. Überrascht fuhr das Geschöpf zurück und gab Obi-Wan einen Sekundenbruchteil Zeit, um das Fahrzeug nach rechts zu reißen. Das Maul des Ungeheuers stand immer noch offen, während sie zwischen Zähnen von der Größe von Häusern hindurchrasten.

Jar Jar öffnete die Augen. Er erblickte die Zähne und wurde sofort wieder ohnmächtig.

Durch eine Zahnlücke des Monsters schossen sie nach draußen, und das kleine Fahrzeug erbebte von der Geschwindigkeit. Aber der Colo-Klauenfisch, der sie immer noch verfolgte, konnte nicht schnell genug ausweichen und sauste direkt ins Maul des größeren Raubtiers. Die Kiefer schlossen sich mahlend.

Obi-Wan erhöhte weiter die Geschwindigkeit, während Stücke des Colo-Klauenfischs noch einmal kurz zwischen den malmenden Zähnen zu sehen waren, nur um rasch außer Sichtweite gesaugt zu werden.

»Hoffen wir, daß er jetzt satt ist«, meinte der Jedi mit einem raschen Blick nach hinten.

Offensichtlich war das der Fall, denn das Sando-Monster folgte ihnen nicht mehr. Sie brauchten eine Weile, um Jar Jar wachzubekommen, und noch ein wenig länger, um ihre Reise zu vollenden, aber mit der etwas fragwürdigen Hilfe des Gungan gelang es ihnen schließlich, aus der Dunkelheit der Tiefe wieder ins Sonnenlicht aufzusteigen. Das Bongo durchbrach die Oberfläche eines blauen Gewässers, grüne Hügel und Bäume erhoben sich um sie, und über ihnen hingen Wolken an einem blauen Himmel. Obi-Wan lenkte das kleine Fahrzeug zum nächstgelegenen Strand, drosselte den Motor und öffnete die Luke. Qui-Gon stand auf und blickte sich um.

»Wir in Sicherheit«, bemerkte Jar Jar dankbar und lehnte sich zurück. »Okeday.«

»Davon bin ich noch nicht so ganz überzeugt«, meinte der Jedimeister. »Gehen wir.«

Er kletterte an Land und machte sich sofort auf den Weg. Obi-Wan warf Jar Jar einen bedeutungsvollen Blick zu und folgte ihm.

Der Gungan starrte dem Jedi zweifelnd hinterher. »Schon auf Weg«, murmelte er und beeilte sich, sie einzuholen.

Sechs

Etwa eine Woche nach dem Kapselrennen und der Begegnung mit dem alten Raumfahrer rief Watto Anakin in die stickige Enge seines Ladens und erklärte ihm, er solle mit einem Gleiter ins Dünenmeer fahren, um dort mit den Jawas zu feilschen. Die Jawas boten an, diverse Droiden zu verkaufen oder zu tauschen, einige davon Mechaniker, und Watto war zwar nicht bereit, sich von seinem Geld zu trennen, aber er ließ sich keine Gelegenheit zum Feilschen entgehen, wenn er etwas günstig eintauschen konnte. Anakin hatte schon öfter in Wattos Auftrag mit den Jawas verhandelt, und der Toydarianer wußte, daß er sich auf den Jungen verlassen konnte.

Watto schob sein blaues Gesicht dicht an das von Anakin, und seine winzigen Flügel schlugen hektisch. »Bring mir, was ich brauche, Junge! Und verpfusch das bloß nicht wieder!«

Er vertraute Anakin eine Anzahl schwierig zu beschaffender Ersatzteile für Motor- und Lenksysteme an, die die Jawas vermutlich reizen würden und die Watto gegen die richtigen Droiden eintauschen wollte. Der Junge sollte sich mittags im Dünenmeer mit den Jawas treffen und bei Sonnenuntergang zurück sein. Keine Umwege, kein Herumtreiben. Watto hatte es ihm immer noch nicht verziehen, daß er das Kapselrennen verloren und seine beste Rennkapsel demoliert hatte.

»Laß die Droiden zu Fuß gehen, wenn du keinen Anhängergleiter eintauschen kannst.« Watto schwirrte wild im Laden umher. »Wenn sie nicht so weit laufen können, sind sie ohnehin nutzlos. *Peedunkel!* Und sorg dafür, daß sie dich nicht übers Ohr hauen! Immerhin steht hier mein Ruf auf dem Spiel!«

Anakin hörte aufmerksam zu und nickte an all den richtigen Stellen, wie er es im Laufe der Jahre gelernt hatte. Der Morgen war noch nicht sonderlich weit fortgeschritten, und er hatte genug Zeit, um das Nötige zu tun. Er hatte schon oft mit den Jawas zu tun gehabt, und er wußte, wie er dafür sorgen konnte, daß sie ihn nicht übervorteilten.

Es gab vieles, was Watto nie über Anakin Skywalker wissen würde, dachte der Junge bei sich, als er zur Tür hinausging, um sich den Gleiter zu holen. Einer der Tricks erfolgreicher Sklaven bestand darin, Dinge zu wissen, die der Herr nicht wußte, und sich dieses Wissen zunutze zu machen. Anakin war ein hervorragender Rennpilot, und er war darüber hinaus dazu begabt, Dinge auseinanderzunehmen und sie wieder zusammenzusetzen, damit sie besser funktionierten als vorher. Aber es war diese seltsame Fähigkeit, Dinge zu spüren, Einsichten aus Veränderungen von Stimmungen, Reaktionen und Worten zu gewinnen, die ihm am meisten nützte. Er konnte sich auf andere Geschöpfe abstimmen, eine Verbindung zu ihnen herstellen, so daß er spürte, was sie dachten und tun würden, noch bevor sie es wirklich taten. Das war ihm oft dienlich gewesen, wenn er mit den Jawas feilschte, und es verschaffte ihm beim Tauschhandel einen deutlichen Vorteil.

Darüber hinaus hatte Anakin weitere wichtige Geheimnisse, die er vor Watto bewahrte. Das erste davon war der Protokolldroide, den er auf der Werkbank in seinem Zimmer zusammenbastelte. Die Arbeit war schon weit genug fortgeschritten, obwohl dem Droiden noch die Außenhülle und ein Auge fehlten; er konnte inzwischen stehen und sich bewegen, und die Intelligenz- und Kommunikationsprozessoren funktionierten. Das genügte, um mit der Aufgabe zurechtzukommen, die Anakin für den Droiden vorgesehen hatte: ihn zum Beispiel bei solchen Unternehmen zu begleiten wie dem, zu dem er jetzt unterwegs war. Der Droide konnte die Jawas belauschen, wenn sie sich in ihrer eigenen, seltsamen Sprache unterhielten, die Anakin nicht sonderlich gut verstand oder sprach. Danach würde Anakin erfahren, ob sie versuchten, ihn irgendwie zu betrügen. Watto wußte nicht, wie weit Anakin mit dem Droiden gekommen war, und es bestand keine große Gefahr, daß er es herausfand, wenn sie sich im Dünenmeer aufhielten.

Das zweite und wichtigere Geheimnis hatte mit der Rennkapsel zu tun, die der Junge baute. Er arbeitete nun seit beinahe zwei Jahren daran, fand hier ein Teil, da ein Teil und baute die Kapsel unter einer alten Plane auf der Müllhalde hinter den Sklavenquartieren zusammen. Seine Mutter hatte nichts dagegen, denn sie wußte, wie sehr er sich dafür interessierte, Dinge auseinanderzunehmen und wieder zusammenzusetzen. Sie glaubte nicht, daß es ihm schaden würde, in seiner freien Zeit an einem eigenen Projekt zu arbeiten, und Watto wußte nichts von der Kapsel.

Es war gut gewesen, Watto von Anfang an nichts davon wissen zu lassen. Genau wie den Droiden hätte Watto die Kapsel sofort für sich beansprucht, wenn er geglaubt hätte, sie könne ihm etwas nützen. Also hatte Anakin es von Anfang an darauf angelegt, das Fahrzeug wie einen Schrotthaufen aussehen zu lassen und seinen Wert mit vielen klugen Tricks zu verbergen. Jeder, der die Kapsel sah, würde sie nur für einen funktionsunfähigen Haufen Schrott halten, für ein Spiel, für den harmlosen Traum eines kleinen Jungen.

Aber für Anakin Skywalker war es der erste Schritt in seinem Lebensplan. Er würde die schnellste Rennkapsel bauen, die der Planet je gesehen hatte, und er würde jedes Rennen gewinnen. Sein nächstes Projekt würde dann ein Sternenjäger sein, und damit würde er von Tatooine zu anderen Welten fliegen. Er würde seine Mutter mitnehmen, und sie würden ein neues Zuhause finden. Er würde der größte Pilot aller Zeiten werden, alle großen Schiffe fliegen, und seine Mutter würde ungeheuer stolz auf ihn sein.

Und eines Tages, nachdem er all das erreicht hätte, würden sie keine Sklaven mehr sein. Sie würden frei sein.

Er dachte oft daran. Nicht, weil seine Mutter ihn in irgendeiner Weise dazu ermutigt hätte, oder weil er einen Grund gehabt hätte anzunehmen, daß dies wirklich geschehen könnte, sondern einfach, weil er tief drinnen, dort, wo es wichtig war, daran glaubte, daß es passieren würde.

Er dachte auch jetzt daran, als er den Gleiter durch die Straßen von Mos Espa lenkte, mit dem Protokolldroiden in der hinteren Passagierkabine, wo er reglos und skelettähnlich saß, weil Anakin ihn für die Fahrt deaktiviert hatte. Anakin dachte an all die Dinge, die er tun, und an die Orte, zu denen er fliegen würde, an seine künftigen Abenteuer und Erfolge und daran, wie seine Träume wahr werden würden. Unter den Sonnen von Tatooine lenkte er den Gleiter aus der Stadt heraus und in die schimmernde Hitzewelle hinein, die von der Wüste ausging. Das Licht, das von der Metalloberfläche des Gleiters reflektiert wurde, war wie weißes Feuer.

Zwei Standardstunden lang fuhr er nach Osten, bis er den Rand des Dünenmeers erreichte. Das Treffen mit den Jawas war bereits am Vortag per Transmitter von Watto arrangiert worden. Die Jawas würden am Mochotfelsen warten, einer vereinzelten Felsformation etwa in der Mitte des Meers. Der Junge, der eine Schutzbrille, Handschuhe und einen Helm trug, erhöhte die Geschwindigkeit des Gleiters und eilte durch die Mittagshitze.

Die Jawas warteten schon auf ihn, ihre gewaltigen Sandraupenschlepper im Schatten des Felsens geparkt, die Droiden, die sie tauschen wollten, am Ende der Rampe aufgereiht. Anakin stellte den Gleiter nahe bei den kleinen Gestalten in Kapuzengewändern ab, deren gelbe Augen wachsam glitzerten und stieg aus. Er aktivierte den Protokolldroiden und befahl ihm, ihm zu folgen. Zusammen gingen sie langsam an der Reihe der Mechanikerroboter vorbei, und Anakin inspizierte demonstrativ jeden einzelnen Droiden.

Als er fertig war, nahm er den Protokolldroiden beiseite. »Welche sind die besten, C-3PO?« fragte er. Er hatte dem Droiden die Nummer am Vorabend gegeben und sich für die Drei entschieden, weil der Droide neben ihm und seiner Mutter das dritte Familienmitglied darstellten würde.

»Nun, Master Anakin, ich fühle mich ausgesprochen geschmeichelt, daß Sie nach meiner Meinung fragen, aber ich wäre niemals so unverschämt, mich in eine Angelegenheit einzumischen, bei der Ihre Kenntnisse die meinen so ungeheuer überschreiten, obwohl ich tatsächlich einiges über etwa fünftausendeinhundert unterschiedliche Droidentypen, über fünftausend verschiedene Prozessoren und etwa zehnmal so viele Chips –«

»Sag mir einfach, welche die Besten sind!« zischte Anakin leise. Er hatte vergessen, daß C-3PO in erster Linie ein Protokolldroide war und daher dazu neigte, sich gegenüber den Menschen, denen er diente, bescheiden zu geben, obwohl er über gewaltige Kenntnisse verfügte. »Welche, Threepio?« wiederholte er. »Zähl sie mir auf, von links nach rechts.«

Das tat C-3PO. »Soll ich Ihnen ihre Fähigkeiten und Besonderheiten aufzählen, Meister Anakin?« fragte er beflissen und legte den Kopf schief.

Anakin brachte ihn mit einer Geste zum Schweigen, als sich der erste Jawa näherte. Sie feilschten eine Weile, Anakin entwickelte ein Gefühl dafür, wie weit die Jawas gehen würden, welche Täuschungen sie bei den Droiden versucht hatten und wie dringend sie die Ersatzteile benötigten, die er im Austausch bot. Es gelang ihm herauszufinden, daß ein paar der besten Droiden sich immer noch in dem Sandraupenschlepper befanden, eine Information, die C-3PO einer beiläufigen Bemerkung eines Jawa entnahm. Der Anführer schrillte den anderen Jawa wütend an, aber der Schaden war bereits angerichtet.

Drei weitere Droiden wurden ausgeladen, und Anakin inspizierte sie einen Augenblick lang gemeinsam mit C-3PO. Es waren gute Modelle, und die Jawas waren nicht sonderlich begeistert davon, sich von ihnen zu trennen. Zumindest hätten sie gern außer den Ersatzteilen auch Geld gesehen. Anakin und der Anführer der Jawas, etwa gleich groß wie der Junge, standen sich Nase an Nase gegenüber und stritten sich. Nachdem der Handel abgeschlossen war, hatte Anakin ein wenig mehr als die Hälfte dessen, was er mitgebracht hatte, gegen zwei Mechanikerdroiden in hervorragender Verfassung, drei weitere Vielzweckdroiden, die sofort einsatzbereit waren, und einen beschädigten Hyperantriebkonverter, den er sofort würde reparieren können, eingetauscht. Er hätte noch einen oder zwei weitere Droiden bekommen können, aber keiner von ihnen war wirklich gut genug erhalten, um mehr von Wattos Ersatzteilen dafür aufs Spiel zu setzen, und Watto würde der erste sein, der das bemerkte.

Die Jawas gaben ihm keinen Anhängergleiter, also reihte Anakin die neuerworbenen Droiden hinter seinem Fahrzeug auf, setzte C-3PO in die hintere Kabine, damit er sie im Auge behalten konnte, und machte sich auf den Rückweg nach Mos Espa. Es war erst kurz nach Mittag. Die kleine Prozession war ein seltsamer Anblick: vorn ein Gleiter, der im Schneckentempo dicht über dem Sand schwebte, dann die Droiden, die hinterherstapften und sich angestrengt bemühten, Schritt zu halten.

»Das war ein hervorragender Handel, Master Anakin«, erklärte C-3PO vergnügt und wandte sein einzelnes Auge nicht von ihrer neuen Ware. »Man muß Ihnen wirklich gratulieren! Ich glaube, diese Jawas haben heute eine Lektion gelernt! Sie haben ihnen das eine oder andere darüber gezeigt, wie man feilscht! Schon dieser erste Mechanikerdroide ist viel mehr wert als …«

Der Droide schnatterte unaufhörlich weiter, aber Anakin achtete nicht auf ihn und war damit zufrieden, jetzt, nachdem die Arbeit getan war, ein wenig weiterzuträumen. Selbst bei diesem langsamen Tempo würden sie den Rand des Dünenmeers noch am frühen Nachmittag und Mos Espa vor Einbruch der Dunkelheit erreichen. Er würde genug Zeit haben,

C-3PO wieder heimlich in sein Schlafzimmer zu schaffen und die neuen Droiden und die restlichen Ersatzteile zu Watto zurückzubringen. Vielleicht würde das den Toydarianer ja endlich dazu bringen, ihm zu verzeihen. Auf jeden Fall würde Watto über den Konverter entzückt sein. Hyperantriebkonverter waren schwer zu bekommen, und wenn man ihn wieder in Gang brachte – was Anakin zweifellos tun konnte –, würde allein dieses Gerät mehr wert sein als alle neuen Droiden zusammen.

Sie überquerten die Zentralebenen und fuhren zur Xelricebene hinauf, einem flachen, breiten Canyon, der die Mospicanhöhe am Rand des Dünenmeers entlang spaltete. Der Gleiter bewegte sich in den Canyon hinab, und die Droiden folgten ihm in einer glitzernden metallenen Linie vom Sonnenlicht in den Schatten. Die Temperatur sank ein paar Grade, und auf der windabgewandten Seite der Steilwand veränderte sich die Stille. Anakin sah sich vorsichtig um, denn wie jeder, der in Mos Espa aufgewachsen war, kannte er die Gefahren der Wüste, obwohl er hin und wieder dazu neigte anzunehmen, daß es hier sicherer war als in der Stadt.

»... ein Vier-zu-Eins-Verhältnis von Rodianern und Hutts zu der Zeit, als die Siedlung begann, sich zu einem Handelszentrum zu entwickeln, obwohl selbst damals bereits klar war, daß die Hutts die dominante Gruppe darstellten und die Rodianer genausogut gleich hätten zu Hause bleiben können, statt sich auf diese lange und etwas sinnlose Reise zu machen ...«

C-3PO schwatzte weiter, wechselte die Themen, wie er wollte, und erwartete im Grunde keine Antworten, sondern nur, daß man ihn weiterreden ließ. Anakin fragte sich, ob das auf eine Art verbale Mangelerscheinung durch die lange Deaktivierungszeit zurückzuführen war. Man wußte schließlich, wie launisch diese Protokolldroiden sein konnten.

Plötzlich wendete er seinen Blick nach rechts, weil ihm etwas aufgefallen war, das hier nicht hingehörte. Zunächst war es nur eine Gestalt in all dem Wüstensand und den Felsen, die im Schatten beinahe nicht aufgefallen wäre. Aber als Anakin genauer hinsah, gewann es eine andere Bedeutung. Er zog den Gleiter hart herum und die Droiden folgten dem Fahrzeug.

»Master Anakin, was tun Sie da?« protestierte C-3PO verstört. Er richtete sein einzelnes Auge auf Anakin. »Mos Espa liegt am anderen Ende des Canyons, nicht auf der Seite des – o je! Ist das, was ich denke, das es ist? Master, dann haben wir allen Grund umzukehren und –«

»Ich weiß«, unterbrach Anakin den Droiden. »Ich will es mir nur mal ansehen.«

C-3PO fuchtelte nervös mit den Armen. »Dagegen muß ich Einspruch erheben, Master Anakin. Das ist äußerst unklug. Wenn ich recht habe – und ich muß Ihnen sagen, daß ich die Wahrscheinlichkeit auf 99,7 berechne –, dann sind wir direkt unterwegs zu ...«

Aber es war nicht nötig, Anakin zu sagen, was direkt vor ihnen lag. Er hatte das bereits genau herausgefunden. Ein Tusken lag am Boden, halb begraben unter einem Haufen von Steinen, ganz in der Nähe der Steilwand. Aussehen und Kleidung der Sandleute waren selbst auf diese Entfernung deutlich zu erkennen. Weite, gelblich braune Kleidung, schwere Lederhandschuhe und Stiefel, Waffengurt und andere Gürtel, Schutzbrille, Atemmaske und um den Kopf geschlungene Tücher und ein Blastergewehr, das einen Meter von einem ausgestreckten Arm entfernt am Boden lag. Eine frische Narbe an der Felsenklippe zeugte von einer Geröllawine. Der Tusken hatte sich vermutlich am Rand der Schlucht versteckt, als der Felsen unter ihm nachgegeben und ihn nach seinem Sturz begraben hatte.

Anakin brachte den Gleiter zum Stehen und kletterte hinaus.

»Master Anakin, ich glaube nicht, daß das eine gute Idee ist!« erklärte C-3PO in heftig tadelndem Tonfall.

»Ich will ihn mir nur mal ansehen, das ist alles«, wiederholte der Junge.

Er war nervös und hatte ein wenig Angst, aber er hatte noch nie einen Tusken aus der Nähe gesehen, obwohl er mit den Geschichten über sie aufgewachsen war. Die Tusken waren ein zurückgezogen lebendes, wildes Nomadenvolk, das die Wüste als seinen eigenen Lebensraum beanspruchte und von jenen lebte, die dumm genug waren, sich unvorbereitet auf ihr Territorium zu wagen. Zu Fuß oder auf dem Rücken der wilden Banthas, die sie sich aus dem Ödland holten, zogen sie, wohin immer sie wollten, überfielen einsam gelegene Häuser und Wegstationen, lauerten Karawanen auf, stahlen Waren und Ausrüstung und terrorisierten ganz allgemein alle, die versuchten, die Wüste zu durchqueren. Hin und wieder hatten sie sogar die Hutts angegriffen. Die Einwohner von Mos Espa – alles andere als ehrenwerte Bürger – haßten die Sandleute wie die Pest.

Anakin wußte noch nicht recht, was er über sie denken sollte. Die Geschichten waren erschreckend, aber er wußte genug vom Leben, daß ihm auch klar war, daß jede Geschichte zwei Seiten hatte und man meist nur eine von beiden zu hören bekam. Er war fasziniert von dem wilden, freien Leben der Tusken, einem Leben ohne Verantwortung und Grenzen, von einer Gemeinschaft, in der alle gleich waren.

Er ließ den Gleiter stehen und ging auf den gestürzten Piraten zu. 3-PO hörte nicht auf, ihn zu ermahnen und zu warnen, daß er einen schrecklichen Fehler machte. In Wahrheit war sich Anakin alles andere als sicher, ob der Droide nicht recht hatte. Aber seine Neugier war größer als seine Furcht. Was könnte es schon schaden, sich das einmal anzusehen? Die Tatsache, daß er ein neunjähriger Junge war, gewann die Oberhand. Er würde seinen Freunden erzählen können, daß er einen der Sandleute von ganz nah gesehen habe. Er würde ihnen erzählen können, wie sie wirklich aussahen.

Der Tusken lag auf dem Bauch, die Arme ausgestreckt, den

Kopf auf die Seite gedreht. Der größte Teil seines Unterkörpers war unter Steinen und Schutt begraben. Ein Bein lag unter einem großen Felsen eingeklemmt. Anakin schlich sich näher zu dem Blastergewehr, dann griff er nach unten und hob es auf. Es war schwer und unhandlich. Ein Mann würde stark und geschickt sein müssen, um damit umzugehen, dachte er. Er bemerkte die seltsamen Schnitzereien am Kolben – vielleicht Stammeszeichen. Er hatte gehört, daß die Tusken ein Stammesvolk waren.

Plötzlich rührte sich der Gestürzte, zog einen Arm an, stützte sich auf und hob den in Stoff gewickelten Kopf. Hinter halbdurchsichtigen Schutzbrillengläsern starrte er Anakin an. Automatisch wich der Junge zurück. Aber der Tusken starrte ihn nur einen Augenblick lang an, registrierte, wer er war und was er tat, und legte dann den Kopf wieder hin.

Anakin Skywalker wartete und fragte sich, was er tun sollte. Er wußte, was Watto sagen würde. Er wußte, was fast jeder sagen würde. Mach, daß du wegkommst! Sofort! Er legte das Blastergewehr wieder hin. Das hier ging ihn nichts an. Er trat einen Schritt zurück, dann noch einen.

Der Tusken hob abermals den Kopf und starrte ihn an. Anakin starrte zurück. Er konnte den Schmerz im Blick des anderen spüren. Er spürte seine Verzweiflung, gefangen und hilflos unter diesem Felsen, seiner Waffe und seiner Freiheit beraubt.

Anakin runzelte die Stirn. Würde auch seine Mutter ihm sagen, er sollte sich umdrehen und weggehen? Was würde sie sagen, wenn sie hier wäre?

»Threepio«, rief er dem Droiden zu. »Bring die anderen hier rüber.«

Unter heftigen Protesten versammelte C-3PO die neuerworbenen Droiden und führte sie dorthin, wo der Junge den gestürzten Tusken anstarrte. Anakin befahl ihnen, die kleineren Felsen und Steine wegzuräumen, dann nutzte er einen Hebel und das Gewicht des Gleiters, um den großen Felsen hoch genug zu stemmen, daß sie den Mann darunter vorziehen konnten. Der Tusken war kurze Zeit bei Bewußtsein, dann wurde er wieder ohnmächtig. Anakin ließ die Droiden nachsehen, ob er noch andere Waffen am Körper trug, und behielt das Blastergewehr sicher außer Reichweite des Mannes.

Während der Tusken noch bewußtlos war, legten ihn die Droiden auf den Rücken, so daß man nach Verletzungen suchen konnte. Das Bein, das unter dem Felsen gelegen hatte, war an mehreren Stellen gebrochen. Das konnte Anakin durch das zerrissene Tuch sehen. Aber er war nicht vertraut mit diesen Wesen und wußte nicht, was er tun sollte, um den Schaden zu beheben. Also legte er eine Schiene aus dem Verbandskasten im Gleiter an, um das Bein ruhigzustellen, und ließ es ansonsten in Ruhe.

Danach setzte er sich hin und überlegte, was er nun tun sollte. Es wurde langsam dunkel. Er hatte zuviel Zeit damit verbracht, den Tusken unter den Steinen hervorzuholen, um Mos Espa noch vor Einbruch der Nacht zu erreichen. Er hätte den Rand des Dünenmeeres noch im Dunkeln überschreiten können, aber nur, wenn er den Tusken einfach liegenließe. Anakin runzelte die Stirn. Wenn man daran dachte, was sich nachts in der Wüste herumtrieb, hätte er den Mann genausogut gleich begraben können.

Also ließ er die Droiden eine kleine Leuchteinheit aus dem Gleiter holen. Als es dämmerte, schaltete er die Leuchteinheit ein und fügte ein zusätzliches Energiepack hinzu, damit sie die ganze Nacht brennen würde. Er holte ein altes Päckchen mit getrockneten Notrationen heraus und kaute zerstreut, während er den schlafenden Tusken betrachtete. Seine Mutter würde sich Sorgen machen, Watto würde wütend sein. Aber sie wußten auch, daß Anakin gewitzt und zuverlässig war, und sie würden bis zum nächsten Morgen warten, ehe sie etwas unternahmen. Inzwischen, so hoffte er, würde er längst wieder auf dem Heimweg sein.

»Glaubst du, er kommt wieder in Ordnung?« fragte er C-3PO.

Er hatte den Gleiter und die anderen Droiden an der windabgewandten Seite einer Felswand hinter der Leuchteinheit abgestellt, wo sie außer Sicht waren, aber C-3PO zur Gesellschaft bei sich behalten. Junge und Droide saßen dicht nebeneinander auf einer Seite der Leuchteinheit, während der Tusken auf der anderen schlief.

»Ich fürchte, mir fehlen die nötige medizinische Ausbildung und die Informationen, um diese Entscheidung zu treffen, Master Anakin«, meinte C-3PO und legte den Kopf schief. »Aber ich bin vollkommen überzeugt, daß Sie alles getan haben, was möglich war.«

Der Junge nickte nachdenklich.

»Master Anakin, wir sollten nachts wirklich nicht hier draußen sein«, bemerkte der Droide einen Augenblick später. »Diese Gegend ist ziemlich gefährlich.«

»Aber wir konnten ihn doch nicht einfach hierlassen, oder?«

»Oh, nun, das ist eine sehr schwierige Entscheidung.« C-3PO schien darüber nachzudenken.

»Und wir konnten ihn auch nicht mitnehmen.«

»Bestimmt nicht!«

Der Junge blieb eine Weile schweigend sitzen und sah dem Tusken beim Schlafen zu. Er beobachtete ihn so lange, daß er überrascht war, als der Mann sich schließlich rührte. Es geschah ganz plötzlich und ließ den Jungen erschrocken zusammenzucken. Der Tusken verlagerte sein Gewicht mit einer taumelnden Bewegung, atmete keuchend aus, stützte sich auf einen Arm, blickte an sich herab und sah dann den Jungen an. Anakin regte sich nicht und gab keinen Laut von sich. Der Tusken betrachtete ihn eine Minute lang forschend, dann zog er sich langsam in eine sitzende Position hoch, das verwundete Bein vor sich ausgestreckt.

»Äh, hallo«, sagte Anakin und versuchte ein Lächeln.

Der Tusken reagierte nicht.

»Haben Sie Durst?« fragte der Junge.

Keine Antwort.

»Ich glaube, er mag uns nicht besonders«, stellte C-3PO fest.

Anakin unternahm noch ein Dutzend weiterer Konversationsversuche, aber der Tusken ignorierte sie alle. Nur einmal zuckte sein Blick kurz zu der Stelle, wo sein Blastergewehr hinter dem Jungen an einem Felsen lehnte.

»Sag etwas zu ihm auf tusken«, befahl er C-3PO schließlich.

Das tat der Droide. Er redete längere Zeit in seiner eigenen Sprache auf den Tusken ein, aber der Mann weigerte sich zu reagieren. Er starrte weiterhin den Jungen an. Nachdem C-3PO längere Zeit weitergesprochen hatte, warf der Tusken ihm schließlich einen Blick zu und zischte ein einziges Wort.

»Meine Güte!« rief der Droide.

»Was hat er denn gesagt?« fragte der Junge aufgeregt.

»Oh, er ... er hat gesagt, ich soll den Mund halten!«

Das war so ziemlich das Ende jeglicher Konversation. Der Junge und der Tusken betrachteten einander schweigend, ihre Gesichter vom Licht erhellt, die Wüste rings um sie vollkommen dunkel. Anakin begann sich zu fragen, was er tun würde, falls der Tusken ihn angriff. Es war unwahrscheinlich, aber dieser Mann war groß und wild und stark, und wenn er den Jungen erreichte, konnte er ihn leicht überwältigen. Er hätte sich sein Blastergewehr zurückholen und mit dem Jungen tun können, was er wollte.

Aber irgendwie spürte Anakin keine derartige Absicht des Tusken. Der Mann bewegte sich nicht und gab auch kein Anzeichen, daß er es versuchen wollte. Er saß nur da, in seine Wüstenkleidung gehüllt, gesichtslos unter Tüchern und Schutzbrille und in seine eigenen Gedanken versunken.

Endlich sagte er doch etwas. Der Junge warf C-3PO einen raschen Blick zu.

»Er will wissen, was Sie mit ihm machen werden, Master Anakin«, übersetzte der Droide.

Anakin blickte den Tusken verwirrt an. »Sag ihm, ich

werde gar nichts mit ihm machen«, sagte er. »Ich versuche nur, ihm zu helfen, wieder gesund zu werden.«

C-3PO übersetzte das. Der Mann hörte zu. Er reagierte nicht. Er sagte nichts mehr.

Plötzlich wurde Anakin klar, daß der Tusken Angst hatte. Er spürte das an der Art, wie der andere gesprochen hatte und daran, wie er wartend dort saß. Er war verwundet und unbewaffnet. Er war Anakin ausgeliefert. Der Junge verstand die Angst des Tusken, aber es überraschte ihn dennoch. Es schien irgendwie nicht zu passen. Hieß es nicht immer, die Sandleute wären furchtlos? Außerdem hatte er keine Angst vor dem Tusken.

Vielleicht hätte er Angst haben sollen, aber das war nicht der Fall.

Anakin Skywalker hatte vor gar nichts Angst.

Oder?

Er starrte in die halbdurchsichtigen Linsen der Schutzbrille, die die Augen des Tusken verbargen, und dachte darüber nach. Die meiste Zeit glaubte er, daß es nichts gab, was ihm Angst machen könnte. Die meiste Zeit hielt er sich für tapfer genug, niemals etwas zu fürchten.

Aber in diesem geheimsten Teil seiner selbst, wo er die Dinge verbarg, die er niemandem enthüllen würde, wußte er, daß das nicht stimmte. Er hatte vielleicht keine Angst um sich selbst, aber manchmal hatte er große Angst um seine Mutter.

Was wäre, wenn ihr etwas passieren würde? Wenn ihr etwas Schreckliches zustieße, etwas, das er nicht verhindern könnte?

Er spürte, wie ihm ein Schauder über den Rücken lief.

Was wäre, wenn er sie verlieren würde?

Wie tapfer würde er dann sein, wenn ihm der Mensch, der ihm im ganzen endlosen Universum am nächsten stand, plötzlich weggenommen würde? Das würde natürlich nie geschehen. Es war vollkommen unmöglich.

Aber was, wenn es doch geschah?

Er starrte den Tusken an, und in der Stille der Nacht spürte er, wie sein Selbstvertrauen wie ein Blatt im Wind zitterte.

Endlich schlief er ein und träumte von seltsamen Dingen. Die Träume veränderten sich immer wieder, ebenso wie die Geschichten, die sie erzählten, und ihre Bedeutungen. Im Lauf all dieser Träume tat er ganz verschiedene Dinge. Einmal war er ein Jediritter und kämpfte gegen so finstere und ungreifbare Dinge, daß er sie nicht identifizieren konnte. Einmal war er der Pilot eines Sternenkreuzers, brachte das Schiff in den Hyperraum und legte eine Reise durch ganze Sternensysteme zurück. Einmal war er der berühmte, gefürchtete Befehlshaber einer Armee und kehrte mit Schiffen und Truppen nach Tatooine zurück, um die Sklaven des Planeten zu befreien. Seine Mutter wartete auf ihn, lächelnd und mit ausgestreckten Armen. Aber als er versuchte, sie zu umarmen, verschwand sie.

Es gab auch Sandleute in seinen Träumen. Sie erschienen am Schluß des Traums, eine Handvoll von ihnen, und standen mit Blastergewehren und langen Gaffistöcken um ihn herum. Sie betrachteten ihn schweigend, als fragten sie sich, was sie mit ihm tun sollten.

Dann erwachte er, aus dem Schlaf gerissen von dem unmißverständlichen Gefühl der Gefahr. Er setzte sich rasch auf und sah sich verwirrt und ängstlich um. Die Leuchteinheit war niedergebrannt. Im schwachen, silbrigen Vordämmerungslicht sah er sich den dunklen, gesichtslosen Gestalten der Sandleute seiner Träume gegenüber.

Anakin schluckte. Reglose Gestalten vor dem trüben Licht des Horizonts, hatten ihn die Tusken vollkommen umzingelt. Der Junge dachte daran davonzulaufen, aber er wußte sofort, daß das dumm war. Er war hilflos. Er konnte nur abwarten und sehen, was sie vorhatten.

Ein Murmeln erklang, und einige Tusken drehten sich um. Durch eine Lücke in ihren Reihen konnte Anakin sehen, wie eine Gestalt vom Boden gehoben und weggetragen wurde. Das war der Mann, den er gerettet hatte, und er sprach zu seinen Leuten. Die anderen zögerten, dann wichen sie langsam zurück.

Sekunden später waren sie verschwunden.

Sonnenlicht fiel langsam über die dunklen Erhebungen des Mospic, und C-3PO redete so hektisch auf Anakin ein, daß sich seine Worte beinahe überschlugen. Die skelettartigen Metallarme des Droiden zuckten hierhin und dorthin.

»Master Anakin, sie sind weg! Oh, wir haben Glück, noch am Leben zu sein! Gott sei Dank haben sie Ihnen nichts getan!«

Anakin kam auf die Beine. Überall waren Spuren der Tusken zu sehen. Er schaute sich rasch um. Der Gleiter und die Droiden, die er von den Jawas eingetauscht hatte, befanden sich noch unter dem Felsüberhang. Das Blastergewehr war verschwunden.

»Master Anakin, was sollen wir tun?« jammerte C-3PO verzweifelt.

Anakin schaute sich in dem leeren Canyon um, blickte zu den hohen, gezackten Felswänden und in den heller werdenden Himmel auf, wo die Sterne verblaßten. Er lauschte dem tiefen Schweigen und fühlte sich unglaublich allein und verwundbar.

»Wir sollten nach Hause gehen«, flüsterte er und setzte sich eilig in Bewegung.

Sieben

Nute Gunray stand schweigend mitten im Thronsaal des Palastes der Naboohauptstadt Theed und hörte geduldig zu, während Gouverneur Sio Bibble gegen die Anwesenheit der Handelsföderation protestierte. Rune Haako stand an seiner Seite. Beide trugen ihre Amtsgewänder und hatten undurchdringliche Mienen aufgesetzt. Zwei Dutzend Kampfdroiden hielten die Naboo im Saal mit ihren Waffen in Schach. Die Stadt war kurz nach Sonnenaufgang gefallen. Es hatte nur wenig Widerstand gegeben; die Naboo waren ein friedliches Volk. Die Invasion der Handelsföderation hatte sie überrascht, und die Droidenarmee war innerhalb der Stadttore gewesen, bevor irgendwer auch nur an organisierte Verteidigung hätte denken können. Die wenigen Waffen in der Stadt waren konfisziert und die Naboo in Lager gebracht worden. Immer noch durchkämmten Kampfdroiden die Stadt und machten jedem weiteren Widerstand ein Ende.

Gunray mußte ein Lächeln unterdrücken. Offensichtlich hatte die Königin bis zum letzten Augenblick geglaubt, die Verhandlungen würden Erfolg haben und der Senat würde das Volk von Naboo schützen.

»Es ist schlimm genug, Vizekönig, daß Sie es wagen, den Kontakt zwischen der Königin und Senator Palpatine zu unterbrechen, während er versucht, unsere Sache dem republikanischen Senat zu unterbreiten; es ist schlimm genug, daß Sie so tun, als sei diese Blockade eine gesetzliche Aktion, aber eine Armee auf unseren Planeten zu bringen und unsere Städte zu besetzen, übersteigt wirklich alles.«

Sio Bibble war ein hochgewachsener Mann mit schütterem

Haar, spitzem Bart und noch spitzerer Zunge. Bis zu diesem Augenblick hatte er die Stellung gehalten, aber Gunray wurde seiner langsam müde.

Er warf einen Blick auf die anderen Gefangenen. Captain Panaka, der Kommandant der Leibwache der Königin, und vier ihrer persönlichen Leibwächter standen an der Seite, entwaffnet und hilflos. Panaka betrachtete die Neimoidianer mit steinerner Miene. Er war ein hochgewachsener, kräftiger Mann mit dunklem, glattem Gesicht und lebhaftem Blick. Dem Neimoidianer gefiel es nicht, wie dieser Blick auf ihn fixiert war.

Die Königin saß auf ihrem Thron, umgeben von ihren Dienerinnen. Sie gab sich ruhig und ungerührt, distanziert von allem, als hätte das, was geschah, keine Wirkung auf sie, könnte sie in keiner Weise berühren. Sie trug Schwarz und ihr weißgepudertes Gesicht bot einen scharfen Kontrast zu dem schwarzgefiederten Kopfputz, der es umgab. Eine goldene Kette zog sich über ihre königliche Stirn, und der rote Schönheitsfleck teilte ihre Unterlippe. Sie galt als schön, hatte man Gunray gesagt, aber er hatte kein Empfinden für menschliche Schönheit, und nach neimoidianischen Maßstäben war sie einfach farblos.

Was ihn interessierte, war ihre Jugend. Sie war kaum mehr als ein Mädchen, ganz sicher keine erwachsene Frau, und dennoch hatte das Volk von Naboo sie zur Königin gewählt.

Dies hier war keine jener Monarchien, in denen das Blut über das Recht zur Herrschaft entschied und wo es Dynastien gab. Die Naboo wählten den Weisesten unter ihnen zum Herrscher, und Königin Amidala regierte nur, weil ihr Volk es duldete. Warum sie jemanden gewählt hatten, der so jung und naiv war, war dem Neimoidianer ein Rätsel. Seiner Ansicht nach hatte es ihnen bei dieser Angelegenheit zweifellos nichts genützt.

Gouverneur Sio Bibbles Stimme hallte in dem riesigen Thronsaal wider, stieg bis an die hohe Kuppeldecke, prallte von den sonnenbeleuchteten, glatten Wänden ab. Theed war eine wohlhabende Stadt, und der Thronsaal zeugte vom Reichtum seiner Einwohner.

»Ich frage Sie also ganz direkt, Vizekönig«, schloß Sio Bibble seine Rede, »wie wollen Sie dem Senat diese Invasion erklären?«

Auf dem flachen, reptilartigen Gesicht des Neimoidianers zeigte sich so etwas wie Belustigung. »Die Naboo und die Handelsföderation werden einen Vertrag abschließen, der unsere Besetzung von Theed rechtfertigt. Man hat mir versichert, daß ein solcher Vertrag, wenn man ihn fertig vorlegt, vom Senat schnell ratifiziert werden wird.«

»Ein Vertrag?« rief der Gouverneur erstaunt. »Angesichts dieser vollkommen ungesetzmäßigen Aktion?«

Amidala erhob sich von ihrem Thron und trat vor, umgeben von ihren in Kapuzenumhängen gekleideten Dienerinnen. Ihre Augen blitzten vor Zorn.

»Ich werde dem nicht zustimmen.«

Nute Gunray wechselte einen Blick mit Rune Haako.

»Nun, Hoheit«, schnurrte er, »Sie sollten mit Ihren Erklärungen nicht so voreilig sein. Es wird Ihnen nicht gefallen, was wir mit Ihrem Volk vorhaben. Nach und nach wird sein Leid Sie überzeugen, unseren Standpunkt zu sehen.«

Er wandte sich ab. »Genug geredet.« Er winkte. »Kommandant?« Kampfdroide OOM-9 trat vor und senkte geringfügig die schmale Metallschnauze, um Aufmerksamkeit anzudeuten. »Bringen Sie sie weg«, befahl der Vizekönig.

OOM-9 wies einen seiner Stellvertreter an, die Aufsicht zu übernehmen und befahl mit metallischer Stimme, daß die Gefangenen ins Lager Vier gebracht werden sollten. Die Kampfdroiden trieben die Königin, ihre Dienerinnen, Gouverneur Bibble, Captain Panaka und die Naboowachen aus dem Thronsaal.

Nute Gunray kniff die orangeroten Augen ein wenig zusammen und sah ihnen nach, dann wandte er sich wieder

Haako zu. Er war ausgesprochen zufrieden. Alles verlief genau wie geplant.

Der Sergeant und ein Dutzend Kampfdroiden brachten die Gefangenen vor den Palast, wo eine Reihe von Stufen an Statuen vorbei zu einem breiten Platz hinunterführten. Auf dem Platz standen Panzerfahrzeuge der Föderation und Kampfdroiden, und kein einziger Bürger von Naboo war zu sehen. Die Panzerfahrzeuge waren gedrungene, schaufelnasige Fahrzeuge, deren Hauptgeschütz im Turm hinter dem Cockpit montiert war und die außerdem noch über kleinere Blaster weiter unten und an den Seiten verfügten. Wie sie sich so am Rand des Platzes entlangbewegten, sahen sie aus wie Käfer auf Beutezug.

Dahinter erstreckten sich die Gebäude von Theed bis zum Horizont, hohe Steinmauern, vergoldete Kuppeln, spitze Türme und Bogengänge. Sonnenlicht fiel auf die schimmernden Gebäude, deren Architektur einen Kontrapunkt zum üppigen Grün des Planeten bildete. Das Rauschen von Wasserfällen und Gurgeln von Brunnen bildete einen leisen akustischen Hintergrund für die seltsame Stille, die durch die Abwesenheit der Bevölkerung entstanden war.

Man führte die Gefangenen über den Platz hinweg und vorbei an den Kampffahrzeugen und Droiden der Handelsföderation. Niemand sagte ein Wort. Selbst Gouverneur Bibble schwieg und hatte den grauen Kopf nachdenklich gesenkt. Sie verließen den Platz und bogen in eine breite Straße ein, die zum Stadtrand und den dort errichteten Lagern der Föderation führte. Späherplattformen schwirrten über ihren Köpfen dahin, ihre Schatten flackerten über die Mauern der Gebäude, ihre Metallverkleidung glitzerte, wenn sie davonschossen.

Die Droiden hatten ihre Gefangenen gerade in eine ruhige Seitenstraße geführt, als der Sergeant, der an der Spitze der Prozession marschierte, sie abrupt anwies, stehenzubleiben.

Zwei Männer, die beide weite Mäntel über gegürteten Hemden trugen, standen ihnen gegenüber, der größere mit langem Haar, der kleinere trug sein Haar kurz geschnitten, bis auf einen dünnen, geflochtenen Zopf. Sie standen lässig da, wirkten aber irgendwie nicht unvorbereitet.

Einen Augenblick lang betrachteten die Gruppen einander schweigend. Dann spähte das schmale Gesicht eines Gungan mit großen, verängstigt aufgerissenen Augen hinter den beiden Männern hervor.

Qui-Gon Jinn trat vor. »Sind Sie Amidala, Königin der Naboo?« fragte er die junge Frau mit dem federbesetzten Kopfputz.

Die Königin zögerte. »Wer sind Sie?«

»Botschafter des Kanzlers.« Der Jedimeister neigte leicht den Kopf. »Wir erbitten eine Audienz bei Ihnen, Euer Hoheit.«

Dem Droiden schien plötzlich einzufallen, wo er war und was er tat. Er wies seine Soldaten an: »Schafft sie weg!«

Vier Kampfdroiden schickten sich an zu gehorchen. Sie brachten gerade ihre Waffen in Schußposition, als die Jedi ihre Lichtschwerter aktivierten und sie in Stücke schnitten. Als die Droiden zusammenbrachen, machten sich die Jedi daran, auch noch die anderen Kampfmaschinen unschädlich zu machen. Laserblitze wurden abgewehrt, Waffen weggestoßen und die verbliebenen Droiden zu Schrott verarbeitet.

Der Sergeant wollte fliehen, aber Qui-Gon hob die Hand und hielt den Droiden mit Hilfe der Macht an Ort und Stelle. Sekunden später lag auch der Sergeant in Trümmern am Boden.

Rasch lasen die Naboosoldaten die heruntergefallenen Waffen auf, die Jedi schalteten ihre Lichtschwerter ab und führten alle von der offenen Straße weg in den Schutz einer Gasse zwischen zwei Gebäuden. Jar Jar Binks folgte unter erstauntem Gemurmel über die eiskalte Gründlichkeit, mit der die Jedi sich ihrer Feinde entledigt hatten.

Qui-Gon sah die Königin an. »Euer Hoheit, ich bin Qui-Gon

Jinn, und mein Begleiter hier ist Obi-Wan Kenobi. Wir sind Jediritter und Botschafter des Kanzlers.«

»Ihre Verhandlungen haben offenbar keinen Erfolg gehabt, Botschafter«, schnaubte Sio Bibble.

»Die Verhandlungen haben überhaupt nicht stattgefunden.« Qui-Gon wandte den Blick nicht von der Königin. Ihr geschminktes Gesicht blieb ausdruckslos. »Euer Hoheit«, fuhr er fort, »wir müssen uns mit der Republik in Verbindung setzen.«

»Das geht nicht«, warf Captain Panaka ein und trat einen Schritt vor. »Sie haben all unsere Kommunikationsmöglichkeiten lahmgelegt.«

Irgendwo in der Nähe erscholl ein Alarm, und dann hörte man eilige Schritte. Qui-Gon warf einen Blick zur Straße, wo die Kampfdroiden lagen. »Haben Sie Schiffe?«

Der Naboocaptain nickte, er verstand, was der Jedi vorhatte. »Im Haupthangar. Hier entlang.«

Er führte die kleine Gruppe zum Ende der Gasse, von wo aus sie sich unbemerkt durch andere kleine Straßen weiterbewegten. Die Alarmsirenen und das unangenehme Sirren der Späherplattformen wurden immer lauter und bedrohlicher. Die Naboo überließen sich vollkommen Qui-Gons Führung und stellten seine Befehle nicht in Frage. Nachdem sich Panaka und seine Männer bewaffnet hatten, hatten die Königin und ihre Begleiter wieder das Gefühl, ihr Schicksal selbst in der Hand zu haben, und schienen mehr als bereit zu sein, sich auf ihre Retter zu verlassen.

Sie brauchten nicht lange, bis sie ihr Ziel erreichten. Eine Reihe miteinander verbundener Gebäude stand an einem Ende eines breiten Dammes, jedes von ihnen mit einem bogenförmigen Eingang, einer Kuppel als Dach und umgeben von niedrigen Nebengebäuden. Überall waren Kampfdroiden stationiert und hielten ihre Waffen bereit, aber Captain Panaka fand einen schmalen, unbewachten Korridor zwischen zwei nebeneinanderliegenden Gebäuden.

Vor einer Seitentür zum Haupthangar wies er die Gruppe

an, stehenzubleiben. Nach einem raschen Blick über die Schulter öffnete er die Hangartür. Dicht vor Qui-Gon Jinn betrat er das Gebäude. Eine Handvoll Nabooschiffe befanden sich hier – elegante, schimmernde Transporter, deren Nasen auf eine große Öffnung in der gegenüberliegenden Mauer gerichtet waren. Kampfdroiden bewachten jeden einzelnen von ihnen und waren so im Gebäude verteilt, daß sie jeden, der sich näherte, sofort bemerkt hätten.

Panaka zeigte auf ein langgestrecktes Schiff mit zurückgebogenen Flügeln und mächtigen Headon-5 Motoren auf der anderen Seite des Hangars. »Der Transporter der Königin«, flüsterte er dem Jedimeister zu.

Qui-Gon nickte. Eine 327er Nubian vom Typ J. In der Ferne schrillten die Alarmsirenen weiter. »Das wird genügen«, meinte er.

Panaka sah sich im Hangar um. »Die Kampfdroiden. Es sind zu viele.«

Der Jedi trat von der Tür zurück. »Das ist kein Problem.« Er sah die Königin an. »Euer Hoheit, unter diesen Umständen würde ich vorschlagen, daß Sie mit uns nach Coruscant kommen.«

Die junge Frau schüttelte den Kopf, und die Federn ihres Kopfputzes raschelten leise. Ihr weißgeschminktes Gesicht zeigte keine Regung, und ihr Blick war fest. »Ich danke Ihnen, Botschafter, aber mein Platz ist hier bei meinem Volk.«

»Das denke ich nicht«, erwiderte Qui-Gon und sah ihr direkt in die Augen. »Die Handelsföderation hat andere Pläne. Sie werden Sie töten, wenn Sie hierbleiben.«

Sio Bibble drängte sich an die Seite der Königin. »Das werden sie nicht wagen!«

»Sie brauchen ihre Unterschrift auf einem Vertrag, um diese Invasion legal zu machen!« meinte Captain Panaka. »Sie können sich nicht leisten, sie zu töten.«

Die Königin blickte von einem zum anderen, und eine winzige Spur von Unsicherheit stahl sich in ihre Augen.

»Die Situation hier ist nicht, was sie scheint«, drängte Qui-Gon. »Es geht hier noch um etwas anderes, Euer Hoheit. Das Verhalten der Föderation ist schlichtweg unlogisch. Mein Instinkt sagt mir, daß sie Sie nicht am Leben lassen werden.«

Nun schien der Gouverneur ernstlich beunruhigt. Seine strengen Züge wurden weicher. »Euer Hoheit«, sagte er leise. »Vielleicht sollten Sie noch einmal darüber nachdenken. Unsere einzige Hoffnung besteht darin, daß der Senat sich auf unsere Seite stellt. Senator Palpatine wird Ihre Hilfe brauchen.«

Davon wollte Captain Panaka nichts wissen. »Es ist unmöglich, an der Blockade vorbeizukommen, Euer Hoheit – selbst wenn es uns gelingen sollte, den Planeten zu verlassen! Ein Fluchtversuch wäre zu gefährlich –«

»Euer Hoheit, ich werde hierbleiben und tun, was ich kann«, unterbrach Sio Bibble und warf Panaka kopfschüttelnd einen tadelnden Blick zu. »Die Föderation wird den Gouverneursrat aufrechterhalten müssen, damit die öffentliche Ordnung nicht vollkommen zusammenbricht. Aber Sie müssen sich in Sicherheit bringen –«

Königin Amidala hob die Hand, um die Debatte zu beenden. Sie sah nacheinander ihren Gouverneur, den Kommandanten ihrer Leibwache und dann die Jedi an, dann wandte sie sich plötzlich ihren Dienerinnen zu, die sich dicht um sie drängten. »Beides bedeutet große Gefahr für uns alle ...«, sagte sie leise und blickte von einem Gesicht zum anderen.

Qui-Gon schaute verwirrt zu. Was hatte die Königin vor?

Die Dienerinnen wechselten Blicke, und ihre Gesichter waren weiterhin in den roten und goldenen Kapuzen kaum zu sehen. Keine sagte ein Wort.

Endlich meldete sich eine zu Wort. »Wir sind mutig, Euer Hoheit«, erklärte Padmé mit fester Stimme.

Die Alarmsirenen schrillten weiter. »Wenn Sie den Planeten verlassen wollen, Euer Hoheit, dann müssen Sie das jetzt tun«, drängte Qui-Gon.

Königin Amidala nickte. »Also gut. Ich werde dem Senat den Fall persönlich vorlegen.« Sie warf Sio Bibble einen Blick zu. »Passen Sie gut auf sich auf, Gouverneur.«

Sie reichte Sio Bibble rasch die Hand, dann winkte sie drei ihrer Dienerinnen. Diejenigen, die sie nicht auserwählt hatte, begannen leise zu weinen. Amidala umarmte sie und flüsterte ihnen Ermutigungen zu. Captain Panaka wies zwei der vier Wachen an, bei den Dienerinnen und Sio Bibble zu bleiben.

Die Jediritter traten durch die Seitentür in den Hangar, gefolgt von Jar Jar und den Naboo. »Bleibt dicht hinter uns«, mahnte Qui-Gon leise.

Captain Panaka schloß zu ihm auf. »Wir brauchen einen Piloten für das Schiff.« Er zeigte in eine Ecke, wo eine Gruppe von Naboo von einem Trupp Kampfdroiden bewacht wurde. Die Abzeichen auf ihren Uniformen wiesen sie als Wachen, Mechaniker und Piloten aus. »Dort drüben.«

»Ich kümmere mich darum«, erklärte Obi-Wan und glitt auf die gefangenen Naboo zu.

Qui-Gon und der Rest gingen weiter, direkt auf das Schiff der Königin zu. Sie ignorierten die Kampfdroiden, die auf sie zukamen. Qui-Gon bemerkte, daß die Einstiegsrampe des Transporters herabgelassen war. Noch mehr Kampfdroiden kamen näher, neugierig, ohne vorerst alarmiert zu wirken.

»Bleiben Sie auf keinen Fall stehen«, wies er die Königin an und zog das Lichtschwert unter seinem Umhang hervor.

Sie waren keine zwanzig Meter mehr vom Transporter der Königin entfernt, als der nächststehende Kampfdroide ihnen den Weg verstellte.

»Wo wollen Sie hin?« fragte er mit seiner metallischen Stimme.

»Aus dem Weg«, befahl Qui-Gon. »Ich bin Botschafter des Kanzlers und bringe diese Leute nach Coruscant.«

Der Droide hob rasch die Waffe und stellte sich dem Jedimeister in den Weg. »Sie sind unter Arrest!«

Innerhalb von Sekunden wurde er unter Qui-Gons Lichtschwert zu einem Haufen Altmetall. Weitere Kampfdroiden versuchten den Jedi aufzuhalten, der sich ihnen allein stellte, während seine Schützlinge das Schiff bestiegen. Captain Panaka und die Naboowachen bildeten einen Schutzwall um die Königin und ihre Dienerinnen, während diese die Rampe emporeilten. Jar Jar Binks huschte hinterdrein und hielt sich den Kopf mit den Händen. Laserblitze hagelten aus allen Ecken des Hangars, und weitere Alarmsirenen begannen zu heulen.

Auf der anderen Hangarseite stürzte sich Obi-Wan Kenobi in den Kampf mit den Droiden, die die Naboopiloten bewachten und mähte sie mit wilder Entschlossenheit nieder. Qui-Gon warf einen Blick in seine Richtung, und sein langes Haar wehte, als er einen weiteren Angriff der Kampfdroiden zurückschlug, die versuchten, den Transporter der Königin zurückzuerobern. Er wehrte ihre Laserblitze ab, während er versuchte, die Einstiegsrampe zu halten. Nun kam Obi-Wan auf ihn zugerannt, und eine Handvoll Naboo folgten ihm. Ringsum ertönten Explosionen, und tödliches Laserfeuer brannte in Metall und Fleisch. Mehrere Naboo wurden getroffen, aber die Kampfdroiden konnten die Jedi nicht aufhalten.

Als Obi-Wan an ihm vorbeirannte, rief Qui-Gon ihm scharf zu, er solle das Schiff in die Luft bringen. Weitere Kampfdroiden erschienen an den Hangartüren und feuerten. Qui-Gon wich rasch die Rampe hinauf und in den trüb beleuchteten Transporter zurück. Die Rampe hob sich hinter ihm und schloß sich mit einem leisen Zischen.

Die Headon-5 Motoren zündeten, noch ehe der Jedimeister die Hauptkabine erreicht und sich in einen Sessel geworfen hatte. Laserfeuer hämmerte gegen die Seiten des eleganten Fahrzeugs, aber es hatte bereits begonnen, sich vorwärts zu bewegen. Der Pilot hatte sich mit angespannter Miene über die Instrumente gebeugt, kleine Schweißperlen standen auf seiner Stirn, aber seine Hände waren ruhig. »Festhalten«, sagte er.

Die Nubian schoß durch die Hangartore, raste an Droiden und Laserfeuer vorbei und hob sich aus der Stadt in den blauen, sonnigen Himmel. Innerhalb von Sekunden hatten sie den Planeten Naboo hinter sich gelassen, und das Schiff befand sich im Weltraum und flog auf eine plötzlich auftauchende Gruppe von Kriegsschiffen der Handelsföderation zu, die ihm den Weg verstellten.

Qui-Gon stand auf und stellte sich neben den Piloten.

»Ric Olié«, stellte sich dieser mit einem raschen Blick zu dem Jedi vor. »Danke, daß Sie mir da draußen geholfen haben.«

Qui-Gon nickte. »Heben Sie sich Ihren Dank lieber auf, bis wir mit denen da vorn fertiggeworden sind.«

Der Pilot lächelte verwegen. »Verstanden. Was fangen wir mit diesen Riesendingern an? Wir haben immer noch keine Möglichkeit zur Kommunikation.«

»Zu reden gibt es ohnehin nichts mehr. Halten Sie das Schiff einfach auf Kurs.« Qui-Gon wandte sich Obi-Wan zu. »Sorg dafür, daß alle einen sicheren Platz haben.« Er schaute zu Jar Jar Binks hinüber, der bereits aufgestanden war und sich im Schiff umschaute.

Der jüngere Jedi ging entschlossen auf den Gungan zu und schob ihn mit Gewalt durch die Haupttür der Kabine und in den Flur dahinter. Er kümmerte sich nicht um Jar Jars Proteste, sondern sah sich nur nach einem Ort um, wo er dieses lästige Geschöpf unterbringen konnte. Als er eine niedrige, schmale Tür mit der Beschriftung ASTROMECH-DROIDEN bemerkte, löste er den Riegel und schob den Gungan hinein.

»Bleib hier«, wies er ihn mit einem bedeutungsvollen Blick an. »Und mach keinen Ärger.«

Jar Jar Binks sah, wie sich die Tür hinter ihm schloß, dann schaute er sich um. An einer Wand standen eine Reihe von fünf R2-Astromech-Droiden, kleine, kuppelköpfige Mehrzweckmechaniker in unterschiedlichen Farben, die Lampen abgeschaltet, die Motoren still. Fünf identische Einheiten, jeder untersetzte Körper zwischen zwei kräftigen Halterungsarmen. Sie gaben kein Anzeichen, ihn bemerkt zu haben. Der Gungan schritt vor ihnen auf und ab und wartete darauf, daß sie Notiz von ihm nahmen. Vielleicht waren sie nicht aktiviert, dachte er. Vielleicht lebten sie nicht einmal.

»He, ihr da«, versuchte er es und hob die Hände. »Lange Reise, wie?«

Keine Reaktion. Jar Jar tippte dem nächststehenden Droiden, einem hellroten, auf den Kopf. Ein hohles Geräusch erklang, und der Kopf hob sich ein Stück aus dem zylindrischen Körper.

»Hoppla!« sagte Jar Jar überrascht. Er sah sich um und fragte sich, wieso der Jedi ihn hier heruntergebracht hatte, wo alle anderen oben geblieben waren. Hier gab es nicht viel zu tun, dachte er bedrückt. Hier war nicht viel los.

Neugierig packte er den Kopf des roten Droiden und hob ihn sanft an. »Das Deckel?« flüsterte er. Er hob ein wenig mehr. Der Kopf bewegte sich nicht mehr. Jar Jar zog fester. »Das ... uups!«

Der Kopf löste sich. Drähte und Federn schossen nach allen Seiten heraus. Rasch drückte Jar Jar den Kopf des roten Droiden wieder zurück und zog die dreifingrigen Hände vorsichtig weg.

»Oh-oh-oh«, murmelte er, schlang besorgt die Arme um den mageren Oberkörper und sah sich um, um sich zu überzeugen, daß niemand ihn gesehen hatte.

Er ging an den Droiden vorbei, immer noch auf der Suche nach einer Beschäftigung. Er wollte nicht in dieser Kammer sein, aber er dachte auch, daß er lieber nicht versuchen sollte, sie zu verlassen. Der jüngere Jedi – derjenige, der ihn hier eingesperrt hatte – mochte ihn nicht besonders. Und der Jedi würde ihn noch erheblich weniger mögen, wenn er Jar Jar dabei erwischte, wie er versuchte, sich davonzustehlen.

Ganz in der Nähe des Transporters erklangen Explosionen

und Geschützfeuer. Das Schiff erzitterte unter einer Reihe von Beinahe-Treffern. Jar Jar sah sich hektisch um, und plötzlich gefiel es ihm hier überhaupt nicht mehr. Dann begann das Licht zu flackern, und der Transporter bebte heftig. Jar Jar stöhnte und hockte sich in eine Ecke. Weitere Explosionen ertönten, und das Schiff wurde von einer Seite zur anderen geworfen.

»Wir sterben«, murmelte der verängstigte Gungan. »Böse Sache, das.«

Abrupt begann das Schiff sich zu drehen, als wäre es in einen Strudel geraten. Jar Jar schrie auf und schlang die Arme um eine Strebe, um nicht gegen die Wände geschleudert zu werden. Alle Lichter in der Kammer gingen an, und die Droiden wurden aktiviert. Einer nach dem anderen begannen sie zu zirpen und zu piepen. Aus ihren Halterungen entlassen, rollten sie auf eine Luftschleuse an einem Ende der Kammer zu – alle bis auf den roten R2, der direkt gegen eine Wand lief und umkippte, worauf noch mehr Einzelteile herausfielen.

Die blaue R2-Einheit hielt kurz inne, als sie an ihrem roten Gegenstück vorbeirollte, und als sie dann an Jar Jar vorbeikam, kreischte sie laut, was den Gungan dazu veranlaßte, erschrocken zurückzuzucken.

Einer nach dem anderen rollten die vier R2s in den Luftschleusenlift und wurden nach oben befördert.

Jar Jar Binks, allein gelassen mit dem Droiden, den er versehentlich beschädigt hatte, stöhnte verzweifelt.

Acht

Obi-Wan Kenobi war gerade ins Cockpit des Transporters zurückgekehrt, als die Explosionen begannen, das Schiff hin und her zu schütteln. Durch das Sichtfenster konnte er ein riesiges Kriegsschiff der Handelsföderation erkennen, das aus allen Geschützen feuerte. Der Transporter der Königin wurde so heftig durchgerüttelt, daß er vom Kurs abkam. Ric Olié hatte die behandschuhten Hände an der Steuerung und mühte sich ab, das Schiff zurück auf Kurs zu bringen.

»Wir sollten umkehren, Sir!« rief der Pilot Qui-Gon zu, der immer noch an seiner Seite stand, den Blick auf das Kriegsschiff geheftet. »Unsere Reflektoren können nicht mehr viel davon verkraften!«

»Bleiben Sie auf Kurs«, befahl der Jedimeister ruhig. Er warf einen Blick auf die Instrumente. »Hat das Schiff eine Tarnung?«

»Das hier ist kein Kriegsschiff!« fauchte Captain Panaka gleichzeitig wütend und enttäuscht. »Wir haben keine Waffen, Botschafter! Wir sind kein kriegerisches Volk, und genau das ist wahrscheinlich der Grund, wieso die Handelsföderation es überhaupt gewagt hat, uns anzugreifen!«

Eine weitere Serie von Explosionen erschütterte die Nubian, und die Lichter auf der Steuerkonsole flackerten. Ein Alarm erklang, schrill und zornig. Der Transporter schauderte, die Triebwerke gaben einen Augenblick lang ein hohes Jaulen von sich.

»Keine Waffen«, flüsterte Qui-Gon Jinn. Obi-Wan stand jetzt neben ihm und spürte seinen Blick, der sich fest und unbeirrbar auf ihn richtete. Qui-Gon legte eine Hand auf Ric

Oliés Schulter. »Die Handelsföderation benutzt automatische Zielvorrichtungen. Drehen Sie das Schiff. Das wird es ihnen schwerer machen, uns ins Visier zu nehmen.«

Der Pilot nickte, bediente eine Reihe von Schaltern und versetzte die Nubian in langsame Drehungen. Vor ihnen wurde das Kriegsschiff im Sichtfenster immer größer. Der Transporter der Königin beschleunigte, raste auf das feindliche Schiff zu und schoß an Türmen und Geschützaufbauten, Buchten und Stabilisatoren vorbei, durch eine Gasse aus Metallvorsprüngen und Geschützfeuer. Ein Laserblitz traf, schlug Funken und Rauch aus einem Stück Außenhaut und versetzte das Schiff in eine schnellere Drehbewegung. Einen kurzen Augenblick lang waren sie außer Kontrolle. Dann brachte Ric Olié den Transporter wieder auf Kurs, und der Rumpf des Kriegsschiffs schien zurückzuweichen.

»Irgend etwas stimmt da nicht«, verkündete der Pilot ruhig, kämpfte mit der Steuerung und spürte, wie das Schiff unter ihm erbebte. »Die Schilde sind unten!«

Sie drehten sich weiter, so dicht an dem riesigen Rumpf des Kriegsschiffs der Handelsföderation, daß die größeren Geschütze nutzlos waren und nur die kleineren noch auf sie feuern konnten. Aber ohne Schilde war sogar ein Streifschuß schon katastrophal.

»Ich schicke die Reparaturmannschaft raus!« rief Olié und bediente einen weiteren Schalter.

Auf dem Bildschirm war zu sehen, wie sich eine Luftschleuse öffnete und eine Reihe Astromech-Droiden einer nach dem anderen aus der Luke kamen und sich über den Rumpf des Transporters verteilten. Das Schiff kam wieder ins Gleichgewicht, und die Drehung hörte auf. Die Droiden bewegten sich gleichmäßig über den Rumpf und suchten nach dem Schaden, während Olié weiter im Schatten des Kriegsschiffs blieb, um sie zu schützen.

Inzwischen jedoch stand ihnen eine neue Bedrohung bevor. Da sie das Kriegsschiff nicht mehr wirkungsvoll einsetzen konnten, schickte die Handelsföderation eine Staffel Raumjäger. Es handelte sich um kleine, schlanke, von Robotern bemannte Kampfschiffe, die aus zwei Kabinen bestanden, die an einem gerundeten, nach hinten gebogenen Kopf befestigt waren. Als sie aus dem Kriegsschiff aufstiegen, öffneten sich diese Kabinen zu langgezogenen Schlitzen und enthüllten die Lasergeschütze. Sie flogen dicht am Mutterschiff entlang und suchten den Transporter der Königin. Schnell und manövrierfähig, wie sie waren, fiel es ihnen nicht schwer, so nahe an dem Kriegsschiff zu operieren. Sekunden später schwebten sie über dem Transporter und begannen zu feuern. Ric Olié versuchte, Deckung zu finden und schneller zu werden. Zwei der R2-Einheiten wurden weggeschossen, die eine mit einem direkten Treffer, die zweite, als eine Strebe des Transporterrumpfs, an die sie sich hielt, abgerissen wurde.

Auf dem Bildschirm konnte man sehen, wie die blaue R2-Einheit wie wild daran arbeitete, eine Reihe von Drähten wieder zu verbinden, die hinter einer zerstörten Rumpfplatte hervorgekommen waren. Laserfeuer blitzte ringsum auf, aber der kleine Droide arbeitete unaufhaltsam weiter. Der vierte, der ganz in der Nähe beschäftigt war, verschwand in einer Wolke aus Metallsplittern und Feuer.

Nur die blaue Einheit war noch geblieben und arbeitete trotz der Angriffe der Raumjäger weiter. Etwas am Cockpitdisplay änderte sich, und Ric Olié stieß einen erfreuten Ruf aus. »Die Schilde sind wieder oben! Dieser kleine Droide hat es geschafft!« Er gab vollen Schub, und der Transporter schoß davon, weg von Kriegsschiff und Raumjägern, und ließ die Blockade der Handelsföderation und den Planeten Naboo hinter sich.

Die einsame R2-Einheit drehte sich um, rollte zurück in die Luftschleuse und verschwand aus dem Blickfeld.

Als sie weit genug von allen Schiffen der Handelsföderation entfernt waren, überprüfte Ric Olié das Schiff sorgfältig, versuchte den Schaden einzuschätzen und festzustellen, was benötigt wurde. Obi-Wan saß neben ihm auf dem Kopilotensitz und half. Qui-Gon und Captain Panaka standen hinter ihnen und erwarteten ihren Bericht. Die Königin und die anderen Naboo waren in anderen Kabinen in Sicherheit gebracht worden.

Ric Olié schüttelte zweifelnd den Kopf. »Wir werden nicht weit kommen. Der Hyperantrieb leckt.«

Qui-Gon nickte. »Wir werden irgendwo landen müssen, um das Schiff zu reparieren. Was wäre das nächstliegende?«

Ric Olié rief eine Sternenkarte auf den Schirm, und alle beugten sich über den Monitor, um sie zu betrachten.

»Hier, Meister«, sagte Obi-Wan, dessen scharfe Augen die einzig sinnvolle Möglichkeit entdeckt hatten. »Tatooine. Es ist eine kleine, arme, abgelegene Welt. Niemand achtet besonders darauf, was da passiert. Die Handelsföderation hat dort keine Stützpunkte.«

»Woher wissen Sie das so genau?« fragte Captain Panaka rasch.

Qui-Gon warf ihm einen Blick zu. »Der Planet wird von den Hutts beherrscht.«

Panaka starrte ihn entsetzt an. »Die Hutts?«

»Es ist riskant«, stimmte Obi-Wan ihm zu, »aber es gibt keine vernünftige Alternative.«

Captain Panaka war davon weniger überzeugt. »Sie können ihre königliche Hoheit nicht dorthin bringen! Die Hutts sind Gangster und Sklavenhändler! Wenn sie entdecken, wer sie ist –«

»Das wäre nicht anders, wenn wir auf einem Planeten in einem System landeten, das von der Handelsföderation beherrscht wird«, unterbrach ihn Qui-Gon, »mit der Ausnahme, daß die Hutts nicht nach der Königin suchen, was uns einen Vorteil verschafft.«

Der Befehlshaber der königlichen Leibwache setzte zu einer Erwiderung an, dann überlegte er es sich anders. Er holte tief

Luft, sein Unmut zeigte sich deutlich auf seinem glatten, dunklen Gesicht. Dann wandte er sich ab.

Qui-Gon Jinn tippte Ric Olié auf die Schulter. »Nehmen Sie Kurs auf Tatooine.«

In einem abgelegenen Besprechungsraum auf dem Flaggschiff der Handelsföderation saßen Nute Gunray und Rune Haako Seite an Seite an einem langgezogenen Tisch und starrten nervös auf ein Hologramm von Darth Sidious, das sich am Kopf des Tisches befand. Das Hologramm schimmerte von den Bewegungen des dunklen Umhangs des Sith-Lords, einem Wechselspiel kleinster Nuancen, das die Neimoidianer nicht deuten konnten.

Sie hatten den Sith-Lord nicht hergebeten. Die Neimoidianer wären froh gewesen, wenn er sich an diesem Tag überhaupt nicht mit ihnen in Verbindung gesetzt hätte. Aber da er immer zu spüren schien, wenn etwas nicht in Ordnung war, war er von selbst erschienen. Er hatte einen Bericht über die Fortschritte der Invasion verlangt, hatte sich zurückgelehnt und angehört, was Nute Gunray zu erzählen hatte. Seitdem hatte er kein Wort mehr gesagt.

»Wir kontrollieren alle Städte im nördlichen und westlichen Teil des Nabooterritoriums«, erklärte der Vizekönig. »Und wir suchen nach anderen Siedlungen, wo der Widerstand –«

»Ja, ja«, unterbrach Darth Sidious ihn plötzlich mit einem vage ungeduldigen Unterton. »Das haben Sie gut gemacht. Also gut. Töten sie alle wichtigen Amtsträger. Tun Sie es in aller Stille, aber seien Sie gründlich.« Er hielt inne. »Was ist mit Königin Amidala? Hat sie den Vertrag unterschrieben?«

Nute Gunray holte tief Luft und atmete langsam wieder aus.

»Sie ist verschwunden, Euer Lordschaft. Sie ist befreit worden und geflohen –«

»Befreit worden? Geflohen?« Die Worte des Sith-Lords waren nur ein Zischen.

»Ein Nabookreuzer hat die Blockade gebrochen –«

»Wie hat sie fliehen können, Vizekönig?«

Nute Gunray sah Rune Haako hilfesuchend an, aber sein Landsmann war vor Angst erstarrt. »Die Jedi, Euer Lordschaft. Sie haben sie gefunden, ihre Bewacher überwältigt ...« Darth Sidious regte sich unter seinem Umhang wie eine riesige Katze, und Schatten spielten unter der Kapuze. »Finden Sie sie, Vizekönig! Ich will, daß dieser Vertrag unterzeichnet wird!«

»Euer Lordschaft, es ist uns nicht gelungen, das Schiff zu lokalisieren, seit sie geflohen ist«, gab der Neimoidianer zu und wünschte sich, er könnte auf der Stelle im Boden versinken.

»Vizekönig!«

»Wir haben versucht, es zu verfolgen, aber es ist uns entkommen! Jetzt ist es außerhalb unserer Reichweite.«

Eine Bewegung des schwarzgekleideten Arms schnitt ihm das Wort ab. »Nicht für einen Sith«, flüsterte der andere.

Etwas schimmerte im Hintergrund des Hologramms, und eine Gestalt tauchte aus dem Dunkel hinter Darth Sidious auf. Nute Gunray erstarrte. Es war ein zweiter Sith-Lord. Aber während Darth Sidious eher eine vage, schattenhafte Gestalt war, bot dieser neue Sith einen wahrhaft furchteinflößenden Anblick. Sein Gesicht war eine Maske gezackter roter und schwarzer Muster, die in seine Haut tätowiert waren, und sein Schädel war haarlos und von einem Kranz aus kurzen, gebogenen Hörnern gekrönt. Glitzernde gelbe Augen richteten sich auf die Neimoidianer, ihr Blick brach durch all ihre Schutzwälle, entblößte sie vollkommen und tat sie als unbedeutend und dumm ab.

»Vizekönig«, sagte Darth Sidious leise in die plötzliche Stille hinein, »das hier ist mein Schüler, Lord Maul. Er wird Ihr verlorenes Schiff wiederfinden.«

Nute Gunray senkte zustimmend den Kopf und wandte den Blick von dieser entsetzlichen Gestalt ab. »Jawohl, Euer Lordschaft.«

Das Hologramm schimmerte und verschwand, und Schweigen breitete sich im Konferenzraum aus. Die Neimoidianer saßen reglos da, sahen einander nicht einmal an, sondern starrten immer noch an die Stelle, wo sich das Hologramm befunden hatte.

»Diese Angelegenheit ist völlig außer Kontrolle geraten«, erklärte Nute Gunray schließlich mit hoher, angespannter Stimme. Ihre Pläne, sich der Handelsroutensteuer zu widersetzen, hatten nicht vorgesehen, daß sie dabei auch ihr Leben aufs Spiel setzen sollten.

Rune Haako nickte. »Wir hätten uns nie darauf einlassen dürfen. Was ist, wenn die Jedi erfahren, daß wir uns mit diesen Sith-Lords zusammengetan haben?«

Nute Gunray, der die Hände fest auf dem Tisch verschränkt hatte, hielt die Frage nicht einer Antwort wert.

An Bord des königlichen Transporters erstatteten die Jedi zusammen mit Captain Panaka und der verbliebenen R2-Einheit der Königin Bericht über ihre Flucht durch die Blockade der Handelsföderation. Amidala war umgeben von ihren drei Dienerinnen, das bleiche Gesicht vom schwarzen Kopfputz umrahmt, der Blick aufmerksam und fest.

»Wir können uns glücklich schätzen, diesen hier in unseren Diensten zu haben, Euer Hoheit.« Panaka warf einen Blick auf den Astromech-Droiden mit dem blauen Kopf. »Das ist ein ausgesprochen gut funktionierender kleiner Droide. Er hat das Schiff gerettet, von unseren Leben gar nicht zu reden.«

Amidala nickte und wandte sich dem Droiden zu. »Er soll eine Anerkennung erhalten. Wie lautet seine Nummer?«

Der kleine blaue Droide, dessen Lichter beständig an- und ausgingen, während er die Konversation verarbeitete, gab eine Reihe von Pfiffen und Trillern von sich. Captain Panaka griff nach unten und wischte einen großen Schmutzfleck von der Außenhaut des Droiden, dann richtete er sich wieder auf.

»R2-D2, Euer Hoheit.«

Königin Amidala beugte sich vor und berührte mit einer schlanken weißen Hand den gewölbten Kopf des Droiden. »Ich danke dir, R2-D2. Du hast dich sowohl loyal als auch tapfer gezeigt.« Sie warf einen Blick über die Schulter. »Padmé.«

Eine ihrer Dienerinnen trat vor. Qui-Gon Jinn, der nur mit halbem Ohr zugehört hatte, weil er über die Probleme nachdachte, die auf Tatooine vor ihnen liegen würden, bemerkte, daß es dieselbe junge Frau war, die die Entscheidung der Königin, von Naboo zu fliehen, unterstützt hatte. Er runzelte die Stirn. Nein, so war es nicht gewesen ...

»Kümmere dich darum, daß dieser kleine Droide gesäubert wird.« Die Königin sprach zu dem Mädchen. »R2-D2 verdient unseren Dank.« Dann wandte sie sich wieder an Panaka. »Bitte fahren Sie mit Ihrem Bericht fort, Captain.«

Panaka warf den Jedirittern einen beunruhigten Blick zu. »Euer Hoheit, wir sind auf dem Weg zu einem abgelegenen Planeten namens Tatooine.« Er hielt inne, unwillig, weiter über dieses Thema zu sprechen.

»Es ist ein System, das weit außerhalb der Reichweite der Handelsföderation liegt«, warf Qui-Gon ein. »Sobald wir dort sind, werden wir die notwendigen Reparaturen am Schiff durchführen und dann unsere Reise nach Coruscant fortsetzen können.«

»Euer Hoheit«, sagte Captain Panaka, der sich nun wieder gesammelt hatte. »Tatooine ist sehr gefährlich. Es steht unter der Herrschaft der Hutts. Die Hutts sind Kriminelle und Sklavenhändler. Ich bin nicht einverstanden mit der Entscheidung der Jedi, dort zu landen.«

Die Königin sah Qui-Gon an. Der Jedi ließ sich nicht aus der Ruhe bringen. »Ihr müßt meiner Einschätzung der Lage vertrauen, Euer Hoheit.«

»Muß ich?« fragte Amidala leise. Sie sah ihre Dienerinnen an, Padmé als letzte. Das Mädchen war nicht von der Seite der Königin gewichen, aber plötzlich schien ihr einzufallen, daß man ihr einen Auftrag gegeben hatte. Sie nickte der Königin kurz zu und ging dann zu R2-D2.

Amidala drehte sich nun wieder zu Qui-Gon Jinn um. »Wir sind in Eurer Hand«, erklärte sie, und damit war die Angelegenheit abgeschlossen.

Man hatte Jar Jar Binks in der Abstellkammer für Droiden gelassen, bis die R2-Einheit durch die Luftschleuse zurückgekehrt war und die Naboo gekommen waren, um sie herauszuholen. Offenbar hatten sie keine Befehle bezüglich des Gungan erhalten, also überließen sie ihn sich selbst. Zunächst wußte Jar Jar nicht, ob er die Kammer verlassen sollte, weil er immer noch an die Anweisung des jüngeren Jedi dachte, er solle bleiben, wo er war, und keinen Ärger machen. Eines von beiden war ihm gelungen, und er war nicht sicher, ob er sein Schicksal derart auf die Probe stellen sollte.

Aber am Ende siegten doch seine Neugier und die Ruhelosigkeit. Der Transporter hatte aufgehört sich zu drehen, die Handelsföderation griff nicht mehr an, und die Alarmsirenen waren verstummt. Alles war friedlich, und der Gungan sah keinen Grund, wieso er auch nur eine Minute länger in diesem winzigen Raum eingesperrt bleiben sollte.

Also öffnete er die Tür einen Spaltbreit, streckte Schnabel und Stielaugen heraus, sah niemanden und fällte einen Entschluß. Er verließ die Abstellkammer und schlich durch die Korridore des Schiffes – dabei wählte er einen Weg, der ihn vom Cockpit fernhielt, wo sich die Jedi vermutlich aufhielten. Er wartete darauf, daß jemand ihm sagte, er solle dahin zurückkehren, wo er hergekommen war, aber das tat niemand, also begann er, sich seine Umgebung anzusehen – ausgesprochen vorsichtig, aber trotzdem nicht in der Lage, sich zurückzuhalten.

Er folgte gerade einem schmalem Flur, der von den unteren Ebenen des Transporters zur Hauptkabine führte und streckte den Kopf durch eine Luftschleuse, hinter der er eine der Dienerinnen der Königin sah, die damit beschäftigt war, den R2-Droiden mit einem alten Lappen zu polieren.

»Haydee-Ho!« rief er laut.

Die Dienerin und die R2-Einheit starrten ihn beide an, das Mädchen mit einem leisen Aufschrei und der Droide mit einem lauten Piepen. Jar Jar zuckte seinerseits zusammen, dann betrat er vorsichtig und verlegen, daß er die beiden so erschreckt hatte, die Kabine.

»Ich entschuldigen«, murmelte er. »Ich euch nicht erschrecken wollte. Okeday?«

Das Mädchen lächelte. »Schon gut. Komm her.«

Jar Jar machte ein paar Schritte und betrachtete den Droiden. »Da hinten ich finden Ölkanne. Brauchen Ölkanne?«

Das Mädchen nickte.

»Das wäre nicht schlecht. Dieser kleine Kerl ist in ziemlich schlechter Verfassung.«

Jar Jar ging wieder hinaus, suchte ein wenig herum, fand die Ölkanne, an die er sich erinnert hatte und brachte sie dem Mädchen. »Das gut?«

»Danke«, sagte sie und nahm die Kanne entgegen. Sie klappte sie auf, goß ein wenig Öl auf den Lappen und begann, damit den Kopf der R2-Einheit abzureiben.

»Ich Jar Jar Binks«, nutzte Jar Jar einen Augenblick später die Gelegenheit, das Gespräch fortzusetzen. Dieses Naboomädchen gefiel ihm.

»Ich heiße Padmé«, antwortete das Mädchen. »Ich diene ihrer Hoheit, Königin Amidala. Das da ist Artoo Detoo.« Sie rieb einen schwarzen Fleck von einer Strebe des Droiden. »Du bist ein Gungan, nicht wahr?«

Jar Jar nickte, und die langen Ohren schlappten gegen seinen Hals. »Wie kommt es, daß du hier bei uns bist?«

Jar Jar dachte einen Augenblick lang nach. »Ich nicht genau wissen. Erst guter Tag, alles okeday. Ich essen Muschel. Dann bum! Überall Maschinen, Flugmaschinen, Laufmaschinen … ich viel Angst. Dann Jedi kommen, ich packen Qui-Gon, dann

Maschinen über uns rollen, dann wir gehen in See nach Otoh Gunga, reden mit Boss Nass …«

Er hielt inne und wußte nicht, was er sonst noch sagen sollte. Padmé nickte ermutigend. R2-D2 piepte. »Das alles. Ehe ich wissen was, ich hier!«

Er hockte sich nieder und zuckte die Achseln. »Ich viel, viel Angst.«

Er schaute von dem Mädchen zu dem Droiden. Padmé lächelte. R2-D2 piepte noch einmal. Jar Jar fühlte sich gleich viel besser.

Im Cockpit steuerte Ric Olié den Transporter auf einen großen, gelblichen Planeten zu, der das Sichtfenster immer mehr ausfüllte. Die Jedi und Captain Panaka standen hinter ihm und spähten über seine Schulter auf die Landkarten, die er auf dem Monitor aufgerufen hatte.

»Tatooine«, bestätigte Obi-Wan Kenobi.

Ric Olié zeigte auf eine der Karten. »Dort gibt es eine Siedlung, wo wir bekommen sollten, was wir brauchen … ein Raumhafen, wie es scheint. Mos Espa.« Er blickte zu dem Jedi auf.

»Landen Sie am Rand der Stadt«, befahl Qui-Gon Jinn. »Wir wollen keine Aufmerksamkeit.«

Der Pilot nickte und begann, die Landung einzuleiten. Es brauchte nur Minuten, um das Schiff durch die Atmosphäre des Planeten und zu einem Wüstenfleck am Rand der Stadt zu bringen. Die Nubian wirbelte eine Staubwolke auf und ließ sich auf ihren Landestützen nieder. In der Ferne schimmerte Mos Espa in der Mittagshitze.

Qui-Gon schickte seinen Schüler, um den Hyperantrieb auszubauen, und Captain Panaka unterrichtete die Königin, daß sie gelandet waren. Qui-Gon hatte vor, allein zu dem Raumhafen zu gehen, als er das Cockpit verließ, um geeignete Kleidung zu suchen und dabei Jar Jar Binks, der Dienerin der Königin und der kleinen R2-Einheit begegnete.

Er hielt inne und überlegte, ob es ihn nicht verdächtig machen würde, wenn er allein in die Stadt ging. »Jar Jar«, sagte er schließlich. »Halte dich bereit. Du kommst mit mir. Der Droide auch.«

Er ging weiter, ohne sich noch einmal umzusehen. Der Gungan starrte ihm ungläubig hinterher, dann wich die Ungläubigkeit hellem Entsetzen. Bis er richtig begriffen hatte, was passiert war, war der Jedi schon verschwunden. Jammernd rannte er hinter ihm her und stieß dabei auf Obi-Wan, der in der Hauptkabine damit beschäftigt war, den Hyperantrieb aus den Eingeweiden des Schiffes zu ziehen.

»Obi-Wan, Sir!« keuchte er und warf sich vor dem jüngeren Jedi auf die Knie. »Bitte, ich nicht mit Quiggon gehen!«

Obi-Wan neigte zu derselben Ansicht, aber das sprach er lieber nicht laut aus. »Es tut mir leid, aber Qui-Gon hat ganz recht. Das hier ist ein multinationaler Raumhafen, ein Handelszentrum. Er wird viel unverdächtiger aussehen, wenn du dabei bist.« Stirnrunzelnd wandte er sich wieder dem Hyperantrieb zu. »Jedenfalls hoffe ich das«, murmelte er.

Jar Jar kam wieder auf die Beine und trabte bedrückt auf R2-D2 zu. Seine Miene machte deutlich, daß er das Schlimmste befürchtete. Der Astromech-Droide piepste mitleidig, dann gab er eine Reihe ermutigender Klickgeräusche von sich.

Qui-Gon tauchte wieder auf, nun wie ein Bauer in Hemd, Leggins und einen Poncho gekleidet. Er ging an ihnen vorbei zu Obi-Wan, der den Hyperantrieb betrachtete. »Wie sieht es aus?«

Obi-Wan verdrehte die Augen. »Der Generator hat einen Treffer abgekriegt. Wir brauchen einen neuen.«

»Das dachte ich mir schon.« Der Jedimeister kniete sich neben seinen Schützling. »Nun, wir können es nicht riskieren, aus dieser abgelegenen Ecke der Galaxis Verbindung mit Coruscant aufzunehmen. Das könnte abgehört werden und unseren Feinden verraten, wo wir sind. Wir werden alleine zusehen müssen, wie wir weiterkommen.« Er senkte die

Stimme zu einem Flüstern. »Laß nicht zu, daß jemand einen Funkspruch sendet, während ich weg bin. Sei vorsichtig, Obi-Wan. Ich spüre eine Störung in der Macht.«

Obi-Wan schaute zu ihm auf. »Ich spüre es auch, Meister. Ich werde aufpassen.«

Qui-Gon erhob sich und scheuchte Jar Jar und Artoo vor sich her die Rampe hinunter. Ein leerer Sandteppich erstreckte sich draußen in alle Richtungen, durchbrochen nur von Felsformationen und der weit entfernten Skyline von Mos Espa. Die Sonnen, die dem Planeten Leben gaben, schienen so intensiv, daß es den Eindruck machte, als wollten sie ihm dieses Leben auch gleich wieder nehmen. Hitze stieg schimmernd vom Sand auf, und die Luft war so trocken, daß sie sofort die Feuchtigkeit aus ihren Kehlen und Nasenschleimhäuten sog.

Jar Jar spähte mit gebogenen Augenstielen zum Himmel und verzog bedrückt das Schnabelgesicht. »Sonne wie das sein Mord für Gungan«, murmelte er.

Auf ein Zeichen von Qui-Gon machten sie sich auf den Weg. Eine seltsame Karawane von Tieren und Reitern, Wagen und Schlitten erschien vor dem Umriß der Stadt wie eine Fata Morgana, ganz verzerrt, als wolle sie sich gleich wieder auflösen. Jar Jar brummelte weiter, aber niemand achtete auf ihn.

Sie waren noch nicht weit vom Schiff entfernt, als ein Ruf sie veranlaßte, sich umzudrehen. Zwei Gestalten kamen auf sie zugerannt. Als sie näher kamen, erkannte Qui-Gon Captain Panaka und ein Mädchen in Bauernkleidern. Er blieb stehen, wartete, bis sie sie eingeholt hatten und betrachtete sie stirnrunzelnd.

Panaka schwitzte. »Euer Hoheit befiehlt Ihnen, ihre Dienerin mitzunehmen. Sie möchte, daß Padmé ihr persönlich Bericht darüber erstattet, was –«

»Keine Befehle von ihrer Hoheit mehr heute, Captain«, unterbrach ihn Qui-Gon und schüttelte den Kopf. »Mos Espa ist kein geeigneter Ort für –«

»Die Königin wünscht es so«, unterbrach Panaka ihn seinerseits und starrte ihn wütend und entschlossen an. »Sie will mehr über diesen Planeten wissen.«

Das Mädchen trat einen Schritt vor. Sie betrachtete Qui-Gon mit dunklen Augen. »Ich bin in Selbstverteidigung ausgebildet. Ich spreche mehrere Sprachen. Ich habe keine Angst. Ich kann auf mich aufpassen.«

Captain Panaka seufzte und warf einen Blick zum Schiff zurück. »Zwingen Sie mich nicht, zurückzukehren und ihr zu sagen, daß Sie sich weigern.«

Qui-Gon zögerte, denn genau das hatte er vorgehabt. Dann sah er Padmé noch einmal an, erkannte die Macht in ihrem Blick und beschloß, es zu versuchen. Sie könnte sich als nützlich erweisen. Wenn er eine Frau dabeihatte, hielt man sie vielleicht für eine durchreisende Familie, und sie würden weniger aggressiv wirken.

Er nickte. »Ich habe keine Zeit, mich zu streiten, Captain. Ich halte es immer noch für keine gute Idee, aber sie kann mitkommen.« Er warf Padmé einen warnenden Blick zu. »Bleiben Sie dicht in meiner Nähe.«

Er machte sich wieder auf den Weg, und die anderen folgten. Captain Panaka schaute ihnen mit unverhohlener Erleichterung nach, als sich die seltsame kleine Prozession von Jedimeister, Dienerin, Gungan und Astromech-Droide auf den Weg nach Mos Espa machte.

Neun

Es war noch früh am Nachmittag, als die kleine Gruppe unter Qui-Gon Jinns Führung Mos Espa erreichte und sich auf die Suche nach dem Stadtzentrum machte. Mos Espa war eine große Stadt und sah aus wie eine Schlange, die sich halb im Sand vergraben hat, um der Hitze zu entgehen. Die Gebäude hatten Kuppeldächer und dicke Wände, die gegen die Sonne schützen sollten, und alle Marktbuden und Läden hatten Markisen und Veranden, die ein gewisses Maß an Schatten spendeten. Die Straßen waren breit und voller Geschöpfe jeder Gestalt und Größe, von denen die meisten nicht von diesem Planeten stammten. Einige ritten die wüstentauglichen Eopies. Gezähmte Banthas, mächtig und hornbewehrt, und kräftige Dewbacks zogen Karren, Schlitten und Wagen, die entweder auf Rädern oder mechanischen Kufen liefen und von dem Handelsverkehr zwischen den kleineren Häfen von Tatooine und den Planeten nahegelegener Sternensysteme zeugten.

Qui-Gon wappnete sich gegen möglichen Ärger. Hier gab es Rodianer und Dugs und andere, vor denen man sich immer in acht nehmen mußte. Die meisten, an denen sie vorbeikamen, achteten allerdings nicht auf sie. Einer oder zwei warfen Jar Jar einen Blick zu, taten den Gungan aber sofort wieder ab, nachdem sie ihn näher betrachtet hatten. Als Gruppe fielen sie hier nicht weiter auf. Es gab so viele Kombinationen von Geschöpfen jeder Art, daß das Aussehen eines einzelnen beinahe nichts zu bedeuten hatte.

»Auf Tatooine lebt Jabba der Hutt, der den größten Teil des Handels mit illegalen Waren und Sklaven beherrscht, auf den der Wohlstand des Planeten zurückzuführen ist«, erklärte Qui-Gon Padmé. Er war bereits einmal auf Tatooine gewesen, obwohl das schon Jahre zurücklag. »Jabba kontrolliert die Raumhäfen und Siedlungen und alle bewohnten Gebiete. Die Wüste gehört den Jawas, die alles auflesen, was sie verkaufen oder eintauschen können, und den Tusken, die ein Nomadenleben führen und stehlen, was sie können.«

Der Jedi sprach leise und beiläufig. Das Mädchen ging schweigend neben ihm her, und ihren scharfen Augen entging nichts. Gleiter schoben sich vorbei und Droiden jeder Größe arbeiteten im Dienst aller möglichen Wesen in Wüstenkleidung.

»Es gibt auch ein paar Bauernhöfe, deren Betreiber das Klima ausnutzen – überwiegend Außenweltler, die weder den Stämmen angehören noch direkt mit den Hutts in Verbindung stehen.« Er ließ den Blick über die Straße vor ihnen schweifen. »Das hier ist ein rauher, gefährlicher Ort. Die meisten vermeiden ihn. Die wenigen Raumhäfen hier sind Zufluchtsstätten für all diejenigen geworden, die nicht gefunden werden wollen.«

Padmé blickte zu ihm auf. »Wie wir«, sagte sie.

Zwei zahme Banthas rumpelten die Straße entlang, und ihre haarigen Körper bahnten den Weg für ein Lastfahrzeug mit Steinblöcken und Metallstreben. Die gehörnten Köpfe nickten schläfrig, die breiten Füße wirbelten Sand und Staub in dicken Wolken auf. Ihr Fuhrmann döste auf dem ersten Schlitten in der Reihe, klein und unbedeutend im Schatten seiner Zugtiere.

Jar Jar Binks hielt sich so dicht wie möglich bei dem Jedi und dem Mädchen; sein Blick schoß nach links und rechts, und er verdrehte den Kopf dermaßen, daß jeden Augenblick zu befürchten war, daß er ihm vom Hals fiel. Nichts, was er sah, war vertraut oder willkommen. Prüfende Blicke aus scharfen Augen wollten Dinge über ihn wissen, an die er am liebsten gar nicht denken mochte. Die Mienen waren bestenfalls herausfordernd und schlimmstenfalls unfreundlich. Hier gefiel es ihm überhaupt nicht. Nein, er konnte sich kaum einen Ort vorstellen, an dem er weniger gern gewesen wäre.

»Das sehr schlecht, das.« Er schluckte gegen die Trockenheit in seinem Hals an, die nicht nur von der Hitze herrührte. »Dieser Ort nix gut!« Er tat einen unvorsichtigen Schritt und fand sich knöcheltief in irgendwelchen stinkenden Absonderungen. »Oh-oh. Widerlich!«

R2-D2 rollte vergnügt neben ihm her und pfiff und trillerte im vergeblichen Bemühen, dem Gungan zu versichern, daß alles in Ordnung sei.

Sie gingen die Hauptstraße des Raumhafens entlang bis zum Ende und dann durch eine Seitenstraße, die zu einem kleinen Platz führte, der mit den kleinen Läden von Schrotthändlern umgeben war. Qui-Gon betrachtete die Berge von Motorteilen, Kontrollkonsolen und Kommunikationschips, die aus Sternenschiffen und Gleitern ausgebaut worden waren.

»Wir werden es zuerst bei einem dieser kleineren Händler versuchen«, erklärte er und nickte zu einem Laden hin, in dessen Hof sich alte Transporter und Ersatzteile häuften.

Sie betraten den Laden durch die niedrige Tür und wurden von einer dicklichen blauen Kreatur begrüßt, die ihnen auf schwirrenden Flügeln fast ins Gesicht flog wie eine durchgedrehte Sonde. *»Hi chubba da nago?«* begehrte das Geschöpf mit gutturaler Stimme zu wissen, was sie wollten.

Ein Toydarianer, dachte Qui-Gon. Er wußte genug, um das Wesen als solches zu erkennen, aber nicht viel mehr. »Ich brauche Ersatzteile für eine 327 Nubian, Typ J«, erklärte er.

Der Toydarianer strahlte entzückt, seine rüsselartige Schnauze zog sich über die Zähne zurück, und er gab seltsame, schmatzende Geräusche von sich. »Ah ja! Eine Nubian! Wir haben viele Teile dafür.« Die scharfen, vorquellenden Augen spähten von einem Gesicht zum anderen und ruhten schließlich auf dem Gungan. »Was ist das?«

Jar Jar wich ängstlich hinter Qui-Gon zurück. »Unwichtig.« Der Jedi kümmerte sich nicht weiter um die Frage des Toydarianers. »Haben Sie etwas für uns oder nicht?«

»Können Sie mich bezahlen oder nicht – das ist die Frage!« Die dünnen blauen Arme trotzig über dem rundlichen Oberkörper verschränkt, betrachtete der Toydarianer sie geringschätzig. »Was für Schrott brauchen Sie, Bauer?«

»Mein Droide weiß, was ich brauche«, erklärte Qui-Gon und warf der R2-Einheit einen Blick zu.

Immer noch in der Luft vor Qui-Gons Nase hängend, warf der Toydarianer plötzlich einen Blick über die Schulter. *»Peedunkel! Naba dee unko!«*

Ein kleiner, zerzauster Junge kam vom Hof hereingerannt und blieb unsicher vor ihnen stehen. Seine Kleidung war zerfetzt und schmutzig, und er sah aus wie jemand, der Prügel erwartet. Er zuckte zusammen, als der Toydarianer herumfuhr und die Hand hob.

»Wieso hast du so lange gebraucht?«

»Mel tass cho-pas kee«, erwiderte der Junge rasch mit einem Blick auf die Kunden. »Ich habe den Müllcontainer gesäubert, wie Sie –«

»Chut-chut!« Der Toydarianer hob verärgert die Hände. »Vergiß den Müllcontainer! Paß auf den Laden auf. Ich muß mich um die Kundschaft kümmern!«

Er flatterte wieder zu Qui-Gon. »Kommen Sie mit mir nach draußen. Sie werden bald finden, was Sie brauchen.«

Er schoß auf den Hof hinaus und bedeutete Qui-Gon hektisch, ihm zu folgen. Der Jedi und R2 kamen der Aufforderung nach. Jar Jar ging zu einem Regal und griff nach einem seltsamen Metallstück, fasziniert von dessen Form. Er fragte sich, was es wohl sein mochte.

»Faß bloß nichts an«, rief Qui-Gon ihm über die Schulter zu.

Jar Jar legte den Gegenstand wieder hin und zog eine Grimasse, die Qui-Gon, der ihm bereits den Rücken zugewandt hatte, nicht mehr sah. Dann streckte er trotzig die lange Zunge heraus. Als der Jedi außer Sichtweite war, griff er wieder nach dem Ersatzteil.

Anakin Skywalker starrte wie gebannt das Mädchen an. Sie war ihm aufgefallen, sobald er Wattos Laden betreten hatte, noch bevor Watto ein Wort gesagt hatte, und er war seitdem nicht imstande gewesen, den Blick von ihr zu wenden. Er hatte kaum gehört, was Watto gesagt hatte. Er hatte das seltsame Geschöpf kaum bemerkt, das mit ihr hereingekommen war und nun in den Regalen und Tonnen herumstöberte. Selbst nachdem sie bemerkt hatte, daß er sie anstarrte, konnte er einfach nicht anders. Er ging zu einer freien Stelle der Theke, zog sich hinauf, setzte sich hin und beobachtete sie weiter, während er so tat, als säuberte er eine Transmitterzelle. Sie erwiderte seinen Blick, und Verlegenheit wich der Neugier. Sie war klein und schlank und hatte langes, geflochtenes braunes Haar, braune Augen und ein Gesicht, das er so schön fand, daß es nichts gab, womit er es vergleichen konnte. Sie trug Bauernkleidung, aber sie schien sehr selbstsicher.

Sie bedachte ihn mit einem amüsierten Lächeln, und er war überwältigt vor Verwirrung und Staunen. Er holte tief Luft. »Bist du ein Engel?« fragte er leise.

Das Mädchen starrte ihn an. »Wie bitte?«

»Ein Engel.« Anakin richtete sich ein wenig auf. »Die leben auf den Legomonden, glaube ich. Das sind die schönsten Geschöpfe im ganzen Universum. Sie sind gut und freundlich und so schön, daß selbst die hartgesottensten Raumpiraten bei ihrem Anblick weinen wie kleine Kinder.«

Sie schaute ihn verwirrt an. »Ich habe noch nie von diesen Engeln gehört«, sagte sie.

»Du mußt einer davon sein«, beharrte Anakin. »Vielleicht weißt du das nur nicht.«

»Du bist ein komischer kleiner Junge.« Das amüsierte Lächeln kehrte zurück. »Woher weißt du so viel?«

Anakin erwiderte das Lächeln und zuckte die Achseln. »Ich

höre alles, was die Händler und die Piloten erzählen, die hier durchkommen.« Er warf einen Blick in den Hof. »Ich bin selbst auch Pilot, weißt du. Eines Tages werde ich hier wegfliegen.«

Das Mädchen ging zum Ende der Theke, wandte den Blick ab, sah ihn dann wieder an. »Bist du schon lange hier?«

»Seit ich sehr klein war – seit ich drei war, glaube ich. Meine Mom und ich haben Gardula der Huttin gehört, aber sie hat uns an Watto verloren, bei einer Wette beim Kapselrennen. Watto ist ein viel besserer Herr, glaube ich.«

Sie starrte ihn entsetzt an. »Du bist ein Sklave?«

Die Art, wie sie das sagte, bewirkte, daß Anakin sich schämte und ärgerlich wurde. Trotzig starrte er sie an. »Ich bin ein Mensch!«

»Es tut mir leid«, sagte sie rasch und schien verlegen und verstört zu sein. »Ich denke, ich verstehe das nicht ganz. Diese Welt ist mir sehr fremd.«

Er betrachtete sie einen Augenblick lang eingehend und dachte an all die Dinge, die er ihr erzählen wollte. »Du bist mir auch sehr fremd«, sagte er statt dessen. Er schwang sich wieder von der Theke. »Ich heiße Anakin Skywalker.«

Sie strich sich das Haar zurück. »Padmé Naberrie.«

Das seltsame Geschöpf, mit dem sie hereingekommen war, schlenderte wieder zurück in den vorderen Bereich des Ladens und beugte sich über einen untersetzten, kleinen Droiden mit einer Knollennase. Neugierig streckte es die Hand aus und stupste mit einem Finger gegen die Nase. Sofort schossen aus jeder Seite Armaturen hervor, und metallene Glieder rasteten ein. Der Motor des Droiden surrte und brummte, und er begann sich vorwärtszubewegen. Padmés seltsamer Begleiter folgte ihm mit einem verzweifelten Stöhnen, versuchte ihn festzuhalten, aber der Droide marschierte weiter durch den Laden und stieß alles um, was er berührte.

»Schlag ihm auf die Nase!« rief Anakin, der gegen seinen Willen lachen mußte.

Das Geschöpf tat, was man ihm gesagt hatte, und schlug

wild auf die Nase des Droiden ein. Der Droide blieb sofort stehen, Arme und Beine wurden zurückgezogen, der Motor verstummte. Sowohl Anakin als auch Padmé lachten jetzt, und ihr Lachen wurde noch lauter, als sie die Miene des schnabelgesichtigen Geschöpfs sahen.

Anakin sah Padmé an, und das Mädchen ihn. Ihr Lachen erstarb. Das Mädchen hob die Hand, um sich noch einmal übers Haar zu fahren, aber sie wandte den Blick nicht ab.

»Ich werde dich heiraten«, sagte Anakin plötzlich.

Einen Augenblick lang herrschte Stille, und dann begann sie abermals zu lachen, ein wohlklingendes Geräusch, das ihn überhaupt nicht störte. Das Geschöpf, das sie begleitet hatte, verdrehte die Augen.

»Das meine ich ernst«, erklärte er.

»Du bist ein merkwürdiger Junge«, sagte sie und hörte auf zu lachen. »Warum sagst du so etwas?«

Er zögerte. »Ich nehme an, weil ich es glaube ...«

Ihr Lächeln war betörend. »Nun, ich fürchte, ich kann dich nicht heiraten ...« Sie hielt inne und versuchte sich an seinen Namen zu erinnern.

»Anakin«, sagte er.

»Anakin.« Sie legte den Kopf schief. »Du bist doch nur ein kleiner Junge.«

Er bedachte sie mit einem entschlossenen Blick. »Das werde ich aber nicht immer sein«, entgegnete er ruhig.

Im Hof draußen starrte Watto auf einen tragbaren Monitor und suchte in seinem Inventar. Qui-Gon, die Arme unter seinem Bauernponcho verschränkt, wartete geduldig, die R2-Einheit an seiner Seite.

»Ah, hier ist es. Ein T-14 Hyperantriebgenerator!« Die Flügel des Toydarianers schlugen heftig, als er vor dem Jedi in der Luft hing, und seine knorrigen Finger stachen in Richtung Bildschirm. »Sie haben Glück. Ich dürfte der einzige hier sein, der so etwas hat. Aber Sie könnten genausogut gleich ein neues Schiff kaufen. Das wäre billiger. Und da wir gerade davon reden – wie wollen Sie das bezahlen, Bauer?«

Qui-Gon dachte nach. »Ich habe zwanzigtausend Republik-Credits –«

»Republik-Credits?« Watto explodierte schier vor Widerwillen. »Republik-Credits sind hier überhaupt nichts wert! Ich brauche etwas Besseres als das, etwas von Wert ...«

Der Jedimeister schüttelte den Kopf. »Etwas anderes habe ich nicht. »Er hob eine Hand und bewegte sie lässig vor dem Gesicht des Toydarianers. »Aber Credits werden genügen.«

»Nein, werden sie nicht!« fauchte Watto und schwirrte erbost.

Qui-Gon runzelte die Stirn, dann bewegte er die Hand noch einmal vor dem dicklichen blauen Wesen und setzte die volle Macht seiner Suggestivkraft ein. »Credits werden genügen«, wiederholte er.

Watto lächelte höhnisch. »Nein, werden sie nicht!« wiederholte er. »Was soll das eigentlich, so mit der Hand herumzuwedeln? Halten Sie sich für eine Art Jedi? Ha! Ich bin ein Toydarianer! Solche Tricks wirken bei mir nicht – nur Geld! Kein Geld, keine Ersatzteile! Und sonst hat auf diesem Planeten keiner einen T-14 Hyperantriebgenerator anzubieten, das kann ich Ihnen versprechen!«

Verärgert drehte sich Qui-Gon um und ging wieder zurück in den Laden. Die R2-Einheit folgte ihm auf dem Fuß. Der Toydarianer rief ihnen hinterher, sie sollten zurückkommen, wenn sie etwas Wertvolles einzutauschen hätten, und schimpfte immer noch über den Jedimeister, weil dieser versucht hatte, ihm republikanische Credits aufzudrängen. Als Qui-Gon in den Laden kam, war Jar Jar gerade dabei, ein Ersatzteil aus einem großen Stapel hervorzuziehen, woraufhin alles zu Boden fiel. Seine Anstrengungen, das Unheil aufzuhalten, ließen einen weiteren Stapel umstürzen.

Der Junge und die Dienerin der Königin waren intensiv in ein Gespräch vertieft und achteten nicht auf den Gungan.

»Wir gehen«, sagte Qui-Gon zu dem Mädchen und ging mit der R2-Einheit zur Ladentür.

Jar Jar folgte rasch, denn er wollte die Spuren seiner Untaten schnell hinter sich lassen. Padmé lächelte dem Jungen noch einmal zu. »Ich bin froh, dich kennengelernt zu haben, Anakin«, sagte sie und folgte den dreien.

»Ich bin auch froh, daß ich dich kennengelernt habe«, rief er ihr mit einem gewissen Zögern in der Stimme nach.

Watto kam aus dem Hof hereingeflogen und schüttelte angewidert den Kopf. »Außenweltler! Sie bilden sich ein, weil wir auf so einem abgelegenen Planeten wohnen, haben wir keine Ahnung!«

Anakin starrte immer noch sehnsüchtig hinter Padmé her. »Ich fand sie nett.«

Watto schnaubte und flog auf ihn zu. »Räum hier auf, dann kannst du nach Hause gehen!«

Anakins Miene hellte sich auf; er stieß einen leisen Freudenschrei aus und machte sich rasch an die Arbeit.

Qui-Gon führte seine Begleiter zurück über den kleinen Platz mit den Schrotthandlungen und auf die Hauptstraße zu. An einer Stelle, wo zwischen zwei Gebäuden eine schattige Nische entstanden war, blieb der Jedimeister stehen und holte sein Comlink unter dem Poncho hervor. Padmé und die R2-Einheit warteten geduldig, aber Jar Jar lief in der kleinen Gasse hin und her, als säße er in der Falle, den Blick nervös auf die belebte Straße gerichtet.

Als Obi-Wan auf den Ruf des Comlink antwortete, erklärte ihm Qui-Gon schnell, was er erfahren hatte. »Bist du sicher, daß sich an Bord des Schiffes nichts Wertvolles befindet?« schloß er.

Am anderen Ende entstand kurzes Schweigen. »Ein paar Behälter mit Vorräten, die Garderobe der Königin, vielleicht ein wenig Schmuck. Nicht genug, daß du den Antrieb damit bezahlen könntest. Nicht annähernd genug.«

»Also gut«, erwiderte Qui-Gon stirnrunzelnd. »Wir werden schon eine andere Lösung finden. Ich melde mich wieder.«

Er steckte das Comlink wieder unter den Poncho und winkte den anderen zu, ihm zu folgen. Er wollte gerade wieder auf die Straße hinausgehen, als Jar Jar ihn am Arm packte.

»Nicht gehen, Herr«, flehte der Gungan. »Alle hier vollkommen durchgedreht. Uns bestimmt berauben und totschlagen!«

»Recht unwahrscheinlich«, erwiderte Qui-Gon seufzend und löste seinen Arm aus der Umklammerung. »Wir besitzen nichts Wertvolles. Das ist ja unser Problem.«

Sie gingen weiter, und Qui-Gon versuchte zu überlegen, was er als nächstes tun sollte. Padmé und R2-D2 hielten sich dicht in seiner Nähe, als er sich durch die Menge drängte, aber Jar Jar, abgelenkt von den seltsamen Anblicken und Gerüchen, blieb immer weiter zurück. Sie kamen an einem Straßencafé vorbei, an dessen Tischen eine Gruppe ziemlich wild aussehender Außenweltler saß, unter ihnen ein Dug, der sich laut über die Freuden des Kapselrennens ausließ. Jar Jar beeilte sich, seine Begleiter einzuholen, aber dann entdeckte er eine Reihe Frösche, die an einer Schnur an der Markise eines nahen Marktstands hingen. Der Gungan wurde langsamer, und das Wasser lief ihm im Mund zusammen. Er hatte schon seit einiger Zeit nichts mehr gegessen. Er sah sich um, ob irgend jemand ihn beobachtete, dann rollte er seine lange Zunge aus und schnappte sich einen der Frösche. Der Frosch verschwand innerhalb eines Sekundenbruchteils in Jar Jars Schnabel.

Leider war er immer noch mit der Schnur verbunden. Jar Jar stand da, die Schnur hing ihm aus dem Mund, und er konnte sich nicht mehr bewegen.

Der Händler kam herausgerannt. »He, das macht sieben Truguts!« Jar Jar sah sich hektisch nach den anderen um, aber sie waren bereits außer Sichtweite. Verzweifelt ließ er den Frosch wieder los. Der Frosch schoß ihm aus dem Schnabel wie von einem Katapult vom Ende der straff gespannten Schnur zurückgezogen. Er schnappte hierhin und dorthin und fiel schließlich unter großem Spritzen in die Suppe des Dug.

Der schlaksige Dug sprang wütend auf und entdeckte den unglücklichen Jar Jar, der versuchte, vor dem Froschhändler davonzurennen. Er sprang mit allen vieren auf den Tisch, warf sich von dort auf den Gungan und packte ihn an der Kehle.

»*Chubba!* Du!« zischte der Dug durch seine wulstige Schnauze. Fühler und Freßwerkzeuge bebten. »Ist das hier deiner?«

Der Dug hielt dem Gungan den Frosch drohend vors Gesicht. Jar Jar konnte kein Wort herausbringen, schnappte keuchend nach Luft und versuchte sich loszureißen. Er verdrehte auf der Suche nach Hilfe, die nicht kam, wild die Augen. Andere drängten sich um sie herum, unter ihnen Rodianer. Der Dug schleuderte Jar Jar zu Boden, schrie ihn an und blieb auf ihm hocken. Verzweifelt versuchte der Gungan, sich zu befreien.

»Nein, nein«, stöhnte er flehentlich und blickte sich weiter nach einer Fluchtmöglichkeit um. »Warum immer Jar Jar?«

»Weil du Angst hast«, antwortete eine Stimme ruhig.

Anakin Skywalker drängte sich durch die Menge und stellte sich neben den Dug. Der Junge schien keine Angst vor dem Geschöpf zu haben, ebensowenig wie vor der Menge. Er blieb selbstsicher stehen und warf dem Dug einen abschätzenden Blick zu. »*Chess ko,* Sebulba«, sagte er. »Sei vorsichtig. Der da hat mächtige Freunde.«

Sebulba wandte sich dem Jungen zu, und sein grausames Gesicht verzog sich vor Widerwillen, als er erkannte, wen er da vor sich hatte. *»Gooney rana dunko shag?«* verlangte er zu wissen, was der Junge meinte.

Anakin zuckte die Achseln. »Du weißt schon, Beziehungen. Huttische Beziehungen.« Er richtete die blauen Augen auf den Dug und erkannte eine Spur von Angst im Gesicht des anderen. »Einflußreiche Beziehungen, Sebulba. Ich möchte dich wirklich ungern in Stücke geschnitten sehen, bevor wir eine Chance hatten, noch einmal gegeneinander anzutreten.«

Der Dug spuckte wütend aus. »*Neek me Chawa!* Wenn wir das nächstemal gegeneinander antreten, *Wermo*, wird das dein Ende sein!« Er fuchtelte hektisch in der Luft herum. »*Uto notu wo shag!* Wenn du kein Sklave wärst, würde ich dich auf der Stelle zerquetschen!«

Mit einem letzten Blick auf den sich windenden Jar Jar wandten sich Sebulba und seine Kumpane wieder ihrem Tisch, ihrem Essen und ihren Getränken zu. Anakin starrte dem Dug hinterher. »Ja, es wäre zu schade, wenn du für mich zahlen müßtest«, sagte er leise.

Er half Jar Jar gerade wieder auf die Beine, als Qui-Gon, Padmé und R2-D2, denen endlich die Abwesenheit des Gungan aufgefallen war, sich eilig durch die Menge drängten.

»Hallo!« grüßte er sie fröhlich und war glücklich, Padmé schon so bald wiederzusehen. »Euer Kumpel hier wäre beinahe in gelben Schlabber verwandelt worden. Er hab einen Streit mit einem Dug angefangen, einem besonders gefährlichen Dug.«

»Nicht haben, nicht haben!« protestierte der Gungan und klopfte sich Staub und Sand ab. »Ich hassen kämpfen. Ich das ganz bestimmt nicht wollen!«

Qui-Gon betrachtete Jar Jar forschend, warf einen Blick auf die Menge und packte den Gungan am Arm. »Trotzdem, der Junge hat dir Prügel erspart. Du hast wirklich eine Spürnase für Ärger, Jar Jar.« Er nickte Anakin zu. »Danke, mein junger Freund.«

Padmé bedachte Anakin mit einem freundlichen Lächeln, und der Junge spürte, wie er vor Stolz rot wurde.

»Jar Jar nix getan!« Jar Jar versuchte immer noch, sich zu verteidigen, und unterstrich seine Beteuerung mit heftigen Gesten.

»Du hattest Angst«, sagte der Junge und schaute ihm ernst in das Schnabelgesicht. »Angst zieht die Ängstlichen an. Sebulba hat versucht, seine Angst dadurch zu besiegen, daß er dich fertigmacht.« Er legte den Kopf schief und sah den Gungan an. »Du kannst dir selbst helfen, indem du weniger Angst hast.«

»Und das funktioniert bei dir?« fragte Padmé skeptisch und sah ihn zweifelnd an.

Anakin lächelte und zuckte die Achseln. »Na ja ... bis zu einem bestimmten Punkt.«

Bemüht, soviel Zeit wie möglich mit dem Mädchen zu verbringen, überredete er die Gruppe, ihm ein Stück weiter zu einem Obststand zu folgen, einem baufälligen Schuppen aus einer abgewetzten Markise über einem Rahmen von schiefen Stangen. Kisten mit buntem Obst standen auf einer schrägen Fläche, damit sie von der Straße aus zu sehen waren. Eine alte, grauhaarige Frau mit verwittertem Gesicht und krummem Rücken, deren einfache Kleidung geflickt und abgetragen war, erhob sich von einem Hocker, als sie näher kamen.

»Wie geht es dir, Jira?« fragte Anakin und umarmte sie rasch.

Die alte Frau lächelte. »Die Hitze ist nichts für mich, daß weißt du doch, Annie.«

»Weißt du was?« erwiderte der Junge strahlend. »Ich habe die Kühleinheit gefunden, die ich gesucht habe. Sie ist ziemlich kaputt, aber ich werde sie dir ganz schnell reparieren, das verspreche ich. Das sollte dir ein wenig helfen.«

Jira streckte die faltige Hand aus, um dem Jungen über die Hand zu streicheln, und ihr Lächeln wurde breiter. »Du bist ein guter Junge, Annie.«

Anakin ignorierte das Kompliment und ließ den Blick über das Obst schweifen. »Ich nehme vier Pallies, Jira.« Er warf Padmé einen eifrigen Blick zu. »Die wirst du mögen.«

Er griff in die Tasche, um die Truguts herauszuholen, die er gespart hatte, aber als er Jira bezahlen wollte, ließ er einen davon fallen. Der Bauer, der neben ihm stand, bückte sich, um ihn aufzuheben. Dabei klaffte sein Poncho weit genug auf, daß der Junge das Lichtschwert sehen konnte, das am Gürtel des Mannes hing.

Der Junge riß die Augen weit auf, verbarg seine Überraschung jedoch, indem er sich auf das Geld konzentrierte. Er stellte fest, daß er nur drei Münzen hatte. »Oh, ich dachte, es wären mehr«, sagte er rasch und ohne aufzublicken. »Also nur drei Pallies, Jira, ich bin ohnehin nicht besonders hungrig.«

Die alte Frau gab Qui-Gon, Padmé und Jar Jar ihre Pallies und nahm das Geld von Anakin entgegen. Eine Windböe fegte durch die Straße, brachte die Verstrebungen des Standes zum Wackeln und zerrte an der Markise. Eine zweite Böe wirbelte überall Staub auf.

Jira rieb sich mit den knochigen Händen über die Arme. »Meine Güte, mir tun vielleicht die Knochen weh! Es wird einen Sturm geben, Annie. Du solltest lieber schnell nach Hause gehen.«

Der Wind war noch stärker geworden, und Sand und loser Schutt wurden über die Straße gefegt. Anakin warf einen Blick zum Himmel, dann sah er Qui-Gon an. »Habt ihr einen Ort, wo ihr unterkommen könnt?« fragte er.

Der Jedimeister nickte. »Wir kehren zurück zu unserem Schiff. Ich danke dir nochmals, mein junger Freund, für –«

»Ist es weit bis zu eurem Schiff?« unterbrach ihn der Junge eilig. Rings um sie her waren die Händler damit beschäftigt, ihre Stände abzubauen, Fenster und Türen zu schließen, die Waren nach drinnen zu bringen oder zumindest zuzudecken.

»Es ist am Rand der Stadt«, antwortete Padmé, die versuchte dem stechenden Sandhagel zu entgehen.

Anakin nahm sie rasch an der Hand und zog sie mit sich. »Ihr werdet nie rechtzeitig dorthin kommen. Sandstürme sind sehr, sehr gefährlich. Kommt mit mir. Ihr könnt bei mir zu Hause warten. Es ist nicht weit. Meiner Mutter wird es nichts ausmachen. Beeilt Euch!«

Über den heulenden Wind hinweg rief Anakin Skywalker Jira einen Abschiedsgruß zu und führte seine neuen Schützlinge rasch durch die Sandwolken hindurch die Straße entlang.

Am Rand von Mos Espa stand Obi-Wan neben der Nase der Nubian, während der Wind stärker wurde, an seinem Umhang zerrte und dann über die Weite der Wüste von Tatooine fegte. Beunruhigt spähte er in die Ferne, wo Mos Espa hinter einem Sandvorhang verschwand. Er drehte sich um, als Captain Panaka die Rampe des Transporters herunterkam.

»Dieser Sturm wird sie aufhalten«, meinte der Jedi beunruhigt.

Panaka nickte. »Sieht ziemlich schlimm aus. Wir sollten das Schiff lieber schließen, bevor es schlimmer wird.«

Das Comlink des Captains piepte. Panaka nahm den Kommunikator vom Gürtel. »Ja?«

Ric Oliés Stimme erklang aus dem Lautsprecher. »Wir empfangen gerade eine Botschaft von zu Hause.«

Panaka und Obi-Wan wechselten einen Blick. »Wir kommen sofort«, sagte der Captain.

Rasch gingen sie die Rampe hinauf und schlossen die Luke hinter sich. Die Botschaft war in den Räumen der Königin angekommen. Ric zeigte ihnen den Weg, und sie fanden Amidala und ihre Dienerinnen Eirtaé und Rabé vor einem Hologramm von Sio Bibble, das schwach am anderen Ende des Raums flackerte. Die Stimme des Gouverneurs wurde immer wieder von Statik gestört.

»... alle Lebensmittel verweigert, bis Sie zurückkehren ... Katastrophe fordert hohen Zoll an Leben ... müssen sich ihren Wünschen beugen, Euer Hoheit ...« Sio Bibbles Abbild und Stimme wurden schwächer und kehrten dann, immer noch verzerrt, wieder zurück. »Bitte, ich flehe Sie an, sagen Sie uns, was wir tun sollen! Wenn Sie mich hören können, Euer Hoheit, müssen Sie mit mir Verbindung aufnehmen ...«

Die Übertragung flackerte und verschwand. Die Stimme des Gouverneurs verklang. Königin Amidala starrte in die Leere, die zurückgeblieben war, und ihr glattes, junges Gesicht war von Sorge gezeichnet. Ihre Hände in ihrem Schoß zuckten und verrieten eine Unruhe, die sie nicht ganz verbergen konnte.

Sie warf Obi-Wan einen Blick zu. Der Jedi schüttelte rasch den Kopf. »Es ist ein Trick. Antworten Sie nicht, Euer Hoheit. Senden Sie auf keinen Fall irgendwelche Botschaften aus.«

Die Königin sah ihn einen Augenblick lang unsicher an, dann nickte sie. Obi-Wan verließ die Kabine ohne ein weiteres Wort und hoffte, die richtige Entscheidung getroffen zu haben.

Zehn

Der Sandsturm tobte in einem blendenden, erstickenden Wirbelwind durch die Straßen von Mos Espa, der mit erbarmungsloser Gewalt an ihrer Kleidung riß und die Haut freilegte. Anakin hielt Padmés Hand fest, damit sie nicht getrennt wurden, und der Bauer, das Amphibiengeschöpf und die R2-Einheit mühten sich hinter ihnen ab, um die Sklavenquartiere zu erreichen, solange noch Zeit war. Andere Einwohner und Besucher waren mit derselben Absicht unterwegs, die Köpfe gebeugt, die Gesichter so gut wie möglich verhüllt, vornübergebeugt, als wären sie uralt. Irgendwo in der Ferne blökte ein verängstigtes Eopie. Das Licht nahm ein seltsames Gelbgrau an, die Sonnen waren von Sand- und Kieswolken verdeckt, und die Gebäude der Stadt verschwanden in einem tiefen, undurchdringlichen Dunst.

Doch während er sich durch den Sturm kämpfte, waren Anakins Gedanken ganz woanders. Er dachte an Padmé, an diese Gelegenheit, sie nach Hause zu seiner Mutter zu bringen, ihr seine Projekte zu zeigen, noch ein wenig länger ihre Hand zu halten. Das alles ließ eine Wärme in ihm aufsteigen, die irgendwie furchterregend war. Aber er fühlte sich auch gut dabei. Er dachte auch an den Bauern – wenn er denn einer war, was Anakin gewaltig bezweifelte. Der Mann trug ein Lichtschwert, und nur Jedi trugen Lichtschwerter. Das war beinahe mehr, als er zu hoffen wagte – daß ein echter Jedi zu ihnen nach Hause kommen sollte! Aber Anakins Instinkte sagten ihm, daß er sich nicht irrte, daß etwas Geheimnisvolles und Aufregendes diese kleine Gruppe zu ihm geführt hatte.

Und schließlich dachte er an seine Träume und seine Hoffnungen, für sich selbst und seine Mutter, er dachte, daß aus dieser unerwarteten Begegnung vielleicht etwas Wunderbares entstehen könnte, etwas, das sein Leben für immer verändern würde.

Sie erreichten das Sklavenviertel, eine chaotische Ansammlung von Hütten, die wie in einem Ameisenhügel übereinander angeordnet waren; jeder Komplex verbunden durch gemeinsame Wände und im Zickzack verlaufende Außentreppen. Der Platz davor war fast menschenleer, da der Sandsturm alle in die Häuser getrieben hatte. Anakin führte seine Schutzbefohlenen durch das düstere Licht bis zu seiner Haustür und trat in die Hütte.

»Mom! Mom! Ich bin wieder da!« rief er aufgeregt.

Geweißte Lehmwände schimmerten sanft in dem sturmumwölkten Sonnenlicht, das durch kleine Bogenfenster fiel, und dem Leuchten der Deckenlampen. Sie standen im Hauptraum, einem kleinen Zimmer, das von einem Tisch und Stühlen beherrscht wurde. Eine Kochnische nahm eine Wand, eine Arbeitsplatte eine andere ein. Türöffnungen führten zu kleineren Nischen und Schlafräumen.

Draußen heulte der Wind an Türen und Fenstern vorbei und riß eine weitere Schicht Putz von den Außenwänden.

Jar Jar Binks schaute sich mit einer Mischung aus Neugier und Erleichterung um. »Viel gemütlich!« murmelte er.

Anakins Mutter kam aus einem Arbeitsraum an der Seite der Hütte herein und wischte sich die Hände am Kleid ab. Sie war eine Frau von etwa vierzig Jahren und hatte das lange braune Haar aus dem schmalen Gesicht zurückgebunden. Ihre Kleidung war einfach. Sie war einmal hübsch gewesen, und Anakin fand sie immer noch schön, aber die Zeit und die Anforderungen ihres harten Lebens hatten ihre Spuren hinterlassen. Das Lächeln, mit dem sie ihren Sohn begrüßte, war liebevoll und jugendlich, aber es verschwand schnell, als sie die Leute hinter ihm entdeckte.

»Oh!« rief sie leise und blickte unsicher von einem Gesicht zum anderen. »Annie, was ist los?«

Anakin strahlte. »Das sind meine Freunde, Mom.« Er lächelte Padmé an. »Das ist Padmé Naberrie. Und das ist –« er hielt inne. »Oh, ich fürchte, ich weiß eure Namen nicht«, gab er zu.

Qui-Gon trat vor. »Ich bin Qui-Gon Jinn, und das hier ist Jar Jar Binks.« Er zeigte auf den Gungan, der eine flatterige Geste mit den Händen machte.

Die R2-Einheit gab ein Piepen von sich.

»Und unser Droide Artoo Detoo«, schloß Padmé.

»Ich bin gerade dabei, einen Droiden zu bauen«, verkündete Anakin rasch, weil er Padmé unbedingt sein Projekt zeigen wollte. »Willst du ihn sehen?«

»Anakin!« Die Stimme seiner Mutter ließ ihn wie angewurzelt stehenbleiben. Entschlossen fragte sie ihn: »Anakin, was wollen diese Leute hier?«

Verwirrt entgegnete er ihrem Blick. »Draußen ist ein Sandsturm, Mom, hör doch!«

Sie warf einen Blick zur Tür, dann zu den Fenstern. Der Wind heulte vorbei, ein Strom aus Sand und Kies.

»Ihr Sohn war so freundlich, uns Zuflucht anzubieten«, erklärte Qui-Gon. »Wir haben uns in dem Laden kennengelernt, wo er arbeitet.«

»Komm mit!« Anakin hatte wieder Padmés Hand gepackt. »Ich zeige dir meinen Droiden.«

Er führte Padmé auf sein Schlafzimmer zu und hatte bereits zu einer ausführlichen Erklärung seiner Basteleien angesetzt. Das Mädchen folgte ihm und lauschte aufmerksam. Auch R2-D2 heftete sich an ihre Fersen und piepte zur Antwort auf die Worte des Jungen.

Jar Jar blieb, wo er war, schaute sich immer noch um und wartete offenbar darauf, daß jemand ihm sagte, was er tun sollte. Qui-Gon stand verlegen der Mutter des Jungen gegenüber. Sandkörner hagelten gegen das dicke Glas der Fenster.

»Ich bin Shmi Skywalker«, sagte sie und streckte die Hand aus. »Anakin und ich freuen uns, daß Sie unsere Gäste sind.«

Qui-Gon hatte die Situation bereits richtig eingeschätzt und wußte, was gebraucht wurde. Er griff unter seinen Poncho und holte fünf kleine Kapseln aus einem Beutel an seinem Gürtel. »Ich weiß, daß Sie uns nicht erwartet haben. Hier. Das sind genug Lebensmittel für eine Mahlzeit für alle.«

Sie nahm die Kapseln entgegen. »Danke.« Sie hob den Blick, dann senkte sie ihn wieder. »Ich danke Ihnen. Es tut mir leid, wenn ich unhöflich war. Ich werde mich wahrscheinlich nie an Anakins Überraschungen gewöhnen.«

»Er ist ein ganz besonderer Junge«, meinte Qui-Gon.

Wieder sah Shmi ihn an, und diesmal schien es, als teile sie ein wichtiges Geheimnis mit ihm.

»Ja«, sagte sie leise, »ich weiß.«

In seinem Schlafzimmer zeigte Anakin Padmé den Droiden. C-3PO lag auf der Werkbank, im Augenblick deaktiviert, weil der Junge gerade dabei war, seine Metallhaut zusammenzusetzen. Er war mit den elektronischen Arbeiten fertig, aber Torso, Arme und Beine des Droiden waren immer noch ohne Abdeckung. Außerdem lag eines seiner Augen noch auf der Werkbank, wo Anakin es liegengelassen hatte, nachdem er es am Abend zuvor justiert hatte.

Padmé beugte sich über Anakins Schulter und betrachtete den Droiden eingehend.

»Ist er nicht toll?« fragte Anakin eifrig und erwartungsvoll. »Er ist noch nicht ganz fertig, aber bald ist es soweit.«

»Er ist wunderbar«, antwortete das Mädchen beeindruckt.

Der Junge lief vor Stolz rot an. »Gefällt er dir? Er ist ein Protokolldroide ... er soll Mom helfen. Paß auf!«

Er drückte den Schalter, der C-3PO aktivierte, und der Droide setzte sich sofort auf. Anakin schaute sich hastig um, suchte und fand das fehlende Auge auf der Werkbank und steckte es in die dafür vorgesehene Halterung.

C-3PO sah sie an. »Guten Tag! Ich bin ein Protokolldroide, ausgebildet in kybernetischen Beziehungen ... von Bräuchen und Menschen ...«

»Hoppla«, sagte Anakin rasch. »Er ist ein bißchen durcheinander.«

Er griff nach einem Werkzeug mit langem Griff und schob es vorsichtig in einen Port in C-3POs Kopf, dann drehte er den Griff mehrmals um und betrachtete kritisch das Ergebnis seiner Arbeit. Schließlich drückte er einen Knopf am Griff des Werkzeugs, und C-3PO zuckte zur Erwiderung mehrmals heftig zusammen. Als Anakin das Werkzeug zurückzog, erhob sich der Droide von der Bank und wandte sich Padmé zu.

»Guten Tag! Ich bin C-3PO, zuständig für menschlich-kybernetische Beziehungen. Was kann ich für Sie tun?«

Anakin zuckte die Achseln. »Ich habe ihm den Namen erst gestern gegeben, aber ich habe vergessen, den Code in seine Datenbank einzugeben, damit er dir sagen kann, wie er heißt.«

Padmé lächelte Anakin entzückt an. »Er ist wunderbar!«

R2-D2 rollte näher und pfiff und piepste dabei.

C-3PO schaute neugierig an sich hinab. »Wie bitte ... was soll das heißen, ich bin nackt?«

R2-D2 piepte weiter.

»Wie peinlich!« C-3PO betrachtete seine skelettartigen Arme und Beine. »Man kann meine *Teile* sehen? Meine Güte!«

Anakin zuckte die Achseln. »Mach dir keine Sorgen, ich werde mich bald darum kümmern.« Er schob den Droiden zurück zur Werkbank und warf dabei Padmé über die Schulter einen Blick zu. »Wenn der Sturm vorbei ist, kannst du dir meine Kapsel ansehen. Ich baue eine Rennkapsel. Aber Watto weiß nichts davon. Es ist ein Geheimnis.«

Padmé lächelte. »Das ist schon in Ordnung. Ich kann gut Geheimnisse bewahren.«

Der Sturm tobte für den Rest des Tages und fegte den Sand aus der Wüste gegen die verschlossenen und verrammelten Gebäude von Mos Espa, bildete Verwehungen vor Türen und Wänden, erfüllte die Luft mit Staub und verdunkelte das Tageslicht. Shmi Skywalker bereitete ihnen ein Abendessen aus den Lebensmittelkapseln zu, die Qui-Gon ihr gegeben hatte. Während sie damit beschäftigt war und während Padmé sich mit Anakin im anderen Zimmer aufhielt, ging Qui-Gon in eine Ecke des Raums und nahm unauffällig über das Comlink Verbindung mit Obi-Wan auf. Die Verbindung war alles andere als gut, aber es genügte, daß der Jedimeister von der Botschaft aus Naboo erfuhr.

»Du hast richtig entschieden, Obi-Wan«, versicherte er seinem jungen Schützling leise.

»Die Königin ist vollkommen verstört«, erklärte Obi-Wan, und seine Stimme war durch die Statik kaum zu verstehen.

Obi-Wan warf einen Blick zu Shmi, die an der Küchenzeile stand und ihm den Rücken zugewandt hatte. »Diese Botschaft war nur ein Köder, um uns aufzuspüren. Da bin ich ganz sicher.«

»Aber was ist, wenn Gouverneur Bibble die Wahrheit sagt und die Naboo wirklich sterben?«

Qui-Gon seufzte. »Wie dem auch sei, die Zeit wird knapp«, sagte er und schaltete das Comlink ab.

Kurz darauf setzten sie sich zum Abendessen nieder, und das Heulen des Sturms lieferte eine unheimliche Geräuschkulisse für das Schweigen im Haus. Qui-Gon und Padmé saßen an den Enden des Tisches, Anakin, Jar Jar und Shmi an der Seite. Wie es kleine Jungen nun einmal tun, begann Anakin von seinem Leben als Sklave zu erzählen, kein bißchen verlegen, weil es für ihn einfach eine Tatsache war und etwas, das er seinen neuen Freunden gerne mitteilen wollte. Shmi, die sich der Position ihres Sohnes eher bewußt war, versuchte, den Gästen die Schwierigkeit ihrer Situation klarzumachen.

»Alle Sklaven haben eingepflanzte Transmitter«, erklärte sie.

»Ich habe versucht, einen Scanner zu bauen, um sie zu finden, aber bisher hatte ich kein Glück«, berichtete Anakin ernst.

Shmi lächelte. »Wenn man versucht zu fliehen ...«

»... jagen sie einen in die Luft!« schloß der Junge. »Bum!«

Jar Jar hatte zufrieden seine Suppe geschlürft und nur mit halbem Ohr zugehört, weil er sich auf das leckere Essen konzentriert hatte. Als er Anakins letzten Satz hörte, wurde sein Schlürfen vor Schreck so laut, daß die anderen innehielten. Einen Augenblick lang richteten sich alle Blicke auf ihn. Verlegen senkte er den Kopf und tat so, als hätte er es nicht bemerkt.

Padmé wandte sich wieder Shmi zu. »Ich kann einfach nicht glauben, daß Sklaverei in der Galaxis immer noch erlaubt ist. Die Gesetze der Republik gegen Sklaverei sollten ...«

»Die Republik existiert hier draußen nicht«, unterbrach Shmi sie rasch. »Wir müssen sehen, wie wir allein zurechtkommen.«

Unbehagliches Schweigen senkte sich herab. Padmé wandte den Blick ab und wußte nicht, was sie sagen sollte.

»Hast du schon mal ein Kapselrennen gesehen?« fragte Anakin, um ihr aus der Verlegenheit zu helfen.

Padmé schüttelte den Kopf. Sie warf Shmi einen Blick zu und bemerkte, wie besorgt die andere Frau plötzlich aussah. Jar Jar streckte die Zunge nach einem Rest Essen in einer Schüssel am anderen Ende des Tisches aus, zog sie mitsamt dem Rest wieder ein, schluckte und schmatzte zufrieden. Ein mißbilligender Blick von Qui-Gon brachte ihn zum Schweigen.

»Auf Malastare gibt es Kapselrennen«, meinte der Jedimeister. »Sehr schnell und sehr gefährlich.«

Anakin grinste. »Ich bin der einzige Mensch, der das kann!« Ein scharfer Blick seiner Mutter wischte ihm das Grinsen vom Gesicht. »Was ist denn, Mom? Ich gebe doch gar nicht an, das ist die Wahrheit! Watto sagt, er hat noch nie gehört, daß ein Mensch an Kapselrennen teilnimmt.«

Qui-Gon betrachtete ihn forschend. »Du mußt Jedireflexe haben, wenn du Rennkapseln fliegen kannst.«

Anakin strahlte über das Kompliment. Jar Jars Zunge schlängelte sich auf die Schüssel zu, um sich ein weiteres Stück zu angeln, aber diesmal war Qui-Gon auf der Hut. Seine Hand schoß vor, und schon hielt er die Zunge des Gungan zwischen Daumen und Zeigefinger. Jar Jar erstarrte mit offenem Mund und weit aufgerissenen Augen.

»Tu das nicht wieder«, sagte Qui-Gon mit einer gewissen Schärfe in seiner leisen Stimme.

Jar Jar wollte etwas sagen, aber er brachte nur ein unverständliches Gurgeln heraus. Qui-Gon ließ die Zunge des Gungan los, und sie schnellte zurück an Ort und Stelle. Schmollend rieb sich Jar Jar den Schnabel.

Anakin sah den angeblichen Bauern an. Zögernd begann er: »Ich ... ich habe mich gefragt ...«

Qui-Gon nickte ihm ermutigend zu.

Der Junge räusperte sich und nahm seinen ganzen Mut zusammen. »Sie sind ein Jediritter, nicht wahr?«

Einen Augenblick lang herrschte Schweigen. Der Mann und der Junge starrten einander an. »Wie kommst du darauf?« fragte Qui-Gon schließlich.

Anakin schluckte. »Ich habe Ihr Lichtschwert gesehen. Nur Jediritter haben solche Waffen.«

Qui-Gon starrte ihn weiter an, dann lehnte er sich zurück und lächelte. »Vielleicht habe ich ja einen Jedi getötet und ihm sein Lichtschwert gestohlen.«

Anakin schüttelte rasch den Kopf. »Das glaube ich nicht. Niemand kann einen Jedi töten.«

Qui-Gons Lächeln verblaßte, und in seinen dunklen Augen lag eine Spur von Trauer. »Ich wünschte, das wäre so ...«

»Ich habe mal geträumt, ich wäre ein Jedi«, sagte der Junge rasch, weil er nun, da er damit angefangen hatte, unbedingt darüber reden wollte. »Ich bin hierher zurückgekommen und habe alle Sklaven befreit. Das habe ich letzte Nacht geträumt, als ich draußen in der Wüste war.« Er sah Qui-Gon erwartungsvoll an. »Sind Sie gekommen, um uns zu befreien?«

Qui-Gon schüttelte den Kopf. »Nein, leider nicht ...« Zögernd hielt er inne.

»Ich glaube, doch«, bohrte der Junge weiter und starrte ihn trotzig an. »Warum sind Sie sonst hier?«

Shmi wollte etwas sagen, ihren Sohn vielleicht für seine Unverschämtheit tadeln, aber Qui-Gon ergriff als erster das Wort und beugte sich verschwörerisch vor. »Ich sehe schon, dir kann man nichts vormachen, Anakin. Aber du darfst niemandem von uns erzählen. Wir sind auf dem Weg nach Coruscant, dem Hauptsystem der Republik, und das in einer sehr wichtigen Mission. Es muß geheim bleiben.«

Anakin riß die Augen weit auf. »Coruscant? O Mann! Wie sind Sie denn dann hier auf Tatooine gelandet?«

»Unser Schiff ist beschädigt«, antwortete Padmé. »Wir sitzen hier fest, bis wir es reparieren können.«

»Ich kann euch helfen!« verkündete der Junge rasch, ganz versessen darauf, etwas für sie zu tun. »Ich kann alles reparieren!«

Qui-Gon lächelte über soviel Begeisterung. »Das glaube ich dir, aber zuerst müssen wir die nötigen Ersatzteile besorgen, wie du aus unserem Besuch in Wattos Laden schließen kannst.«

»Wir nichts zum Tauschen haben«, verkündete Jar Jar säuerlich.

Padmé sah Qui-Gon fragend an. »Diese Schrotthändler müssen doch irgendeine Schwäche haben.«

»Glücksspiel«, sagte Shmi sofort. Sie stand auf und begann den Tisch abzuräumen. »In Mos Espa dreht sich alles um die Wetten auf diese schrecklichen Kapselrennen.«

Qui-Gon stand auf, ging zum Fenster und starrte durch das dicke Glas auf die Sandwolken hinaus. »Kapselrennen«, sagte er nachdenklich. »Gier kann ein mächtiger Verbündeter sein, wenn man sie entsprechend nutzt.«

Anakin kam auf die Beine. »Ich habe eine Rennkapsel gebaut!« erklärte er triumphierend. Sein Jungengesicht strahlte vor Stolz. »Es ist die schnellste Kapsel, die es je gegeben hat! Übermorgen gibt es ein wichtiges Rennen, am Boonta-Abend. Sie könnten meine Kapsel dafür anmelden! Sie ist fast fertig –«

»Anakin, beruhige dich!« unterbrach ihn seine Mutter scharf. Ihre Augen verrieten, wie besorgt sie war. »Watto läßt dich nicht mehr an Rennen teilnehmen!«

»Watto muß ja nicht wissen, daß die Kapsel mir gehört!« erwiderte der Junge rasch, völlig auf das anstehende Problem konzentriert. Er wandte sich wieder Qui-Gon zu. »Sie könnten ihm sagen, daß es Ihre ist! Sie könnten ihn irgendwie dazu bringen, mich als Piloten einzusetzen!«

Der Jedimeister hatte Shmis besorgten Blick bemerkt. Er sah sie an, nahm ihre Beunruhigung schweigend zur Kenntnis und wartete auf ihre Erwiderung.

»Ich will nicht, daß du wieder Rennen fliegst, Annie«, sagte seine Mutter ruhig. Sie schüttelte den Kopf, um ihren Worten Nachdruck zu verleihen, und Müdigkeit und Sorge standen in ihrem Blick. »Es ist schrecklich. Ich sterbe jedesmal, wenn Watto dich dazu zwingt. Jedesmal.«

Anakin biß sich auf die Lippe. »Aber Mom, ich fliege doch so gern!« Er zeigte auf Qui-Gon. »Und sie brauchen meine Hilfe. Sie sind in Schwierigkeiten. Das Geld für den Preis wäre mehr als genug für die Ersatzteile, die sie brauchen.«

Jar Jar Binks nickte. »Wir viel, viel Ärger.«

Qui-Gon trat zu Anakin und schaute auf ihn herab. »Deine Mutter hat recht. Vergessen wir die Sache.« Er sah dem Jungen einen Augenblick lang in die Augen, dann wandte er sich wieder Anakins Mutter zu. »Kennen Sie hier irgend jemanden, der der Republik nahesteht und uns helfen könnte?«

Shmi blieb reglos stehen und überlegte. Dann schüttelte sie den Kopf.

»Wir müssen ihnen einfach helfen, Mom«, bohrte Anakin

weiter. Er wußte, daß er recht hatte, wußte, daß es seine Aufgabe war, diesem Jedi und seinen Begleitern zu helfen. »Erinnere dich doch daran, was du immer sagst – du sagst, das größte Problem im Universum ist, daß niemand mehr dem anderen hilft.«

Shmi seufzte. »Anakin, sei nicht –«

»Aber du hast das selbst gesagt, Mom.« Der Junge gab nicht nach und wandte den Blick nicht von ihrem Gesicht.

Diesmal erwiderte Shmi Skywalker nichts, sondern runzelte nur die Stirn.

»Ich bin sicher, daß Qui-Gon Ihren Sohn nicht in Gefahr bringen will«, sagte Padmé plötzlich. Sie fühlte sich unbehaglich angesichts der Konfrontation zwischen Mutter und Sohn, die sie heraufbeschworen hatten und versuchte, die Spannung abzubauen. »Wir werden eine andere Möglichkeit finden ...«

Shmi blickte das Mädchen an und schüttelte bedächtig den Kopf. »Nein, Annie hat recht. Es gibt keine andere Möglichkeit. Es mag mir nicht gefallen, aber er kann Ihnen tatsächlich helfen.« Sie hielt inne. »Vielleicht soll es so sein, daß er Ihnen hilft.« Sie sagte das, als sei sie zu einem Schluß gekommen, der ihr bis jetzt vollkommen entgangen war; als entdeckte sie eine schmerzliche, aber offensichtliche Wahrheit.

Anakins Miene hellte sich auf. »Ist das ein Ja?« Vergnügt klatschte er in die Hände. »Das *ist* ein Ja!«

Nacht lag über der riesigen Stadt Coruscant und bedeckte den endlosen Horizont glitzernder Hochhäuser mit dunklem Samt. Licht blitzte aus Fenstern wie Sterne vor dem Dunkel. So weit das Auge reichte, ragten die Gebäude der Stadt in Nadeln aus Stahl und reflektierendem Glas von der Oberfläche des Planeten auf. Schon vor langer Zeit hatte die Stadt den gesamten Planeten in Anspruch genommen, und nun gab es nur noch diese Stadt, den Mittelpunkt der Galaxis, den Herzschlag der Herrschaft der Republik.

Eine Herrschaft, die manche endgültig beenden wollten. Eine Herrschaft, die einige verachteten.

Darth Sidious stand hoch oben auf einem Balkon, und sein schwarzes Gewand ließ ihn aussehen, als hätte die Nacht selbst ihn geboren. Er schaute auf die Stadt hinaus, richtete den Blick auf ihre Lichter und auf den Luftverkehr und schenkte seinem Schüler Darth Maul, der neben ihm wartete, keine Beachtung.

Er dachte an die Sith und die Geschichte ihres Ordens.

Die Sith waren vor beinahe zweitausend Jahren entstanden. Sie waren eine Sekte, die sich der dunklen Seite der Macht verschrieben hatte, und der Idee, daß die Ausübung von Macht, jeglicher Macht, das wichtigste war. Ein abtrünniger Jediritter hatte die Sekte gegründet, ein einziger Abweichler in einem Orden Gleichgesinnter, ein Rebell, der von Anfang an verstanden hatte, daß die wahre Macht nicht beim Licht, sondern bei der dunklen Seite lag. Nachdem er vom Rat der Jedi keine Zustimmung für diese Auffassung erhalten hatte, hatte er mit dem Orden gebrochen, war mit all seinem Wissen und seinen Fähigkeiten fortgegangen und hatte insgeheim geschworen, jene zu stürzen, die ihn zurückgewiesen hatten.

Zunächst war er allein gewesen, aber dann waren ihm andere Jedi, die dasselbe glaubten wie er, bei seinen Studien der dunklen Seite gefolgt. Sie hatten wiederum andere rekrutiert, und bald gab es mehr als fünfzig Sith. Sie lehnten jede Vorstellung von Zusammenarbeit und Konsens ab, verließen sich darauf, daß das Erwerben von Macht in jeder Form die größte Kraft verlieh, und begannen, ihre Sekte als Opposition zu den Jedi zu organisieren. Dies war kein Orden, der dienen wollte – sein einziges Ziel lag darin zu herrschen.

Der Krieg der Sith mit den Jedi war heftig und gnadenlos und letzten Endes zum Scheitern verurteilt. Der abtrünnige Jedi, der den Orden gegründet hatte, war dem Namen nach sein Oberhaupt gewesen, aber sein Ehrgeiz schloß jedes Teilen von Macht aus. Seine Schüler verschworen sich gegen ihn und gegeneinander, so daß der Krieg, den sie anzettelten, ebenso ihnen selbst wie den Jedi galt.

Am Ende zerstörten die Sith sich selbst. Als erstes töteten sie ihren Anführer, dann brachten sie sich gegenseitig um. Die wenigen, die das Blutbad überlebt hatten, wurden rasch von wachsamen Jedi getötet. Nach ein paar Wochen war keiner mehr übrig.

Bis auf einen.

Darth Maul bewegte sich ungeduldig. Der jüngere Sith hatte noch nicht die Geduld seines Meisters; das würde erst mit der Zeit und mit viel Übung kommen. Es war Geduld, die den Sith-Orden am Ende gerettet hatte. Es war Geduld, die ihnen jetzt zum Sieg über die Jedi verhelfen würde.

Der Sith, der den Tod all seiner Genossen überlebt hatte, hatte das begriffen. Er hatte Geduld als Tugend akzeptiert, als alle anderen sie aufgaben. Er hatte List und die Arbeit im Verborgenen als die Grundlage seines Weges betrachtet – alte Jeditugenden, die die anderen abgelehnt hatten. Er stand abseits, als die Sith sich wie Kriks aufeinanderstürzten und vernichtet wurden. Als das Gemetzel zu Ende war, versteckte er sich und wartete lange auf seine Chance.

Nachdem alle überzeugt waren, daß es keine Sith mehr gab, tauchte er aus seinem Versteck auf. Zunächst arbeitete er allein, aber er wurde alt, und er war der Letzte seiner Art. Schließlich machte er sich auf die Suche nach einem Schüler. Als er einen gefunden hatte, bildete er ihn aus, damit er zum Meister werden, sich dann selbst einen Schüler suchen und die Arbeit fortsetzen konnte. Aber es würde immer nur zwei von ihnen geben. Sie würden die Fehler des alten Ordens nicht wiederholen, es sollte zu keinem weiteren Kampf zwischen Sith kommen, die sich innerhalb der Sekte um die Macht stritten. Ihr gemeinsamer Feind waren die Jedi, nicht sie selbst. Sie mußten sich für ihren Kampf mit den Jedi bewahren.

Der Sith, der den Orden wieder ins Leben rief, nannte sich Darth Bane.

Tausend Jahre waren seit der angeblichen Vernichtung der Sith vergangen, und nun endlich war die Zeit gekommen, auf die sie so lange gewartet hatten.

»Tatooine ist nur spärlich bevölkert.« Die heisere Stimme seines Schülers riß ihn aus seinen Gedanken, und Darth Sidious hob den Blick zu dem Hologramm. »Es wird von den Hutts beherrscht. Die Republik spielt dort so gut wie keine Rolle. Wenn meine Ortung korrekt war, Meister, werde ich sie schnell und ohne Probleme finden.«

Die gelben Augen glitzerten vor Erregung im seltsamen Mosaik von Darth Mauls Gesicht, während er ungeduldig auf eine Antwort wartete. Darth Sidious war erfreut.

»Wende dich zunächst gegen die Jedi«, riet er leise. »Danach wirst du keine Schwierigkeiten haben, die Königin nach Naboo zurückzubringen, wo sie den Vertrag unterschreiben wird.«

Darth Maul holte tief Luft. Er war sehr zufrieden. »Endlich werden wir uns den Jedi zeigen. Endlich werden wir unsere Rache bekommen.«

»Du bist gut ausgebildet, mein junger Schüler«, erklärte Darth Sidious. »Die Jedi werden nicht gegen dich bestehen können. Sie können uns nicht mehr aufhalten. Alles verläuft wie geplant. Bald schon werde ich die Republik in der Hand haben.«

In der darauffolgenden Stille konnte der Sith-Lord eine finstere Hitze spüren, die in seiner Brust aufstieg und ihn mit wilder Freude erfüllte.

In Anakin Skywalkers Haus stand Qui-Gon Jinn still in der Tür zum Schlafzimmer des Jungen und betrachtete den schlafenden Anakin. Seine Mutter und Padmé schliefen im anderen Schlafzimmer, und Jar Jar Binks hatte sich auf dem Küchenboden zusammengerollt und schnarchte laut.

Aber Qui-Gon konnte nicht schlafen. Es war dieser Junge – dieser Junge! Er hatte irgend etwas an sich. Der Jedimeister beobachtete, wie sich die Brust des Jungen im Schlaf hob und senkte. Dieser Junge war etwas ganz Besonderes, hatte er Shmi Skywalker gesagt, und sie hatte ihm zugestimmt. Auch sie wußte es. Sie spürte es ebenso wie er. Anakin Skywalker war anders.

Qui-Gon schaute zu einem der dunklen Fenster hinauf. Das Unwetter hatte nachgelassen, der Wind war schwächer geworden. Es war jetzt ruhig draußen, die Nacht war angenehm und friedlich. Der Jedimeister dachte einen Augenblick lang über sein eigenes Leben nach. Er wußte, was man im Rat über ihn sagte. Er war eigenwillig, sogar draufgängerisch in seinen Entscheidungen. Er war stark, aber er vergeudete seine Macht mit Dingen, die seine Aufmerksamkeit nicht verdienten. Aber Regeln wurden nicht nur geschaffen, um das Verhalten zu lenken. Es gab auch Regeln, die eine Landkarte zum Verständnis der Macht darstellten. War es so falsch, diese Regeln ein wenig zu beugen, weil sein Gewissen ihm zuflüsterte, daß es notwendig war?

Der Jedi verschränkte die Arme über der breiten Brust. Die Macht war ein kompliziertes und schwieriges Konzept. Sie wurzelte im Gleichgewicht aller Dinge, und jede Bewegung innerhalb dieses Flusses konnte dies Gleichgewicht durcheinanderbringen. Ein Jedi versuchte das Gleichgewicht zu erhalten und sich im Gleichklang mit dessen Willen und Tempo zu bewegen. Aber die Macht existierte auf mehr als nur einer Ebene, und man brauchte ein ganzes Leben dafür, die unzähligen Übergänge zu meistern. Oder mehr. Qui-Gon kannte seine eigenen Schwächen. Er stand der lebendigen Macht zu nah und sollte der vereinigenden Macht mehr Aufmerksamkeit schenken. Immer wieder widmete er sich den Geschöpfen der Gegenwart, jenen, die im Hier und Jetzt lebten. Er kümmerte sich weniger um Vergangenheit oder Zukunft, um jene Geschöpfe, die diese Zeiten und diese Räume bevölkert hatten oder bevölkern würden.

Es war die lebendige Macht, die ihn band, die ihm Herz und Geist und Seele gab.

So war er mit Anakin Skywalker auf eine Art verbunden, die jeder andere Jedi ablehnen würde, und entdeckte in diesem Jungen ein Versprechen, das er nicht ignorieren konnte. Obi-Wan würde den Jungen und Jar Jar im selben Licht betrachten – nutzloser Ballast, sinnlose Projekte, unnötige Ablenkungen. Obi-Wan war tief in dem Bedürfnis verwurzelt, sich auf ein größeres Gesamtbild zu konzentrieren, auf die vereinigende Macht. Es mangelte ihm an Qui-Gons Intuition. Er hatte nicht das Mitgefühl seines Lehrers und dessen Interesse an allen lebenden Wesen. Er sah nicht dasselbe, was Qui-Gon sah.

Qui-Gon seufzte. Das war keine Kritik, nur eine Feststellung. Wer konnte schon sagen, welcher von ihnen beiden besser dazu geeignet war, die Anforderungen der Macht zu deuten? Aber das führte mitunter dazu, daß Lehrer und Schüler sich auf unterschiedlichen Standpunkten wiederfanden, und es war häufiger Obi-Wans Position, die der Rat unterstützte, nicht die von Qui-Gon. So würde es wieder sein, das wußte er. Noch viele Male.

Dennoch, das würde ihn nicht davon abhalten, zu tun, was er tun mußte. Er würde die Wahrheit über Anakin Skywalker erfahren. Er würde seinen Platz in der Macht entdecken, sowohl der lebendigen als auch der vereinigenden. Er würde herausfinden, was diesem Jungen bestimmt war.

Minuten später hatte er sich auf dem Boden ausgestreckt und schlief.

Elf

Der neue Tag begann hell und strahlend, und Tatooines Zwillingssonnen brannten heiß an einem klaren, blauen Himmel. Der Sandsturm war weitergezogen und hatte die Landschaft von allem leergefegt, bis auf die Berge und die felsigen Ausläufer der Wüste und die Gebäude von Mos Espa. Anakin war bereits auf den Beinen, bevor seine Gäste erwachten. Er brannte darauf, zum Laden zu gehen und Watto von seinem Plan für das Kapselrennen zu erzählen. Qui-Gon warnte ihn, dem Toydarianer gegenüber nicht allzu begeistert aufzutreten; er solle sich im Hintergrund halten und das Verhandeln Qui-Gon selbst überlassen. Aber Anakin war so aufgeregt, daß er kaum hörte, was der Jedimeister sagte. Qui-Gon wußte, daß es allein von ihm und der richtigen Mischung von Schlauheit und Diplomatie abhängen würde, ob sie ihr Ziel erreichten.

Gier war das Schlüsselwort bei jedem Handel mit Watto, und dieser Schlüssel würde jede Tür öffnen, die der Toydarianer ansonsten verschlossen hielt.

Sie gingen von den Sklavenquartieren durch die Stadt zu Wattos Laden, und Anakin marschierte an der Spitze. Qui-Gon und Padmé folgten ihm, Jar Jar und R2-D2 bildeten die Nachhut. Die Stadt war schon früh erwacht, Ladenbesitzer und Kaufleute schaufelten Sandverwehungen weg, bauten Stände und Markisen zusammen und reparierten Wagen und zerstörte Zäune. Wo Gleiter und Droiden nicht stark genug waren, wurden Eopies und Rontos für schwere Arbeiten eingesetzt. Aus Lagerhäusern und Vorratsschuppen wurden bereits neue Waren herangebracht, und der Raumhafen stand den Schiffen von außerhalb des Planeten wieder offen.

Als sie sich dem Laden näherten, ließ Qui-Gon Anakin vorgehen, damit der Junge Gelegenheit hatte, zuerst mit Watto über das Kapselrennen zu sprechen. Zusammen mit den beiden anderen ging der Jedimeister zu einem Lebensmittelstand in der Nähe, überredete den Händler, ihm eine Handvoll klebriger Dweezel zu überlassen, und wartete ab. Nachdem sie die Dweezel gegessen hatten, führte er die anderen wieder über den Platz zu Wattos Laden. Jar Jar, schon wieder vollkommen aufgekratzt von all der Aktivität, stellte sich mit dem Rücken zur Wand neben eine Kiste dicht beim Ladeneingang und spähte aufgeregt hierhin und dorthin, voller Angst, daß ihm etwas Schreckliches zustoßen könnte. R2-D2 rollte neben ihn, piepte leise und versuchte, ihm zu versichern, daß alles in Ordnung sei.

Qui-Gon bat Padmé, den Gungan im Auge zu behalten. Er wollte nicht, daß Jar Jar noch mehr Ärger machte. Er schickte sich gerade an, den Laden zu betreten, als das Mädchen ihm die Hand auf den Arm legte.

»Sind Sie sich wirklich sicher?« fragte sie mit zweifelndem Blick. »Wollen Sie unser Schicksal wirklich einem Jungen überlassen, den wir kaum kennen?« Sie runzelte ihre glatte Stirn. »Die Königin wäre damit nicht einverstanden.«

Qui-Gon ließ sich davon nicht beeindrucken. »Die Königin braucht es nicht zu erfahren.«

Ihre Augen blitzten trotzig auf. »Nun, mir gefällt es auch nicht.«

Er warf ihr einen fragenden Blick zu, dann wandte er sich wortlos ab.

Drinnen im Laden waren Watto und Anakin in eine hitzige Diskussion verstrickt; der Toydarianer hing nur Zentimeter vom Gesicht des Jungen entfernt, die blauen Flügel schwirrend, die Schnauze nach innen gerollt und heftig mit beiden Händen gestikulierend.

»Patta go bolla!« schrie er auf huttisch, und sein rundlicher Körper zuckte mit der Kraft seiner Worte.

Der Junge blinzelte, gab aber nicht nach. *»No batta!«*

»Peedunkel!« Watto schwirrte vor- und rückwärts, auf- und abwärts. Alles an ihm war in Bewegung.

»Banyo, banyo!« schrie Anakin.

Qui-Gon trat aus dem Schatten des Eingangs ins Licht, wo sie ihn deutlich sehen konnten. Watto wandte sich sofort von Anakin ab und schoß in kaum verhohlener Erregung auf Qui-Gon zu.

»Der Junge sagt, Sie wollten ihn morgen beim Rennen anmelden!« Die Worte sprudelten geradezu aus ihm heraus. »Sie können sich ja noch nicht einmal Ersatzteile leisten! Wie können Sie sich leisten, ihn ins Rennen zu schicken? Nicht mit republikanischen Credits, denke ich!«

Er brach in wildes Gelächter aus, aber Qui-Gon entging die Spur von Neugier in seinen geschlitzten Augen nicht.

»Ich werde mein Schiff für die Einschreibegebühr einsetzen«, erklärte der Jedi schroff.

Er griff unter seinen Poncho und holte einen winzigen Holoprojektor heraus. Er schaltete die Energiequelle ein und produzierte ein Hologramm des Transporters der Königin. Der Toydarianer flog näher heran und betrachtete die Projektion forschend.

»Nicht übel, nicht übel.« Der runzlige blaue Rüssel zuckte. »Eine Nubian.«

»Bis auf die Ersatzteile, die wir brauchen, ist sie in gutem Zustand.« Qui-Gon ließ ihm noch einen Augenblick Zeit, dann schaltete er den Holoprojektor wieder aus und steckte ihn unter den Poncho zurück.

»Aber womit soll der Junge teilnehmen?« fragte Watto gereizt. »Beim letzten Rennen hat er meine Kapsel zu Schrott geflogen. Bis zum Boonta werden wir sie nicht mehr in Gang bringen können.«

Qui-Gon warf dem offensichtlich verlegenen Anakin einen Blick zu. »Äh, das war wirklich nicht meine Schuld. Sebulba hat mich mit dem Rückstoß seiner Motoren erwischt. Die

Kapsel habe ich eigentlich retten können... den größten Teil davon jedenfalls.«

Watto lachte. »Das hat er wirklich! Der Junge ist gut, da gibt es keine Zweifel!« Er schüttelte den Kopf. »Trotzdem ...«

»Ich habe eine Kapsel beim Glücksspiel gewonnen«, unterbrach ihn Qui-Gon und zog damit seine Aufmerksamkeit wieder auf sich. »Die schnellste, die je gebaut wurde.«

Er sah Anakin nicht an, aber er konnte sich das Gesicht des Jungen vorstellen.

»Ich hoffe, Sie haben niemanden dafür umgebracht, den ich kenne!« zischte Watto. Wieder brach er in Gelächter aus, bis er sich zusammenreißen konnte. »Aha, Sie stellen also die Kapsel und die Startgebühr; ich stelle den Jungen. Wir teilen den Gewinn halb und halb.«

»Halb und halb?« Qui-Gon winkte ab. »In diesem Fall schlage ich vor, daß Sie die Startgebühr übernehmen. Wenn wir gewinnen, behalten Sie den gesamten Gewinn, abzüglich der Kosten für die Ersatzteile, die ich brauche. Wenn wir verlieren, behalten Sie mein Schiff.«

Watto war eindeutig überrascht. Er dachte über den Vorschlag nach, rieb sich die Schnauze, und seine Flügel surrten. Das Angebot war zu gut, und das machte ihn mißtrauisch. Aus dem Augenwinkel bemerkte Qui-Gon, daß Anakin ihn nervös anstarrte.

»So können Sie eigentlich nicht verlieren«, erklärte Qui-Gon.

Watto schlug mit der Faust in die Handfläche der anderen Hand. »Also gut!« Kichernd wandte er sich dem Jungen zu. »Dein Freund hier hat einen idiotischen Handel abgeschlossen, Junge! Du solltest ihm lieber ein bißchen Unterricht im Feilschen geben!«

Er lachte immer noch, als Qui-Gon den Laden verließ.

Der Jedimeister nahm Padmé, Jar Jar und R2-D2 mit, nachdem er mit Anakin verabredet hatte, daß dieser zu ihnen stoßen sollte, um an der Kapsel zu arbeiten, sobald Watto ihm freigab. Da Watto mehr an dem kommenden Rennen interessiert war als an seinem Laden, schickte er den Jungen sofort weg und wies ihn an, sich zu überzeugen, daß die Kapsel, die er fliegen würde, wirklich eine Chance hatte und nicht nur ein Stück Weltraummüll war, über das alle lachen würden und die den Toydarianer, der sie ins Rennen schickte, nur blamieren könnte.

Das Ergebnis war, daß Anakin fast noch vor Qui-Gon und den anderen zu Hause war und sie aufgeregt zu der Stelle führte, wo die Kapsel in der Abfallgrube des Sklavenviertels versteckt lag. Die Rennkapsel hatte die Form eines schmalen Halbzylinders, mit einem Ruder an der flachen Unterseite, einem Cockpit in der gewölbten Oberfläche und Armen an den Seiten, die ebenfalls zum Steuern dienten. Schlanke Radon-Ulzer-Kampfjägermotoren mit Stabilisatoren waren mit Hilfe von Steelton-Kabeln an der Kapsel befestigt. Die Wirkung war ungefähr so, als hätte man einen Doopkäfer an zwei Banthas gekoppelt.

Gemeinsam aktivierten sie die Hubgeneratoren und bugsierten die Kapsel und ihre gewaltigen Motoren in den Hof hinter Anakins Haus. Unter ermutigenden Bemerkungen von Padmé, Jar Jar und R2-D2 machte sich der Junge daran, die Kapsel für das Rennen vorzubereiten.

Da Anakin und seine Helfer derart beschäftigt waren, stieg Qui-Gon auf die Veranda, sah sich um, um sich zu überzeugen, daß niemand ihn beobachtete, und schaltete das Comlink ein, um sich mit Obi-Wan in Verbindung zu setzen. Sein Schützling antwortete ihm sofort, und Qui-Gon erzählte ihm, was los war.

»Wenn alles gutgeht, werden wir morgen nachmittag unseren Hyperantriebgenerator haben und wieder auf dem Weg sein«, schloß er.

Obi-Wans Schweigen war vielsagend. »Und wenn es schiefgeht, Meister? Dann könnten wir hier lange festsitzen.«

Qui-Gon spähte über die heruntergekommenen Sklavenhütten und die Dächer der Gebäude von Mos Espa dahinter hinweg. Die beiden Sonnen brannten hell am Himmel. »Ein Schiff ohne Energiegenerator nützt uns nichts. Wir haben keine andere Wahl.«

Er schaltete das Comlink ab und steckte es weg. »Und außerdem ist da etwas an diesem Jungen«, flüsterte er leise.

Shmi Skywalker kam durch die Hintertür aus der Hütte und stellte sich neben ihn. Zusammen beobachteten sie, was unten im Hof vorging.

»Sie sollten stolz auf Ihren Sohn sein«, sagte Qui-Gon einen Augenblick später. »Er ist sehr großzügig, ohne auch nur im geringsten an eine Belohnung zu denken.«

Shmi nickte, und ein Lächeln zog über ihr abgehärmtes Gesicht. »Er weiß nichts von Gier. Er hat nur Träume. Er hat …«

»Besondere Kräfte.«

Die Frau warf ihm einen mißtrauischen Blick zu. »Ja.«

»Er weiß Dinge, bevor sie passieren«, fuhr der Jedimeister fort. »Deshalb sieht es aus, als hätte er so schnelle Reflexe. Das ist eine Jedieigenschaft.«

Sie sah ihn an, und das Aufschimmern von Hoffnung in ihren Augen entging ihm nicht. »Er hat ein besseres Leben verdient als das eines Sklaven«, sagte sie leise.

Qui-Gon blickte weiter in den Hof hinab. »Die Macht ist ungewöhnlich stark in ihm. Wer war sein Vater?«

Sie schwieg lange – lange genug, daß dem Jedimeister klar wurde, daß er eine Frage gestellt hatte, die sie nicht beantworten würde. Er ließ ihr Zeit und Raum, damit umzugehen, er drängte sie nicht und versuchte ihr klarzumachen, daß es nicht notwendig war zu antworten.

»Es gibt keinen Vater«, sagte sie schließlich. Sie schüttelte den Kopf. »Ich habe ihn ausgetragen, ich habe ihn geboren, ich habe ihn aufgezogen. Mehr kann ich Ihnen nicht sagen.«

Sie berührte seinen Arm und sah ihn an. »Können Sie ihm helfen?«

Qui-Gon schwieg lange und dachte nach. Er fühlte sich Anakin Skywalker auf eine Art verbunden, die er nicht erklären konnte. Tief drinnen spürte er, daß es ihm vorherbestimmt war, etwas für diesen Jungen zu tun, daß es notwendig war, es zu versuchen. Aber alle Jedi wurden innerhalb der ersten sechs Monate nach ihrer Geburt als solche identifiziert und begannen mit ihrer Ausbildung. Das traf auf ihn selbst zu, auf Obi-Wan und auf jeden, den er kannte oder von dem er gehört hatte. Es gab keine Ausnahmen.

Können Sie ihm helfen? Er wußte nicht, wie das möglich sein sollte. »Ich weiß es nicht«, sagte er mit sanfter, aber fester Stimme. »Ich bin nicht hierhergekommen, um Sklaven zu befreien. Wäre er in der Republik zur Welt gekommen, hätten wir ihn früh gefunden, und er hätte ein Jedi werden können. Er hat die Anlagen dazu. Ich bin nicht sicher, was ich für ihn tun kann.«

Sie nickte, aber unter der Maske der Resignation lag immer noch ein Schimmer der Hoffnung auf ihrem Gesicht.

Als Anakin die Schubrelais mit dem linken Motor verband, tauchten ein paar seiner Freunde auf. Die älteren Jungen waren Kitster und Seek, dazu die kleine Amee und Wald der Rodianer. Anakin hielt mit seiner Arbeit lange genug inne, um ihnen Padmé, Jar Jar und R2-D2 vorzustellen. »Mann, ein echter Astromech-Droide!« rief Kitster und stieß einen anerkennenden Pfiff aus. »Wieso hast du so ein Glück?«

Anakin zuckte die Achseln. »Und das ist noch nicht alles«, erklärte er und plusterte sich ein wenig auf. »Ich werde morgen beim Boonta mitmachen.«

Kitster zog eine Grimasse und strich sich das wirre dunkle Haar zurück.

»Was? Mit dem Ding da?«

»Dieser Schrotthaufen hat doch noch nie den Boden verlassen«, sagte Wald und versetzte Amee einen Rippenstoß. »Das soll wohl ein Witz sein, Annie!«

»Du arbeitest doch schon seit Jahren an diesem Ding«, bemerkte Amee und verzog mißbilligend das zarte Gesicht. Sie schüttelte den blonden Kopf. »Das klappt nie.«

Anakin setzte dazu an, sich zu verteidigen, dann entschloß er sich anders. Sollten sie doch glauben, was sie wollten. Er würde es ihnen schon zeigen.

»Kommt mit; spielen wir Ball«, schlug Seek mit leicht gelangweilter Stimme vor und wandte sich ab. »Mach so weiter, Annie, dann endest du noch als Fettfleck in der Wüste.«

Seek, Wald und Amee eilten lachend davon. Aber Kitster war Anakins bester Freund und zweifelte nicht an ihm, also blieb er zurück und achtete nicht auf die anderen. »Was wissen die schon?« sagte er leise.

Anakin bedachte ihn mit einem anerkennenden Grinsen. Dann bemerkte er, daß Jar Jar mit der Kopplerplatte des linken Motors herumhantierte, jener Energiequelle, die die Motoren miteinander verband und sie im Gleichklang hielt, und das Grinsen verschwand.

»He! Jar Jar!« rief er warnend. »Laß die Finger von den Energiekopplern!«

Der Gungan, der sich neugierig über die vorstehende Platte gebeugt hatte, blickte schuldbewußt auf. »Wer, ich?«

Anakin stemmte die Hände in die Hüften. »Wenn deine Finger in den Strahl geraten, sind sie stundenlang taub.«

Jar Jar verzog das Gesicht, legte dann die Hände auf den Rücken und streckte statt dessen den Schnabel in Richtung der Platte vor. Beinahe augenblicklich sprang ein elektrischer Strom von dem Gerät zu seinem Mund über, und der Gungan fuhr entsetzt zurück. Beide Hände fest um den Schnabel geklammert, starrte er den Jungen ungläubig an.

»Taub ist! Taub ist!« nuschelte Jar Jar, und die lange Zunge hing ihm schlaff aus dem Mund. »Zunge ganz dick! Viel Autsch.« Anakin schüttelte den Kopf und machte sich wieder an die Arbeit.

Kitster stellte sich dicht neben ihn und sah schweigend zu.

»Du weiß doch nicht einmal, ob dieses Ding funktionieren wird, Annie«, meinte er stirnrunzelnd.

Anakin blickte nicht auf. »Es wird funktionieren.«

Qui-Gon Jinn tauchte hinter ihnen auf. »Ich denke, es ist an der Zeit, das herauszufinden.« Er reichte dem Jungen einen kleinen, gedrungenen Zylinder. »Hier, nimm diese Energiezelle. Ich habe sie heute früh gefunden. Watto braucht sie weniger dringend als du.« Seine Mundwinkel zuckten in einer Mischung aus Verlegenheit und Belustigung.

Anakin wußte, wie teuer diese Energiezellen waren. Wie es dem Jedi gelungen war, eine davon direkt unter Wattos Nase mitgehen zu lassen, wußte er nicht, und er wollte es auch lieber nicht wissen. »Ja, Sir!« strahlte er.

Er sprang ins Cockpit, steckte die Energiezelle in die Halterung der Steuerkonsole und schaltete den Aktivator ein. Dann holte er seinen alten, verbeulten Rennhelm und die Handschuhe heraus. Während er das tat, schaffte es Jar Jar, der sich hinter einem der Motoren herumgetrieben hatte, seine Hand in den Nachbrenner zu stecken. Der Gungan begann entsetzt auf- und abzuspringen, der Mund immer noch taub von dem Schlag, den er von den Energiebindern erhalten hatte. Sein Schnabel klappte sinnlos auf und zu. In letzter Sekunde bemerkte ihn Padmé – er fuchtelte wild mit den Armen – und riß ihn einen Augenblick vor der Zündung der Motoren zur Seite.

Flammen schossen aus den Nachbrennern, und ein gewaltiges Dröhnen ertönte aus den Radon-Ulzers, bis Anakin den Schub wegnahm und das Dröhnen zu einem kehligen Knurren wurde. Die Zuschauer jubelten, und Anakin winkte ihnen zu.

Auf der Veranda ihrer Hütte sah Shmi Skywalker diesem Spektakel wortlos zu und starrte traurig ins Leere.

Zwielicht färbte den Horizont über Tatooines untergehenden Sonnen noch einmal golden und scharlachrot. Danach kam die Nacht, und die Sterne zeigten sich wie verstreute Kristallsplitter am klaren, dunklen Himmel. In der sich immer weiter vertiefenden Finsternis lag das Land schweigend und wachsam.

Ein metallisches Glitzern blitzte im letzten Licht der Sonnen auf, und ein kleiner Transporter kam aus dem Dünenmeer auf Mos Espa zu. Das Schiff hatte einen schaufelförmigen Bug und messerscharfe Kanten, die Flügel waren nach hinten gebogen, und die vertikalen Stabilisatoren wölbten sich nach innen. Dicht über dem Boden schob es sich über Vorgebirge und stieg in Täler ab, immer auf der Suche. Während es so finster über die Wüste segelte, sah es aus wie ein Raubvogel auf Beutezug.

Am Rand des Dünenmeeres, wohin das Schiff dem schwindenden Licht gefolgt war, ließ es sich auf der Hochfläche eines Tafelberges nieder, von der aus man weit in alle Richtungen sehen konnte. Wilde Banthas rannten vor ihm davon, warfen die gehörnten Köpfe hoch und trompeteten unwillig. Der Transporter kam zum Stehen, und die Motoren erstarben. Lautlos verharrte das Schiff in der Stille.

Dann öffnete sich die Heckluke, eine Metalltreppe senkte sich herab, und Darth Maul erschien. Der Sith-Lord hatte seine schwarzen Gewänder gegen Wüstenkleidung eingetauscht, trug darüber einen gegürteten Mantel mit Kragen, und sein Lichtschwert hing griffbereit an seinem Gürtel. Die kurzen Hörner, die nun nicht mehr von der Kapuze bedeckt waren, bildeten eine unheimliche Krone über seinem seltsamen, rot-schwarz gefärbten Gesicht. Er ignorierte die Banthas, ging zum Rand der Hochebene, holte einen Nachtlichtfeldstecher heraus und begann den Horizont in alle Richtungen abzusuchen.

Wüstensand und Felsen, dachte er. Ödland. Aber dort ist eine Stadt, und da noch eine. Und dort noch eine dritte.

Er setzte den Feldstecher wieder ab. Die Lichter der Städte waren in der heraufziehenden Dunkelheit deutlich zu sehen.

Sollte es noch mehr geben, dann lagen sie am anderen Ende des Dünenmeeres, wo er bereits gesucht hatte, oder noch erheblich weiter entfernt, hinter dem Horizont, wo er sich zur Not auch noch hinbegeben würde.

Aber er war überzeugt, daß die Jedi ganz in der Nähe waren.

Sein Mosaikgesicht blieb ausdruckslos, aber die gelben Augen glitzerten erwartungsvoll. Bald. Bald.

Er hob den Arm zu einem Blick auf die um seinen Unterarm geschnallte Instrumentenkonsole, wählte die Einstellung, die er brauchte, und gab die Berechnungen ein, die notwendig waren, den Feind zu identifizieren, den er suchte. Jediritter würden durch eine besondere Verdichtung der Macht zu erkennen sein. Er brauchte nur eine Minute. Dann wandte er sich wieder seinem Schiff zu. Runde Sondendroiden schwebten durch die Luke, einer nach dem anderen. Dann schossen sie davon, in Richtung der Städte, die er entdeckt hatte.

Darth Maul sah ihnen nach, bis sie außer Sichtweite waren. Die Dunkelheit schloß sich rasch um ihn. Er lächelte dünn. Bald.

Dann ging er zurück zu seinem Schiff, um die Sonden zu überwachen.

Die Dunkelheit hüllte Mos Espa in samtige Schichten, als die Nacht sich herabsenkte. Anakin saß still auf dem Geländer der Veranda, während Qui-Gon sich einen tiefen Schnitt im Arm des Jungen ansah. Anakin hatte sich den Schnitt irgendwann bei der nachmittäglichen Arbeit an der Rennkapsel zugezogen und – typisch Junge – es bis zu diesem Augenblick nicht einmal bemerkt.

Anakin warf einen flüchtigen Blick auf die Verletzung, die der Jedi gerade säubern wollte, dann lehnte er sich zurück und spähte hinauf zum Sternenhimmel.

»Sitz still, Annie«, wies Qui-Gon ihn an.

Der Junge hörte ihn kaum. »Es sind so viele! Haben sie alle Planeten?«

»Die meisten.« Qui-Gon holte ein sauberes Stück Tuch aus der Tasche.

»Hat irgend jemand sie alle angeflogen?«

Qui-Gon lachte. »Das ist ziemlich unwahrscheinlich.«

Anakin nickte, den Blick immer noch nach oben gerichtet. »Dann möchte ich der erste sein, der das tut; der erste, der sie alle zu sehen – aua!«

Qui-Gon wischte das Blut vom Arm des Jungen ab und rieb die Wunde mit einer antiseptischen Salbe ein. »Da – so gut wie neu.«

»Annie! Zeit zum Schlafengehen!« rief Shmi von drinnen.

Qui-Gon holte einen Comlink-Chip heraus und tupfte etwas von Anakins Blut auf die Oberfläche. Der Junge beugte sich interessiert vor. »Was machen Sie da?«

Der Jedi blickte kaum auf. »Ich sehe nach, ob du eine Blutvergiftung hast.«

Anakin runzelte die Stirn. »Ich habe noch nie gesehen –«

»Annie!« rief seine Mutter abermals, und diesmal drängender. »Ich sage es dir nicht noch einmal!«

»Ab mit dir«, sagte Qui-Gon und zeigte auf die Tür. »Du hast morgen einen großen Tag vor dir.« Er steckte das Tuch in sein Hemd. »Gute Nacht.«

Anakin zögerte, den Blick fragend auf den Jedimeister gerichtet. Dann drehte er sich um und ging ins Haus. Qui-Gon wartete einen Augenblick, überzeugte sich, daß er allein war, dann steckte er den Chip mit dem Blut des Jungen in einen Übermittlungsschlitz im Comlink und nahm Verbindung mit Obi-Wan auf, der immer noch an Bord des Transporters der Königin wartete.

»Ja, Meister?« antwortete sein Schützling, der trotz der späten Stunde noch wach war.

»Ich übermittle eine Blutprobe«, erklärte Qui-Gon und sah sich wachsam um, während er sprach. »Teste sie auf Midi-Chloriane.«

Er übermittelte die Blutzusammensetzung an Obi-Wan und

wartete. Er konnte spüren, wie sein Herz rasch und erregt schlug. Wenn er in dieser Sache recht hatte …

»Meister«, unterbrach Obi-Wan sein Nachdenken. »Mit dieser Blutprobe muß etwas nicht stimmen.«

Qui-Gon holte langsam und tief Luft und atmete dann wieder aus. »Wie ist das Ergebnis, Obi-Wan?«

»Angeblich liegt der Midi-Chloriane-Anteil bei zwanzigtausend.« Die Stimme des jungen Jedi klang angespannt. »Niemand hat einen so hohen Anteil. Nicht einmal Meister Yoda.«

Niemand. Qui-Gon starrte in die Nacht hinaus, wie betäubt von der Ungeheuerlichkeit seiner Entdeckung. Dann ließ er den Blick wieder zu der Hütte schweifen, in der der Junge schlief, und erstarrte. Shmi Skywalker stand in der Tür und starrte ihn an. Ihre Blicke begegneten sich, und einen Augenblick lang hatte der Jedimeister das Gefühl, als würde ihm die Zukunft gänzlich enthüllt. Dann wandte Shmi sich verlegen ab und verschwand wieder im Haus.

Qui-Gon hielt einen Augenblick inne, dann erinnerte er sich, daß die Kommunikationsverbindung noch offen war. »Gute Nacht, Obi-Wan«, sagte er leise und schaltete den Sender ab.

Es war fast Mitternacht. Anakin Skywalker hatte nicht schlafen können, war wieder aus dem Bett geschlüpft und in den Hinterhof gegangen, um die Rennkapsel ein letztes Mal zu überprüfen, die Instrumente, die Verdrahtung, die Relais, die Energieversorgung – er prüfte alles, was ihm einfiel. Nun stand er da, starrte die Kapsel an, überlegte, was ihm entgangen war und was er vielleicht übersehen haben mochte. Er konnte sich keine Fehler leisten. Er mußte vollkommen sicher sein, daß er alles getan hatte, was er konnte.

Damit er das morgige Rennen gewann.

Weil er mußte.

Er mußte.

Er sah zu, wie R2-D2 um die Rennkapsel herumrollte und in breiten Strichen Farbe auf die polierte Metallkarosserie auftrug, unterstützt von einem Licht, das aus einem Strahler oberhalb seiner visuellen Sensoren drang, und einem ununterbrochenen Strom guter Ratschläge von C-3PO. Der Junge hatte den Protokolldroiden kurz zuvor auf Padmés Rat hin aktiviert. Zu mehreren arbeite es sich leichter, hatte sie feierlich verkündet und dann gegrinst. C-3PO war kein sonderlich guter Arbeiter, aber zweifellos ein hervorragender Redner. Und R2-D2 schien ihn gern in der Nähe zu haben und tauschte Piepser und Zwitscherlaute mit seinem Mitdroiden aus, während er um die Rennkapsel herumhuschte. Der kleine Astromech-Droide arbeitete unermüdlich, vergnügt und willig. Nichts schien ihn aus der Ruhe zu bringen. Anakin beneidete ihn. Droiden waren entweder gut zusammengebaut oder nicht. Anders als Menschen, reagierten sie nicht auf Müdigkeit oder Enttäuschung oder Angst ...

Rasch verscheuchte er diesen Gedanken und blickte zum Sternenhimmel hinauf. Einen Augenblick später setzte er sich hin und lehnte sich mit dem Rücken gegen eine Kiste mit Ersatzteilen, seine Schutzbrille und den Rennhelm an der Seite. Nachdenklich betastete er die Japorschnitzerei für Padmé in seiner Tasche, an der er gerade arbeitete. Seine Gedanken schweiften ab. Er konnte es nicht genau erklären, aber er wußte, daß der morgige Tag sein Leben verändern würde. Diese seltsame Fähigkeit zu sehen, was anderen entging, die ihm manchmal Einsicht in das verlieh, was geschehen würde, sagte ihm das. Seine Zukunft stürzte in rasendem Tempo auf ihn zu. Das spürte er. Sie kam rasch näher, gab ihm keine Zeit nachzudenken und brach mit der Sicherheit eines Sonnenaufgangs über ihn herein.

Was würde sie ihm bringen? Die Frage nagte am Rand seines Bewußtseins, weigerte sich jedoch, sich offen zu zeigen. Veränderungen, aber in welcher Form? Qui-Gon und seine Begleiter brachten diese Veränderung mit sich, aber Anakin nahm an, daß nicht einmal der Jediritter ganz sicher wußte, was das Ergebnis sein würde.

Vielleicht die Freiheit, die er für sich und seine Mutter erträumt hatte. Vielleicht eine Flucht zu einem neuen Leben für sie beide. Alles war möglich, wenn er das Boonta gewann. Alles.

Der Gedanke war immer noch ganz vorn in seinem vollgedrängten, übermüdeten Kopf, als er die Augen schloß und endlich einschlief.

Zwölf

Anakin Skywalker träumte in jener Nacht, und in diesem Traum hatte er ein anderes, schwer zu bestimmendes Alter. Er war immer noch jung, aber nicht so jung wie jetzt, und gleichzeitig alt. Er war in Stein gemeißelt, und seine Gedanken wurden von einer so schrecklichen Vision beherrscht, daß er sich nicht dazu bringen konnte, wirklich darüber nachzudenken, sondern sie knapp außerhalb seiner Reichweite ließ, wo sie über einem Feuer von Ehrgeiz und Hoffnung kochte. Er war an einem anderen Ort, in einer anderen Zeit, in einer Welt, die er nicht kannte, in einer Landschaft, die er nie gesehen hatte. Sie war vage und schattenhaft, gleichzeitig flach und felsig, und veränderte sich so schnell wie eine Fata Morgana auf den Wüstenebenen von Tatooine.

Der Traum verschwamm, und Stimmen erklangen, weit entfernt und leise. Er wandte sich ihnen zu, weg von einer Welle finsterer Bewegung, die plötzlich vor ihm auftauchte, weg von dem Schlaf, der seinem Traum Leben gab.

»Ich hoffe, du bist bald fertig«, hörte er Padmé sagen.

Aber Padmé war an der Spitze der dunklen Welle seines Traums, und die Welle war eine Armee, die auf ihn zumarschierte …

R2-D2 pfiff und piepte, und C-3PO fiel mit hastigen Erklärungen ein, behauptete, alles sei erledigt, alles sei bereit, und er rührte sich abermals.

Eine Hand berührte seine Wange, strich sanft darüber, und der Traum war verschwunden. Anakin erwachte blinzelnd, rieb sich die Augen, gähnte und drehte sich auf die andere Seite. Er lag nicht mehr neben der Kiste mit den Ersatzteilen, wo er am Abend zuvor eingeschlafen war, sondern wieder in seinem Bett.

Die Hand hob sich von seiner Wange, und Anakin starrte zu Padmé hinauf, in ein Gesicht, das er so schön fand, daß es ihm die Kehle zuschnürte. Er starrte sie verwirrt an, denn sie war die Hauptperson in seinem Traum gewesen, anders als jetzt, älter, trauriger ... und noch etwas anderes.

»Ich habe von dir geträumt«, sagte er und mußte fest schlucken, um die Worte herauszubringen. »Du hast eine riesige Armee in die Schlacht geführt.«

Das Mädchen starrte ihn verblüfft an, dann lächelte sie. »Ich hoffe nicht. Ich hasse Kämpfe.« Ihre Stimme war vergnügt und unbeschwert und tat seinen Traum in einer Weise ab, die ihm nicht gefiel. »Deine Mutter will, daß du jetzt aufstehst. Wir müssen bald gehen.«

Anakin kam auf die Beine; er war jetzt hellwach. Er ging zur Hintertür und schaute auf den Ameisenhügel von Sklavenhütten hinaus, auf die anderen Sklaven, die mit ihrer täglichen Arbeit beschäftigt waren, auf den klaren blauen Morgenhimmel, der gutes Wetter für das Rennen des Boonta-Abends versprach. Die Rennkapsel hing vor ihm, getragen von ihren Hubgeneratoren, frisch gestrichen und im Sonnenlicht des neuen Tages schimmernd. R2-D2 war immer noch mit Pinsel und Farbdose beschäftigt und legte letzte Hand an. C-3PO, dem noch immer der größte Teil der Außenhaut fehlte und dessen mechanische Teile deutlich sichtbar waren, folgte, zeigte auf Flecke und gab ungebeten seine Meinung und gute Ratschläge zum Besten.

Das laute Ächzen eines Eopies ließ Anakin herumfahren. Er sah Kitster, der auf dem ersten der beiden Tiere, die er besorgt hatte, um damit die Kapsel in die Arena zu schaffen, auf sie zugeritten kam. Kitster strahlte erwartungsvoll, und er winkte Anakin begeistert zu, als er näher kam.

Anakin winkte zurück und rief: »Schirr sie an, Kitster!« Er wandte sich Padmé zu. »Wo ist Qui-Gon?«

»Er hat sich schon zusammen mit Jar Jar auf den Weg zur Arena gemacht. Sie wollten Watto suchen.«

Anakin lief ins Bad, um sich zu waschen und anzuziehen.

Qui-Gon Jinn schlenderte durch den Haupthangar der Rennkapselarena von Mos Espa und betrachtete die Aktivitäten ringsumher mit scheinbar beiläufigem Interesse. Der Hangar war ein riesiges Gebäude, daß das ganze Jahr über Rennkapseln und Ausrüstung beherbergte und an Renntagen zur Vorbereitung von Schiffen und Piloten diente. Eine Handvoll Kapseln waren bereits an Ort und Stelle, und Dutzende von Außenweltlern, die aus jeder Ecke der Galaxie ihren Weg nach Tatooine gefunden hatten, waren damit beschäftigt, letzte Hand anzulegen, während Mechaniker und Piloten ihnen Anweisungen gaben. Das Klirren und Kreischen von Metall auf Metall hallte ohrenzerreißend in dem weitläufigen Gebäude wider, und wenn man sich unterhalten wollte, mußte man schreien, um sich verständlich zu machen.

Jar Jar klammerte sich an eine Schulter des Jedimeisters, während Watto dicht neben der anderen schwirrte. Der Gungan war nervös wie immer, die Augen auf den Stielen rollten hin und her, und er bog so hektisch den Kopf nach allen Seiten, daß es so aussah, als müsse er jeden Augenblick vom Hals fallen. Watto achtete auf nichts anderes als auf seinen eigenen Redestrom, der weiter und weiter ging und immer wieder auf dieselben Themen kam.

»Die Bedingungen sind also eindeutig festgelegt«, wiederholte er zum dritten Mal in den letzten zehn Minuten. Sein blauer Rüssel wackelte zur Betonung. »Sobald das Rennen vorüber ist, möchte ich Ihr Raumschiff sehen.«

Er versuchte nicht einmal, sich den Anschein zu geben, daß es mehr als eine Frage der Zeit wäre, bis er den Nabootransporter besäße. Nicht ein einziges Mal, seit Qui-Gon ihn im Wettbüro getroffen hatte, hatte er auch nur so getan, als hielte er einen anderen Ausgang des Rennens für möglich.

Der Jedimeister zuckte die Achseln. »Immer mit der Ruhe, mein blauer Freund, Sie werden Ihren Gewinn haben, bevor die Sonne untergeht, und meine Begleiter und ich sind dann längst weit weg von hier.«

»Nicht, wenn Ihr Schiff mir gehört!« schnaubte Watto und lachte zufrieden. Dennoch richtete er seinen Blick scharf auf den Jedi. »Ich warne Sie – keine Tricks!«

Qui-Gon ging weiter, blickte hierhin und dahin und arbeitete an der Falle, die er für den Toydarianer vorbereitet hatte. »Sie glauben also nicht, daß Anakin gewinnt?«

Watto flog direkt vor ihn und hielt sie alle auf. Mit heftig schlagenden Flügeln wies er auf einen hellorangefarbenen Renner, der ganz in der Nähe stand und dessen Motoren so modifiziert waren, daß die Energiekoppler, wenn sie erst aktiviert waren, sie zu einem charakteristischen X verbinden würden. Neben der Rennkapsel saß der Dug, der Jar Jar zwei Tage zuvor angegriffen hatte. Sebulba hatte seinen boshaften Blick auf sie fixiert und die dürren Gliedmaßen zu einer vage bedrohlichen Geste erhoben. Zwei Twi'leks waren damit beschäftigt, Hals und Schultern des Dug zu massieren. Die Twi'leks waren humanoide Außenweltler vom Planeten Ryloth; sie hatten spitze Zähne, glatte bläuliche Haut und zwei große Tentakel, die anmutig von ihren haarlosen Köpfen über den samtig glatten Rücken fielen. Sie betrachteten Qui-Gon einen Augenblick lang mit ihren roten Augen, so etwas wie Interesse flackerte darin auf, dann wandten sie sich wieder ihrem Meister zu.

Watto schnaubte. »Verstehen Sie mich nicht falsch«, verkündete er und schüttelte den Kopf mit einer seltsam schiefen Bewegung. »Ich habe großes Vertrauen zu dem Jungen. Er macht Ihrer Spezies Ehre.« Seine Lippen schlossen sich fester über den krummen Zähnen. »Aber ich denke, daß Sebulba hier gewinnen wird.«

Qui-Gon tat so, als betrachtete er den Dug forschend. »Warum?«

»Weil er immer gewinnt!« Ganz begeistert über seine Schlauheit brach der Toydarianer in einen Lachanfall aus. »Ich setze auf Sebulba!«

»Ich nehme die Wette an«, sagte Qui-Gon sofort.

Watto hörte sofort auf zu lachen und zuckte zurück, als hätte man ihn mit heißem Öl übergossen. »Was?« Er schüttelte verblüfft den Kopf. »Wovon reden Sie?«

Qui-Gon trat einen Schritt vor und trieb den Toydarianer noch weiter rückwärts. »Ich setzte meine neue Rennkapsel gegen ...« Er hielt nachdenklich inne, während Watto erwartungsvoll in der Luft hing. »Nun, sagen wir, gegen den Jungen und seine Mutter.«

Watto war vollkommen erschüttert. »Eine Rennkapsel gegen Sklaven! Unmöglich!« Seine blauen Flügel waren eine einzige verschwommene Bewegung, als er hierhin und dorthin flatterte. »Nun, vielleicht. Aber nur einer. Die Mutter, denke ich. Der Junge ist nicht zu verkaufen.«

Qui-Gon runzelte die Stirn. »Der Junge ist noch klein. Er kann noch nicht viel wert sein.«

Watto schüttelte entschlossen den Kopf.

»Für die schnellste Rennkapsel, die je gebaut wurde?«

Watto schüttelte abermals den Kopf.

»Beide, oder ich wette nicht.«

Sie standen nahe des Haupteingangs des Hangars, und der Lärm hatte etwas nachgelassen. Vor ihnen erhoben sich die Tribünen der Arena gegen den Wüstenhimmel, ein gewaltiger gebogener Komplex, der die Logen für die Hutts, eine Kabine für den Ansager, Überwachungsanlagen und Verkaufsstände einschloß. Die Ränge begannen sich bereits zu füllen, die Bevölkerung von Mos Espa war beinahe vollständig zu dem großen Ereignis erschienen, Läden und Buden in der Stadt waren geschlossen; Mos Espa war in Festtagsstimmung. Bunte Fahnen und Banner flatterten, die Rennkapseln, die herbeitransportiert wurden, blitzten frisch poliert im Sonnenlicht.

Qui-Gon entdeckte Anakin in der Menge. Der Junge saß vor Padmé auf einem Eopie, das einen der massiven Radon-Ulzer Motoren zog. Sein Freund Kitster folgte auf einem zweiten Eopie mit dem zweiten Motor. Die Eopies waren schlaksige, spitzschnauzige Packtiere mit fester, ledriger Haut und kurzem Fell, die gut an die Wüstenhitze von Tatooine angepaßt waren. R2-D2 und C-3PO und Shmi folgten der kleinen Prozession mit der Kapsel. Der Jedimeister drehte sich absichtlich um, um ihnen zuzusehen, und Wattos Blick folgte dem seinen. Die Augen des Toydarianers glitzerten beim Anblick des Jungen und der Kapsel.

Er warf Qui-Gon einen Blick zu und schnaubte nervös. »Keine Kapsel ist zwei Sklaven wert ... ganz bestimmt nicht! Einer oder gar nichts!«

Qui-Gon verschränkte die Arme über der Brust. »Dann nehme ich den Jungen.«

Watto prustete und schüttelte den Kopf. Sein rundlicher blauer Körper zuckte vor Entschlossenheit. »Nein, nein ...«

Dann griff er abrupt in die Tasche und zog einen kleinen Würfel heraus, den er von einer Hand in die andere warf, als wäre das Ding zu heiß. »Wir lassen das Schicksal entscheiden. Bei Blau ist es der Junge, bei Rot die Mutter.«

Watto warf den Würfel auf den Hangarboden. Während er das tat, machte Qui-Gon eine unauffällige Geste mit der Hand und beschwor seine Jedimacht herauf, um eine kleine Beugung der Kraft zu bewirken.

Der Würfel prallte auf, rollte und blieb mit der blauen Seite nach oben liegen. Watto hob zornig die Hände und kniff die Augen ein wenig zusammen.

»Fürs erste haben Sie gewonnen!« höhnte er abfällig. »Aber Sie werden das Rennen verlieren, also macht das keinen Unterschied.«

»Wir werden sehen«, erwiderte Qui-Gon ruhig.

Anakin und die anderen hatten jetzt den Hangar erreicht und brachten die Kapsel und die Motoren herein. Watto wandte sich von Qui-Gon ab, hielt aber lange genug inne, um den Jungen gereizt anzufauchen.

»Du solltest deinen Freund lieber vom Wetten abhalten«, erklärte er mit einem erbosten Schnauben, »oder er wird mir am Ende auch noch gehören!«

Eines der Eopies schnupperte erwartungsvoll an ihm, und er schrie das Tier so heftig auf huttisch an, daß es zurückwich. Mit heftig flatternden Flügeln warf Watto Qui-Gon noch einen vernichtenden Blick zu und schwirrte dann in den Hangarschatten davon.

»Was hat er damit gemeint?« fragte Anakin und brachte das Eopie neben Qui-Gon zum Stehen.

Qui-Gon zuckte die Achseln. »Das erzähle ich dir später.«

Auch Kitster zügelte sein Tier neben Anakin und sah sich aufgeregt um. »Das ist echt super! Ich bin sicher, diesmal wirst du es endlich schaffen, Annie!«

Padmé sah von einem zum anderen. »Was schaffen?« fragte sie mißtrauisch.

Kitster strahlte. »Das Rennen zu Ende zu bringen, selbstverständlich!« Das Mädchen wurde blaß. Sie starrte Anakin an. »Du hast noch nie ein Rennen *beendet*?« fragte sie ungläubig.

Der Junge wurde rot. »Na ja ... eigentlich nicht.« Dann setzte er eine entschlossene Miene auf. »Aber Kitster hat recht. Diesmal werde ich es schaffen.«

Qui-Gon nahm die Zügel des Eopie in die Hand und tätschelte dem Jungen das Bein. »Selbstverständlich wirst du es schaffen«, verkündete er.

Vom Rücken des Tieres her starrte Padmé Naberrie ihn nur wortlos an.

In der Stadtmitte von Mos Espa wurde es leer, als sich die Bevölkerung in immer größeren Mengen zur Rennkapselarena am Rand des Raumhafens aufmachte. Die meisten Läden und Buden waren bereits geschlossen, und in den anderen waren die Besitzer gerade dabei, ebenfalls zu schließen. Letzte Geschäfte wurden getätigt, und die Händler warfen schon unruhige Blicke in Richtung der Arena.

Mitten in all dieser Verwirrung und Geschäftigkeit schwebte ein Sith-Sondendroide, und der Blick seines mechanischen Auges schweifte suchend von Laden zu Laden, von Gesicht zu Gesicht.

Über hunderttausend Zuschauer hatten sich bis kurz vor Mittag in die Rennkapselarena gedrängt, zwängten sich auf die Tribünen und die breiten Sichtplattformen und füllten jeden zur Verfügung stehenden Platz. Die Arena wurde zu einem Meer von Farben, Bewegung und Lärm inmitten der Wüste. Flaggen mit den Wappen der Rennpiloten und ihrer Sponsoren wehten über der Versammlung, zeigten deutlich, wer die Favoriten waren und riefen spontanen Jubel hervor. Musikkapellen spielten zur Unterstützung einiger Piloten, und hier und da waren Trompeten und Trommeln zu hören. Händler gingen durch die Reihen und verkauften Lebensmittel und Getränke von den Ständen unten in der Arena an die Menge. Die Aufregung und Erwartung wurden immer größer.

Dann brach die Menge in Begeisterungsschreie aus, als die Rennkapseln aus dem Haupthangar hinter der Startlinie erschienen. Einer nach der anderen kamen sie in Sicht, einige von Eopies gezogen, andere von Hand, wieder andere von Repulsorschlitten, alle Bestandteile einer langen Prozession von Piloten, Mechanikern und Anhängern. Zu jeder Gruppe gehörte eine Flagge, die den Piloten und den Sponsor identifizierte und die eine bunte Reihe vor den versammelten Kapseln bildeten. Die Zwillingssonnen von Tatooine beleuchteten alles mit ihrem hellen, hungrigen Glanz.

Als die Kapseln die Bahn vor den Tribünen erreichten, kündigte Unruhe in der königlichen Loge die Ankunft von Jabba dem Hutt und seiner Gefährtin Gardulla an. Sie schlurften in die klimatisierte Loge und waberten zu dem vorgesehenen

Platz mit den bunten Seidendraperien über grob behauenem Stein. Jabba war der erste und wälzte sich direkt zu dem Aussichtsfenster, von dem aus er vom Volk von Mos Espa gesehen werden konnte. Er hob einen fetten Arm zum Gruß und sonnte sich im Jubel der Menge. Gardulla murmelte zustimmend, nickte einmal mit dem halslosen Kopf, und ihre geschlitzten Augen glitzerten. Ein ganzer Hofstaat bezog die Loge hinter den beiden Hutts, Gäste der Herrscher von Mos Espa an einem Renntag – eine ausgesprochen begehrte Auszeichnung. Eine Reihe von aneinandergeketteten Sklavinnen diverser Spezies folgte als letzte, um dem Vergnügen jener zu dienen, die aus freiem Willen hier anwesend waren.

Unten stellten sich die Kapselpiloten in eine Reihe vor der königlichen Loge auf und verbeugten sich auf Befehl tief vor ihrem Wohltäter.

»Chowbaso!« knurrte Jabba, und seine tiefe Stimme hallte durch die Verstärker über die Ebenen hinweg. *»Tam ka chee Boonta rulee ya, kee madd ahrudda du wundee!* Willkommen!«

Die Menge jubelte noch ein wenig mehr, und wer Flaggen hatte, schwenkte sie. Trompeten erklangen, als Jabba mit seiner Vorstellung der Piloten begann.

»Kubba tee. Sebulba *tuta Pixelito.«*

Der Dug, der direkt neben Anakin stand, erhob sich auf die Hinterbeine und winkte zu den Tribünen hinauf. Eine Musikkapelle spielte, und Sebulbas Fans und jene, die gewettet hatten und von den Quoten abhingen, die den Dug favorisierten, jubelten zur Antwort.

Einen nach dem anderen stellte Jabba die Kapselpiloten vor. Gasgano. Boles Roor. Ben Quadinares. Aldar Beedo. Ody Mandrell. Xelbree. Mars Guo. Clegg Holdfast. Bozzie Baranta. Wan Sandage. Anakin lauschte den Namen und trat unruhig von einem Fuß auf den anderen. Er konnte es kaum erwarten. Als er über die Schulter spähte, entdeckte er Kitster, der damit beschäftigt war, die Radon-Ulzers an der Kapsel zu befestigen und die Steelton-Kabel noch einmal mit festem Reißen zu überprüfen.

»... Mawhonic *tuta* Hok!« dröhnte Jabba. »*Teemto* Pagalies *tuta* Moonus Mandel. Anakin Skywalker *tuta* Tatooine ...«

Die Menge applaudierte, wenn auch nicht so begeistert wie bei Sebulba oder Gasgano oder einigen anderen. Anakin winkte zur Antwort und ließ den Blick über die Tausende von Zuschauern schweifen, aber im Geist befand er sich bereits auf der Ebene.

Als er sich umdrehte, um zu seiner Kapsel zu gehen, stand seine Mutter direkt hinter ihm. Ihr abgehärmtes Gesicht war ruhig und entschlossen, als sie sich zu ihm niederbeugte und ihn umarmte und küßte. Dann legte sie ihm die Hände auf die Schultern und schob ihn auf Armeslänge von sich weg. Ihr Blick war fest, aber sie konnte ihre Sorge nicht ganz verbergen.

»Paß auf dich auf, Annie«, sagte sie.

Er nickte und schluckte. »Ja, Mom. Das verspreche ich dir.«

Sie lächelte liebevoll und ermutigend und ging davon. Anakin sah, wie Kitster und Jar Jar die Eopies ausschirrten, so daß Kitster sie davonführen konnte. R2-D2 rollte zu Anakin hinüber und piepte aufmunternd. C-3PO warnte ihn ernst und feierlich vor sämtlichen Gefahren zu schnellen Fahrens und wünschte Master Anakin alles Gute. Alles war bereit.

Jar Jar tätschelte dem Jungen den Rücken, sein Schnabelgesicht eine Maske der Besorgnis. »Du verrückt, Annie. Götter dich segnen mögen, mein Freund.«

Aus dem Augenwinkel sah Anakin, wie Sebulba auf seine Kapsel zukam und sie forschend betrachtete. Auf seinen dünnen Beinen ging er um die Radon-Ulzers herum und inspizierte sie mit unverhohlenem Interesse. Endlich blieb er am linken Motor stehen, hob den Arm und schlug hart auf einen der Stabilisatoren, nachdem er sich rasch umgesehen hatte, ob jemand ihn bemerkte.

Padmé erschien und beugte sich nieder, um Anakin auf die

Wange zu küssen. Sie sah angespannt aus. »All unsere Hoffnung liegt bei dir«, sagte sie leise.

Anakin schob die Unterlippe vor. »Ich werde euch nicht enttäuschen.«

Sie sah ihn lange an, dann ging sie davon. Nachdem sie weg war, schob sich Sebulba nahe an Anakin heran, sein verschrumpeltes, haariges Gesicht dicht vor dem des Jungen.

»Diesmal wirst du nicht davonkommen, Sklavenabschaum«, zischte er leise und grinste. »Diesmal bist du Banthafutter.«

Anakin ließ sich davon nicht beeindrucken und warf dem Dug einen steinernen Blick zu. »Darauf würde ich mich lieber nicht verlassen, Schleimgesicht.«

Qui-Gon näherte sich ihnen, und Sebulba wich in Richtung seiner eigenen Kapsel zurück, aber nicht ohne einen weiteren böswilligen Blick. Trompeten ertönten, und wieder begann die Menge zu jubeln. Jabba der Hutt schwabbelte zum Rande der königlichen Loge und hob die dicken Arme.

»Kaa bazza kundee da tam hdrudda!« knurrte er. »Beginnt mit dem Rennen!«

Der Jubel der Menge wurde noch lauter. Qui-Gon half Anakin in die Kapsel. Der Junge setzte sich hin, schnallte sich an, setzte den alten, verbeulten Rennhelm auf und schob die Schutzbrille herunter.

»Alles in Ordnung, Annie?« fragte der Jedimeister leise. Der Junge nickte. Qui-Gon sah ihm in die Augen. »Denk daran, konzentriere dich auf den Augenblick. Verlaß dich ganz auf dein Gespür, und versuche erst gar nicht zu denken. Vertraue deinen Instinkten.«

Er legte dem Jungen die Hand auf die Schulter und lächelte. »Möge die Macht mit dir sein, Annie.«

Dann trat er zurück und Anakin Skywalker war allein.

Qui-Gon drängte sich rasch durch die Menge zur Aussichtsplattform, wo Shmi, Padmé und Jar Jar schon warteten. Nur ein einziges Mal warf er einen Blick zurück zu Anakin und sah, daß der Junge ruhig seine Brille zurechtrückte. Der Jedimeister nickte vor sich hin. Der Junge würde es schaffen.

Er stieg mit Jar Jar und den Frauen auf die Plattform, die kurz drauf begann, sich in die Luft zu erheben. Shmi sah ihn unruhig und fragend an.

»Es geht ihm gut«, versicherte ihr Qui-Gon und berührte tröstlich beruhigend ihre Schulter.

Padmé schüttelte zweifelnd den Kopf. »Ihr Jedis riskiert viel zu viel«, sagte sie leise. »Die Königin –«

»Die Königin vertraut meinem Urteil«, unterbrach Qui-Gon sie. »Vielleicht sollten Sie das ebenfalls tun.«

Sie warf ihm einen erbosten Blick zu. »Sie ziehen voreilige Schlüsse.«

Die Aussichtsplattform hatte nun ihre Endposition erreicht, und alle Augen wandten sich den Rennkapseln zu. Energiekopplungen wurden geschaltet, mächtige elektromagnetische Ströme bewegten sich zwischen Coaxialplatten und verbanden die beiden Motoren jeder Rennkapsel zu einer einzigen Einheit. Nun zündeten die Motoren selbst, ihr dröhnendes Spucken und Knurren mischte sich mit dem inzwischen überwältigenden Jubel der Menge. Fahnenträger und Mechaniker traten rasch beiseite, so daß nur die Kapseln auf der Start- und Ziellinie unter dem Torbogen zurückblieben. Ein rotes Licht signalisierte, daß das Rennen noch nicht begonnen hatte. In Erwartung grünen Lichts jagten die Piloten ihre Motoren hoch, die massiven Karosserien bebten von der Kraft, die dort erzeugt wurde, die Kabel, mit denen sie an die Kapseln und ihre Fahrer gebunden waren, schienen sich losreißen zu wollen.

Jar Jar Binks, der neben Qui-Gon stand, hielt sich verzweifelt die Augen zu.

»Jar Jar lieber nicht hinsehen wollen. Das sehr unangenehm werden.«

Der Jedimeister konnte sich zwar nicht dazu durchringen

zuzustimmen, aber insgeheim war er derselben Ansicht. *Ganz ruhig, Anakin Skywalker*, dachte er bei sich. *Konzentriere dich*.

Dann wurde das Licht über der Startlinie grün, und das Rennen hatte begonnen.

Dreizehn

Als das grüne Startlicht aufleuchtete, rammte Anakin Skywalker die Schubhebel ganz nach vorn und leitete die größtmögliche Energie in die Radon-Ulzers. Die großen Raketenmotoren bäumten sich brüllend auf wie ein eingesperrtes Tier und erstarben dann gurgelnd.

Der Junge erstarrte. Rings um ihn her schossen Rennkapseln in einer Kakophonie von Lärm und einem Aufblitzen von Metall davon. Sandfontänen spritzten hinter ihnen auf und verursachten einen Wirbelwind in der Luft. Innerhalb von Sekunden war der Junge allein, bis auf Ben Quadinares Quadrokapsel, die ebenfalls noch an der Startlinie stand.

Anakins Gedanken rasten verzweifelt. Er hatte zuviel Treibstoff auf die Motoren gegeben. Die Motoren konnten das nicht verkraften, wenn die Kapsel noch keine Fahrt machte. Er riß die Schubhebel zurück in die neutrale Position. Dann pumpte er die Zuleitungen leer und versiegelte sie von neuem. Er holte tief Luft und drückte die Knöpfe für die Zündung. Die großen Radon-Ulzers erwachten mit einem dröhnenden Husten wieder zum Leben. Diesmal führte er den Treibstoff vorsichtiger zu, obwohl er vor Ungeduld fast verrückt wurde, dann ließ er die Schubhebel nach vorn gleiten. Die Motoren schossen los und rissen die Kapsel mit dem Jungen hinter sich her über die Startlinie.

Anakin setzte den anderen entschlossen nach und kümmerte sich um nichts anderes als die weit entfernten Punkte, die die Position der anderen Rennkapseln anzeigten. Er raste über die Ebene, das Heulen der Kapselmotoren wurde immer lauter, das Land unter ihm war nur noch ein Strom von Hitze und Licht. Der Kurs war am Anfang flach und offen, und Anakin drückte die Schubhebel noch ein Stück weiter nach vorn. Er beschleunigte so rasch, daß alles rings um ihn her zu einem sonnnengetränkten, verwischten Streifen wurde.

Vor ihm zeichneten sich die ersten Felsformationen gegen den Horizont ab. Anakin konnte jetzt die anderen Rennkapseln sehen: hell leuchtende Metallblitze, die über die Ebene peitschten, Motoren, die Feuer und Qualm spuckten. Mit aufheulenden Radon-Ulzers kam er ihnen rasch näher. Er wußte, daß es keine Motoren gab, die mit den seinen gleichziehen konnten, was das Tempo auf offenem Land betraf.

Weißglühende Erregung brannte in ihm, als er die hintersten Rennteilnehmer einholte.

Er drosselte den Schub, als er näher kam, um Raum zum Manövrieren zu haben. An zweien seiner Gegner raste er vorbei, als stünden sie still; geschickt fädelte er sich durch den engen Raum zwischen ihnen. Als er an ihnen vorbei war, gab er wieder mehr Schub und wurde heftig in seinen gepolsterten Sitz gedrückt. Als nächstes holte er den vielgliedrigen Gasgano ein. Er kam der stumpfnasigen Rennkapsel des Troiken immer näher und machte sich bereit, ihn zu überholen. Vor ihnen lag der Bogencanyon, und er wollte die anderen hinter sich gelassen haben, wenn er durch die Schlucht navigierte. Er manövrierte vorsichtig, um den anderen rechts zu überholen, aber Gasgano sah ihn und schnitt ihm rasch den Weg ab. Anakin wartete, dann zog er die Kapsel zu einem weiteren Versuch nach links. Wieder blockierte Gasgano ihn. Vor und zurück glitten sie über den Wüstenboden, wie ein Kraytdrache, der eine Wompratte jagte.

Sie jagten über einen niedrigen Tafelberg, dessen Rand nun als gezackte Linie am Horizont erschien. Anakin drosselte die Geschwindigkeit, um Gasgano glauben zu machen, daß er sich auf einen Sinkflug vorbereitete. Der drahtige Pilot warf rasch einen Blick zurück, um sich zu überzeugen, wo der Junge war, hielt seine Position, bis sie den Rand der Mesa erreichten, und schoß dann als erster abwärts. Im selben Augenblick drückte Anakin die Schubhebel nach vorn, und seine Kapsel beschleunigte so gewaltig, daß sie über den Rand und über Gasgano hinwegschoß, bevor der andere etwas dagegen unternehmen konnte.

Nun ragte der dunkle Spalt des Canyons vor ihnen auf, und Anakin fädelte sich mit der Kunstfertigkeit einer geschickten Näherin durch dieses Nadelöhr und in den kalten Schatten dahinter. Die Radon-Ulzers summten nervös, immer noch synchron gehalten von den Energiekopplern, und die Steelton-Kabel zogen die Rennkapsel mit genau dem richtigen Ausmaß an Spiel durch alle scharfen Wendungen. Anakin bediente die Schubhebel mit kleinen, präzisen Bewegungen und sah im Geist den Kurs vor sich – jede Kurve, jede Abweichung, jede Erhebung und Senke. Alles war für ihn klar und deutlich und sicher zu erkennen, alles lag offen vor ihm.

Er schoß durch den Canyon und wieder auf die offene Ebene hinaus. Vor ihm, hinter einem Dutzend anderer, kämpften Mawhonic und Sebulba um die Führung. Die deutlich erkennbaren x-förmigen Motoren des Dug zogen nach oben und versuchten sich in eine günstige Position zu bringen, aber Mawhonics schlanke Rennkapsel bewahrte ihren Vorsprung.

Dann beschleunigte Sebulba und riß die Kapsel heftig nach links auf den anderen Piloten zu. Mawhonic reagierte instinktiv, indem er ebenfalls nach links auswich – und in eine massive Felsformation krachte. Er verschwand in einem riesigen Ball aus Flammen und schwarzem Rauch.

Der nächste Herausforderer war Xelbree, der versuchte, sich von oben an Sebulba vorbeizuschieben, ähnlich wie Anakin es mit Gasgano getan hatte, aber der Dug spürte seine Gegenwart und zog die Kapsel hoch, um ihm den Weg zu versperren. Xelbree glitt nach links und hielt sich neben ihm. Sebulba schien etwas zurückzufallen, aber als Xelbree direkt neben ihm war, öffnete der Dug einen Seitenschlitz in seinem linken Auspuff. Feuer fuhr seitwärts in Xelbrees Motor hinein und riß das Metallgehäuse auf, als wäre es aus Flimsiplast. Xelbree versuchte verzweifelt, die Kapsel zur Seite zu reißen, aber er war zu langsam. Der Kraftstoff zündete. Der beschädigte Motor explodierte, und der zweite Motor und die Kapsel rasten auf eine Klippe zu, wo sie explodierten.

Ohne an Geschwindigkeit zu verlieren, schoß Sebulba davon, allein an der Spitze des Rudels.

Auf der Tribüne und den Sichtplattformen rings um den Kurs beobachteten die Zuschauer den Fortschritt des Rennens auf Handbildschirmen, wo automatische Beobachtungsholocams ständig neue Bilder übermittelten. Vom Tower her berichtete ein zweiköpfiger Ansager unter Austausch ständiger Bosheiten mit sich selbst über die Spitzenreiter. Qui-Gon schaute zusammen mit Padmé und Shmi auf einen Schirm, aber Anakin wurde weder erwähnt, noch war er zu sehen. Die Doppelstimmen des Ansagers hoben und senkten sich in gemessener Kadenz, erfüllten die Luft über dem Stadion und wurden immer hektischer und lauter, um die bereits wild begeisterte Menge noch weiter aufzupeitschen. Qui-Gon starrte auf die Ebene hinaus und suchte nach einer Spur von Bewegung. Rechts von ihm stritt sich Jar Jar mit einem dürren, säuerlichen Außenweltler namens Fanta. Er versuchte, über dessen Schulter zu blicken, bestürmte ihn mit Fragen und versuchte Freundschaft zu schließen, weil er in dem vage ähnlich aussehenden Polt irrtümlich eine verwandte Seele vermutete. Es funktionierte nicht. Fanta wollte nichts mit Jar Jar zu tun haben, wandte dem Gungan immer wieder den Rücken zu und verbarg den Handbildschirm vor ihm. Jar Jar wurde langsam ungeduldig.

Qui-Gon schaute zu den Boxen hinüber, wo R2-D2, C-3PO und Kitster einsam warteten.

In einer Privatloge, ein wenig hinter und unter der von Jabba, lachte und scherzte Watto mit seinen Freunden. Der Toydarianer schwirrte hierhin und dorthin, sah sich das Rennen auf diversen Schirmen an und rieb sich begierig die Hände. Er entdeckte Qui-Gon und machte eine eindeutige, unverschämte Geste.

Drunten an der Startlinie versuchte Ben Quadinares immer noch, die Motoren seiner Quadrakapsel zu zünden.

Qui-Gon schloß die Augen und verdrängte alles andere, Geräusche ebenso wie Bewegungen; er wurde eins mit der Macht, verschwand in ihrem Fluß und suchte nach Anakin. Er blieb in sich selbst versunken, während der Jubel der Menge wieder lauter wurde und in der Ferne Raketenmotoren erklangen. Am Horizont tauchten ein paar dunkle Flecke auf.

An der Startlinie war es Ben Quadinares endlich gelungen, die Motoren seiner Rennkapsel zu starten, alle vier knolligen Ungeheuer erwachten zum Leben und vibrierten heftig. Motoren und Kapsel schossen nach vorn, als Quadinares beschleunigte. Aber im nächsten Augenblick brachen die Energiekoppler unter der Belastung zusammen, die Verbindungskabel rissen, und die Motoren schossen in unterschiedliche Richtungen davon, explodierten an Steinmauern, Felsformationen oder an niedrigen Dünenbänken. Die Menge keuchte entsetzt, viele hielten sich Augen oder Ohren zu, als die Kapsel und Ben selbst auf der Strecke zu einem nutzlosen Häuflein Unglück zusammenbrachen.

Beinahe im gleichen Augenblick schoß Sebulbas Kapsel kreischend durch die Arena, unter dem Bogen durch und in die zweite Runde. Zwei andere Kapseln folgten, ihre Motoren röhrten laut, als sie vorbeisausten, die bunten Metallgehäuse glitzerten in den Mittagssonnen.

Keine Spur von Anakin.

Qui-Gon hielt die Augen geschlossen und suchte in seinem Bewußtsein. Neben ihm wechselten Shmi und Padmé einen besorgten Blick. Jar Jar hielt sich immer noch an Fanta und schlug ihm aufgeregt auf den Rücken, während der andere das Gesicht verzog und versuchte, sich zu entziehen.

Drei weitere Kapseln rasten vorbei, und der Lärm ihrer Motoren verklang wieder, als sie außer Sicht gerieten. Ein vierter Teilnehmer, Ody Mandrell, legte einen Boxenstop ein, da die Motoren seiner Kapsel heftig vibrierten und qualmten. Droiden stürzten vor, um sich des Problems anzunehmen, und scharten sich um die Motoren. Ody, ein großer, untersetzter, reptilischer Er'kit, erhob sich in der Kapsel und gestikulierte. Aber als die Motoren erneut zündeten, stand DUM-4, ein Boxendroide, zu nahe am linken Motor. Der Motor saugte ihn auf, zerhackte ihn und spuckte ihn durch den Auspuff wieder aus.

Die Menge wandte sich wieder den Bildschirmen zu.

Dann gab R2-D2, der mit Kitster und C-3PO am Rand ihrer Box stand, ein aufgeregtes Pfeifen von sich.

Qui-Gon riß die Augen auf. »Hier kommt er!« rief er rasch.

Anakin Skywalker kam aus der Mittagssonne geschossen, und die großen Radon-Ulzers heulten wütend.

Während seine drei Begleiter und die Menge jubelten und riefen, lächelte Qui-Gon nur. Anakin hatte begonnen, die anderen zu überholen.

Zu Anfang der zweiten Runde lag Anakin an sechster Stelle. Im weiteren Verlauf des Rennens verschmolz er nach und nach mit seinem Fahrzeug, wurde eins mit den Motoren, spürte die Belastung auf jeder Naht, an jeder Schraube. Wind peitschte an ihm vorbei, schloß ihn in seinem weißen Rauschen ein. Nur noch er und die Maschine zählten, nur noch Geschwindigkeit und Reaktion. So war es immer beim Rennen, wenn sein Körper mit der Kapsel und den Motoren verschwamm, bis er ein Teil von beiden war. Jeden Augenblick wurde diese Symbiose inniger, die Verbindung fester, gewann er Einsichten und ein Verständnis, das seine Sinne und sein Wissen überschritt – es trug ihn über die Gegenwart hinaus an einen Ort, den andere nicht erreichen konnten.

Als er sich erneut dem Bogencanyon näherte, hatte er die Führungsgruppe eingeholt. Noch auf der Ebene raste er an

Aldar Beedo vorbei und überholte Clegg Holdfast seitlich. Weiter vorn schoß Ody Mandrell so dicht über eine sandige Erhebung, daß sein Motor den Boden streifte. Odys Rennkapsel überschlug sich in einem spektakulären Salto von Kapsel und Motoren und explodierte.

Anakin war nur noch vier Kapseln von Sebulba entfernt und konnte den Dug in der Ferne deutlich erkennen.

Danach passierte alles sehr schnell.

Die Kapseln fegten durch den Bogencanyon und wieder hinaus, und der Abstand zwischen Anakin und den anderen wurde immer geringer. Tusken, die sich in den Felsen verbargen, die die Ecke der Tuskenkurve bildeten, erwischten Teamto Pagalies. Teamtos Kapsel explodierte einfach und war verschwunden. Anakin flog durch die staubfeinen Trümmer und schloß weiter zu den anderen auf. Er überholte Elau Makk und Habba Kee. Vor ihm holte Mars Guo Sebulba ein, hielt sich aber vorsichtig unterhalb des Dug und versuchte, sich heimlich vorbeizudrängen. Anakin näherte sich beiden, flitzte von einer Sanddüne zur anderen, und schloß schließlich zu Mars Guo auf.

Plötzlich streckte Sebulba die Hand aus dem Cockpit seiner Kapsel und ließ ein kantiges Stück Metall direkt in Mars Guos linken Motor fallen. Metall klirrte laut gegen Metall, und der beschädigte Motor begann, Rauch und Feuer zu spucken. Mars versuchte die Kapsel auf Kurs zu halten, aber der versagende Motor ruckte hin und her, verlor an Schub, und die Kapsel brach seitlich aus und raste auf Anakin zu. Unter Kreischen von Metall schrammten sie aneinander vorbei, und die Kante von Mars Guos vertikalem Stabilisator verfing sich in der Steelton-Verbindung zwischen Kapsel und Anakins linkem Motor und löste sie.

Sofort begann Anakins Kapsel wild am Ende des verbliebenen Kabels hin und her zu schwingen. Die Radon-Ulzers waren immer noch durch die Energiekoppler miteinander verbunden und synchronisiert, aber das Fahrzeug war außer

Kontrolle geraten. Anakin bediente die Stabilisatoren mit den Pedalen und mühte sich ab, die Kapsel wieder gerade auszurichten, die wie ein Pendel hin und her schwang. Das abgerissene Kabel schlug gefährlich im Rückstoß des Auspuffs und drohte, sich an einem Felsen zu verfangen und die Kapsel hinabzuziehen. Anakin suchte auf dem Boden des Cockpits nach dem magnetischen Fänger. Als er ihn endlich fand, schaltete er ihn ein und lenkte ihn nach links, wo er versuchte, das lose Kabel einzufangen. Das zwang ihn dazu, die Geschwindigkeit zu drosseln, und wieder fiel er weit hinter Sebulba zurück. Elau Makk, Habba Kee und Obitoki überholten ihn und folgten dem Dug.

Anakin spähte über die Schulter. Auch die anderen waren dabei, ihn einzuholen.

Nach einem Dutzend Versuchen gelang es ihm schließlich, sich genügend zu konzentrieren, um das lose Motorkabel einzufangen und es wieder an den Haken zu manövrieren. Schweiß und Sand bedeckten sein Gesicht, und sein Jackenärmel war aufgerissen. Er ließ den Fanghaken fallen und drückte die Schubhebel ein weiteres Mal nach vorn. Nun wieder gleichmäßig aufgehängt, folgte die Kapsel, als die Radon-Ulzers sich aufbäumten und das Fahrzeug beschleunigte.

Als erstes holte Anakin Elau Makk ein und ließ ihn problemlos hinter sich zurück. Er näherte sich Habba Kee, als Obitoki versuchte, Sebulba zu überholen. Der Dug wartete, bis sein Rivale neben ihm war, dann benutzte er dieselbe Taktik, die er gegen Xelbree angewandt hatte. Er öffnete einen schmalen Seitenschlitz im linken Auspuff und sandte einen Feuerstrahl auf das Gehäuse von Obitokis rechtem Motor. Der Treibstoff fing Feuer und explodierte, und Obitokis Rennkapsel schoß mit der Nase voran in die Wüste hinab, wo sie beim Aufprall riesige Sandfontänen aufwirbelte. Habba Kee war direkt vor Anakin, dicht über dem Boden. Einen Augenblick lang geblendet von dem aufwirbelnden Sand, wich er zur falschen Seite aus und kollidierte mit einem Teil von Obitokis Motoren, das nach dem Aufprall wieder hochgeschleudert wurde. Motoren und Kapsel verfingen sich und explodierten. Anakin folgte Habba Kee in den Wirbel von Rauch und Sand und konnte ebenfalls nichts mehr sehen. Ein Stück rauchendes Metall flog ihm entgegen, prallte von seinem rechten Motorgehäuse ab und verfehlte nur knapp seinen Kopf. Aber der Junge sah nicht nur mit den Augen, er spürte auch mit dem Geist und war ruhig geblieben. Er konnte die Gefahr spüren und bediente die Schubhebel präzise.

Dann war er an der Unfallstelle vorbei und dicht hinter Sebulba.

Er holte den Dug ein, als sie an der Arena vorbeiflogen und unter dem Bogen mit der dritten und letzten Runde begannen.

Im Geist konnte Anakin Qui-Gon und Jar Jar sehen, die ihn beobachteten; Kitster stand an den Boxen und jubelte ihm wild zu, daneben standen R2-D2 und C-3PO, der erste pfeifend, der zweite schwatzend; Padmé, der die Sorge ins schöne Gesicht geschrieben war, und seine Mutter mit Entsetzen im Blick. Er konnte sie alle sehen, als stünde er direkt neben ihnen, außerhalb seiner selbst, als wäre er nur ein Zuschauer bei dem Rennen ...

Dann verdrängte er ihre Gesichter, verbannte die Bilder aus seinen Gedanken und konzentrierte sich vollkommen auf Sebulba.

Sie schossen gerade aus dem Bogencanyon, als Sebulba beschloß, Anakin ein für allemal zu erledigen. Der Dug wußte, wo die automatischen Beobachtungskameras sich befanden. Er kannte ihre Blickwinkel und er wußte, wie er es vermeiden konnte, sich zu verraten. Er schwang seine Kapsel näher zu Anakins, öffnete den Seitenschlitz am Auspuff und versuchte, das Motorgehäuse des Jungen ebenso zu verbrennen wie bei Xelbree und Obitoki. Aber Anakin war diesem Trick bereits früher einmal zum Opfer gefallen und war diesmal gewarnt. Er zog die Kapsel einfach ein Stück hoch und außer Reichweite der Flamme. Als Sebulba versuchte, ihm zu folgen, lenkte Anakin sein Fahrzeug abwärts – aber zu tief, so daß er einen Augenblick lang die Kontrolle verlor. Die Kapsel kam vom Kurs ab und raste direkt in eine Reihe von Warnschildern, die in alle Richtungen geschleudert wurden. Verzweifelt riß Anakin die Nase der Kapsel nach oben und beschleunigte. Die Radon-Ulzers röhrten auf, das Fahrzeug machte einen erschreckenden Sprung nach vorn und war damit über Sebulba hinweg und an der Spitze.

Sie rasten an den ersten Höhlen und der Tuskenkurve vorbei, Anakin voraus, Sebulba direkt hinter ihm. Bei einer Geschwindigkeit, die zu hoch war, um die Fahrzeuge wirklich kontrollieren zu können, vollführten die Gegner ihre Ausweichmanöver, als wäre Sicherheit für sie nur ein Wort.

Und schossen endlich wieder auf die Ebene hinaus.

Abermals versuchte Sebulba, sich an die Spitze zu setzen. Anakin versuchte, ihm den Weg abzuschneiden, aber da begann einer der horizontalen Stabilisatoren am linken Motor heftig zu vibrieren. Für Sekundenbruchteile hatte Anakin das Bild vor Augen, wie Sebulba kurz vor dem Start des Rennens auf diesen Stabilisator eingeschlagen hatte. Er drosselte die Geschwindigkeit, warf den Stabilisator ab und schaltete auf einen Hilfsstabilisator. Dadurch war er gezwungen, Sebulba vorbeizulassen. Sein Gegner raste an ihm vorbei, um abermals die Führung zu übernehmen.

Anakin Skywalker hatte nicht mehr viel Zeit und Raum. Er beschleunigte und folgte dem Dug. Sebulba sah ihn kommen und zog seine Kapsel vor dem Jungen hin und her, um ihn zu blockieren. In Zickzackbewegungen folgten sie dem Kurs. Anakin versuchte alles, was ihm einfiel, aber Sebulba war ein erfahrener Veteran, und es gelang ihm jedesmal, entsprechend zu kontern. Die Metta-Senke raste vorbei, als die beiden Kapseln aus den Dünenhügeln auf die letzte Ebene hinauskamen.

Schließlich zog Anakin sein Fahrzeug nach links, dann nach rechts. Aber als Sebulba diesmal versuchte, ihn zu blockieren, täuschte Anakin eine dritte Seitwärtsbewegung vor, was den Dug wieder nach links zog. Sobald Sebulba damit begonnen hatte, riß Anakin die Kapsel scharf nach rechts und schob sich neben den Dug.

Nun schossen sie nebeneinander über die letzte, gerade Strecke des Kurses, und schon kamen die Tribünen und die Statuen der Arena in Sicht. Sebulba schrie vor Wut und ließ seine Kapsel auf Anakins zurasen. Maßlos erzürnt über die Unbeirrbarkeit des Jungen, rammte er ihn, einmal, zweimal. Bei der dritten Kollision verfingen sich ihre Steuerruder ineinander. Anakin kämpfte mit seiner Steuerung, versuchte sich loszureißen, aber die Kapseln waren fest miteinander verhakt, Sebulba lachte und stieß abermals gegen das Fahrzeug des Jungen, um ihn zu Boden zu zwingen. Anakin riß die Schubhebel vor und zurück, versuchte sich zu befreien. Die Radon-Ulzers ächzten, und die Steuerruder bogen sich.

Endlich brach Anakins Ruder und riß dabei den Hauptstabilisator ab. Die Kapsel des Jungen zuckte und bockte am Ende der Steelton-Kabel und geriet derart ins Wackeln, daß Anakin herausgeflogen wäre, wäre er nicht angeschnallt gewesen.

Aber für Sebulba war die Geschichte viel schlimmer ausgegangen. Als Anakins Steuerruder abbrach, schoß die Kapsel des Dug vorwärts wie von einem Katapult abgefeuert. Die Kabel erschlafften und ließen die Motoren brüllend losrasen. Ein Motor krachte in eine der uralten Statuen und ging in Flammen auf. Dann bohrte sich der zweite in den Sand und explodierte in einem Feuerball. Die Kabel rissen sich los, und die Kapsel des Dug wurde durch die flammenden Trümmer der Motoren geschleudert und kam schließlich qualmend auf dem Wüstenboden zum Stehen. Kreischend vor Wut stieg Sebulba aus und warf mit Stücken seiner zerstörten Kapsel um sich, nur um im nächsten Augenblick entdecken zu müssen, daß seine Hose Feuer gefangen hatte.

Anakin Skywalker flog über ihn hinweg, und der Rückstoß

der großen Radon-Ulzers peitschte dem Dug Sand und Kies ins Gesicht. Angestrengt bemüht, sein Fahrzeug unter Kontrolle zu bekommen, überquerte Anakin die Ziellinie – mit neun Jahren der jüngste Sieger, den die Rennen am Boonta-Abend je gesehen hatten.

Vierzehn

Während sich die Aussichtsplattform, auf der er mit Shmi, Padmé und Jar Jar gestanden hatte, langsam wieder senkte, beobachtete Qui-Gon, wie die Menge sich auf Anakins Kapsel zudrängte. Der Junge hatte sein Fahrzeug zum Stehen gebracht, hatte die Radon-Ulzers abgeschaltet und war herausgeklettert. Schon hatte Kitster ihn erreicht und umarmte ihn fest, und R2-D2 und C-3PO wuselten aufgeregt um die beiden herum. Als die Menge sich Augenblicke später um sie schloß, hoben sie Anakin hoch auf die Schultern und trugen ihn jubelnd und seinen Namen singend davon.

Qui-Gon tauschte ein warmes Lächeln mit Shmi und nickte anerkennend. Anakin Skywalker war tatsächlich etwas ganz Besonderes.

Endlich war die Aussichtsplattform unten angelangt, und alle rannten auf die Rennstrecke. Der Jedimeister allerdings wandte sich den Tribünen zu. Rasch stieg er die Treppe hinauf und hatte Minuten später Wattos Privatloge erreicht. Gerade als er sie betreten wollte, kam eine Gruppe von Außenweltlern heraus, die in diversen Sprachen lachten und scherzten und ihr Geld zählten. Watto schwebte am Rand des Aussichtsfensters und starrte hinaus auf die schwatzende Menge, einen niedergeschlagenen Ausdruck im faltigen blauen Gesicht.

Sobald er Qui-Gon entdeckte, war es mit der Niedergeschlagenheit vorbei, und er schoß in unverhohlener Wut auf den Jedimeister zu.

»Sie! Sie haben mich betrogen!« Zitternd vor Wut hüpfte er in der Luft vor Qui-Gon auf und ab. »Sie wußten, daß der

Junge gewinnen würde! Sie haben es irgendwie gewußt! Ich habe alles verloren!«

Qui-Gon lächelte gutmütig. »Jeder, der spielt, mein Freund, verliert hin und wieder. Heute war einfach nicht Ihr Tag.« Das Lächeln verschwand. »Bringen Sie die Hyperantriebteile sofort zum Haupthangar. Ich werde später im Laden vorbeikommen, damit sie den Jungen freilassen können.«

Der Toydarianer stieß seinen Rüssel gegen Qui-Gons Nase. »Sie kriegen ihn nicht! Das war keine faire Wette!«

Qui-Gon bedachte ihn mit einem eisigen Blick. »Möchten Sie das gerne mit den Hutts diskutieren? Ich bin sicher, es würde Jabba nichts ausmachen, sich um die Angelegenheit zu kümmern.«

Watto zuckte zurück, als hätte man ihn gestochen. Seine kleinen Äuglein füllten sich mit Haß. »Nein, nein! Ich will nichts mehr mit Ihren Tricks zu tun haben.« Er gestikulierte heftig. »Nehmen Sie den Jungen und verschwinden Sie!«

Er schwirrte davon und verließ die Box, gebeugt unter seinen wild schlagenden Flügeln. Qui-Gon schaute ihm nach, dann ging er die Treppe zur Strecke hinunter, in Gedanken bereits an einem anderen Ort.

Wäre er nicht so sehr mit seinen Plänen beschäftigt gewesen, dann hätte er vielleicht den Sith-Sondendroiden entdeckt, der hinter ihm herschwebte.

Innerhalb einer Stunde hatte die Arena sich geleert, die Rennkapseln waren weggebracht worden, und der Haupthangar war fast völlig verlassen. Ein paar Mechanikerdroiden waren immer noch damit beschäftigt, die Trümmer aufzulesen, und kamen und gingen. Anakin war der einzige Kapselpilot, der noch anwesend war und sich seines beschädigten Fahrzeugs annahm. Er war schmutzig und erschöpft, das Haar stand ihm wirr vom Kopf ab, und über sein Gesicht zogen sich Streifen von Schweiß und Sand. Seine Jacke war an mehreren Stellen zerfetzt, und er hatte Blut auf der Kleidung, weil er sich während des Kampfs mit Sebulba an einem spitzen Metallstück den Arm aufgerissen hatte.

Qui-Gon betrachtete ihn nachdenklich. Er stand mit Padmé und Shmi an der Seite des Hangars, während der Junge, Jar Jar, R2-D2 und C-3PO sich um die Kapsel und die Motoren kümmerten. Konnte es möglich sein? fragte er sich nun schon zum hundertsten Mal und dachte daran, wie der Junge mit der Rennkapsel umgegangen war, an die Reife, die er an den Tag legte, und an seine Instinkte. Sollte es wirklich möglich sein? Dann stellte er seine Fragen für später zurück. Es wäre ohnehin die Entscheidung des Rates. Abrupt ließ er die Frauen stehen, ging hinüber zu dem Jungen und kniete sich neben ihn.

»Du siehst ziemlich erledigt aus, Annie«, sagte er leise, legte die Hände auf die Schultern des Jungen und sah ihm in die Augen, »aber das hast du gut gemacht.« Mit einem ermutigenden Lächeln wischte er dem Jungen einen Schmutzfleck vom Gesicht. »Da – so gut wie neu.«

Er zauste dem Jungen das Haar und half ihm, den verletzten Arm zu verbinden. Shmi und Padmé stießen zu ihnen und umarmten und küßten Anakin wieder, schauten sorgfältig nach, ob er noch an anderen Stellen verletzt war, und berührten seine Wangen und seine Stirn.

»Äh, also ... das reicht jetzt«, murmelte der Junge verlegen.

Seine Mutter lächelte und schüttelte den Kopf. »Es ist so wunderbar, Annie, was du hier getan hast – weißt du das überhaupt? Du hast allen Hoffnung gebracht, die keine Hoffnung hatten. Ich bin ja so stolz auf dich.«

»Alles, was wir haben, verdanken wir dir«, fügte Padmé rasch hinzu und sah ihn liebevoll an.

Anakin wurde dunkelrot. »Ich fühle mich prima, und allein das war es wert«, erklärte er und erwiderte das Lächeln.

Qui-Gon ging zu dem Repulsorschlitten hinüber, vor den zwei Eopies gespannt waren und auf dem sich die Hyperantriebersatzteile befanden. Watto hatte prompt geliefert, allerdings nicht ohne beträchtliches Gemurre und kaum verhüllte Drohungen. Qui-Gon überprüfte die Siegel der Container, blickte hinaus in die Mittagssonne und kehrte zu den anderen zurück.

»Padmé, Jar Jar, los jetzt«, befahl er plötzlich. »Wir müssen die Ersatzteile zum Schiff bringen.«

Alle gingen lachend und schwatzend zu den Eopies. Padmé umarmte und küßte Anakin noch einmal, dann stieg sie hinter Qui-Gon auf eines der Eopies und hielt sich an ihm fest. Jar Jar schwang sich auf das zweite Tier und rutschte prompt auf der anderen Seite wieder herunter. R2-D2 trillerte ermutigend, als der Gungan es wieder versuchte, und diesmal blieb er oben sitzen. Dankes- und Abschiedsworte wurden gewechselt, aber es war ein unangenehmer Augenblick für Anakin. Er sah so aus, als wollte er noch etwas zu Padmé sagen, trat einen Augenblick neben sie und starrte erwartungsvoll zu ihr auf. Aber dann gelang ihm doch nur ein trauriger, verwirrter Blick.

Langsam zogen die Eopies davon, und Anakin und seine Mutter blieben mit C-3PO zurück und winkten ihnen nach.

»Ich werde die Eopies heute nachmittag zurückbringen«, rief ihnen Qui-Gon über die Schulter hinweg zu.

Padmé warf keinen einzigen Blick zurück.

Qui-Gon Jinn und die anderen ritten aus Mos Espa hinaus in die Wüste hinein, geführt von R2-D2, der vor den Eopies und dem Schlitten herrollte. Die Sonnen stiegen schnell zu ihrem Höchststand auf, und die Hitze wurde in Wellen vom Sand zurückgestrahlt. Aber sie legten den Weg zum Transporter der Königin rasch und ohne weitere Zwischenfälle zurück.

Obi-Wan wartete schon auf sie und kam die Rampe herunter, sobald sie sich näherten. »Ich habe schon angefangen, mir Sorgen zu machen«, verkündete er.

Qui-Gon stieg ab, dann half er Padmé von dem Eopie. »Fang schon einmal an, diesen Hyperantriebgenerator zu installieren«, befahl er. »Ich muß noch einmal in die Stadt zurück, ich habe etwas zu erledigen.«

»Etwas zu erledigen?« echote sein Schützling und zog die Brauen hoch.

»Es wird nicht lange dauern.«

Obi-Wan sah ihn einen Augenblick lang an, dann seufzte er. »Warum habe ich das Gefühl, daß wir schon wieder jemanden aufgelesen haben?«

Qui-Gon nahm ihn am Arm und zog ihn von den anderen weg. »Es ist der Junge, der dafür verantwortlich ist, daß wir diese Ersatzteile bekommen haben.« Er hielt inne. »Der Junge, mit dessen Blutprobe du gestern abend den Midi-Chloriane-Test gemacht hast.«

Obi-Wan schaute ihn nur an, dann wandte er sich ab.

Auf einer Anhöhe, verborgen im gleißenden Licht der Sonne und im Flirren der Luft über den Dünen, hing der Sith Sondendroide reglos, nahm eine letzte Übertragung vor und sauste dann davon.

Anakin ging mit seiner Mutter und C-3PO nach Hause, immer noch euphorisch über seinen Sieg, aber auch damit beschäftigt, gegen seine Trauer darüber anzukämpfen, daß Padmé den Planeten verlassen würde. Er hatte nicht daran gedacht, was mit ihr geschehen würde, wenn er das Rennen gewann – daß dies bedeuten würde, daß Qui-Gon den Hyperantriebgenerator bekäme, den er brauchte, um ihren Transporter wieder funktionsfähig zu machen. Als sie sich zu ihm niedergebückt und ihm einen Abschiedskuß gegeben hatte, hatte er zum ersten Mal seit ihrer Ankunft ernsthaft darüber nachgedacht. Er war verstört von dieser Mischung von Gefühlen, und plötzlich hatte er Padmé unbedingt bitten wollen zu bleiben, aber er hatte sich nicht dazu bringen können, die Worte auszusprechen, weil er gewußt hatte, wie dumm es sich anhören würde, und weil ihm klargewesen war, daß sie ohnehin nicht bleiben konnte.

Also hatte er dagestanden wie ein Droide ohne Vocoder, zugesehen, wie sie hinter Qui-Gon davonritt, daran gedacht, daß er sie nun zum letzten Mal sah, und sich gefragt, wie er weiter mit sich selbst leben wollte, wenn das der Fall war.

Nachdem er seine Mutter nach Hause gebracht hatte, war er nicht in der Lage, stillzusitzen, also verfrachtete er C-3PO in sein Schlafzimmer, deaktivierte ihn und ging wieder nach draußen. Qui-Gon hatte ihm gesagt, er müsse heute nicht mehr für Watto arbeiten, also konnte er tun, was er wollte, bis der Jedi zurückkam. Er dachte nicht darüber nach, was danach geschehen würde, schlenderte nur auf Mos Espa zu, winkte, als die Leute von überallher seinen Namen riefen, und sonnte sich in seinem Erfolg. Er konnte es immer noch nicht so recht glauben, und trotzdem fühlte es sich so an, als hätte er immer schon gewußt, daß er das Rennen gewinnen würde. Kitster tauchte auf, dann kamen auch Amee und Wald, und bald war er von einem Dutzend anderer umgeben.

Er näherte sich gerade der Verbindungsgasse zur Hauptstraße, als ein junger Rodianer, größer als er selbst, ihm in den Weg trat. Anakin hätte betrogen, höhnte der Rodianer. Anders hätte er das Boonta-Rennen nie gewinnen können. Kein Sklave könnte je irgendwas gewinnen.

Anakin stürzte sich so schnell auf ihn, daß der Größere kaum Zeit hatte, schützend die Arme hochzureißen, und sich beinahe sofort auf dem Boden wiederfand. Anakin schlug zu, so fest und schnell er konnte. Er dachte an nichts anderes als daran, wie zornig er war, und war sich nicht einmal dessen bewußt, daß sein Zorn eigentlich nichts mit seinem Gegner zu tun, aber sehr viel damit, daß er Padmé verloren hatte.

Dann ragte plötzlich Qui-Gon, der die Eopies zurückgebracht hatte, über ihm auf. Er riß Anakin weg, trennte die Kämpfenden und wollte wissen, worum es ging. Ein wenig verlegen, aber immer noch wütend, sagte Anakin es ihm. Qui-Gon betrachtete ihn forschend und schien enttäuscht zu sein. Er starrte den jungen Rodianer an und fragte ihn, ob er immer noch glaubte, daß Anakin ein Betrüger war. Der Junge warf Anakin einen wütenden Blick zu und bejahte.

Qui-Gon legte Anakin die Hand auf die Schulter, schob ihn von der Menge weg und sagte nichts weiter, bis sie außer Hörweite waren.

»Weißt du, Annie«, sagte er dann nachdenklich, »der Kampf hat nichts an seiner Meinung geändert. Die Meinungen von anderen, ob du ihnen nun zustimmst oder nicht, sind etwas, das du zu tolerieren lernen mußt.«

Er brachte den Jungen wieder nach Hause, gab ihm dabei gute Ratschläge über das Leben im allgemeinen und ließ die Hand auf eine Weise auf Anakins Schulter ruhen, die den Jungen tröstete. Als sie schon in der Nähe der Hütte waren, streckte der Jedi eine Hand unter seinen Poncho und holte einen Lederbeutel voller Credits heraus.

»Die gehören dir«, verkündete er. »Ich habe die Kapsel verkauft.« Er zuckte die Achseln. »An einen ganz besonders schlechtgelaunten und ziemlich lästigen Dug.«

Anakin nahm den Beutel mit einem breiten Grinsen entgegen, und der Kampf und seine Ursache waren vergessen.

Er lief die Treppe zu seiner Tür hinauf und rannte hinein. Qui-Gon folgte ihm langsamer. »Mom, Mom!« rief Anakin. »Rate mal, was passiert ist! Qui-Gon hat die Kapsel verkauft! Schau mal, wieviel Geld wir jetzt haben!«

Er ließ den Lederbeutel in ihre Hände fallen und freute sich über ihr verblüfftes Gesicht. »Meine Güte!« hauchte Shmi und starrte den prallvollen Beutel an. »Annie, das ist ja wunderbar!«

Sie hob den Kopf und sah Qui-Gon an. Der Jedi ging ein paar Schritte auf sie zu, ohne den Blick von ihr zu wenden.

»Annie ist freigelassen worden«, sagte er.

Der Junge riß die Augen auf. »Was?«

Qui-Gon sah ihn an. »Du bist kein Sklave mehr.«

Shmi Skywalker starrte den Jedi ungläubig an. Ihr müdes Gesicht erstarrte.

»Mom? Hast du das gehört?« Anakin stieß einen Freudenschrei aus und sprang so hoch in die Luft, wie er konnte. Das war unmöglich! Aber er wußte, daß es wahr war, er wußte, daß der Jedi die Wahrheit gesagt hatte!

Irgendwie riß er sich wieder zusammen. »Gehörte das mit zum Preis oder was?« fragte er grinsend.

Qui-Gon erwiderte das Grinsen. »Sagen wir einfach, daß Watto eine wichtige Lektion über Glücksspiel gelernt hat.«

Shmi Skywalker schüttelte den Kopf, immer noch wie betäubt von der Neuigkeit, immer noch dabei, sie zu verarbeiten. Aber Anakins Strahlen machte alles vollkommen klar. Sie streckte die Arme aus und drückte ihn an sich.

»Jetzt kannst du deine Träume verwirklichen, Annie«, flüsterte sie und berührte seine Wange. »Du bist frei.«

Sie ließ ihn wieder los und wandte sich Qui-Gon zu, die Augen feucht und voller Erwartung. »Werden Sie ihn mitnehmen? Wird er ein Jedi werden?«

Anakin strahlte bei diesem Vorschlag, drehte sich rasch zu Qui-Gon um und wartete auf die Antwort.

Der Jedimeister zögerte. »Es ist kein Zufall, daß wir uns begegnet sind. Es gibt keine Zufälle. Die Macht ist stark in dir, Annie, aber es kann sein, daß der Rat dich nicht akzeptiert.«

Anakin hörte, was er hören wollte, und verdrängte alles andere; für ihn war nur wichtig, daß er jetzt eine Möglichkeit hatte, seine Hoffnungen und Träume, die er so lange gehegt hatte, zu erfüllen.

»Ein Jedi!« flüsterte er ehrfürchtig. »Heißt das, daß ich in Ihrem Raumschiff mitkommen kann und so?«

Und daß er wieder mit Padmé zusammensein würde! Der Gedanke traf ihn wie ein Blitz und erfüllte ihn mit solcher Erwartung, daß er nur mit Mühe zuhören konnte, was der Jedimeister als nächstes sagte.

Qui-Gon kniete sich mit ernster Miene vor den Jungen. »Anakin, es wird nicht einfach sein, ein Jedi zu werden. Es ist eine Herausforderung. Und wenn du Erfolg hast, wirst du ein schweres Leben vor dir haben.«

Anakin schüttelte rasch den Kopf. »Aber das will ich doch!

Das ist doch das, wovon ich immer geträumt habe.« Rasch warf er seiner Mutter einen Blick zu. »Darf ich, Mom?«

Aber Qui-Gon drehte ihn wieder zu sich zurück. »Du stehst an einem Kreuzweg, Annie. Du mußt diese Wahl allein treffen.«

Mann und Junge starrten einander an. Widersprüchliche Gefühle tobten in Anakin, drohten ihn zu überwältigen, aber am wichtigsten war doch, das, was er von allem auf der Welt am meisten wollte, in seiner Reichweite zu wissen – ein Jedi zu sein und durch die Galaxis zu reisen.

Rasch schaute er zu seiner Mutter hin, in ihr abgehärmtes, ergebenes Gesicht, und sah in ihren Augen, daß sie auch diesmal nur das Beste für ihn wollte.

Er wandte sich wieder Qui-Gon zu. »Ich will mitkommen«, sagte er.

»Dann pack deine Sachen«, befahl der Jedimeister. »Wir haben nicht viel Zeit.«

»Yippie!« rief der Junge und sprang vor lauter Vorfreude herum. Er rannte zu seiner Mutter und umarmte sie so fest er konnte, dann lief er in sein Schlafzimmer. Er war schon fast an der Tür, als ihm klarwurde, daß er etwas vergessen hatte. Ihm wurde eiskalt, und er drehte sich wieder zu Qui-Gon um. »Was ist mit Mom?« fragte er rasch, und sein Blick schoß von einem zum anderen. »Ist sie auch frei? Du kommst doch mit, oder, Mom?«

Qui-Gon und Shmi Skywalker tauschten einen beunruhigten Blick, und Anakin kannte die Antwort, bevor der Jedi sie aussprach. »Ich habe versucht, auch deine Mutter zu befreien, Annie, aber Watto wollte sie nicht gehen lassen. Sklaven verleihen ihren Besitzern hier auf Tatooine Status und Ansehen.«

Der Junge spürte, wie sich ihm die Kehle zuschnürte. »Aber das Geld vom Verkauf der ...«

Qui-Gon schüttelte den Kopf. »Das ist nicht annähernd genug.«

Alle schwiegen. Dann ging Shmi Skywalker zu ihrem Sohn und setzte sich auf einen Stuhl neben ihn. Sie nahm seine beiden Hände in die ihren und zog ihn zu sich. Ihr Blick war fest, als sie ihn ansah.

»Annie, mein Platz ist hier«, sagte sie leise. »Es ist Zeit, daß du ... daß du dich von mir löst. Ich kann nicht mit dir kommen.«

Der Junge schluckte. »Dann werde ich bei dir bleiben. Ich will nicht, daß sich etwas ändert.«

Sie lächelte ihn ermutigend an und runzelte die Stirn. »Du kannst eine Veränderung ebensowenig aufhalten, wie du verhindern kannst, daß die Sonnen untergehen. Folge deinen Gefühlen, Annie. Du weißt, was das Richtige ist.«

Anakin Skywalker holte tief Luft, senkte den Kopf und blickte zu Boden. Alles in ihm brach in sich zusammen, all das Glück verschwand, die erwartungsvolle Erregung löste sich auf. Aber dann spürte er, wie seine Mutter seine Hände fester packte, und in ihrer Berührung fand er die Kraft, die er brauchte, um zu tun, was er tun mußte.

Dennoch waren seine Augen feucht, als er den Kopf wieder hob. »Du wirst mir schrecklich fehlen, Mom«, flüsterte er.

Seine Mutter nickte. »Ich liebe dich, Annie.« Sie ließ seine Hände los. »Und jetzt beeil dich.«

Anakin drückte sie rasch noch einmal fest an sich und rannte mit tränenüberströmtem Gesicht aus dem Zimmer.

In seinem Zimmer blieb Anakin stehen und sah sich plötzlich völlig verblüfft um. Er verließ den Planeten, und er wußte nicht, wann er jemals zurückkehren würde. Er war noch nie an einem anderen Ort gewesen, kannte niemanden außer den Leuten von Mos Espa und denen, die kamen, um mit ihnen Handel zu treiben. Er hatte von anderen Welten und anderen Leben geträumt, davon, Pilot eines großen Sternenschiffs und ein Jediritter zu werden. Aber jetzt auf einmal tatsächlich an der Schwelle des Lebens zu stehen, das er sich so oft gewünscht hatte, war überwältigend. Er mußte plötzlich an den alten Raumfahrer denken, der ihm gesagt hatte, er wäre kein bißchen überrascht, wenn Anakin Skywalker tatsächlich eines Tages mehr als ein Sklave sein würde. Das hatte er mehr als alles andere gewollt, hatte mit ganzem Herzen gehofft, daß es geschehen würde.

Aber niemals, niemals hatte er an die Möglichkeit gedacht, daß er seine Mutter würde zurücklassen müssen.

Er wischte sich die Tränen ab, kämpfte gegen neue an und hörte, wie Qui-Gon und seine Mutter im Nebenzimmer miteinander sprachen.

»Ich danke Ihnen«, sagte Shmi Skywalker leise.

»Ich werde gut auf ihn aufpassen. Ich gebe Ihnen mein Wort.« Die tiefe Stimme des Jedi war liebevoll und tröstend. »Werden Sie damit zurechtkommen?«

Anakin konnte ihre Antwort nicht hören. Aber dann sagte sie »Er hat nur so kurze Zeit zu meinem Leben gehört ...«

Ihre Stimme verklang. Anakin zwang sich, nicht mehr hinzuhören und fing an, seine Sachen in einen Rucksack zu stopfen. Er hatte nicht viel, also brauchte er nicht lange. Er sah sich um, ob er etwas Wichtiges vergessen hatte, und sein Blick fiel auf C-3PO, der reglos auf der Werkbank saß. Er ging zu dem Protokolldroiden und schaltete ihn ein. C-3PO legte den Kopf schief und starrte den Jungen an.

»Also, Threepio, ich gehe jetzt«, sagte Anakin feierlich. »Ich bin frei. Ich werde weggehen, in einem Sternenschiff ...«

Er wußte nicht, was er sonst sagen sollte. Der Droide legte den Kopf schief. »Master Anakin, Sie sind mein Schöpfer und ich wünsche Ihnen alles Gute. Obwohl es mir besser gefallen würde, wenn ich ein bißchen weniger nackt wäre.«

Der Junge seufzte und nickte. »Es tut mir leid, daß ich dich nicht fertig bauen konnte, Threepio – dir eine Außenhaut besorgen und so. Und es wird mir fehlen, an dir zu arbeiten. Du warst ein prima Kumpel. Ich sorge dafür, daß Mom dich nicht verkauft oder so. Mach's gut!«

Er griff nach seinem Rucksack, und als er aus dem Zimmer rannte, hörte er, wie C-3PO ihm klagend hinterherrief: »Mich verkaufen?«

Er verabschiedete sich von seiner Mutter, nun tapferer und entschlossener als zuvor, und verließ das Haus zusammen mit Qui-Gon. Sie hatten kaum ein Dutzend Meter hinter sich gebracht, als Kitster, der ihnen nach dem Kampf gefolgt war, auf sie zurannte.

»Wo gehst du hin, Annie?« fragte sein Freund.

Anakin holte tief Luft. »Ich bin freigelassen worden, Kitster. Ich gehe mit Qui-Gon. In seinem Schiff.«

Kitster riß die Augen weit auf, und sein Mund öffnete sich zu einem lautlosen, verblüfften Ausruf. Anakin suchte in seinen Taschen, fand eine Handvoll Credits und reichte sie seinem Freund. »Hier. Die sind für dich.«

Kitster schaute zuerst die Credits, dann wieder seinen Freund an. »Mußt du wirklich gehen, Anakin? Mußt du wirklich? Kannst du nicht bleiben? Annie, du bist jetzt ein Held!«

Anakin schluckte. »Ich ...« Er blickte an Kitster vorbei zu seiner Mutter hin, die immer noch an der Tür stand und ihm nachschaute, dann wandte er sich wieder Qui-Gon zu. Er schüttelte den Kopf. »Ich kann nicht.«

Kitster nickte. »Na gut.«

»Also ...« Anakin sah ihn an.

»Danke für alles, Annie«, meinte der andere Junge. Er hatte Tränen in den Augen, als er die Credits einsteckte. »Du bist mein bester Freund.«

Anakin biß sich auf die Lippe. »Ich werde dich nicht vergessen.«

Er umarmte Kitster impulsiv, dann riß er sich los und rannte auf Qui-Gon zu. Aber bevor er den Jedi erreichte, warf er noch einmal einen Blick auf seine Mutter. Sie dort in der Tür stehen zu sehen, war mehr, als er ertragen konnte. Einen Augenblick lang blieb er unentschlossen stehen, und widerstreitende Emotionen zerrten an ihm. Dann brach seine ohnehin wankende Entschlossenheit völlig zusammen, und er lief zu seiner Mutter zurück. Als er sie erreichte, weinte er bereits laut.

»Ich kann einfach nicht, Mom«, flüsterte er und klammerte sich an sie. »Ich kann nicht!«

Er wurde von Schluchzen geschüttelt, und alles in ihm löste sich so schnell auf, daß er sich nur noch an sie klammern konnte. Shmi ließ ihn einen Augenblick lang gewähren, gab ihm ihre Wärme und ihren Trost, dann schob sie ihn von sich.

Sie kniete sich vor ihn nieder und sah ihn ernst an. »Annie, weißt du noch, wie du damals auf die Düne geklettert bist, um die Banthas zu verscheuchen, damit sie nicht geschossen würden? Du warst erst fünf. Erinnerst du dich daran, wie du ein paarmal in der Hitze zusammengebrochen bist und vollkommen erschöpft warst und geglaubt hast, du könntest es nicht tun und es wäre zu schwer?«

Anakin nickte, und Tränen liefen ihm über die Wangen.

Shmi sah ihn an. »Das ist jetzt wieder eine von diesen Gelegenheiten, wo du etwas tun mußt, von dem du glaubst, daß du es nicht kannst: Aber ich weiß, wie stark du bist, Annie. Ich weiß, daß du es kannst.«

Der Junge schluckte seine Tränen hinunter und dachte bei sich, daß sie sich irrte, daß er kein bißchen stark war. Aber er wußte auch, daß sie beschlossen hatte, daß er gehen müsse, selbst wenn es ihm schwerfiel, selbst wenn er sich wehrte.

»Werde ich dich je wiedersehen?« fragte er verzweifelt und sprach damit endlich seine schlimmste Angst aus.

»Was sagt dir dein Herz?« fragte sie leise.

Anakin schüttelte zweifelnd den Kopf. »Ich weiß es nicht. Ich denke, ja.«

Seine Mutter nickte. »Dann wird das auch geschehen, Annie.«

Anakin holte tief Luft, um sich zu beruhigen. Er weinte jetzt nicht mehr und wischte sich die Tränen ab.

»Ich werde ein Jedi werden«, erklärte er kläglich. »Und dann komme ich zurück und befreie dich, Mom. Das verspreche ich dir.«

»Ganz gleich, wo du bist, meine Liebe wird immer bei dir sein«, sagte Shmi, ihr Gesicht dicht an seinem. »Und nun sei tapfer, und schau nicht mehr zurück.«

»Ich liebe dich, Mom«, sagte Anakin.

Sie umarmte ihn ein letztes Mal, dann drehte sie ihn um, so daß er sie nicht mehr ansah. »Schau nicht zurück, Annie«, flüsterte sie.

Sie versetzte ihm einen sanften Stoß, und entschlossen ging er davon, den Rucksack auf dem Rücken, den Blick auf einen Punkt am Horizont fixiert.

Er schritt auf diesen Punkt zu, ohne zu zögern, ging direkt an dem Jedimeister vorbei und kämpfte gegen neue Tränen an. Es dauerte nur ein paar Minuten, dann hatte er seine Mutter und sein Zuhause hinter sich gelassen.

Als erstes gingen sie zu Wattos Laden, wo der Toydarianer die Papiere für Anakins Freilassung schon ausgefüllt hatte. Der Transmitter, der Anakin an ein Leben der Sklaverei gebunden hatte, wurde endgültig deaktiviert. Später sollte er chirurgisch entfernt werden. Watto murrte immer noch, wie ungerecht das alles war, als sie den Laden verließen.

Anakin bestand darauf, daß sie von dort aus zu Jiras Stand gingen, der ganz in der Nähe war. Anakin, der sich einigermaßen von dem Trauma, seine Mutter verlassen zu müssen, erholt hatte, ging zu der alten Frau und drückte ihr ein paar Credits in die gichtigen Hände.

»Sie haben mich freigelassen, Jira«, erklärte er ihr mit entschlossener Miene. »Ich gehe weg. Nimm dieses Geld hier, und kauf dir dafür die Kühleinheit, die ich dir versprochen hatte. Sonst mache ich mir Sorgen.«

Jira starrte die Credits ungläubig an. Sie schüttelte den weißhaarigen Kopf. »Darf ich dich in den Arm nehmen?«

fragte sie leise. Sie streckte die Arme nach ihm aus, zog ihn an ihren mageren Körper und schloß die Augen, als sie ihn festhielt. »Du wirst mir fehlen, Annie«, sagte sie und ließ ihn wieder los. »In der ganzen Galaxie gibt es keinen freundlicheren Jungen. Paß auf dich auf.«

Er ließ sie stehen und rannte hinter Qui-Gon her, der sich bereits wieder auf den Weg gemacht hatte. Schweigend gingen sie durch die Seitenstraßen, und der Junge ließ den Blick über die vertrauten Gebäude schweifen, die er so bald nicht wiedersehen würde. Er erinnerte sich an sein Leben hier und verabschiedete sich davon.

Er war in seinen eigenen Gedanken versunken, als Qui-Gon so rasch herumfuhr, daß es ihn vollkommen überraschte. Das Lichtschwert des Jedi schwang in einem blitzenden Bogen nach unten, schnitt durch den Schatten zwischen zwei Gebäuden und berührte einen Augenblick lang klirrend etwas Metallisches, das in Stücke zerfiel.

Qui-Gon deaktivierte das Lichtschwert und kniete sich nieder, um die Trümmer zu untersuchen, die immer noch funkensprühend und zischend im Sand lagen. Der beißende Geruch nach Ozon und verbranntem Isolationsmaterial hing in der trockenen Luft.

»Was ist das?« fragte der Junge und schaute über die Schulter. Qui-Gon erhob sich wieder. »Ein Sondendroide. Sehr ungewöhnlich. Anders als alle, die ich je gesehen habe.« Er sah sich besorgt um. »Komm schon, Annie«, sagte er, und sie gingen schnell weiter.

Fünfzehn

Qui-Gon brachte den Jungen rasch aus Mos Espa heraus und eilte neben ihm durch die belebten Straßen zum dünner besiedelten Stadtrand. Die ganze Zeit suchte er mit Augen und Geist die Landschaft von Tatooine und die Gefilde der Macht ab. Sein Instinkt hatte ihn vor dem Sondendroiden gewarnt, der sie verfolgte, und seine Jediausbildung warnte ihn nun vor etwas viel Gefährlicherem. Er konnte eine Bewegung im Gleichgewicht der Dinge spüren, die ein Eindringen in die Harmonie der Macht nahelegte, ein finsteres Gewicht, das sich herabsenkte wie ein riesiger Stein.

Draußen in der Wüste beschleunigte er seine Schritte. Der Transporter der Königin kam bald in Sicht, ein dunkler Umriß direkt vor ihnen, eine Zuflucht. Er hörte, wie Anakin nach ihm rief. Der Junge gab sich alle Mühe, Schritt zu halten, aber er fiel langsam zurück.

Als er über die Schulter schaute, um zu antworten und den Jungen zu ermutigen, entdeckte er den Gleiter und die dunkle Gestalt darin, die auf sie zukamen.

»Auf den Boden, Anakin!« schrie er und drehte sich um.

Der Junge warf sich hin und drückte sich flach auf den Sand, als der Gleiter über ihn hinwegschoß und ihn nur um Haaresbreite verfehlte. Qui-Gon hatte bereits das Lichtschwert gezückt, die Klinge aktiviert und hielt die Waffe in beiden Händen vor sich. Der Gleiter schoß auf ihn zu, ein sattelförmiges Vehikel ohne sichtbare Bewaffnung, für Schnelligkeit und Manövrierfähigkeit und nicht für Feuerkraft gebaut. Noch nie hatte der Jedi so etwas gesehen, aber es erinnerte ihn vage an etwas längst Vergangenes.

Jetzt erst war der Mann darin im gleißenden Sonnenlicht zu erkennen. Rote und schwarze Tätowierungen bedeckten in seltsamen gezackten Mustern ein dämonisches Gesicht unter einer Krone gedrungener Hörner auf seinem Kopf. Seine Gestalt war menschenähnlich, aber seine geschlitzten Augen und die gekrümmten Zähne waren die eines wilden Raubtiers, und sein Aufheulen klang wie die Herausforderung eines Jägers an seine Beute.

Der Schrei war kaum erklungen, da war er schon über Qui-Gon, riß den Gleiter im letzten Augenblick zur Seite, drosselte den Schub und sprang herab, alles in einer einzigen fließenden Bewegung. Er war mit einem fremdartigen Lichtschwert bewaffnet, und die Waffe schwang bereits in Richtung des Jedimeisters, bevor die Füße des Angreifers den Boden berührten. Qui-Gon, überrascht von der Schnelligkeit und Wildheit seines Gegners, konnte den Schlag kaum mit seiner eigenen Waffe abwehren, und die Klingen trafen mit einem rauhen, schabenden Geräusch aufeinander. Der Angreifer wandte sich in einem Wirbel dunkler Gewänder ab, dann griff er wieder an. Das Lichtschwert zischte auf Qui-Gon zu; auf dem Gesicht des anderen lag erbarmungslose Mordgier.

Anakin war wieder auf den Beinen und starrte sie an. Er wußte nicht, was er tun sollte. Qui-Gon, der angestrengt die Schläge des anderen abwehrte, bemerkte ihn aus dem Augenwinkel.

»Annie! Verschwinde hier!« rief er.

Wieder drang sein Gegner auf ihn ein, zwang ihn zurück, schlug aus jedem erdenklichen Winkel zu. Qui-Gon erkannte, daß dieser Mann in der Kampfkunst der Jedi ausgebildet war, ein geschickter und gefährlicher Feind. Und was schlimmer war, er war jünger, schneller und kräftiger als Qui-Gon und gewann rasch an Boden. Der Jedimeister wehrte seine Schläge wieder und wieder ab, konnte aber keine Schwäche feststellen, die es ihm ermöglicht hätte zu entkommen.

»Annie!« schrie er abermals, als er sah, daß der Junge sich

immer noch nicht rührte. »Lauf zum Schiff! Sag ihnen, sie sollen starten! Geh schon, geh!«

Während er mit erneuter Entschlossenheit auf den dämonengesichtigen Angreifer einschlug, sah Qui-Gon Jinn, daß sich der Junge endlich in Bewegung setzte.

In einer Aufwallung von Angst und Verwirrung rannte Anakin Skywalker an den Kämpfenden vorbei auf das Nabooraumschiff zu. Es war keine dreihundert Meter entfernt, und sein metallener Rumpf schimmerte matt in der Mittagssonne. Die Einstiegsrampe war unten, aber es war niemand zu sehen. Anakin rannte schneller, und Schweiß lief ihm über den Körper. Er fühlte sein Herz hämmern, als er die Rampe erreichte und in das Schiff hineinrannte.

Direkt hinter der Luke stieß er auf Padmé und einen dunkelhäutigen Mann in Uniform. Als Padmé ihn entdeckte, sah sie ihn erstaunt und erschrocken an.

»Qui-Gon hat Ärger da draußen!« rief der Junge und schnappte nach Luft. »Er sagt, wir sollen starten! Sofort!«

Der Mann starrte ihn mißtrauisch an. »Wer bist du?« wollte er wissen.

Aber Padmé war bereits in Bewegung, packte Anakin am Arm und zog ihn weiter ins Raumschiff. »Er ist ein Freund«, antwortete sie. »Beeilen Sie sich, Captain.«

Sie rannten den Flur entlang zum Cockpit. Anakin versuchte dem Mädchen zu erzählen, was passiert war, seine Worte überschlugen sich, sein Gesicht war rot angelaufen. Padmé schob ihn vor sich her, nickte verständnisvoll, sagte ihm, er solle sich beeilen, und schien insgesamt die Situation vollkommen in der Hand zu haben.

Als sie das Cockpit erreichten, sah Anakin dort zwei weitere Männer, die damit beschäftigt waren, die Steuerungskonsole des Schiffes zu überprüfen. Sie drehten sich um, als Anakin und seine Begleiter hereinkamen. Einer trug Pilotenabzeichen auf seiner Jacke. Der zweite – da war sich Anakin ganz sicher, so, wie er sein Haar trug und nach dem Schnitt seiner Kleidung – war ein weiterer Jedi.

»Qui-Gon ist in Schwierigkeiten«, verkündete Padmé schnell.

»Er sagt, wir sollen starten«, fügte Anakin hinzu.

Der Jedi war sofort auf den Beinen. Er war viel jünger als Qui-Gon, sein Gesicht war glatt, der Blick konzentriert, das Haar kurzgeschnitten bis auf einen einzelnen dünnen Zopf, der über seine rechte Schulter fiel. »Wo ist er?« wollte er wissen. Dann trat er, ohne auf eine Antwort zu warten, zum Aussichtsfenster und blickte auf die leere Ebene hinaus.

»Ich kann nichts sehen«, meinte der Pilot, der über seine Schulter spähte.

»Da drüben!« Der Jedi hatte eine Bewegung ganz am Rand des Blickfeldes bemerkt. »Bringen Sie uns in die Luft und dort hinüber! Sofort! Fliegen Sie ganz niedrig!«

Der Angesprochene warf sich in den Pilotensitz, und auch die anderen, Anakin eingeschlossen, suchten sich Sitzplätze. Die großen Hubgeneratoren zündeten mit einem tiefen Grollen, die Rampe schloß sich, und der Transporter hob sich und begann sich zu drehen.

»Dort!« flüsterte der Jedi und zeigte auf die entsprechende Stelle.

Nun konnten sie Qui-Gon Jinn sehen, der immer noch mit der dunkel gewandeten, dämonischen Gestalt kämpfte. Die Gegner trieben einander hin und her über die Ebene, Lichtschwerter blitzten bei jedem Schlag hell auf, Sand und Kies wirbelte umher. Qui-Gons langes Haar wehte hinter ihm her und bildete einen scharfen Kontrast zu dem glatten, gehörnten Kopf seines Gegners. Der Pilot lenkte das Schiff schnell auf sie zu, kaum höher über dem Boden als ein Gleiter, und näherte sich dem Angreifer von hinten. Anakin hielt den Atem an, als sie näher kamen. Die Hand des Piloten glitt über den Hebel, der die Rampe absenkte, und schob ihn vorsichtig nach vorn.

»Bleibt alle, wo ihr seid«, befahl er, und sie rührten sich nicht, als er das Schiff wendete.

Die Gegner verschwanden in einem frischen Sandwirbel und im gleißenden Licht der Zwillingssonnen von Tatooine. Alle an Bord wandten sich verzweifelt den Bildschirmen zu.

Dann tauchte Qui-Gon wieder auf, sprang auf die gesenkte Rampe des Transporters und klammerte sich mit einer Hand an eine Strebe. Der Pilot zischte zufrieden und bemühte sich, das Schiff im Gleichgewicht zu halten. Aber der gehörnte Angreifer folgte bereits, kam aus der Sandwolke heraus und sprang ebenfalls auf die Rampe, als das Schiff zu steigen begann. Er schwankte bedenklich nahe am Rand der Rampe und kämpfte mit vor Wut blitzenden Augen um sein Gleichgewicht.

Qui-Gon griff sofort an, drang auf den anderen Mann ein, kämpfte am Rand der Rampe mit ihm. Sie waren inzwischen zwanzig Meter hoch in der Luft, und der Pilot hielt das Schiff so ruhig wie möglich, als er sah, daß die Gegner wieder aufeinander einschlugen, weil er nicht höher aufsteigen wollte, solange Qui-Gon noch in Gefahr war. Der Jedimeister und sein Feind waren deutlich auf dem Bildschirm zu sehen, der den Eingang zur Rampe zeigte, ihre Gesichter entschlossen, die Wangen schweißüberströmt.

»Qui-Gon«, hörte Anakin den zweiten Jedi verzweifelt sagen. Einen Augenblick lang sah der Mann dem Kampf noch zu, dann riß er den Blick vom Bildschirm los und rannte den Flur hinunter.

Auf dem Bildschirm sah Anakin, wie Qui-Gon Jinn zurückwich, das Lichtschwert mit beiden Händen hochriß und einen gewaltigen Schlag gegen seinen Angreifer führte. Der gehörnte Mann parierte nur mit Mühe und verlor dabei vollkommen das Gleichgewicht. Die Kraft des Schlages fegte ihn von der Rampe ins Leere. Er fiel auf den Wüstenboden, landete geduckt und kam sofort wieder auf die Beine. Aber die Jagd war vorüber.

Hilflos mußte er zusehen, wie sich die Rampe zum Transporter der Königin schloß und das Raumschiff davonschoß.

Qui-Gon hatte es kaum die Rampe hinauf ins Innere des Schiffes geschafft, als die Luke sich schloß und die Nubian beschleunigte. Vollkommen zerschlagen und erschöpft lag er auf dem kalten Metallboden des Eingangs, die Kleidung staubig und feucht von Schweiß. Er holte tief Luft und wartete, daß sein heftig schlagendes Herz sich beruhigte. Er war nur knapp mit dem Leben davongekommen, und das beunruhigte ihn. Sein Gegner war stark und hatte ihn auf eine schwere Probe gestellt. Ich werde wohl alt, dachte er bei sich, und dieser Gedanke gefiel ihm gar nicht.

Obi-Wan und Anakin kamen den Flur entlanggerannt, um ihm auf die Beine zu helfen, und es war schwer zu sagen, wer von beiden sich mehr Sorgen machte. Gegen seinen Willen mußte Qui-Gon lächeln.

Der Junge sprach als erster. »Alles in Ordnung?« fragte er, und die Angst zeichnete sich deutlich auf seinem jungen Gesicht ab.

Qui-Gon nickte und klopfte sich den Sand ab. »Ich glaube schon. Das war eine Überraschung, die ich so schnell nicht vergessen werde.«

»Was war das für ein Geschöpf?« fragte Obi-Wan mit finsterer Miene. Er will zurück und da weitermachen, wo ich aufgehört habe, dachte Qui-Gon.

Der Jedimeister schüttelte den Kopf. »Ich bin mir nicht sicher. Wer oder was er auch gewesen ist, er war in den Jedi-Techniken ausgebildet. Ich nehme an, es ging ihm um die Königin.«

»Glauben Sie, er wird uns folgen?« fragte Anakin rasch.

»Sobald wir im Hyperraum sind, sollten wir in Sicherheit sein«, erwiderte Qui-Gon und wich der Frage damit aus. »Aber ich habe keine Zweifel, daß er unser Ziel kennt. Wenn er uns einmal gefunden hat, wird er uns wieder finden.«

Der Junge runzelte die Stirn. »Was werden wir dagegen tun?«

In diesem Augenblick drehte sich Obi-Wan um, um den Jungen anzustarren, und sein Blick fragte ganz deutlich *Was meinst du mit »wir«*? Der Junge bemerkte den Blick und starrte ausdruckslos zurück.

»Wir werden Geduld haben«, erklärte Qui-Gon, und die beiden wandten sich wieder ihm zu. »Anakin Skywalker, das ist Obi-Wan Kenobi.«

Der Junge strahlte. »Freut mich, Sie kennenzulernen. O Mann! Sie sind auch ein Jediritter, nicht wahr?«

Der jüngere Jedi schaute von dem Jungen zu Qui-Gon und verdrehte die Augen in stummer Verzweiflung.

Schließlich gingen sie zurück zum Cockpit, wo Ric Olié damit beschäftigt war, das Schiff für den Sprung in den Hyperraum vorzubereiten. Qui-Gon stellte Anakin allen Anwesenden vor, dann trat er zur Steuerkonsole und stellte sich neben Ric.

»Fertig«, verkündete der Pilot über seine Schulter und zog fragend eine Braue hoch.

Qui-Gon nickte. »Hoffen wir, daß der Hyperantrieb funktioniert und Watto nicht am Ende derjenige ist, der zuletzt lacht.«

Sie standen alle hinter Ric und sahen schweigend zu, wie er den Hyperantrieb einschaltete. Ein kurzes, scharfes Aufheulen erklang, und die Sterne vor dem Aussichtsfenster wurden von silbernen Punkten zu langen Streifen, als das Schiff glatt in den Hyperraum sprang und Tatooine hinter sich ließ.

Nacht lag über dem Planeten Naboo, aber die Stille, die in Theed herrschte, ging weit über das hinaus, was normalerweise von jenen erwartet wird, die schlafen wollen. In dem kunstvoll geschmückten Thronsaal, der einmal Königin Amidala gehört hatte, hatte sich eine seltsame Gruppe versammelt, um Zeuge der Verurteilung von Gouverneur Sio Bibble zu werden. Nute Gunray, Vizekönig der Handelsföderation, hatte diese Versammlung einberufen, die aus Rune Haako und diversen anderen Neimoidianern bestand, außerdem aus dem Gouverneur, einer Handvoll Beamter im Dienst der Königin und einer großen Ansammlung von Kampfdroiden, die mit Blastern bewaffnet waren, um für Ruhe unter den Naboogefangenen zu sorgen.

Der Neimoidianer saß in einem automatischen Stuhl, der ihn von einem Teil des Zimmers zum anderen brachte und dessen Metallbeine auf einfache Berührungen seiner Finger reagierten. Dieser Stuhl trug ihn nun zu Sio Bibble und den Naboobeamten und erlaubte ihm, entspannt zurückgelehnt zu sitzen, während er die Angst in den Augen derjenigen, die Bibble unterstützt hatten, genoß.

Der Gouverneur allerdings zeigte sich unbeugsam. Er betrachtete Gunray voller Zorn und Entschlossenheit, den weißhaarigen Kopf hoch aufgerichtet, den Blick herausfordernd. Der Neimoidianer starrte zurück; Sio Bibble wurde langsam lästig.

»Wann werden Sie diesen sinnlosen Streik aufgeben?« fauchte er den Gouverneur an und beugte sich dabei geringfügig vor, um seine Mißbilligung zu betonen.

»Ich werde den Streik aufgeben, Vizekönig, wenn die Königin –«

»Ihre Königin hat den Planeten verlassen, und ihr Volk verhungert!«

Bibble erstarrte. »Die Naboo lassen sich nicht einschüchtern, nicht einmal, wenn es unschuldige Leben kostet –«

»Vielleicht sollten Sie sich ein wenig mehr um sich selbst sorgen, Gouverneur!« schnitt ihm Gunray das Wort ab. »Es ist sehr wahrscheinlich, daß Sie vor ihrem Volk sterben!« Er zitterte vor Wut, und plötzlich war seine Geduld zu Ende. »Das genügt!« schrie er. »Bringt ihn weg!«

Die Kampfdroiden reagierten rasch, umstellten Sio Bibble und trennten ihn von seinen Kollegen.

»Diese Invasion wird zu nichts führen!« rief der Gouverneur über seine Schulter zurück, als man ihn nach draußen zerrte. »Wir sind eine Demokratie! Das Volk hat entschieden, Vizekönig! Es wird sich der Tyrannei nicht beugen …«

Seine restlichen Worte waren nicht mehr zu verstehen, als man ihn durch die Tür in den Flur dahinter zerrte. Die Naboobeamten folgten unter bedrücktem Schweigen.

Der Neimoidianer starrte ihnen einen Augenblick lang hinterher, dann wandte er sich OOM-9 zu, als der Kommandant seiner Kampfdroiden sich näherte und mit tonloser Stimme sagte: »Meine Truppen haben Stellung bezogen, um die Sümpfe nach diesen angeblichen Unterwasserdörfern zu durchsuchen. Sie werden uns nicht mehr lange verborgen bleiben.«

Nute Gunray nickte und entließ ihn mit einer Geste. Er hielt nicht viel von diesen Wilden, die die Sümpfe bewohnten. Sie würden bald aus dem Weg geräumt werden. Was ihn anging, so fühlte er sich bereits vollkommen als Herrscher des Planeten.

Er lehnte sich in dem Roboterstuhl zurück und beruhigte sich langsam wieder. Jetzt brauchten die Sith-Lords ihm nur noch die Königin zu bringen. Das würde ihnen zweifellos nicht sonderlich schwerfallen.

Dennoch, er würde nicht froh sein, bevor diese ganze Angelegenheit nicht vorüber war.

An Bord des Transporters der Königin hockte Anakin Skywalker zitternd in einer Ecke der Hauptkabine und überlegte, was er tun sollte, um wieder warm zu werden. Alle anderen schliefen, und auch er hatte eine Zeitlang geschlafen, war aber dann aus seinen unruhigen Träumen aufgewacht. Er konnte sich nicht dazu bringen, sich zu regen, gelähmt von mehr als nur der Kälte.

Neben ihm schlief Jar Jar mit zurückgelegtem Kopf in einem Stuhl und schnarchte laut. Nichts konnte den Gungan vom Schlafen abhalten. Oder, was das betraf, auch nicht vom Essen. Der Junge lächelte kurz. R2-D2 stand aufrecht und ruhig ganz in der Nähe, nur ein paar seiner Lampen blinkten.

Anakin starrte ins Dunkel und versuchte sich dazu zu zwingen, seine Trägheit zu überwinden. Aber seine Träume verfolgten ihn immer noch. Er mußte an seine Mutter und an zu Hause denken, und alles in ihm schien sich zu verschließen. Sie fehlte ihm so sehr! Er hatte geglaubt, es würde besser werden, wenn er erst einmal den Planeten verlassen hatte, aber so war es nicht. Alles erinnerte ihn an sie, und wenn er versuchte, die Augen gegen diese Erinnerungen zu schließen, wartete dort ihr Gesicht auf ihn, besorgt und müde, umgeben vom Dunkel seiner Gedanken.

Tränen traten ihm in die Augen. Vielleicht war es ein Fehler gewesen wegzugehen. Vielleicht sollte er nach Hause zurückkehren. Nur daß das jetzt nicht mehr möglich war.

Eine schlanke Gestalt betrat die Kabine, und Anakin sah, wie das Licht eines Bildschirms auf Padmés Gesicht fiel. Sie stand da wie eine Statue, rief eine Aufzeichnung auf und sah sich noch einmal Sio Bibbles Bitte an Königin Amidala an, nach Hause zu kommen, um ihr Volk vor dem Hungertod zu retten und ihnen in der Zeit ihrer Not beizustehen. Sie sah sich die Aufzeichnung bis zum Ende an, dann schaltete sie sie ab, senkte den Kopf und starrte ins Leere.

Was tat sie da?

Plötzlich schien sie zu spüren, daß er sie beobachtete, und wandte sich der Ecke zu, wo er hockte. Ihr schönes Gesicht war müde und bekümmert, als sie näher kam und sich neben ihn kniete. Er erstarrte und versuchte verzweifelt seine Tränen und das Zittern zu verbergen und hockte geduckt und elend vor ihr.

»Ist alles in Ordnung, Annie?« fragte sie leise.

»Es ist sehr kalt«, flüsterte er mit einiger Anstrengung.

Sie lächelte, zog ihre schwere Jacke aus, legte sie ihm um die Schultern und zupfte sie zurecht.

»Du stammst von einem warmen Planeten, Annie. Der Weltraum ist kalt.«

Anakin nickte und zog die Jacke fester um sich. Er wischte sich die Augen. »Du siehst traurig aus«, sagte er.

Wenn sie diese Bemerkung für ironisch hielt, sagte sie es jedenfalls nicht.

»Die Königin macht sich Sorgen. Ihr Volk leidet und stirbt. Sie muß den Senat dazu bringen, etwas zu unternehmen, sonst ...« Sie brach ab, unwillig, die Worte auszusprechen. »Ich weiß nicht, was passieren wird«, schloß sie mit tonloser Stimme, und ihr Blick wanderte von ihm weg und konzentrierte sich auf etwas anderes.

»Ich weiß auch nicht, was aus mir werden wird«, gab er bedrückt zu. »Ich weiß nicht, ob ich jemals –«

Er hielt inne, weil sich ihm die Kehle zuschnürte. Schweigen senkte sich über die beiden. Anakin holte tief Luft, runzelte die Stirn und griff in seine Tasche.

»Hier«, sagte er, »das habe ich für dich gemacht. Damit du dich an mich erinnerst. Ich habe ihn aus einem Stückchen Japor geschnitzt. Nimm ihn. Es wird dir Glück bringen.«

Er reichte ihr einen kunstvoll geschnitzten hölzernen Anhänger. Sie betrachtete das Schmuckstück einen Augenblick lang, das Gesicht im Schatten, dann hängte sie es sich um.

»Er ist wunderschön, aber ich werde ihn nicht brauchen, um mich an dich zu erinnern.« Sie hob den Kopf und lächelte ihn an. »Wie könnte ich meinen künftigen Ehemann vergessen?« Sie betrachtete den Anhänger und strich nachdenklich darüber. »Vieles wird sich ändern, wenn wir Coruscant erreichen, Annie. Aber nicht meine Gefühle für dich.«

Der Junge nickte und schluckte. »Ich weiß. Meine werden sich auch nicht ändern. Aber mir fehlt –«

»Deine Mutter fehlt dir«, beendete das Mädchen leise den Satz für ihn.

Anakin nickte und wischte sich das Gesicht. Er konnte kein Wort mehr herausbringen, als Padmé Naberrie ihn an sich zog und fest in die Arme nahm.

Sechzehn

Noch ehe ein Reisender von einem anderen Planeten nahe genug an Coruscant war, um zu verstehen, warum, konnte er sehen, daß diese Welt sich von anderen Welten unterschied. Selbst abgehärtete Veteranen waren immer wieder verblüfft, wie seltsam der Planet aus dem Weltraum aussah, weil er nicht das weichere Blau und Weiß von Welten zeigte, die noch jung und unverdorben waren, sondern ein seltsames, silbriges Schimmern, das an die Reflexion von Sonnenlicht auf Metall erinnerte.

Dieser Eindruck war durchaus nicht irreführend. Die Tage, in denen Coruscant sich in einem natürlichen Zustand befunden hatte, waren längst vergangen. Die Hauptstadt hatte sich im Laufe von Jahrhunderten ausgedehnt, Gebäude um Gebäude, bis sie schließlich den gesamten Planeten bedeckte. Wälder, Berge, Wasserflächen, alles war davon überzogen. Die Atmosphäre wurde durch Sauerstoffregler gefiltert und gereinigt, und Wasser wurde in riesigen künstlichen Reservoiren gespeichert und gesammelt. Die ursprünglichen Tiere und Pflanzen konnte man in Museen und klimatisierten, überdachten Reservaten sehen. Wie Anakin Skywalker deutlich durch das Sichtfenster des sich langsam herabsenkenden Transporters erkennen konnte, war Coruscant ein Planet der Wolkenkratzer geworden, deren schimmernde Metalltürme sich reckten wie ein Wald von Speerspitzen – eine Armee erstarrter Riesen, die sich in alle Richtungen bis zum Horizont erstreckte.

Ehrfürchtig starrte der Junge den Stadtplaneten an und suchte nach einer Lücke in dem endlosen Wald von Gebäuden. Aber er fand keine. Er warf Ric Olié einen Blick zu, und der Pilot lächelte.

»Coruscant, die Hauptstadt der Republik: eine Stadt, die einen ganzen Planeten bedeckt.« Er zwinkerte. »Es ist ganz nett, hier mal zu Besuch zu sein, aber ich würde niemals hier leben wollen.«

»Es ist so riesig!« hauchte der Junge.

Der Transporter senkte sich in eine der Hauptluftstraßen hinab und flog langsam durch den Irrgarten von Gebäuden, immer an den magnetischen Leitlinien für Luftfahrzeuge entlang. Ric erklärte Anakin, wie das funktionierte, und der Junge hörte mit halbem Ohr zu, weil seine Aufmerksamkeit immer noch von der gewaltigen Stadtlandschaft beansprucht wurde. Hinter ihnen standen die beiden Jedi. Jar Jar hockte an der Seite der Kabine und spähte über die Konsole hinweg durch das Sichtfenster, eindeutig entsetzt über das, was er sah. Anakin wußte, daß sich der Gungan nach seinem vertrauten Sumpf sehnen mußte, ebenso, wie er selbst daran dachte, wieviel besser ihm doch die Wüste gefiel.

Der Transporter der Königin wurde nun langsamer und verließ die Hauptverkehrsader, um ein Landedock anzusteuern, das nahe bei einer Gruppe riesiger Gebäude schwebte. Anakin spähte zweifelnd nach unten. Sie waren mehrere hundert Stockwerke über dem Boden, Hunderte und Aberhunderte von Metern. Er wandte sich ab und schluckte.

Das Schiff dockte mit einem leisen Klicken an der Landeplattform an, und die Antigravklemmen schlossen sich. Die Königin wartete im Korridor, umgeben von ihren Dienerinnen, Wachen und Captain Panaka. Sie nickte Qui-Gon zu und wies ihn mit einer Geste an, vorauszugehen. Mit einem raschen Lächeln zu Padmé folgte Anakin dem Jedimeister zur Schleuse.

Die Schleuse ging auf, die Landerampe senkte sich, und die Jediritter, Anakin Skywalker und Jar Jar Binks traten ins Sonnenlicht von Coruscant hinaus. Der Junge verbrachte die ersten paar Minuten damit, sich darauf zu konzentrieren, nicht zu überwältigt zu sein, was nur noch schwieriger wurde, nachdem er erst einmal außerhalb des Schiffes war. Er heftete seinen Blick fest auf die Rampe und auf Qui-Gon und traute sich zunächst nicht, sich umzusehen, weil er Angst hatte, ins Leere zu treten.

Zwei Männer in den Amtsgewändern des republikanischen Senats standen am Ende der Rampe, flankiert von einem Trupp Gardisten. Die Jedi gingen auf die beiden zu und verbeugten sich förmlich. Anakin und Jar Jar taten dasselbe, obwohl nur Anakin wußte, vor wem sie sich da verbeugten und warum.

Nun erschien Königin Amidala in ihrem schwarzgoldenen Gewand mit dem Federkopfputz. Beides ließ sie größer und ihre Bewegungen fließender wirken, als sie die Rampe hinabschritt. Die Dienerinnen in ihren scharlachroten Umhängen begleiteten sie, und die Gesichter der Mädchen waren im Schatten der Kapuzen kaum zu erkennen. Als Eskorte folgten Captain Panaka und die Naboosoldaten.

Amidala blieb vor den beiden Männern stehen und wandte sich demjenigen mit dem freundlichen Gesicht und dem besorgten Blick zu.

Senator Palpatine, der Botschafter der Königin im republikanischen Senat, verbeugte sich zur Begrüßung, die Hände in den Falten seines blaugrünen Gewandes verborgen.

»Es ist eine ungeheure Erleichterung, Sie bei guter Gesundheit zu sehen, Euer Majestät«, erklärte er lächelnd und richtete sich wieder auf. »Darf ich Ihnen Kanzler Valorum vorstellen?«

Valorum war ein hochgewachsener, silberhaariger Mann, der weder jung noch alt schien, sondern etwas von beidem an sich hatte; seine Haltung und seine Stimme waren jugendlich, aber sein Gesicht und seine verblüffend blauen Augen wirkten müde.

»Willkommen, Euer Hoheit«, sagte er, und ein schwaches

Lächeln überzog seine strengen Züge. »Es ist eine Ehre, Ihnen endlich persönlich gegenüberzustehen. Ich muß Ihnen sagen, wie betroffen wir alle über die derzeitige Situation auf Naboo sind. Ich habe eine Sondersitzung des Senats einberufen, damit Sie Ihre Bitte um unser Einschreiten vorbringen können.«

Die Königin begegnete seinem Blick, ohne mit der Wimper zu zucken, hochgewachsen und herrschaftlich in ihren Amtsgewändern, das weißgepuderte Gesicht so reglos und kalt wie Eis.

»Ich danke Ihnen, Kanzler«, erwiderte sie leise.

Aus dem Augenwinkel bemerkte Anakin, daß Padmé ihn unter der Kapuze hervor anstarrte. Als er sich ihr zuwandte, zwinkerte sie ihm zu, und er spürte, wie er rot wurde.

Palpatine war an die Seite der Königin getreten und zeigte auf eine Fähre, die auf sie wartete. »Es gibt noch eine Frage betreffs der angemessenen Vorgehensweise, aber ich bin sicher, daß wir damit zurechtkommen werden«, erklärte er und führte die Königin die Rampe entlang, dicht gefolgt von ihren Dienerinnen, Captain Panaka und den Naboosoldaten.

Anakin schickte sich an, ihnen zusammen mit Jar Jar ebenfalls zu folgen, dann blieb er stehen, als er sah, daß die Jedi immer noch mit Kanzler Valorum sprachen. Anakin warf Qui-Gon einen fragenden Blick zu, weil er nicht wußte, wohin er sich wenden sollte. Die Königin und ihr Gefolge wurden nun ebenfalls langsamer, und Amidala winkte Anakin und dem Gungan zu, ihnen zu folgen. Wieder schaute Anakin Qui-Gon an, der ihm wortlos zunickte. In der Fähre setzten sich Anakin und Jar Jar auf die hintersten Sitze. Senator Palpatine, der ganz vorne saß, warf ihnen einen skeptischen Blick über die Schulter zu und wandte sich wieder ab.

»Jar Jar kein gutes Gefühl hier, Annie«, flüsterte der Gungan.

Anakin nickte und kniff entschlossen den Mund zusammen. Sie flogen zu einem Gebäudekomplex in der Nähe und zu einem anderen Landedock, das eindeutig für Fähren vorgesehen war. Dort stiegen sie aus und wurden von Palpatine zu seinen eigenen Räumen gebracht, von denen ein Teil für die Königin und ihr Gefolge vorbereitet worden war. Man zeigte Anakin und Jar Jar ein Zimmer und ließ sie dort allein. Nach einer Weile holte eine der Dienerinnen – nicht Padmé, wie Anakin enttäuscht feststellte – sie ab und führte sie in einen Warteraum vor einem Zimmer, das sich als Palpatines Büro erwies.

»Wartet hier«, instruierte sie die Dienerin und verschwand wieder im Flur.

Die Türen zum Büro des Senators standen offen, und der Junge und der Gungan konnten hineinsehen. Die Königin befand sich dort, nun in ein Gewand aus violettem Samt gekleidet, der ihre schlanke Gestalt in mehreren Schichten umgab, mit langen, weiten Ärmeln, die ihre anmutigen, schlanken Arme betonten. Eine fächerförmige Krone mit kunstvollem Perlenschmuck und Quasten war an die Stelle des Federkopfputzes getreten. Sie saß in einem Sessel und hörte Senator Palpatine zu. Ihre Dienerinnen standen auf einer Seite des Zimmers, die scharlachroten Umhänge mit den Kapuzen fest um sich gezogen. Anakin konnte Padmé nirgends entdecken. Er überlegte, ob er versuchen sollte, sie zu finden, statt hier zu warten, wußte aber nicht, wo er suchen sollte.

Das Gespräch schien ausgesprochen einseitig zu verlaufen; Senator Palpatine gestikulierte lebhaft, während er im Büro auf und ab schritt, und die Königin war so reglos wie ein Stein. Anakin wünschte sich, er könnte hören, was gesagt wurde. Er warf Jar Jar einen Blick zu und las in den ruhelosen Augen des Gungan, daß er dasselbe dachte.

Als Captain Panaka an ihnen vorbeikam und das Büro betrat, stand Anakin auf. Er wies Jar Jar mit einer Geste an, zu bleiben, wo er war, legte warnend einen Finger auf die Lippen und schlich sich zur angelehnten Tür. Von dort aus konnte er die Stimmen von Palpatine und der Königin hören, aber immer noch gedämpft und schwer zu verstehen.

Palpatine hatte aufgehört, auf und ab zu gehen, und stand nun kopfschüttelnd vor der Königin. »Die Republik ist nicht mehr das, was sie einmal war. Der Senat ist voll von gierigen, streitsüchtigen Delegierten, denen es nur auf sich selbst und ihr Heimatsystem ankommt. Sie haben kein Interesse am großen Ganzen – es gibt keinen Bürgersinn mehr, nur noch Politik.« Er seufzte müde. »Es ist widerwärtig. Ich muß ganz offen sein, Euer Majestät, es besteht kaum eine Chance, daß der Senat etwas gegen die Invasion unternehmen wird.«

Amidala schwieg einen Augenblick. »Kanzler Valorum scheint der Ansicht zu sein, daß eine gewisse Hoffnung besteht.«

»Wenn ich das sagen darf, Euer Majestät«, erwiderte der Senator mit sanfter, trauriger Stimme. »Der Kanzler hat nur wenig wirkliche Macht. Er versinkt in grundlosen Anklagen wegen Korruption. Man hat ihm einen Skandal angedichtet. Jetzt herrschen die Bürokraten.«

Die Königin erhob sich und stand wie eine Statue vor ihm. »Was für Möglichkeiten haben wir noch, Senator?«

Palpatine schien einen Augenblick lang über die Angelegenheit nachzudenken. »Am besten wäre es wohl, auf die Wahl eines stärkeren Kanzlers zu drängen – eines Mannes, der die Bürokraten wieder unter Kontrolle bringen, Gesetze durchsetzen und uns endlich Gerechtigkeit verschaffen könnte.« Er strich sich das dichte Haar zurück und fuhr sich mit den Fingern über die Stirn. »Sie könnten ein Mißtrauensvotum gegen Kanzler Valorum beantragen.«

Amidala schien nicht überzeugt. »Valorum war bis jetzt derjenige, der uns am meisten unterstützt hat. Gibt es keine andere Möglichkeit?«

Palpatine stand vor ihr. »Die einzige andere Möglichkeit bestünde darin, die Angelegenheit den Gerichten zu übergeben –«

»Dafür ist keine Zeit«, unterbrach ihn die Königin rasch und mit einem Anflug von Ärger in der Stimme. »Die Gerichte brauchen sogar noch länger für ihre Entscheidungen als der Senat.« Sie richtete sich noch entschlossener auf, und ihre Stimme wurde schärfer. »Unsere Landsleute sterben – mehr und mehr jeden Tag. Wir müssen rasch handeln. Wir müssen die Handelsföderation aufhalten, bevor es noch schlimmer wird.«

Palpatine sah Amidala ernst an. »Um realistisch zu sein, Euer Hoheit, ich denke, wir müssen akzeptieren, daß die Handelsföderation die Herrschaft übernommen hat – zumindest im Augenblick.«

Die Königin schüttelte den Kopf. »Das kann ich nicht, Senator.«

In der darauf folgenden Stille sahen sie einander an, und Anakin Skywalker, der sich draußen hinter der Tür versteckte, fragte sich plötzlich, was aus Qui-Gon Jinn geworden war.

Anders als andere Gebäude von Coruscant stand der Jeditempel völlig frei. Eine kolossale Pyramide, von deren flacher Spitze sich mehrere Türme erhoben, befand sich am Ende einer breiten Promenade, die sie mit größeren, scharfkantigeren Türmen verband, in denen es weniger wahrscheinlich war, die nötige Einsamkeit zur Meditation zu finden. Im Tempel selbst wohnten die Jediritter und ihre Schüler. Der gesamte Orden beschäftigte sich mit Kontemplation und Studien der Macht, ihrer Erforschung und der Meisterung ihrer diversen Aspekte und dem Dienst am größeren Ganzen, für das diese Macht stand.

Der Raum des Jedirates lag in der Mitte dieses Komplexes. Der Rat selbst tagte hinter verschlossenen Türen, verborgen vor fremden Augen und Ohren. Nur vierzehn Personen waren anwesend; zwölf von ihnen – Menschen und andere Geschöpfe – bildeten den Rat, eine erfahrene Gruppe, deren Mitglieder aus allen Winkeln der Galaxis zum Orden gestoßen waren. Die beiden anderen Jedi, die an diesem Nachmittag

Gäste des Rates waren, waren Qui-Gon Jinn und Obi-Wan Kenobi.

Die Sitze der zwölf Ratsmitglieder bildeten einen Kreis, in dessen Mitte Qui-Gon und Obi-Wan standen. Der Jedimeister erstattete Bericht über die vergangenen Wochen, während sein Schüler einen Schritt hinter seinem Meister stand und aufmerksam zuhörte. Der Raum selbst war ebenfalls rund und von einer Kuppel gekrönt, die von anmutigen Säulen zwischen breiten Fenstern getragen wurde. Die Form des Raums und die Sitzordnung des Rates verwiesen auf den Glauben der Jedi an die Gleichheit und Verbundenheit aller Dinge. In der Welt der Jedi war das Gleichgewicht des Lebens innerhalb der Macht der Weg zum Verständnis und zum Frieden.

Qui-Gon Jinn betrachtete die Gesichter seiner Zuhörer, die ihm alle so vertraut waren. Die meisten waren Jedimeister wie er selbst, unter ihnen Yoda und Mace Windu, die Ranghöchsten des Ordens. Sie waren erfahrener, was den Orden und die Macht anging, als er es je gewesen war und wahrscheinlich je sein könnte.

Er stand mitten in dem Mosaikkreis, der eine Art Podium für jene bildete, die zum Rat sprachen. Seine hochgewachsene Gestalt und die tiefe Stimme zogen die Aufmerksamkeit aller Versammelten auf ihn, und er forschte seinerseits in ihren Mienen nach einer Reaktion auf seine Worte. Sie beobachteten ihn sorgfältig – Ki-Adi-Mundi, hochgewachsen und würdevoll, Adi Gallia, jung und schön, Depa Billaba, schlank und zierlich, Even Piell mit dem marmornen Gesicht und all die anderen, alle unterschiedlich und einzigartig, und alle hatten sie etwas Wesentliches zum Rat beizutragen.

Schließlich sah Qui-Gon wieder Mace Windu und Yoda an, diejenigen, die er vor allen anderen überzeugen mußte, die geachtetsten und mächtigsten unter jenen, die hier zu Rate saßen.

»Ich nehme daher an«, beendete er seinen Bericht, »daß es sich bei dem Angreifer auf Tatooine um einen Sith-Lord handelte.«

Das darauf folgende Schweigen war fast mit Händen zu greifen. Dann raschelten braune Gewänder, als einige Ratsmitglieder sich vorbeugten, einander ansahen und der eine oder andere ungläubig etwas vor sich hin murmelte.

»Ein Sith-Lord?« wiederholte Mace Windu leise. Er war ein kräftiger, dunkelhäutiger Mann mit kahlrasiertem Kopf, durchdringenden Augen und glattem Gesicht, trotz seiner Jahre.

»Unmöglich!« erklärte Ki-Adi-Mundi gereizt und versuchte nicht, seine Mißbilligung für diese Theorie zu verbergen. »Seit tausend Jahren gibt es keine Sith mehr!«

Yoda rutschte nur ein wenig auf seinem Sessel hin und her, ein kleines, verrunzeltes Geschöpf in dieser Gemeinschaft so viel größerer Wesen, seine Augen zu Schlitzen zusammengekniffen wie ein zufriedener Sandpanther. Er wandte sich nachdenklich Qui-Gon zu.

»Bedroht die Republik ist, wenn die Sith damit zu tun haben«, bemerkte er mit seiner leisen, heiseren Stimme.

Wieder begannen die anderen, sich leise zu unterhalten. Qui-Gon sagte nichts, sondern wartete nur. Sie hatten geglaubt, die Sith vernichtet zu haben. Sie hatten geglaubt, der feindliche Orden sei von seiner eigenen Machtgier verschlungen worden. Er spürte, wie Obi-Wan sich direkt hinter ihm unbehaglich bewegte und offenbar Schwierigkeiten hatte zu schweigen.

Mace Windu lehnte sich zurück und runzelte die Stirn. »Das ist schwer zu glauben, Qui-Gon. Ich verstehe nicht, wie es möglich sein soll, daß die Sith zurückgekehrt sind, ohne daß wir davon erfahren haben.«

»Schwierig zu erkennen die dunkle Seite ist«, meinte Yoda mit leisem Schnauben. »Entdecken, wer dieser Angreifer ist, wir müssen.«

»Vielleicht wird er sich uns selbst wieder zeigen«, meinte Ki-Adi-Mundi mit einem Nicken zu Qui-Gon.

»Ja«, stimmte Mace Windu zu. »Dieser Angriff war kein Zufall, soviel ist klar. Sein wahres Ziel war die Königin. Da er einmal versagt hat, wird er es wahrscheinlich wieder versuchen.«

Yoda hob den mageren Arm und zeigte auf Qui-Gon. »Bei dieser Nabookönigin du mußt bleiben, Qui-Gon. Schützen mußt du sie.«

Die anderen murmelten zustimmend; offensichtlich vertrauten alle den Fähigkeiten des Jedimeisters. Aber immer noch schwieg Qui-Gon.

»Wir werden all unsere Möglichkeiten einsetzen, dieses Geheimnis aufzuklären und herauszufinden, wer dein Angreifer war«, erklärte Mace Windu. Er hob die Hand zu einer Abschiedsgeste. »Möge die Macht mit dir sein, Qui-Gon Jinn.«

»Möge die Macht mit dir sein«, echote Yoda.

Obi-Wan drehte sich um, um zu gehen. Er hielt inne, als Qui-Gon ihm nicht folgte, sondern vor dem Rat stehen blieb. Obi-Wan hielt die Luft an. Er wußte, was nun kam.

Yoda legte fragend den Kopf schief. »Mehr zu sagen du hast, Qui-Gon Jinn?«

»Mit deiner Erlaubnis, Meister«, erwiderte der Jedi mit festem Blick. »Ich habe eine Abweichung in der Macht festgestellt.«

Yodas Augen wurden ein wenig größer. »Eine Abweichung, du sagst?«

»Auf eine Person konzentriert?« fragte Mace Windu rasch.

Qui-Gon nickte. »Einen Jungen. Seine Zellen weisen die höchste Konzentration von Midi-Chlorianen auf, die ich je bei irgendeiner Lebensform gesehen habe.« Er hielt inne. »Es ist möglich, daß er von Midi-Chlorianen gezeugt wurde.«

Schockiertes Schweigen breitete sich aus. Qui-Gon Jinn deutete das Unmögliche an – daß der Junge nicht auf die übliche Weise gezeugt worden war, sondern von der Essenz allen Lebens, der Verbindung zur Macht selbst, den Midi-Chlorianen. Mit ihrem kollektiven Bewußtsein und ihrer Intelligenz bildeten die Midi-Chloriane die Verbindung zwischen allem Lebendigen und der Macht.

Aber noch mehr beunruhigte den Jedirat. Es gab eine Prophezeiung, so alt, daß ihre Ursprünge im Dunkel der Zeit verlorengegangen waren, daß ein Auserwählter erscheinen werde, versehen mit einem Überfluß von Midi-Chlorianen, ein Wesen, so stark in der Macht, daß es ihm bestimmt war, sie für immer zu verändern.

Es war Mace Windu, der den Gedanken des Rats seine Stimme verlieh. »Du denkst an die Prophezeiung«, sagte er leise. »Über denjenigen, der die Macht ins Gleichgewicht bringen wird. Du glaubst, es ist dieser Junge.«

Qui-Gon zögerte. »Ich will nicht sagen –«

»Aber du tust es!« rief Yoda herausfordernd. »Enthüllt deine Ansicht ist!«

Der Jedimeister holte tief Luft. »Ich bitte darum, daß der Junge geprüft wird.«

Wieder breitete sich Schweigen aus, während die Ratsmitglieder Blicke wechselten und wortlos miteinander kommunizierten.

Dann sahen alle wieder Qui-Gon an. »Eine Ausbildung zum Jedi du verlangst für ihn?« fragte Yoda leise.

»Es war der Wille der Macht, daß ich ihn gefunden habe.« Qui-Gon verfolgte sein Ziel jetzt wild entschlossen. »Daran habe ich keine Zweifel. Es ist zuviel geschehen, als daß es etwas anderes sein könnte.«

Mace Windu hob die Hand und beendete damit die Debatte. »Dann bring ihn hierher.«

Yoda nickte feierlich und schloß die Augen. »Geprüft er wird von uns.«

»Wir sollten gehen, Euer Majestät«, erklärte Senator Palpatine und nahm einen Stapel Datenkarten von seinem Schreibtisch.

Königin Amidala stand auf, und Anakin huschte zurück zu seinem Platz neben Jar Jar und bedachte den Gungan mit einem weiteren warnenden Blick. Jar Jar schaute ihn gekränkt an.

»Ich nix sagen«, protestierte er. Einen Augenblick später führte Palpatine die Königin und ihre Dienerinnen aus seinem Büro in das Vorzimmer, wo der Junge und der Gungan warteten. Der Senator ging an ihnen vorbei, ohne sie eines Blicks zu würdigen, und verließ das Zimmer sofort wieder. Königin Amidala verlangsamte ihren Schritt ein wenig, als sie an Anakin vorbeiging.

»Warum kommt ihr nicht mit uns«, sagte die Dienerin Rabé mit leiser Stimme, ohne ihn anzusehen. »Diesmal wirst du nicht an der Tür lauschen müssen.«

Anakin und Jar Jar wechselten einen verblüfften Blick, dann standen sie auf und folgten den Frauen.

Siebzehn

Während die anderen draußen warteten, zog sich Königin Amidala mit ihren Dienerinnen lange genug in ihre Gemächer zurück, um sich abermals umzuziehen. Diesmal hatte sie ein Gewand gewählt, das ihre Stellung als Herrscherin der Naboo betonte. Als sie wieder herauskam, trug sie einen Umhang aus scharlachrotem Samt mit breiten Schultern und goldenem Spitzenbesatz und eine Krone aus gewebten Stoffhörnern und Quasten mit einer Platte aus gehämmertem Gold dazwischen. Gewand und Kopfputz ließen sie groß und majestätisch erscheinen. Sie schritt an einem erstaunten Anakin und an Jar Jar vorbei, als wäre sie aus den Wolken herabgestiegen, um sich unter die Sterblichen zu mischen – ganz kühle Anmut und außergewöhnliche Schönheit, distanziert und unberührbar.

Eirtaé und Rabé, die Dienerinnen, die sie zuvor begleitet hatten, waren ebenfalls wieder bei ihr und folgten der Königin mit lautlosen Schritten, in ihre Kapuzenmäntel gehüllt. Wieder suchte Anakin nach Padmé, sah sie aber nicht.

»Gehen Sie bitte voraus«, bat Amidala Palpatine und winkte dem Jungen, dem Gungan und Captain Panaka zu, sie zu begleiten.

Sie gingen eine Reihe von Fluren entlang, die Palpatines Quartier mit anderen Räumen und Gebäuden verbanden. Die Flure waren bis auf den einen oder anderen Republiksoldaten leer, und niemand trat ihnen in den Weg. Anakin warf ehrfurchtsvolle Blicke auf die hohen Decken und Fenster, auf den Wald von Gebäuden und versuchte, sich vorzustellen, wie es wäre, in Coruscant zu leben.

Als sie die Senatskammer erreichten, hatte er abermals Grund zum Staunen.

Der Sitzungssaal sah aus wie eine Arena, rund und gewaltig, mit Toren, die sich auf unterschiedlichen Ebenen zu Zugangsrampen öffneten. In der Mitte der Kammer stützte eine hohe, schlanke Säule die Plattform des Kanzlers, einen breiten, halbgeschlossenen Bereich, der es Valorum, der bereits anwesend war, gestattete, hier mit seinem Stellvertreter und seinen Sekretären zu sitzen oder zu stehen. Rings um die glatten Innenmauern der Arena ragten Senatslogen aus Hangarbuchten vor, einige fest an der Wand verankert, während die dort sitzenden Senatoren mit Helfern und Besuchern konferierten, andere hingen frei in der Luft. Wenn ein Senator um Redeerlaubnis bat und vom Vorsitzenden aufgerufen wurde, schwebte seine Loge in die Mitte der Arena, neben das Podium des Kanzlers, und blieb dort, bis die Ansprache zu Ende war.

Anakin begriff das alles innerhalb von Sekunden, während er der Königin und Palpatine zum Tor der Senatsloge von Naboo folgte, die noch verankert war. Flaggen und Vorhänge hingen in leuchtenden Farben von der runden Decke, und indirektes Licht schimmerte von allen Seiten und beleuchtete die Rotunde. Droiden waren auf den Außenrampen unterwegs und brachten Botschaften von einer Delegation zur nächsten. Die Bewegungen dieser metallenen Geschöpfe verlieh der Kammer das Aussehen einer sehr komplizierten Maschine.

»Wenn die Föderation gegen Ihren Antrag Einspruch erhebt, Euer Majestät«, sagte Senator Palpatine zur Königin, dicht zu ihr gebeugt und mit leiser, eindringlicher Stimme, »dann bitte ich Sie, zu fordern, daß diese Sitzung beendet und ein neuer Kanzler gewählt wird.«

Amidala blickte ihn nicht an, sondern schritt weiter auf die Loge zu. »Ich wünschte, ich hätte dasselbe Vertrauen in diesen Vorschlag wie Sie, Senator«, erwiderte sie leise.

»Sie müssen erzwingen, daß ein neuer Kanzler gewählt

wird«, drängte Palpatine. »Ich verspreche Ihnen, es gibt viele, die uns unterstützen werden. Es ist unsere beste Chance.« Er warf einen Blick zum Podium und zu Valorum. »Unsere einzige Chance.«

Gemurmel war in der Versammlung laut geworden, als man Amidala am Eingang der Loge entdeckte, in ihrem fließenden Gewand, den Kopf hoch erhoben und mit unbewegtem Gesicht. Falls sie hörte, wie sich der Gesprächston rund um sie veränderte, zeigte sie es jedenfalls nicht. Sie sah nur kurz Palpatine an.

»Sie glauben wirklich, daß Kanzler Valorum unseren Antrag nicht zur Abstimmung bringt?« fragte sie leise.

Palpatine schüttelte den Kopf und runzelte die hohe Stirn. »Er ist abgelenkt. Und er hat Angst. Er wird uns nicht helfen können.«

Rabé reichte Anakin und Jar Jar einen kleinen Bildschirm und wies sie an, zu warten, wo sie waren. Amidala betrat zusammen mit Palpatine die Senatsloge, begleitet von ihren Dienerinnen und Panaka. Anakin war enttäuscht, daß er nicht mitgehen durfte, aber er entdeckte zu seiner Freude, daß der Bildschirm, den Rabé ihm gegeben hatte, ihm gestattete, alles zu sehen und zu hören, was sich innerhalb der Loge ereignete.

»Sie wird den Senat um Hilfe bitten, Jar Jar«, flüsterte er aufgeregt. »Was meinst du?«

Der Gungan verzog den Schnabel und schüttelte unter heftigem Ohrenschlenkern den Kopf. »Ich denken, das super schwierig, Annie. Zu viele hier für Zustimmung zu nur eine Sache.«

Die Naboologe löste sich aus der Verankerung und trieb ein Stück auf das Podium des Kanzlers zu, dann verharrte sie und wartete auf die Genehmigung, näher zu kommen.

Valorum nickte Palpatine zu. »Der Vorsitzende bittet den Senator des souveränen Systems Naboo vorzutreten.«

Die Naboologe schwebte in die Mitte der Arena, Palpatine

erhob sich, ließ den Blick über die Versammelten schweifen und zog damit alle Aufmerksamkeit auf sich.

»Verehrter Kanzler, ehrenwerte Delegierte«, dröhnte seine Stimme und brachte alles andere im Saal zum Schweigen. »Auf meiner Heimatwelt Naboo hat sich eine Tragödie ereignet. Wir wurden in einen Disput verwickelt, von dem Sie alle sehr wohl wissen. Es begann mit einer Besteuerung der Handelsrouten und entwickelte sich zu einer gesetzlosen Okkupation einer friedlichen Welt. Die Handelsföderation ist für diese Ungerechtigkeit verantwortlich und muß zur Rede gestellt werden ...«

Eine zweite Loge sauste nun nach vorn, verziert mit den Symbolen der Handelsföderation. In ihr saßen der Senator der Föderation, Lott Dod, und eine Handvoll einflußreicher Händler.

»Das ist unglaublich!« donnerte der Senator der Handelsföderation und gestikulierte zum Podium und zu Valorum hin. Er war ein schlanker, faltiger Neimoidianer und beugte sich aus der Loge wie ein biegsamer Baum. »Ich erhebe Einspruch gegen die lächerlichen Behauptungen von Senator Palpatine und verlange, daß ihm sofort das Wort entzogen wird!«

Valorum wandte sich kurz Lott Dod zu und hob die Hand. »Der Vorsitzende erteilt dem Senator der Handelsföderation derzeit nicht die Erlaubnis zu sprechen.« Die Stimme des Kanzlers war leise, aber fest. »Kehren Sie an Ihren Platz zurück.«

Lott Dod sah aus, als wollte er noch etwas sagen, aber dann setzte er sich wieder hin, und seine Loge schwebte langsam zur Wand zurück.

»Um Ihnen einen vollständigen Bericht zu geben«, fuhr Palpatine fort, »stelle ich Ihnen Königin Amidala, die kürzlich neu gewählte Herrscherin der Naboo vor, die an unserer Stelle sprechen wird.«

Er trat beiseite, und Amidala erhob sich unter vereinzeltem

Applaus. Sie trat an das Geländer der Loge und sah Valorum an. »Verehrte Repräsentanten der Republik, ehrwürdige Delegierte, ehrwürdiger Kanzler. Ich wende mich in einer ernsten Angelegenheit an Sie. In einem direkten Verstoß gegen die Gesetze der Republik wurde Naboo durch eine Droidenarmee der Handelsföderation gewaltsam besetzt und unterworfen –«

Wieder war Lott Dod auf den Beinen und hob zornig die Stimme. »Ich erhebe Einspruch! Das ist Unsinn! Wo sind die Beweise?« Er wartete nicht auf eine Reaktion des Kanzlers, sondern wandte sich den anderen Senatoren zu. »Ich empfehle, daß eine Kommission nach Naboo geschickt wird, um die Wahrheit über diese Behauptungen herauszufinden.«

Valorum schüttelte den Kopf. »Abgelehnt.«

Lott Dod seufzte tief und hob flehentlich die Hände, als wäre sein ganzes Leben mit diesem einzigen Wort jeder Hoffnung beraubt worden. »Euer Ehren, Sie können nicht zulassen, daß wir verurteilt werden, ohne zuvor neutrale Beobachter einzusetzen. Das widerspricht allen Regeln!«

Er sah sich nach Hilfe um, und hier und da war zustimmendes Murmeln zu hören. Eine dritte Loge schwebte vorwärts und gesellte sich zu der von Naboo und der Handelsföderation. Der Vorsitzende bat Aks Moe, den Senator des Planeten Malastare, zu sprechen.

Aks Moe, untersetzt und langsam in seinen Bewegungen, richtete seine drei sanft bebenden Stielaugen nach vorn und stützte seine dicken, schweren Hände auf die Hüften. »Der Senator von Malastare stimmt dem ehrenwerten Delegierten der Handelsföderation zu.« Seine Stimme war gepreßt und knurrig. »Wenn eine solche objektive Kommission verlangt wird, muß sie eingesetzt werden, wenn ein Disput vorliegt wie der, auf den wir hier gestoßen sind. So verlangt es das Gesetz.«

Valorum zögerte. »Es geht darum ...«

Unsicher hielt er inne, beendete den Satz nicht und wandte sich seinem Stellvertreter zu, der in dem gedruckten Register als Mas Amedda angegeben wurde. Amedda gehörte einer Spezies an, der Anakin noch nie begegnet war: von menschlicher Gestalt, aber mit einem Kopf, der mit einem Kissen von Gewebe umgeben war, das sich zu zwei Tentakeln über jeder Schulter auswuchs. Außerdem ragten Fühler aus seiner Stirn hervor. Zusammen mit ihren Sekretären diskutierten Vorsitzender und stellvertretender Vorsitzender hektisch. Anakin und Jar Jar wechselten einen besorgten Blick, als sie aus dem winzigen Lautsprecher des Bildschirms Palpatines Stimme hörten.

»Hier haben wir die Bürokraten, die wahren Herrscher der Republik, die, wie ich hinzufügen sollte, alle von der Handelsföderation bestochen wurden«, flüsterte er der Königin zu. Anakin konnte sehen, wie der Senator sich zur Königin hinüberbeugte. »Nun wird von Kanzler Valorums Macht nichts mehr übrigbleiben.« Valorum war aufs Podium zurückgekehrt. Er sah erschöpft aus. »Dem Antrag wird stattgegeben. Abschnitt 523 a trifft auf Fälle wie diesen zu.« Er nickte zur Naboologe hin. »Königin Amidala von Naboo, werden Sie ihren Antrag zurückziehen, um dem Senat zu gestatten, eine Kommission zu entsenden, die Ermittlungen darüber anstellt, ob ihre Anklagen begründet sind?«

Anakin konnte sehen, wie die Königin überrascht erstarrte. Als sie wieder sprach, klang sie zornig und entschlossen.

»Ich ziehe den Antrag nicht zurück«, erklärte sie, den Blick fest auf Valorum gerichtet. »Ich bin hier erschienen, um die Angelegenheit dieses Angriffs auf die Souveränität von Naboo sofort zu bereinigen. Man hat mich nicht zur Königin gewählt, damit ich zusehe, wie mein Volk leidet und stirbt, während Sie diese Invasion in irgendwelchen Komitees diskutieren. Wenn der Kanzler nicht in der Lage ist, etwas zu unternehmen, schlage ich vor, daß der Senat einen neuen Vorsitzenden wählt.« Sie hielt einen Augenblick inne. »Ich beantrage ein Mißtrauensvotum gegen den Kanzler.«

Sofort erhoben sich Stimmen, einige zustimmend, andere

protestierend. Senatoren und Zuschauer sprangen auf, lautes Gemurmel schwoll rasch zu Geschrei an, das in dem weitläufigen Saal widerhallte. Valorum stand sprachlos auf dem Podium, ungläubig und verblüfft. Er starrte Amidala an; seine Züge schienen von dem plötzlichen Schock schärfer zu werden, als er begriff, was sie gesagt hatte. Amidala hielt seinem Blick stand und wartete ab.

Mas Amedda schob sich vor Valorum und übernahm die Leitung der Sitzung. »Ruhe!« brüllte er, und sein seltsamer Kopf begann anzuschwellen. »Ich bitte um Ruhe!«

Es wurde stiller, und die Delegierten setzten sich wieder hin. Anakin bemerkte, daß die Loge der Handelsföderation auf die von Naboo zugeschwebt war. Lott Dod wechselte einen raschen Blick mit Palpatine, aber keiner sagte ein Wort.

Eine neue Loge schwebte in die Mitte des Saales, und der stellvertretende Vorsitzende erteilte Edcel Bar Gan, dem Senator von Roona, das Wort.

»Roona unterstützt den Antrag auf ein Mißtrauensvotum gegen Kanzler Valorum«, verkündete Bar Gan mit zischelnder Stimme.

Mas Amedda schien nicht erfreut zu sein. »Der Antrag wurde unterstützt.«

Er wandte sich Valorum zu und redete mit gesenkter Stimme und hinter vorgehaltener Hand rasch auf ihn ein. Valorum starrte ihn mit leerem Blick an, als verstünde er kein Wort.

»Wir müssen unverzüglich handeln«, erklärte Aks Moe von Malastare mit lauter Stimme und zog damit Mas Ameddas Aufmerksamkeit auf sich. »Der Antrag wurde gestellt, und es muß sofort darüber abgestimmt werden.«

Lott Dod war wieder aufgesprungen. »Ich beantrage, daß der Antrag zu weiterer Begutachtung dem Verfahrenskomitee vorgelegt wird –«

Wieder brach lautes Geschrei im Senat aus, und einige riefen laut: »Sofort abstimmen! Sofort abstimmen!« Mas

Amedda war wieder in eine Diskussion mit Kanzler Valorum vertieft und hatte die Hände auf die Schultern des Mannes gelegt, als wollte er ihn durch schiere Willenskraft von dort zurückbringen, wohin der andere sich begeben hatte.

»Sie sehen, Euer Majestät, daß die politischen Gezeiten auf unserer Seite sind«, hörte Anakin Palpatine leise zur Königin sagen. Der Junge wandte sich wieder dem Bildschirm zu. »Ich versichere Ihnen, daß die Abstimmung gegen Valorum ausfallen wird, und dann werden sie einen neuen Kanzler wählen, einen starken Kanzler – einen, der nicht zuläßt, daß eine Tragödie einfach ignoriert wird ...«

Mas Amedda war zum Podium zurückgekehrt und sprach zum Senat. »Der Kanzler bittet um eine Unterbrechung der Sitzung.«

Rufe erschollen von den Delegierten und hallten im Saal wider, während Valorum Senator Palpatine und Königin Amidala anstarrte. Selbst von dort, wo Anakin Skywalker stand, konnte der Junge den anklagenden Blick des Kanzlers erkennen.

Weniger als eine Stunde später trat Anakin auf der Suche nach Padmé durch die offene Tür des Vorzimmers der Königin und fand sich statt dessen Amidala gegenüber. Die Königin stand allein mitten im Raum, strahlend und einsam in ihrem prächtigen Gewand, und blickte den Jungen an.

»Entschuldigen Sie bitte«, sagte Anakin rasch. »Euer Majestät.«

Sie nickte schweigend, das weiße Gesicht glatt und vollkommen.

»Ich habe Padmé gesucht«, fuhr er fort und blieb wie angewurzelt in der Tür stehen, unentschlossen, ob er gehen oder bleiben sollte. Er sah sich zweifelnd um. »Qui-Gon sagt, er wird mich vor den Jedirat bringen. Ich wollte, daß Padmé das erfährt.«

Ein kleines Lächeln zuckte über die geschminkten Lippen

der Königin. »Padmé ist nicht hier, Anakin. Sie erledigt einen Auftrag für mich.«

»Oh«, sagte er leise.

»Aber ich werde ihr erzählen, was du gesagt hast.«

Der Junge grinste. »Vielleicht werde ich ein Jediritter!« rief er, unfähig, seine Aufregung zu verbergen.

Amidala nickte. »Vielleicht.«

»Ich glaube, das würde Padmé gefallen.«

»Das glaube ich auch.«

Anakin wich zurück. »Ich wollte nicht ...«, er suchte nach dem richtigen Wort und konnte es nicht finden.

»Viel Glück, Anakin«, sagte die Königin leise. »Ich hoffe, du hast Erfolg.«

Mit einem strahlenden Lächeln drehte er sich um und rannte davon.

Der Tag war für Qui-Gon Jinn und Obi-Wan Kenobi rasch vergangen, und bei Sonnenuntergang standen sie zusammen auf einem Balkon des Jeditempels und schauten hinaus auf Coruscant. Lange hatten sie schon geschwiegen. Sie hatten Anakin Skywalker aus Senator Palpatines Räumen abgeholt, nachdem der Junge aus dem Senat zurückgekehrt war, und ihn zur Prüfung vor den Rat gebracht. Nun erwarteten sie die Entscheidung.

Was Obi-Wan anging, war diese Entscheidung bereits gefallen. Der junge Jedi war verärgert und verlegen wegen seines Meisters, der eindeutig wieder einmal seine Grenzen überschritten hatte. Qui-Gon hatte mit seinem Verdacht recht gehabt, daß der Junge einen ungewöhnlich hohen Anteil an Midi-Chlorianen hatte. Obi-Wan hatte den Test selbst durchgeführt, aber das allein genügte nicht, um zu beweisen, daß Anakin der Auserwählte war. Falls es so etwas überhaupt gab, woran Obi-Wan ernsthaft zweifelte. Es gab Hunderte solcher alten Prophezeiungen und Legenden, die über Jahrhunderte unter den Jedis überliefert worden waren. Auf jeden Fall hatte sich Qui-Gon wieder einmal auf seinen Instinkt verlassen, und Instinkt war nur nützlich, wenn er aus der Macht und nicht aus Emotionen kam. Qui-Gon bestand immer wieder darauf, sich der Sache irgendwelcher Unterdrückter anzunehmen, der Sache von Geschöpfen, die er auf irgendeine seltsame, unerfindliche Weise, die nur er allein verstand, für bedeutsam hielt.

Obi-Wan warf seinem Mentor heimlich einen forschenden Blick zu. Warum beharrte er darauf, sich mit solchen hoffnungslosen Fällen abzugeben? Der Rat mochte zwar der Ansicht sein, daß der Junge mehr Midi-Chloriane besaß als üblich, aber sie würden ihn nie für eine Jediausbildung akzeptieren. Die diesbezüglichen Regeln waren eindeutig und allgemein akzeptiert, und das Ergebnis würde dasselbe sein wie bei so vielen anderen Gelegenheiten. Man würde Qui-Gons Bitte ablehnen, und er wäre als Jedimeister wieder ein wenig geringer geachtet.

Obi-Wan trat neben den älteren Jedi, der auf den endlosen Horizont von Wolkenkratzern hinausschaute. Schweigend blieb er einen Augenblick länger neben ihm stehen, bevor er das Wort ergriff.

»Der Junge wird die Prüfung durch den Rat nicht bestehen, Meister«, sagte er leise, »und das weißt du auch. Er ist viel zu alt.«

Qui-Gon hielt den Blick auf den Sonnenuntergang gerichtet. »Anakin wird ein Jedi werden, das verspreche ich dir.«

Obi-Wan seufzte resigniert. »Widersetze dich dem Rat nicht, Meister. Nicht schon wieder.«

Der ältere Mann wurde plötzlich sehr still, hatte vielleicht sogar aufgehört zu atmen, bevor er sich seinem Schützling zuwandte. »Ich werde tun, was ich tun muß, Obi-Wan. Würdest du es anders von mir erwarten?«

»Meister, du könntest inzwischen selbst im Rat sitzen, wenn du nur bereit wärst, den Regeln zu folgen. Du hättest einen Platz im Rat verdient.« Obi-Wans Frustration entlud sich in einem spontanen Wutausbruch. Er starrte Qui-Gon an und durchbohrte ihn mit seinem Blick. »Diesmal werden sie dir nicht zustimmen.«

Qui-Gon Jinn betrachtete ihn einen Augenblick lang, dann lächelte er. »Du hast noch viel zu lernen, mein junger Padawan.«

Obi-Wan verbiß sich eine Antwort und wandte sich ab; bei sich selbst dachte er, daß Qui-Gon recht hatte, daß er aber diesmal vielleicht versuchen sollte, seinen eigenen Rat zu befolgen.

Drinnen im Tempel stand Anakin Skywalker dem Jedirat gegenüber; am selben Platz, an dem Qui-Gon Jinn Stunden zuvor gestanden hatte. Anfangs, als Qui-Gon ihn in den Saal gebracht und dann mit den zwölf Mitgliedern des Rates allein gelassen hatte, war er nervös gewesen. Als er dort im Mosaikkreis stand, umgeben von der schweigenden Versammlung, ehrfürchtig und unsicher, was sie von ihm erwarteten, fühlte er sich verwundbar und nackt. Die Blicke der Jedi schienen in die Ferne gerichtet, aber er spürte, daß sie nicht an ihm vorbei, sondern in ihn hineinsahen.

Dann begannen sie ihn zu befragen, ohne irgendwelche Einführungen oder Erklärungen, ohne sich im geringsten zu bemühen, ihm das Gefühl zu geben, daß er hier willkommen war. Einige von ihnen kannte er beim Namen, denn Qui-Gon hatte sie ihm beschrieben, und er konnte rasch Gesichter mit den Namen verbinden. Sie befragten ihn ausführlich, prüften sein Gedächtnis und sein Wissen und wollten darüber hinaus Dinge herausfinden, die er nur erraten konnte. Sie wußten, daß er ein Sklave gewesen war. Sie wußten von seinem Leben auf Tatooine, seiner Mutter, seinen Freunden, den Kapselrennen, sogar von Watto, sie wußten jede Kleinigkeit aus seinem Leben.

Nun schaute Mace Windu auf einen Bildschirm, den der Junge nicht sehen konnte, und Anakin benannte die Dinge, die auf der Oberfläche erschienen. Bilder erschienen mit solcher Geschwindigkeit in Anakins Kopf, daß sie ihn daran erinnerten, wie rasch die Wüste und die Berge bei einem Kapselrennen an seinem Cockpit vorbeigesaust waren.

»Ein Bantha. Ein Hyperraumantrieb. Ein Protonenblaster.« Die Bilder schossen beinahe schneller durch seinen Kopf, als er sie benennen konnte. »Ein republikanischer Kreuzer. Ein rodianischer Kelch. Ein Huttgleiter.«

Der Bildschirm war nun leer, und Mace blickte auf und sah den Jungen an.

»Gut, gut, Junge«, lobte das runzlige alte Geschöpf, das sie Yoda nannten. Die schläfrigen Augen auf Anakin gerichtet, fragte er: »Wie es dir geht?«

»Mir ist kalt, Sir«, gestand Anakin.

»Angst du hast?«

Der Junge schüttelte den Kopf. »Nein, Sir.«

»Hast du Angst, dein altes Leben aufzugeben?« fragte der dunkelhäutige Mace Windu und beugte sich dabei ein wenig vor.

»Ich glaube nicht«, antwortete er und zögerte. Etwas an dieser Antwort fühlte sich nicht richtig an.

Yoda blinzelte und reckte die langen Ohren nach vorn. »Dich durchschauen wir können«, sagte er leise.

»Achte auf deine Empfindungen«, erklärte Mace Windu.

Der alte Jedi, den Qui-Gon als Ki-Adi-Mundi bezeichnet hatte, strich sich über den Bart. »Deine Gedanken gelten deiner Mutter.«

Anakin spürte, wie sich sein Magen zusammenkrampfte, als der Jedimeister seine Mutter erwähnte. Er biß sich auf die Lippe. »Sie fehlt mir.«

Yoda warf mehreren anderen im Rat Blicke zu. »Angst hast du, sie zu verlieren, glaube ich.«

Anakin wurde rot. »Was hat das schon zu bedeuten?« fragte er trotzig.

Yoda richtete einen schläfrigen Blick auf ihn. »Alles. Auf

die dunkle Seite Angst führt. Zu Zorn und zu Haß. Zu Leiden.«

»Ich habe keine Angst!« rief der Junge gereizt. Er wollte diese Diskussion endlich hinter sich bringen und mit der Ausbildung anfangen.

Yoda schien ihn nicht zu hören. »Tiefste Verpflichtung ein Jedi zu sein braucht. Und ernsten Geist. Große Angst in dir spüre ich, mein Junge.«

Anakin holte tief Luft und atmete langsam wieder aus. Als er sprach, war seine Stimme wieder ruhig. »Ich habe keine Angst.«

Yoda betrachtete ihn einen Augenblick lang. »Dann weiter dich prüfen wir werden«, sagte er, und sie setzten ihre Fragen fort.

Achtzehn

Der Gungan Jar Jar Binks und Amidala, Königin der Naboo, standen zusammen an einem Fenster in den Gemächern der Königin und schauten auf die schimmernden Türme von Coruscant hinaus. Ein seltsames Paar, die Königin hoheitsvoll und gefaßt, der Gungan ungelenk und nervös, standen sie schweigend nebeneinander und sahen zu, wie der Sonnenuntergang den Himmel zu einem leuchtenden Gold verfärbte, das sich hier und da in plötzlichen, blendenden Lichtexplosionen auf den flachen Metall- und Glasoberflächen der Stadt widerspiegelte.

Ein paar Stunden zuvor waren sie aus dem Senat zurückgekehrt, Jar Jar, Anakin, die Königin und ihre Dienerinnen. Sie waren vor allem deshalb zurückgekommen, weil es offenbar nichts mehr gab, was sie tun konnten, um die Ereignisse, die die Zukunft von Naboo betrafen, zu verändern. Senator Palpatine war im Sitzungssaal zurückgeblieben, um weiter mit seinen Kollegen über die Wahl eines neuen Kanzlers zu diskutieren, und Captain Panaka war ebenfalls geblieben, weil ihn die Königin gebeten hatte, ihr Neuigkeiten zu übermitteln, falls sich etwas tun sollte. Bis jetzt hatten sie noch nichts von ihm gehört. Und nun war auch Anakin fort, den Qui-Gon zum Jeditempel mitgenommen hatte, wo er dem Rat vorgeführt werden sollte, und Padmé war schon seit einiger Zeit nicht mehr gesehen worden.

Also war Jar Jar in Palpatines Räumen umhergerannt wie ein herrenloses Kaadu, bis Amidala sich schließlich seiner erbarmt und ihn eingeladen hatte, zu ihr zu kommen. Sie hatte sich nach ihrer Rückkehr eingeschlossen und ihr Staatsgewand gegen ein weniger beeindruckendes goldbesetztes schwarzes Kleid getauscht, das betonte, wie klein und schlank sie eigentlich war. Sie trug eine umgekehrte, halbmondförmige Krone mit einem perlenbesetzten Goldmedaillon, das ihr auf die glatte Stirn fiel, aber selbst mit diesem Kopfputz war sie mehrere Zentimeter kleiner als der Gungan.

Es war deutlich, daß etwas sie bedrückte. Ihr Blick war so traurig, daß Jar Jar das Bedürfnis empfand, sie zu trösten. Wären es Annie oder Padmé gewesen, hätte er vielleicht den Arm ausgestreckt und ihr den Kopf getätschelt, aber so etwas konnte man mit der Königin nicht machen. Es waren keine Wachen da, aber ihre Dienerinnen Eirtaé und Rabé, wie immer wachsam und in ihre scharlachroten Kapuzenumhänge gehüllt, standen wartend bei der Tür, und Jar Jar war sicher, daß auch die Soldaten nicht weit sein konnten. Er war häufig sorglos, vieles kümmerte ihn nicht, und allgemein neigte er dazu, das Leben wahllos zu genießen, aber dumm war er nicht.

Endlich konnte er die Situation jedoch nicht länger ignorieren. Er trat von einem Fuß auf den anderen, räusperte sich und zog so die Aufmerksamkeit der Königin auf sich. Sie drehte sich um. Ihr weiß geschminktes Gesicht hatte einen roten Fleck auf jeder Wange und einen roten Strich in der Mitte ihrer Unterlippe. Es war puppenhaft und ausdruckslos.

»Ich mich manchmal frage, warum Götter haben Schmerz gemacht«, meinte er voller Mitgefühl.

Amidalas kühler Blick war klar und fest. »Ich nehme an, um uns zu motivieren.«

»Du denken, dein Volk sterben?« fragte er und dehnte den Schnabel um die bitteren Worte, als könnte er sie schmecken.

Die Königin dachte über die Frage nach und schüttelte langsam den Kopf. »Ich weiß es nicht, Jar Jar.«

»Dann Gungan auch erledigt, wie?«

»Ich hoffe, nicht.«

Jar Jar richtete sich auf, und wilder Stolz ließ seine Augen aufblitzen. »Gungan nicht ohne Kampf sterben. Wir Krieger! Wir große Armee!«

»Eine Armee?« wiederholte sie, und in ihrer leisen Stimme schwang eine Spur von Überraschung mit.

»Große Armee! Viel Gungan. Kommen von überall. Das Grund, kein Sumpfungeheuer Ärger machen. Gungan zu viele. Und haben große Energieschilde. Nichts durchgehen. Haben Energiekugeln und Schleudern. Spucken Elektrizität und Schlabber. Superzeug. Gungan nicht aufgeben, nicht für Maschinen, nicht für gar nix!«

Er hielt inne und zuckte unbehaglich die Achseln. »Das vielleicht Grund, warum Naboo uns nicht leiden können.«

Sie betrachtete ihn forschend. Ihr abwesender Blick war einer gewissen Aufmerksamkeit gewichen, als müsse sie über etwas vollkommen Unerwartetes nachdenken. Sie setzte dazu an, etwas zu sagen, als Senator Palpatine und Captain Panaka eilig hereinkamen.

»Euer Hoheit«, sagte Captain Panaka, der kaum imstande war, seine Aufregung zu verbergen, als sich die beiden Männer rasch verbeugten und wieder aufrichteten. »Senator Palpatine ist als Nachfolger für Kanzler Valorum nominiert worden!«

Palpatines Lächeln war beherrscht und bescheiden und seine Stimme sorgfältig verhalten. »Das ist wirklich eine Überraschung, wenn auch eine durchaus willkommene. Ich verspreche Ihnen, Euer Majestät, wenn ich gewählt werde, werde ich die Demokratie in der Republik wiederherstellen. Ich werde der Korruption, die den Senat durchsetzt hat, ein Ende machen. Die Handelsföderation wird ihren Einfluß auf die Bürokraten verlieren, und unser Volk wird von der Tyrannei dieser dreisten, gesetzlosen Invasion –«

»Wer sind die anderen Kandidaten?« schnitt Amidala ihm abrupt das Wort ab. »Bail Antilles von Alderaan und Aks Moe von Malastare«, erklärte Panaka und wich Palpatines Blick aus.

Der Senator hatte sich rasch von der unerwarteten Unterbrechung seiner kleinen Ansprache erholt. »Euer Majestät, ich vertraue fest darauf, daß unsere Situation uns große Unterstützung verschaffen wird, wenn morgen abgestimmt werden sollte.« Er hielt bedeutungsschwanger inne. »Ich werde Kanzler werden, daß verspreche ich Ihnen.«

Die Königin war offenbar nicht beeindruckt. Sie ging an Jar Jar vorbei zum Fenster und starrte hinaus auf die Lichter der Stadt, die mit zunehmender Dunkelheit des Himmels heller wurden. »Ich fürchte, bis Sie mit den Bürokraten fertig geworden sind, Senator, wird von unseren Städten, unserem Volk und unserer Lebensweise nichts mehr übrig sein.«

Palpatine schien bestürzt. »Ich verstehe Ihre Sorge, Euer Majestät. Leider hat die Föderation unseren Planeten übernommen. Es wird so gut wie unmöglich sein, sie sofort zu vertreiben.«

»Vielleicht.« Amidala wandte sich vom Fenster ab und sah ihn an. Ihre Augen blitzten vor Zorn und Entschlossenheit. »Da der Senat im Augenblick mit sich selbst beschäftigt ist, kann ich hier nichts mehr tun.« Sie schritt wieder auf den Senator und Panaka zu. »Das hier ist Ihr Kampfplatz. Ich muß zu meinem zurückkehren. Ich habe beschlossen, wieder nach Naboo zu fliegen. Mein Platz ist bei meinem Volk.«

»Sie wollen zurückkehren?« Palpatines Verblüffung spiegelte sich in seinem bleichen Gesicht. Panaka schaute rasch von der Königin zum Senator und zurück. »Aber Euer Majestät, seien Sie doch realistisch! Sie werden in großer Gefahr sein! Sie werden Sie zwingen, den Vertrag zu unterschreiben!«

Die Königin war ruhig und gefaßt. »Ich werde nichts unterschreiben. Mein Schicksal wird nicht anders sein als das meines Volkes.« Sie wandte sich wieder Panaka zu. »Captain!«

Panaka nahm Haltung an. »Ja, Euer Hoheit?«

»Bereiten Sie mein Schiff zum Abflug vor.«

Palpatine trat rasch vor und ihr damit in den Weg. »Bitte, Euer Majestät. Bleiben Sie hier, wo Sie in Sicherheit sind.«

Amidalas Stimme war eisern. »Es gibt keine Sicherheit für mich, wenn der Senat diese Invasion nicht verurteilt. Mir ist inzwischen klar, daß die Republik nicht mehr funktioniert.« Sie sah ihm direkt in die Augen. »Ich weiß, daß Sie alles tun werden, um die Föderation aufzuhalten, wenn Sie diese Wahl gewinnen, Senator. Ich bete, daß Sie eine Möglichkeit finden, der Republik Vernunft und Mitgefühl zurückzugeben.«

In einer glatten, gleitenden Bewegung ging sie an ihm vorbei und war schon aus der Tür, dicht gefolgt von ihren Dienerinnen und Panaka. Jar Jar Binks folgte, schlurfte so unauffällig wie möglich hinter ihr her und warf nur einmal im Vorbeigehen einen kurzen Blick auf Palpatine. Er war überrascht, auf dem Gesicht des Senators den Anflug eines Lächelns zu entdecken.

Im Tempel der Jedi standen Qui-Gon Jinn, Obi-Wan Kenobi und Anakin Skywalker vor dem Rat der Zwölf. Zusammengedrängt in der Mitte der Sprecherplattform stellten sie sich dem Kreis der Ratsmitglieder und erwarteten die Entscheidung über den Jungen. Das Licht draußen wurde schwächer, nachdem die Sonne untergegangen war, und die Nacht begann sich auf die Stadt herabzusenken.

»Fertig wir sind mit der Prüfung des Jungen«, erklang Yodas kehlige, leise Stimme. Der Jedimeister hatte die Augen wie schläfrig halb geschlossen und die spitzen Ohren nach vorn gerichtet. »Recht hattest du, Qui-Gon.«

Mace Windu nickte zustimmend, sein dunkles, glattes Gesicht ausdruckslos im trüben Licht. »Seine Zellen enthalten eine sehr hohe Konzentration von Midi-Chlorianen.« Er betonte das Wort *sehr.*

»Die Macht ist stark in ihm«, meinte nun auch Ki-Adi-Mundi.

Qui-Gon war ausgesprochen zufrieden, diese Worte zu

hören. Es war eine Bestätigung, daß er recht gehabt hatte, den Jungen aus seinem Leben auf Tatooine zu befreien und hierherzubringen. »Dann wird er also ausgebildet werden«, erklärte er triumphierend.

Unbehagliches Schweigen entstand, während die Ratsmitglieder einander anschauten.

»Nein«, sagte Mace Windu schließlich leise. »Er wird nicht ausgebildet werden.«

Anakin verzog das Gesicht. Er hatte Tränen in den Augen, als er Qui-Gon anblickte.

»Nein?« wiederholte der Jedimeister ungläubig, beinahe schockiert. Er mußte sich anstrengen, Obi-Wans Ich-habe-es-dir-doch-gesagt-Gesicht zu ignorieren.

Mace Windu nickte. »Er ist zu alt. Er hat bereits zuviel Zorn in sich.«

Qui-Gon war aufgebracht, aber er beherrschte sich. Diese Entscheidung war sinnlos. Das konnte einfach nicht sein. »Er *ist* der Auserwählte«, beharrte er. »Das müßt Ihr doch erkennen!«

Yoda legte nachdenklich den Kopf schief. »Verborgen die Zukunft dieses Jungen ist. Verhüllt von seiner Jugend.«

Qui-Gon sah die anderen Mitglieder des Jedirats an, fand aber keine Hilfe. Er richtete sich auf und nickte, um zu zeigen, daß er ihre Entscheidung akzeptierte. »Also gut. Dann werde ich ihn selbst ausbilden. Ich nehme Anakin Skywalker als meinen Padawanschüler in meine Obhut.«

Aus dem Augenwinkel sah er, wie Obi-Wan erstarrte. Er sah auch das plötzliche Aufflackern der Hoffnung auf Anakins Gesicht. Er beachtete beides nicht und konzentrierte sich weiterhin auf die Ratsmitglieder.

»Einen Schüler du hast bereits, Qui-Gon«, wandte Yoda tadelnd ein. »Unmöglich, einen zweiten zu nehmen.«

»Wir verbieten es«, sagte Mace Windu finster.

»Obi-Wan ist bereit«, erklärte Qui-Gon.

»Das bin ich!« stimmte sein Schützling ihm hitzig zu und

versuchte erfolglos, seine Überraschung und Enttäuschung über die unerwartete Entscheidung seines Mentors zu verbergen. »Ich bin bereit, mich den Prüfungen zu stellen!«

Yodas schläfriger Blick wandte sich ihm zu. »So früh bereit du bist? Was weißt du von bereit sein?«

Qui-Gon und Obi-Wan wechselten einen raschen, harten Blick, und ihre Feindseligkeit war beinahe spürbar. Der Bruch in ihrer Beziehung wurde so rasch breiter, daß man der Entfremdung kaum mehr folgen konnte.

Qui-Gon atmete tief und wandte sich wieder dem Rat zu. »Obi-Wan ist eigenwillig, und er hat noch viel über die lebendige Macht zu lernen, aber er ist ein fähiger Mann. Es gibt kaum noch etwas, was er von mir lernen kann.«

Yoda schüttelte den Kopf. »Wir selbst entscheiden, wer bereit ist, Qui-Gon. Mehr zu lernen hat er.«

»Und jetzt ist nicht die richtige Zeit für solche Entscheidungen«, erklärte Mace Windu endgültig. »Morgen wird der Senat einen neuen Kanzler wählen. Königin Amidala kehrt nach Hause zurück, was Druck auf die Föderation ausüben wird und die Konfrontation verschlimmern könnte. Die Verantwortlichen werden auf diese neuen Ereignisse rasch reagieren müssen.«

»Aus dem Versteck ihre Angreifer kommen werden«, flüsterte Yoda.

»Im Moment geht alles zu schnell, als daß wir solche Ablenkungen brauchen könnten«, fügte Ki-Adi-Mundi hinzu.

Mace Windu blickte rasch noch einmal die anderen Ratsmitglieder an, dann wandte er sich abermals Qui-Gon zu. »Geh mit der Königin nach Naboo, um herauszufinden, wer dieser finstere Krieger war, der dich angegriffen hat, ob er nun ein Sith ist oder etwas anderes. Wir müssen dieses Geheimnis aufklären.«

Yodas Nicken war endgültig und ließ keinen Widerspruch zu. »Beschließen später wir werden über das Schicksal des jungen Skywalker.«

Qui-Gon holte tief Luft, erfüllt von Zorn und Enttäuschung über diese unerwartete Entwicklung. Anakin würde nicht ausgebildet werden, obwohl er selbst angeboten hatte, den Jungen als seinen Padawan zu nehmen. Und noch schlimmer, er hatte Obi-Wan unbeabsichtigt zutiefst gekränkt. Der Bruch war nicht von Dauer, aber es würde lange Zeit dauern, bis der Stolz des jungen Mannes heilte – Zeit, die sie nicht hatten.

Er verbeugte sich vor dem Rat. »Ich habe Anakin hergebracht; er muß in meiner Obhut bleiben. Er kann sonst nirgendwohin.«

Mace Windu nickte. »Er ist dein Mündel, Qui-Gon. Dagegen haben wir nichts.«

»Aber ausbilden du darfst ihn nicht!« erklärte Yoda scharf. »Nimm ihn mit, aber unterrichte ihn nicht!«

Die Worte trafen ihn hart, die Kraft hinter ihnen war unmißverständlich. Qui-Gon zuckte innerlich zusammen, sagte aber kein Wort.

»Beschützt die Königin«, fügte Mace Windu hinzu, »aber greift nicht ein, wenn es zum Krieg kommen sollte, ehe wir über die Zustimmung des Senats verfügen.«

Schweigend und ernst betrachteten die Senatsmitglieder Qui-Gon Jinn. Er stand da und suchte nach weiteren Argumenten. Draußen wich das letzte Zwielicht der Dunkelheit, und die Lichter der Stadt begannen zu blitzen wie wachsame Augen.

»Möge die Macht mit euch sein«, sagte Yoda schließlich und bedeutete dem Jedimeister damit, daß die Audienz vorüber war.

Die Jedi und der Junge, die auf diese Weise von Amidalas sofortiger Abreise nach Naboo erfahren hatten, begaben sich sofort zur Landeplattform, wo der Transporter der Königin schon wartete. In der Fähre herrschte angespanntes Schweigen zwischen den Jedi, und der Junge fühlte sich ausgesprochen unbehaglich. Die meiste Zeit starrte er auf seine Füße und wünschte sich, er könnte Qui-Gon und Obi-Wan irgendwie davon abhalten, wütend aufeinander zu sein.

Als sie an der Landeplattform aus dem Shuttle stiegen, war R2-D2 dort bereits geschäftig zugange. Der kleine Droide piepte Anakin vergnügt zu, dann rollte er zum Rand der Rampe, um auf den Verkehr hinabzuspähen. Dabei beugte er sich zu weit vor und kippte vornüber. Anakin schrie leise auf, aber eine Sekunde später erschien der Astromech-Droide wieder, von seinen eigenen Raketenantrieben zurück auf die Rampe befördert. Als er R2-D2s verärgertes Trillern und Pfeifen hörte, mußte der Junge gegen seinen Willen lächeln.

Am Ende der Laderampe waren Qui-Gon Jinn und Obi-Wan Kenobi in eine hitzige Diskussion vertieft.

Wind peitschte durch die Schluchten zwischen den hochaufragenden Gebäuden der Stadt und übertönte ihre Worte. Vorsichtig schob der Junge sich näher heran, um lauschen zu können.

»Das ist kein Mangel an Respekt, Meister!« erklärte Obi-Wan gerade hitzig. »Es ist die Wahrheit!«

»Von deinem Standpunkt aus vielleicht.« Qui-Gons Gesicht war angespannt vor Zorn.

Der jüngere Jedi senkte die Stimme ein wenig. »Der Junge ist gefährlich. Sie spüren es alle. Warum spürst du es nicht?«

»Sein Schicksal ist ungewiß, aber er ist nicht gefährlich«, berichtigte Qui-Gon ihn scharf. »Der Rat wird über Anakins Zukunft entscheiden. Das sollte dir genügen.« Er wandte sich ab. »Und jetzt geh an Bord!«

Obi-Wan drehte sich um und stampfte die Rampe hinauf ins Schiff. R2-D2 folgte, immer noch vergnügt vor sich hin pfeifend. Qui-Gon wandte sich Anakin zu, und der Junge kam zu ihm.

»Meister Qui-Gon«, sagte er nervös und schuldbewußt. »Ich möchte kein Problem sein.«

Qui-Gon legte ihm tröstend die Hand auf die Schulter. »Das wirst du auch nicht sein, Annie.« Er warf einen Blick zum

Schiff, dann kniete er sich vor den Jungen hin. »Man erlaubt mir nicht, dich auszubilden, aber ich möchte, daß du mich scharf beobachtest und auf alles, was du siehst, genau achtest. Vergiß nie, daß das, worauf du dich konzentrierst, über deine Realität entscheidet.« Er hielt inne, den Blick weiter auf Anakin fixiert. »Halt dich in meiner Nähe, dann wird dir nichts passieren.«

Der Junge nickte zustimmend. »Darf ich Sie etwas fragen?« Der Jedimeister nickte. »Was sind Midi-Chloriane?«

Der Wind zerrte an Qui-Gons langem Haar und fegte ihm einzelne Strähnen über sein ausdrucksvolles Gesicht. »Midi-Chloriane sind mikroskopische Lebensformen, die sich innerhalb der Zellen aller Lebewesen befinden und mit der Macht kommunizieren.«

»Die leben in mir?« fragte der Junge.

»In deinen Zellen.« Qui-Gon hielt inne. »Wir sind Symbionten der Midi-Chloriane.«

»Symbiwas?«

»Symbionten. Lebensformen, die miteinander leben, weil beide davon einen Vorteil haben. Ohne die Midi-Chloriane gäbe es kein Leben, und wir hätten keine Ahnung von der Macht. Unsere Midi-Chloriane sprechen unaufhörlich zu uns, Annie, und erzählen uns vom Willen der Macht.«

»Wirklich?«

Qui-Gon zog eine Braue hoch. »Wenn du lernst, deinen Geist zur Ruhe zu bringen, wirst du hören, wie sie zu dir sprechen.«

Anakin dachte einen Augenblick lang darüber nach, dann runzelte er die Stirn. »Das verstehe ich nicht.«

Qui-Gon lächelte und warf ihm einen liebevollen Blick zu. »Mit der Zeit und ein bißchen Ausbildung, Annie, wirst du es verstehen.«

Zwei Fähren legten am Dock an, und Königin Amidala, ihre Dienerinnen, Captain Panaka und eine Eskorte von Offizieren und Soldaten stiegen aus. Der letzte, der die zweite Fähre verließ, war Jar Jar. Amidala trug einen purpurnen Reiseumhang aus Samt, der ihren Körper in weiche Falten hüllte, und eine goldbesetzte Kapuze, die ihr glattes weißes Gesicht rahmte.

Qui-Gon erhob sich und stand wartend neben Anakin, als die Königin und ihre Dienerinnen näher kamen.

»Euer Hoheit«, grüßte Qui-Gon sie mit einem respektvollen Neigen des Kopfes. »Es wird uns ein Vergnügen sein, Ihnen weiterhin zu dienen und Sie zu beschützen.«

Amidala nickte. »Ich bin froh über Ihre Hilfe. Senator Palpatine fürchtet, daß die Föderation vorhat, mich umzubringen.«

»Ich verspreche Ihnen, das werden wir nicht zulassen«, erklärte der Jedimeister ernst.

Die Königin drehte sich um und ging, gefolgt von Panaka, ihren Dienerinnen und den Naboosoldaten, an Bord des Transporters.

Jar Jar kam herangeeilt und umarmte Anakin aufgeregt. »Wir fahren nach Hause, Annie!« rief er grinsend, und Anakin Skywalker erwiderte die Umarmung.

Augenblicke später waren sie alle an Bord. Der Transporter startete und ließ Coruscant hinter sich.

Es war Nacht in Theed, der Hauptstadt der Naboo, und die Straßen waren leer und still, bis auf vereinzelte Kampfdroiden auf Patrouille und das Flüstern des Windes. Im Thronsaal der Königin standen Nute Gunray und Rune Haako aufmerksam vor einem Hologramm von Darth Sidious. Das Hologramm stand hoch aufragend und bedrohlich am Ende des Raumes.

Die dunkel gekleidete Gestalt in seiner Mitte erklärte: »Die Königin ist auf dem Weg zu Ihnen. Sobald sie ankommt, werden Sie sie zwingen, den Vertrag zu unterschreiben.«

Einen Augenblick lang herrschte Schweigen, als die Neimoidianer einen besorgten Blick wechselten. »Jawohl, Euer Lordschaft«, stimmte Nute Gunray zögernd zu.

»Vizekönig, ist der Planet fest in Ihrer Hand?« Die dunkle Gestalt im Hologramm schimmerte bei jeder Bewegung. »Jawohl, Euer Lordschaft.« Nun befand sich Gunray wieder auf festerem Boden. »Wir haben die letzten Spuren des Widerstands beseitigt, der hauptsächlich von primitiven Lebensformen ausging. Wir beherrschen den Planeten jetzt vollständig.«

Der gesichtslose Sith-Lord nickte. »Gut. Ich werde dafür sorgen, daß die Dinge im Senat so bleiben, wie sie sind. Ich schicke Darth Maul zu Ihnen. Er wird sich um die Jedi kümmern.«

»Jawohl, Euer Lordschaft«, wiederholte Nute Gunray abermals.

Das Hologramm und Darth Sidious verblaßten. Die Neimoidianer blieben wie angewurzelt stehen, wo sie waren.

»Ein Sith-Lord, hier bei uns?« flüsterte Rune Haako ungläubig, und diesmal hatte Nute Gunray nichts mehr zu sagen.

Neunzehn

An Bord des Transporters der Königin, der gerade aus dem Hyperraum sprang und sich dem Naboo Sternensystem näherte, blieb Qui-Gon Jinn auf dem Weg zu einer Besprechung mit der Königin stehen, um Anakin Skywalker forschend zu betrachten.

Der Junge stand neben Ric Olié an der Steuerkonsole. Der Naboopilot hatte sich vorgebeugt und erklärte dem Jungen die einzelnen Funktionen von Hebeln und Knöpfen. Anakin nahm die Informationen erstaunlich rasch auf, die Stirn gerunzelt, den Blick konzentriert.

»Und das da?« Der Junge zeigte auf einen Knopf.

»Der vordere Stabilisator.« Ric Olié schaute erwartungsvoll zu ihm auf.

»Und die da bestimmen den Neigungswinkel?« Anakin zeigte auf eine Reihe von Hebeln rechts von dem Piloten.

Ric Oliés wettergegerbtes Gesicht verzog sich zu einem Grinsen. »Du verstehst das alles sehr schnell.«

Schneller als jeder andere, dem er je begegnet war, dachte Qui-Gon Jinn. Das war der Grund, wieso Anakin etwas Besonderes war. Es war ein Beweis der hohen Anzahl von Midi-Chlorianen. Auch das wies darauf hin, daß er der Auserwählte war.

Der Jedimeister seufzte. Warum konnte der Rat das nicht akzeptieren? Warum hatten sie solche Angst, sich auf den Jungen einzulassen, wenn die Anzeichen doch so deutlich waren? Wieder spürte Qui-Gon Enttäuschung in sich aufsteigen. Er verstand, was den Rat beunruhigte. Es war nicht gut, daß Anakin schon so alt war, aber es hieß nicht, daß er keine

Chance hatte. Was sie allerdings beunruhigte, war nicht sein Alter, sondern der Konflikt, den sie in dem Jungen spürten. Anakin rang mit seiner Herkunft und mit der Trennung von seiner Mutter, seinen Freunden und seinem Zuhause. Besonders von seiner Mutter. Er war alt genug, um einschätzen zu können, was vielleicht passieren könnte, und das Ergebnis war eine Unsicherheit, die ihn innerlich umtrieb wie ein gefangenes Tier, das ausbrechen wollte. Der Jedirat wußte, daß diese Unsicherheit nicht von außen gezähmt werden konnte, man konnte sie nur von innen meistern. Sie glaubten, daß Anakin Skywalker zu alt dafür war, sein Denken und sein Glauben schon zu festgelegt, um neu geformt werden zu können. Er war verletzlich gegenüber diesem inneren Konflikt, und die dunkle Seite würde diesen Vorteil rasch ergreifen.

Qui-Gon schüttelte den Kopf und betrachtete den Jungen vom Eingang des Cockpits her. Ja, es war gefährlich, ihn als Schüler anzunehmen. Aber nur weniges im Leben gelang, ohne daß man ein Risiko einging. Der Jediorden gründete sich auf strenge Befolgung der althergebrachten Verfahren, was die Erziehung und Ausbildung junger Jedi anging, aber es gab für alles Ausnahmen, selbst bei solchen Dingen. Daß der Jedirat sich weigerte, auch nur in Erwägung zu ziehen, daß dies ein solcher Ausnahmefall sein könnte, war unerträglich.

Dennoch, er durfte die Hoffnung nicht verlieren. Er mußte weiter an den Jungen glauben. Die Entscheidung, Anakin nicht auszubilden, würde bei ihrer Rückkehr noch einmal überprüft werden. Wenn der Rat nicht freiwillig bereit war, den Jungen zum Jedi auszubilden, dann würde Qui-Gon eine Möglichkeit finden müssen, sie dazu zu bringen.

Er wandte sich ab und ging hinunter zu den Gemächern der Königin. Die anderen, die sie zu dieser Besprechung gebeten hatte, waren bereits anwesend. Obi-Wan bedachte ihn mit einem knappen, neutralen Nicken. Neben ihm stand Captain Panaka mit finsterem Gesicht. Jar Jar Binks drängte sich auf einer Seite an die Wand und versuchte offenbar, darin zu verschwinden. Amidala saß auf einem thronähnlichen Sessel auf einem Podium, flankiert von zwei ihrer Dienerinnen, Rabé und Eirtaé. Ihr bleiches Gesicht war gelassen und ihr Blick kühl, aber in ihren Worten lag Feuer.

»Wenn wir auf Naboo landen«, erklärte sie dem Jedimeister, nachdem er sich verbeugt und neben Panaka gestellt hatte, »habe ich vor, dieser Invasion sofort entgegenzutreten. Mein Volk hat genug gelitten.«

Panaka konnte sich kaum zurückhalten vor Zorn. »Wenn wir *landen*, Euer Hoheit, wird die Handelsföderation Sie verhaften und zwingen, den Vertrag zu unterschreiben!«

Qui-Gon nickte nachdenklich und fragte sich, was die Königin vorhatte. »Das denke ich auch. Ich weiß nicht, was Sie damit erreichen wollen.«

Amidala war wie aus Stein gemeißelt. »Die Naboo werden sich zurückholen, was ihnen gehört.«

»Wir sind nur zu zwölft!« fauchte Panaka, unfähig, sich zurückzuhalten. »Euer Hoheit«, fügte er verspätet hinzu. »Wir haben keine Armee!«

Die Königin sah Qui-Gon an. »Die Jedi können keinen Krieg für Sie führen, Euer Hoheit«, erklärte er. »Wir können Sie nur beschützen.«

Sie ließ den Blick weiter zu Jar Jar schweifen. Der Gungan betrachtete aufmerksam seine Zehen. »Jar Jar Binks!« rief sie.

Jar Jar, offensichtlich überrascht, erstarrte. »Ich, Euer Hoheit?«

»Ja, du«, bestätigte Königin Amidala. »Ich brauche deine Hilfe.«

Tief in den Sümpfen von Naboo, am Ufer des Sees, der die Gungan-Hauptstadt Otoh Gunga beherbergte, standen die Flüchtlinge aus dem Transporter der Königin und warteten auf die Rückkehr von Jar Jar Binks. Amidala und ihre Dienerinnen, die Jediritter, Captain Panaka, Anakin, R2-D2, Ric Olié und mehrere andere Piloten und eine Handvoll Naboosoldaten drängten sich unbehaglich in der nebligen Stille zusammen. Man konnte wohl behaupten, daß niemand außer der Königin genau wußte, was sie hier vorhatte. Auf entsprechende Fragen hatte sie nur geantwortet, daß sie sich mit den Gungan in Verbindung setzen wollte und Jar Jar ihr Botschafter sein würde. Sie hatte darauf bestanden, im Sumpf zu landen, selbst nachdem sowohl Panaka als auch die Jedi sich dagegen ausgesprochen hatten.

Ein vereinzeltes Kriegsschiff umkreiste den Planeten – das war alles, was von der Blockade der Handelsföderation übriggeblieben war. Darin befand sich die Kontrollstation für die Droidenarmee, die Naboo besetzt hatte. Als Panaka sich laut über die Abwesenheit anderer Kriegsschiffe wunderte, wies ihn Qui-Gon darauf hin, daß man keine Blockade mehr brauche, sobald man den Hafen kontrolliere.

Anakin, der zusammen mit R2-D2 in einiger Entfernung von den anderen stand, betrachtete die Gruppe insgeheim. Jar Jar war schon lange weg, und alle außer der Königin wurden langsam unruhig. Sie stand in ihrem weich fallenden Gewand schweigend und unerbittlich inmitten ihrer Dienerinnen. Padmé, Eirtaé und Rabé hatten die scharlachroten Kapuzenumhänge gegen praktischere Hosen, Hemden, Stiefel und lange Mäntel getauscht. Sie trugen Blaster am Gürtel. Der Junge hatte Padmé noch nie in einem solchen Aufzug gesehen, und er fragte sich, wie gut sie wohl als Kämpferin war.

Als ob sie gemerkt hätte, daß er an sie dachte, löste sich Padmé von den anderen und kam zu ihm herüber.

»Wie geht es dir, Annie?« fragte sie leise und sah ihn freundlich an.

Er zuckte die Achseln. »Ganz gut. Du hast mir gefehlt.«

»Es ist schön, dich wiederzusehen. Es tut mir leid, daß ich vorher keine Gelegenheit hatte, mit dir zu reden, aber ich hatte sehr viel zu tun.«

Seit sie Tatooine verlassen hatten, hatten sie kaum mehr als ein paar Worte miteinander gesprochen, und seit dem Abflug von Coruscant hatte Anakin Padmé nicht einmal gesehen. Es hatte ihn geärgert, aber das hatte er für sich behalten.

»Ich habe nicht ... ich ...«, stotterte er und starrte auf seine Stiefel. »Sie haben beschlossen, mich nicht zum Jedi zu machen.«

Er erzählte ihr die Geschichte und berichtete ausführlich von seiner Prüfung durch den Jedirat. Padmé lauschte aufmerksam, dann berührte sie seine Wange mit ihren kühlen Fingern. »Sie können ihre Meinung noch ändern, Annie. Gib die Hoffnung nicht auf.«

Sie beugte sich dicht zu ihm. »Ich muß dir etwas sagen. Die Königin hat eine schmerzliche, schwierige Entscheidung getroffen – eine Entscheidung, die für Naboo alles ändern wird. Wir sind ein friedliches Volk, wir glauben nicht an Krieg. Aber manchmal gibt es keine andere Wahl. Man paßt sich entweder an oder stirbt. Die Königin versteht das. Sie hat beschlossen, gegenüber der Handelsföderation aggressiv vorzugehen. Die Naboo werden kämpfen, um ihre Freiheit zurückzuerlangen.«

»Wird es einen Kampf geben?« fragte er rasch und versuchte vergeblich, seine Aufregung zu verbergen.

Sie nickte. »Ich fürchte, ja.«

»Wirst du daran beteiligt sein?« drängte er.

Sie lächelte traurig. »Annie, ich habe keine andere Wahl.«

Qui-Gon und Obi-Wan standen in einiger Entfernung von den anderen nebeneinander. Die Jedi sprachen immer noch nur das Nötigste miteinander. Was sie auf dem Flug von Coruscant nach Naboo gesagt hatten, war überwiegend an andere gerichtet gewesen. An ihrem Zerwürfnis wegen Qui-Gons Angebot, Anakin auszubilden, hatte sich nichts geändert. Der Junge hatte an Bord des Schiffs der Königin einmal versucht, mit Obi-Wan zu reden, hatte einfach nur sagen wollen, wie leid es ihm tat, daß es so gekommen war, aber der jüngere Jedi hatte ihn abgewiesen.

Allmählich jedoch begann Obi-Wan sich unbehaglich zu fühlen. Er stand Qui-Gon schon zu lange zu nah, als daß ein kurzfristiges Zerwürfnis der über zwanzig Jahre alten Freundschaft so einfach ein Ende hätte setzen können. Qui-Gon war wie ein Vater für ihn, der einzige Vater, den er kannte. Er war wütend, daß der Jedimeister ihn so plötzlich zugunsten des Jungen hatte wegschicken wollen, aber er wußte auch, wie leidenschaftlich Qui-Gon an etwas glauben konnte. Diesen Jungen zum Jedi auszubilden war etwas, wofür Qui-Gon sich einsetzte wie für nichts anderes, woran Obi-Wan sich erinnern konnte. Das tat er nicht, weil Obi-Wan für ihn weniger wichtig war. Er tat es, weil er an das Schicksal des Jungen glaubte.

Das verstand Obi-Wan. Wer wußte schon, was geschehen würde? Vielleicht hatte Qui-Gon diesmal recht. Vielleicht war Anakin Skywalkers Ausbildung es ja wert, dafür zu kämpfen.

»Ich habe nachgedacht«, verkündete Qui-Gon plötzlich leise und richtete dabei den Blick weiter auf die anderen. »Wir befinden uns auf gefährlichem Boden. Wenn die Königin vorhat, Krieg zu führen, können wir uns nicht darin verwickeln lassen. Nicht einmal in ihre Versuche, die Gungan zu überreden, sich dem Kampf der Naboo gegen die Föderation anzuschließen – wenn es das ist, was sie hier vorhat. Die Jedi haben nicht die Autorität, für die eine oder andere Seite Partei zu ergreifen.«

»Aber wir müssen die Königin beschützen«, bemerkte Obi-Wan.

Qui-Gon sah ihm in die Augen. »Dann wird das eine Gratwanderung.«

»Meister«, Obi-Wan hatte sich ihm nun direkt zugewandt. »Ich habe mich auf Coruscant schlecht benommen, und ich schäme mich dafür. Ich wollte dich nicht mißachten. Ich will dir keine Schwierigkeiten machen, was den Jungen betrifft.«

»Das hast du auch nicht«, erwiderte der ältere Jedi mit einem leichten Lächeln. »Du warst ehrlich zu mir. Ehrlichkeit kann niemals falsch sein. Ich habe nicht gelogen, als ich dem Rat erklärte, du seist bereit. Du bist es. Ich habe dir alles beigebracht, was ich dir beibringen kann. Du wirst ein guter Jedi sein, mein junger Padawan. Ich werde stolz auf dich sein können.«

Impulsiv tauschten sie einen Handschlag aus, und so rasch, wie die Kluft sich zwischen ihnen geöffnet hatte, war sie wieder geschlossen.

Wenige Augenblicke später schoß eine dunkle Gestalt platschend aus dem Wasser. Jar Jar Binks kletterte aus dem See und schüttelte das Wasser von seiner Amphibienhaut auf die dort Versammelten. Seine langen Ohren tropften, er schnippte das Wasser aus dem Schnabel wie eine Ente und schüttelte beunruhigt den Kopf.

»Niemand da! Sie alle weg!« Seine Stielaugen bewegten sich hierhin und dorthin. »Sieht aus wie Kampf. Kampf gegen Maschinen vielleicht. Ganz super schlimm. Otoh Gunga leer. Alle Gungan weg. Alle weg.«

»Glaubt ihr, man hat sie auch in die Lager gebracht?« fragte Panaka rasch und sah sich um.

»Wahrscheinlicher ist, daß man sie vernichtet hat«, meinte Obi-Wan angewidert.

Aber Jar Jar schüttelte den Kopf. »Ich nicht glauben. Gungan zu schlau. Gungan versteckt. Wenn Ärger, sie gehen an heiligen Ort. Maschinen sie dort nie finden.«

Qui-Gon trat vor. »Ein heiliger Ort?« wiederholte er. »Kannst du uns dorthinbringen, Jar Jar?« Der Gungan seufzte schwer, als wollte er sagen: »Jetzt geht das schon wieder los«, dann winkte er ihnen, ihm zu folgen.

Sie marschierten einige Zeit lang durch den Sumpf, zunächst am Rand des Sees, dann führte Jar Jar sie in einen Wald aus riesigen Bäumen und hohem Gras, und sie folgten einem sumpfigen Pfad, der eine Reihe von trockeneren Erhebungen miteinander verband. Irgendwo in der Ferne waren die Kampfplattformen der Handelsföderation zu hören, als die Suche nach den Flüchtlingen aus dem Transporter im Ernst begann. Jar Jar schaute sich unruhig um, als er sie weiterführte, aber er verlangsamte seinen Schritt nicht.

Endlich kamen sie auf eine Lichtung voller Binsen; sie war von Bäumen gesäumt, deren Wurzeln so miteinander verwachsen waren, daß sie eine beinahe undurchdringliche Hecke bildeten. Jar Jar blieb stehen, schnupperte prüfend und nickte. »Hier richtig.«

Er hob den Kopf und gab ein seltsames Schnattern von sich, das in der Stille unheimlich widerhallte. Die Gruppe wartete und versuchte vergeblich, in der Düsternis des Waldes etwas zu erkennen.

Plötzlich tauchten Captain Tarpals und eine Spähertruppe von Gungan auf Kaadus aus dem Nebel auf, die Elektrostäbe und Energiespeere im Anschlag.

»Haydee Ho, Cap'n Tarpals«, grüßte Jar Jar vergnügt.

»Binks!« rief der Gungananführer ungläubig. »Wieder du!«

Jar Jar zuckte lässig die Achseln. »Wir wollen Boss besuchen!«

Tarpals verdrehte die Augen. »Zeit schlecht, Binks, Zeit schlecht, und für dich und alle vielleicht viel Autsch.«

Die Gungan auf Kaadus trieben die Gruppe zusammen, umringten sie von allen Seiten, und Tarpals führte sie tiefer in den Sumpf hinein. Die Kuppel der Bäume wurde so dicht, daß Himmel und Sonne fast nicht mehr zu sehen waren. Hier und da tauchten Trümmer von Statuen auf, verfallene Fassaden und Säulen, die halb im Sumpf versunken waren. Ranken zogen sich über die Trümmer, hingen von Ästen herab und verbanden sich zu gewaltigen Netzen.

Sie bahnten sich einen Weg durch das hohe, scharfkantige Gras. Endlich erreichten sie eine Lichtung voll unzähliger Gunganflüchtlinge – Männer, Frauen, Kinder jeden Alters kauerten sich auf einer breiten trockenen Erhebung zusammen, viele hatten ihre Habe um sich aufgestapelt. Tarpals führte sie an den Flüchtlingen vorbei zu einer Stelle, wo die Ruinen dessen, was einmal wohl ein mächtiger Tempel gewesen war, langsam wieder vom Sumpf vereinnahmt wurden. Eine Treppe und der Boden waren alles, was noch intakt war. Säulen und Decken waren schon vor langer Zeit eingestürzt. Köpfe und Glieder steinerner Statuen ragten aus dem Sumpf, ihre Hände umklammerten Waffen, die Augen starrten blicklos ins Leere.

Am anderen Ende der Ruinen wartete Boss Nass zusammen mit mehreren anderen aus dem Gunganrat auf einem Steinkopf, der halb im Wasser lag. Amidala und ihr Gefolge näherten sich über ein Netz von Stegen und Inseln.

»Jar Jar Binks, wieso du wieder da?« knurrte Boss Nass verärgert. »Wir glauben, du bringen Außenweltler weg und niemals zurückkehren! Diesmal Strafe sicher!« Der massige Kopf drehte sich. »Wen du bringst zu Gungan heiligem Ort?«

Die Königin trat sofort vor und hob ihr bleiches Gesicht. »Ich bin Amidala, Königin der Naboo.«

»Naboo!« donnerte Boss Nass. »Nicht mögen Naboo! Ihr bringen Maschinen. Maschinen unser Stadt zerstören! Maschinen uns vertreiben!« Er hob den dicken Arm und zeigte auf die Königin. »Ihr alle schlecht! Ihr vielleicht alle sterben!«

Anakin bemerkte plötzlich, daß sie vollkommen von Gungan umringt waren, einige von ihnen auf Kaadus, andere zu Fuß, mit Elektrostäben, Energiespeeren und einer Art Wurfwaffe bewaffnet. Captain Panaka und die Naboosoldaten blickten sich nervös um und hatten die Hände auf die Blaster gelegt. Die Jedi standen neben der Königin und ihren Dienerinnen, hatten aber ihre Lichtschwerter nicht gezückt.

»Wir möchten uns mit euch verbünden«, versuchte Amidala es noch einmal.

»Wir nicht verbünden mit Naboo!« brüllte Boss Nass wütend.

Plötzlich trat Padmé vor und stellte sich vor die Königin. »Das hast du alles sehr gut gemacht, Sabé. Aber jetzt werde ich mich selbst darum kümmern«, erklärte sie leise und wandte sich Boss Nass zu.

»Wer das sein?« wollte das Oberhaupt der Gungan wissen.

R2-D2 , der neben Anakin stand, zwitscherte leise. Der Droide hatte als erster begriffen.

Padmé richtete sich auf.

»Ich bin Königin Amidala«, verkündete sie mit lauter, klarer Stimme. »Sabé, meine treue Leibwächterin, dient hin und wieder als meine Doppelgängerin. Es tut mir leid, daß ich euch alle täuschen mußte, aber unter diesen Umständen bin ich sicher, daß ihr mich versteht.« Sie wandte sich an die Jedi und warf Anakin einen kurzen Blick zu.

»Meine Herren, ich entschuldige mich dafür, euch getäuscht zu haben.«

Dann drehte sie sich wieder zu Boss Nass um, der mißtrauisch die Stirn runzelte und ganz offensichtlich nichts von dem verstand, was da geschah. »Obwohl unsere Völker nicht immer derselben Meinung sind, Euer Ehren«, fuhr sie leise fort, »haben wir immer in Frieden gelebt. Bis jetzt. Die Handelsföderation mit ihren Panzern und den Maschinen hat alles zerstört, was wir mit harter Arbeit aufgebaut haben. Die Gungan verstecken sich, und man hat die Naboo in Lager geschafft. Wenn wir nicht schnell handeln, wird alles, was uns wichtig ist, für immer verloren sein.«

Sie streckte die Hände aus. »Ich bitte Sie um Ihre Hilfe, Euer Ehren.« Sie hielt inne. »Nein, ich flehe Sie an, uns zu helfen.«

Abrupt ließ sie sich vor dem verblüfften Anführer der Gungan auf ein Knie nieder. Von den Naboo kam ein überraschtes Keuchen. »Wir sind Ihre untertänigsten Diener, Euer Ehren«, erklärte Padmé so laut, daß alle es hören konnten. »Unser Schicksal liegt in Ihren Händen. Bitte helfen Sie uns.«

Auf eine Geste der Königin hin sanken nacheinander ihre Dienerinnen, Panaka und die Naboopiloten und Wachen neben ihr auf die Knie. Anakin und die Jedi waren die letzten, die sich ihnen anschlossen. Aus dem Augenwinkel sah Anakin, wie Jar Jar als einziger in ihrer Mitte noch aufrecht stand und sich erstaunt und entsetzt umblickte.

Einen Augenblick lang sagte keiner von ihnen etwas. Dann kam ein träges, tiefes Lachen aus der Kehle von Boss Nass. »Ho, ho, ho! Das mir gefallen! Das gut! Ihr nicht glaubt, ihr besser seid als Gungan!«

Der oberste Gungan trat ein paar Schritte vor und streckte die Hand aus. »Du aufstehen, Königin Amidoll. Du mit mir reden, okeday? Vielleicht wir doch Freunde!«

Der ältere Sith-Lord erschien in einer Wolke aus schimmernden Gewändern und Schatten, als sein Schützling und die Neimoidianer gerade langsam den Flur entlangschritten, der vom Thronraum zu dem öffentlichen Platz vor dem Palast führte.

»Wir haben Patrouillen ausgeschickt«, berichtete Nute Gunray der bedrohlichen Gestalt in der Projektion. »Wir haben bereits ihr Schiff im Sumpf gefunden. Es wird nicht mehr lange dauern, bis wir sie haben, Euer Lordschaft.«

Darth Sidious schwieg. Einen Augenblick lang befürchtete Nute Gunray, der Sith-Lord hätte ihn nicht gehört. »Das ist ein unerwarteter Schachzug der Königin«, sagte der Sith-Lord schließlich so leise, daß er kaum zu verstehen war. »Es ist zu aggressiv. Sei vorsichtig, mein Schüler.«

»Ja, Meister«, erwiderte der andere Sith, und seine gelben Augen leuchteten.

»Und habe Geduld«, flüsterte Darth Sidious, den Kopf im Schatten der Kapuze gesenkt, die Hände in den Falten des schwarzen Gewandes verborgen. »Laß sie als erste handeln.«

Schweigend gingen Darth Maul und die Neimoidianer weiter, während das Hologramm langsam verblaßte.

Boss Nass war ebenso sprunghaft wie dick, und der Wechsel in seiner Einstellung gegenüber den Naboo war dramatisch. Nachdem er erst einmal beschlossen hatte, daß die Königin sich nicht für etwas Besseres hielt und daß sie ihre Bitte um die Hilfe der Gungan ernst meinte, handelte er rasch. Die Tatsache, daß er die Kampfdroiden ebensowenig schätzte wie sie, schadete dabei natürlich überhaupt nicht. Vielleicht war er ein wenig voreilig in seinem Glauben gewesen, daß die Maschinen die Gungan im Sumpf nicht finden würden. Zwei Tage zuvor war Otoh Gunga im Morgengrauen angegriffen und seine Bewohner aus ihren Häusern vertrieben worden. Das würde Boss Nass nicht auf sich sitzenlassen. Wenn man einen Plan schmieden konnte, um die Invasoren zu vertreiben, würde die Gunganarmee das Ihre dazu beitragen.

Er brachte Amidala und ihre Begleiter aus dem Sumpf heraus zum Rand einer Grasebene, die südlich der Naboohauptstadt Theed verlief. Ein Angriff müßte von dort aus stattfinden, und die Königin war mit einem sehr klaren Plan zu den Gungan gekommen.

Der erste Schritt bestand darin, Captain Panaka in die Stadt zu schicken, um die Lage dort auszukundschaften. Während sie vom nebligen Rand des Sumpfs aufs offene Grasland hinausspähten und auf Panakas Rückkehr warteten, schlurfte Boss Nass zu Jar Jar hinüber.

»Das gut gemacht, Jar Jar Binks!« knurrte er und legte dem schlanken Gungan einen fetten Arm um die Schultern. »Du Naboo und Gungan zusammenbringen! Das sehr tapfer.«

Jar Jar trat verlegen von einem Fuß auf den anderen. »Ach, das gar nichts.«

»Nein, du großer Krieger!« erklärte Boss Nass und zerquetschte Jar Jar beinahe in seiner Umarmung.

»Nein, nein, nein«, wiederholte der andere schüchtern.

»Also«, schloß Boss Nass vergnügt. »Du werden super General von Gunganarmee!«

»Was?« rief Jar Jar verzweifelt. »General? Ich? Nein, nein, nein!« keuchte er. Seine Augen verdrehten sich himmelwärts, die Zunge sackte ihm aus dem Schnabel, und er wurde ohnmächtig.

Padmé besprach sich mit den Jedi und den Gungangenerälen, deren Reihen Jar Jar Binks gerade hinzugefügt worden war, also ging Anakin, der nicht recht wußte, was er mit sich anfangen sollte, zu den Gunganwachen hinüber, die nach Panaka Ausschau hielten. Die Gungan patrouillierten am Rand des Sumpfes auf Kaadus oder hielten in Baumwipfeln oder auf den Überresten uralter Statuen Wache und sorgten dafür, daß keine Späher der Föderation sie überraschten. Anakin stand neben dem Sockel einer Tempelsäule und versuchte immer noch, mit Padmés Enthüllung fertigzuwerden. Selbstverständlich waren alle überrascht gewesen, aber niemand mehr als Anakin Skywalker. Er war sich nicht sicher, was er jetzt empfand, nachdem er wußte, daß sie nicht bloß ein einfaches Mädchen war, sondern eine Königin. Er hatte erklärt, er würde sie eines Tages heiraten, und hatte es auch geglaubt, aber wie konnte jemand, der sein Leben lang Sklave gewesen war, eine Königin heiraten? Er hätte gerne mit ihr geredet, aber dazu hatte er hier keine Gelegenheit.

Er nahm an, daß jetzt nichts mehr so sein würde wie früher, aber er wünschte sich, daß sich nichts ändern möge. Er hatte sie noch genauso gern wie zuvor, und um ehrlich zu sein, war es ihm gleich, ob sie Königin war oder nicht.

Er schaute hinüber zu den Mädchen und den Jedirittern und dachte daran, wie anders hier alles war als auf Tatooine. Nichts war so gekommen, wie er es für sie alle erhofft hatte, und er wußte immer noch nicht, ob es eine gute Idee gewesen war, seine Mutter und sein Zuhause zu verlassen, um mit diesen Leuten zu gehen.

Der Gunganspäher, der über ihm auf einem Statuenstück stand, grunzte. »Sie kommen«, rief er und schaute weiter angestrengt auf das Grasland hinaus.

Anakin stieß einen Schrei aus und rannte hinüber zu Padmé, den Jedi und den Gungangeneralen. »Sie sind wieder da!« rief er.

Alle drehten sich um und sahen vier Gleiter, die über die

Ebene kamen und im Schatten des Sumpfes anhielten. Captain Panaka und mehrere Dutzend Naboosoldaten, Offiziere und Kampfjägerpiloten sprangen heraus. Panaka ging direkt auf die Königin zu.

»Ich denke, wir sind durchgekommen, ohne daß man uns entdeckt hat, Euer Hoheit«, erklärte er rasch und klopfte sich den Staub von der Kleidung.

»Wie sieht es aus?« fragte sie, während die anderen sich dichter um sie drängten.

Panaka schüttelte den Kopf. »Der größte Teil unseres Volkes ist in den Lagern eingesperrt. Ein paar hundert Offiziere und Soldaten haben eine Untergrundbewegung gebildet, um sich gegen die Invasion zu wehren. Ich habe so viele ihrer Anführer mitgebracht, wie ich finden konnte.«

»Gut.« Padmé nickte Boss Nass anerkennend zu. »Die Gungan haben eine größere Armee, als wir uns je hätten träumen lassen.«

»Sehr sehr super!« knurrte der Gunganhäuptling.

Panaka seufzte. »Wir werden sie brauchen. Die Armee der Föderation ist ebenfalls viel größer, als wir dachten. Und stärker.« Er bedachte die Königin mit einem nachdenklichen Blick. »Meiner Ansicht nach ist dies ein Kampf, den wir nicht gewinnen können, Euer Hoheit.«

Jar Jar Binks, der am Rand des Kreises stand, warf Anakin einen Blick zu und verdrehte verzweifelt die Augen.

Aber Padmé ließ sich nicht beirren. »Ich habe nicht vor, zu gewinnen, Captain. Die Schlacht ist nur ein Ablenkmanöver. Wir brauchen die Gungan, um die Droidenarmee von Theed wegzulocken, damit wir in den Palast eindringen und den neimoidianischen Vizekönig gefangennehmen können. Ohne ihr Oberhaupt kann die Handelsföderation nicht weiterexistieren. Neimoidianer denken nicht selbständig. Ohne den Vizekönig, der ihnen Befehle gibt, werden sie keine Bedrohung mehr darstellen.«

Sie wartete, bis alle über ihren Plan nachgedacht hatten,

und wandte sich dann automatisch Qui-Gon Jinn zu. »Was glauben Sie, Jedimeister?« fragte sie.

»Ein gut durchdachter Plan«, meinte Qui-Gon anerkennend. »Es sieht so aus, als wäre das das Beste, was Sie tun können, Euer Hoheit, obwohl das Risiko groß ist. Selbst wenn die Droidenarmee sich in der Schlacht befindet, wird der Vizekönig gut bewacht sein. Und viele Gungan werden getötet werden.«

Boss Nass schnaubte verächtlich. »Sie nicht durch unsere Schilde kommen! Wir bereit zum Kampf!«

Wieder verdrehte Jar Jar die Augen, aber diesmal sah es Boss Nass und bedachte seinen neuen General mit einem warnenden Blick.

Padmé dachte nach. »Wir könnten die Verluste unter den Gungan geringer halten, indem wir den Haupthangar überfallen und unsere Piloten ausschicken, um das Kontrollschiff der Föderation funktionsunfähig zu machen. Ohne das Kontrollschiff und seine Signale funktioniert die Droidenarmee nicht.«

Alle nickten zustimmend. »Aber falls der Vizekönig entkommen sollte, Euer Hoheit«, meinte Obi-Wan finster, »wird er mit einer weiteren Droidenarmee zurückkehren, und dann sind sie nicht besser dran als vorher. Was immer sonst geschehen mag, sie müssen ihn gefangennehmen.«

»Das stimmt«, sagte Padmé. »Alles hängt davon ab. Wenn man den Kopf abschneidet, stirbt die Schlange. Ohne den Vizekönig bricht die Handelsföderation in sich zusammen.«

Sie wandten sich anderen Themen zu und begannen eine ausführliche Diskussion über Kampftaktiken und Verantwortlichkeiten. Anakin hörte einen Augenblick länger zu, dann schlich er sich zu Qui-Gon und zupfte ihn am Ärmel.

»Was ist mit mir?« fragte er leise.

Der Jedimeister legte dem Jungen die Hand auf den Kopf und lächelte. »Du bleibst dicht bei mir, Annie. Tu, was ich sage, dann passiert dir nichts.«

Seine eigene Sicherheit war nicht das, was der Junge im Sinn hatte, aber er sagte nichts mehr, denn er wußte immerhin, solange er in Qui-Gons Nähe war, würde er nichts von den Ereignissen verpassen.

Im Thronsaal des Palastes in Theed ragte das Hologramm von Darth Sidious hoch vor Darth Maul, OOM-9, dem Kommandanten der Kampfdroiden, und den Neimoidianern auf. Glatt und seidig drang seine Stimme durch den dunklen Äther.

»Unsere junge Königin überrascht mich«, flüsterte er nachdenklich, wie immer tief in seinen dunklen Gewändern verborgen. »Sie ist dümmer als ich dachte.«

»Wir schicken ihrer Armee alle Truppen entgegen, die wir entbehren können«, erklärte Nute Gunray rasch. »Unsere Gegner sammeln sich anscheinend am Rande des Sumpfs. Primitive, Euer Lordschaft – nichts weiter. Wir erwarten nicht viel Widerstand.«

»Ich bin dabei, die Sicherheitsmaßnahmen an allen Lagern, in denen wir die Naboo gefangenhalten, zu verstärken«, verkündete OOM-9.

Darth Maul starrte ins Leere, dann schüttelte er den gehörnten Kopf. »Ich spüre, daß hinter dieser Angelegenheit mehr steckt, als wir wissen, Meister. Die beiden Jedi benutzen die Königin vielleicht zu ihren eigenen Zwecken.«

»Die Jedi dürfen sich nicht einmischen«, beruhigte Darth Sidious seinen Schüler. »Sie können nur die Königin schützen. Selbst Qui-Gon Jinn kann sich dieser Anordnung nicht widersetzen. Das wird für uns von Vorteil sein.«

Darth Maul schnaubte; er wollte endlich handeln.

»Ich habe also Ihre Genehmigung, entsprechend zu verfahren, Euer Lordschaft?« fragte Nute Gunray zögernd und wich dem wütenden Blick des jüngeren Sith aus.

»Ja«, erklärte Darth Sidious. »Vernichten Sie sie, Vizekönig. Alle.«

Zwanzig

Gegen Mittag, als die Sonne an einem wolkenlosen Himmel stand und der Wind sich beinahe vollständig gelegt hatte, lag das Grasland südlich von Theed zwischen der Naboohauptstadt und dem Gungansumpf leer und still da. Hitze stieg flirrend auf, und es war so still, daß man aus hundert Metern Entfernung das Zwitschern der Vögel und das Summen der Insekten deutlich hören konnte.

Dann schoben sich die Transporter und die Panzerfahrzeuge der Handelsföderation dröhnend auf die Wiesen hinaus und überzogen das hohe Gras mit schimmernden Wellen blitzenden Metalls.

Auch in den Sumpfwäldern war es still, das immerwährende Zwielicht gedämpft und erwartungsvoll unter der gewaltigen Kuppel von Ästen und Ranken, die Wasseroberfläche so glatt wie Glas, Binsen und Riedgras reglos. Hier und da sprang ein Wasserkäfer lautlos von einer Stelle zur anderen, bog die Grashalme wie Sprungbretter, berührte auf seinem Weg die Wasseroberfläche. Vögel flatterten wie bunte Farbblitze von Ast zu Ast. Kleine Tiere mit wachen Augen und zuckenden Nasen kamen aus dem Dickicht, um zu trinken und zu fressen.

Dann erschien die Gunganarmee in einem Aufwallen von schlammigem Wasser und Blasen. Köpfe mit Hängeohren tauchten wie Korken auf, zunächst einer, dann noch einer und schließlich Hunderte und Tausende.

Auf der Ebene und im Sumpf eilten die Tiere in ihre Verstecke zurück, die Vögel flogen davon, und die Insekten verkrochen sich.

Auf ihren Kaadus ritten die Gungan aus ihrem Versteck, Rüstungen um die Amphibienkörper geschnallt und die Waffen bereit. Sie trugen Energiespeere mit langem Schaft und Schleudern aus Metall für den Kampf auf größere Entfernung, und für den Nahkampf hatten sie Energieschilde. Die Kaadus schüttelten das Sumpfwasser von ihrer glatten Haut, als sie trockenen Boden erreichten. Sorgfältig suchten sie nach festem Boden im Sumpf, da ihre Reiter sie weiterdrängten. Es wurden noch mehr, als sie den Rand des Sumpfs erreichten, und die Gungan stellten sich in Reihen auf, die soweit reichten, wie das Auge sehen konnte.

Nachdem die erste Welle Aufstellung genommen hatte, brodelte der Sumpf erneut auf und die Fambaa erschienen – riesige vierbeinige Eidechsen mit langen Hälsen und Schwänzen und schweren, schuppenbesetzten Körpern. Sie trugen Schildgeneratoren auf ihren breiten Rücken: Geräte, die, wenn sie miteinander verbunden waren, ein Kraftfeld bilden würden, das die Gungansoldaten gegen die Waffen der Handelsföderation schützen sollte. Die Fambaa stampften unter ihrer Last schwer voran und bogen die Hälse von einer Seite zur anderen, als ihre Reiter sie ungeduldig anspornten.

Jar Jar Binks war bei ihnen, an der Spitze seines neuen Kommandos und fragte sich, was man wohl von ihm erwartete. Überwiegend ging es wohl darum, niemandem im Weg zu sein. Die anderen Generale und selbst seine eigenen Untergebenen hatten ihm klargemacht, daß sie das vorziehen würden. Boss Nass hielt es vielleicht für eine schlaue Idee, ihn zum General der Gunganarmee zu machen, aber die Berufsoffiziere fanden das weniger amüsant. General Ceel, der Oberkommandant, hatte säuerlich gegrunzt, als er über Jar Jars neue Stellung informiert wurde, und dem unseligen Geschöpf erklärt, er sollte ein gutes Beispiel für seine Leute sein und tapfer sterben.

Jar Jar hatte auf all das reagiert, indem er sich zurückhielt, bis der Marsch aus dem Sumpf begann, dann hatte er sich, wie man es von ihm erwartete, an die Spitze seiner Truppen gesetzt. Er war kaum hundert Meter aus dem Versteck herausgekommen, als er zum erstenmal von seinem Kaadu fiel. Niemand hatte sich die Mühe gemacht, stehenzubleiben und ihm wieder aufzuhelfen, also ritt er nun irgendwo in der Mitte seines Zuges.

»Super«, flüsterte er immer wieder, während er mit den anderen durch den Nebel ritt.

Langsam und stetig kam die Gunganarmee aus den Sümpfen und bewegte sich auf das offene Grasland hinaus, wo die Gegner von der Handelsföderation bereits warteten.

Anakin Skywalker hockte im Schatten eines Gebäudes direkt gegenüber dem Haupthangar der Naboo-Sternenflotte, mitten in Theed. Es war ruhig hier, denn die meisten Kampfdroiden waren in die Schlacht mit der Gunganarmee abkommandiert, und die wenigen, die zurückgeblieben waren, patrouillierten in der Stadt. Trotzdem standen noch Panzerfahrzeuge auf dem Platz vor dem Hangarkomplex, und ein starkes Kontingent von Kampfdroiden bewachte die Nabooflotte. Es würde nicht leicht sein, sich der Raumjäger zu bemächtigen.

Anakin warf seinen Begleitern einen Blick zu. Padmé, als Dienerin verkleidet, hockte mit Eirtaé neben den Jedi und wartete auf Captain Panakas Kommando, den Platz zu überqueren. Sabé, die angebliche Königin und ihre Dienerinnen trugen bequem geschnittene Kampfkleidung und hatten Blaster umgeschnallt. R2-D2 blinzelte hinter ihnen aus einer Gruppe von etwas mehr als zwanzig Nabooffizieren, –soldaten und –piloten hervor, die alle ebenfalls bewaffnet und bereit waren. Dem Jungen kam diese Truppe jämmerlich klein vor, wenn man bedachte, was sie vorhatten, aber das waren alle Leute, die sie hatten.

Zumindest redeten Qui-Gon und Obi-Wan wieder miteinander. Auf dem Weg vom Sumpf in die Stadt hatten sie damit begonnen, ein paar Worte hier, ein paar dort, hatten mitunter eine zurückhaltende Bemerkung ausgetauscht und sich einander vorsichtig angenähert. Anakin hatte sorgfältig gelauscht und mehr auf die Untertöne ihrer Unterhaltung geachtet als andere es gekonnt hätten. Darin hatte er mehr vernommen als in den tatsächlich ausgesprochenen Worten. Nach einiger Zeit, als die Worte genügend Wunden geheilt hatten, wurden sie wieder vertrauter miteinander, sie lächelten mitunter knapp und beinahe traurig, aber eindeutig. Die Jedi waren alte Freunde, und ihre Beziehung glich der von Vater und Sohn. Sie wollten sie nicht wegen einer einzigen Auseinandersetzung wegwerfen. Anakin war dafür ausgesprochen dankbar – besonders, da er der Anlaß für diese Auseinandersetzung gewesen war.

Auch Padmé hatte mit ihm gesprochen, hatte sich ein paar Augenblicke zu ihm gesellt, als sie sich durch die Wälder im Osten der Stadt näherten, und ihr Lächeln hatte all seine Zweifel und Ängste in einem einzigen Augenblick verbannt.

»Es tut mir leid, daß ich es dir nicht eher sagen konnte«, entschuldigte sie sich dafür, ihre Identität verborgen zu haben. »Ich weiß, daß es eine Überraschung für dich war.«

»Schon gut«, erwiderte er tapfer.

»Wahrscheinlich empfindest du jetzt anders für mich, nachdem du weißt, daß ich Königin bin«, meinte sie.

»Irgendwie schon, aber das ist in Ordnung. Hauptsache, du magst mich immer noch. Weil ich dich nämlich auch immer noch mag.« Er warf ihr einen hoffnungsvollen Blick zu.

»Natürlich, Annie. Daß ich jetzt verraten habe, wer ich wirklich bin, bedeutet nicht, daß meine Gefühle für dich sich geändert haben. Ich bin dieselbe Person wie vorher, ob du nun die Wahrheit über mich weißt oder nicht.«

Er dachte einen Augenblick lang nach. »Ich denke, schon.« Dann hellte seine Miene sich auf. »Also sollten meine Gefühle für dich wahrscheinlich auch nicht anders sein.«

Sie ging weiter und lächelte ihm noch einmal zu, und in diesem Augenblick kam er sich zehn Meter groß vor.

Er war also nun beruhigt, was die Jedi und Padmé anging, aber er hatte so viele neue Sorgen. Was, wenn ihnen während des bevorstehenden Kampfes etwas passierte? Was, wenn sie verwundet wurden, oder gar ... er konnte sich nicht dazu bringen, den Gedanken zu Ende zu denken. Ihnen würde nichts Schlimmes geschehen, davon mußte er einfach überzeugt sein. Er würde es nicht zulassen. Er sah sie an, wie sie schweigend am Rand des Platzes hockten, und nahm sich vor, für ihre Sicherheit zu sorgen. Das würde seine Aufgabe sein. Entschlossen kniff er bei diesem Schwur die Lippen zusammen.

»Sobald wir drin sind, Annie, suchst du dir einen sicheren Platz und versteckst dich, bis alles vorbei ist«, wies Qui-Gon ihn plötzlich an, beinahe, als hätte er die Gedanken des Jungen gelesen.

»Klar«, versprach Anakin.

»Und dort bleibst du«, fügte der Jedimeister hinzu.

Auf der anderen Seite des Platzes waren Panaka und seine Kämpfer nun in Position, so daß die Panzerfahrzeuge und Kampfdroiden sich zwischen ihnen und Padmés Gruppe befanden. Padmé holte einen kleinen Glühstab heraus und gab Panaka ein Signal.

Rings um Anakin wurden Waffen gezogen und entsichert.

Dann eröffneten Panakas Leute das Feuer. Blaster zerschmetterten die metallenen Körper der Kampfdroiden mit Laserfeuer. Andere Droiden fuhren herum, begannen zu schießen und wurden auf diese Weise von Padmés Gruppe abgelenkt.

Qui-Gon stand auf. »Bleib dicht bei mir«, flüsterte er Anakin zu.

Einen Augenblick später rannte der Junge zusammen mit den Jedi, Padmé, Eirtaé, R2-D2 und ihren Naboosoldaten und -piloten auf die offenen Tore des Hangars zu.

Jar Jar saß aufrecht auf seinem Kaadu, nachdem er sich endlich wieder gefaßt und seine Position an der Spitze seiner

Truppen wieder eingenommen hatte. Die Gunganarmee erstreckte sich zu beiden Seiten, so weit das Auge sehen konnte, über das Grasland. Vogelähnlich bewegten sich die Kaadus durch das hohe Gras, und ihre Gunganreiter schwankten auf ihren Tieren hin und her. Die Gungan trugen Helme und Rüstungen aus Leder und Metall und hatten kleine, runde Schilde an die Hüften geschnallt, zusammen mit Energiepacks für das Kraftfeld, die wie metallene Federn aus ihren Satteltaschen ragten. Die Fambaa mit den Schildgeneratoren waren gleichmäßig über ihre Reihen verteilt, um ein Höchstmaß an Schutz zu gewähren, sobald die Generatoren aktiviert waren. Wie Panzerfahrzeuge bewegten sich die massiven Eidechsen zwischen den zierlicheren Kaadus, und das Grasland bebte unter ihrem Stampfen.

An der Spitze der Armee ritten General Ceel und sein Kommandostab, und die Flaggen von Otoh Gunga und den anderen Gunganstädten flatterten hinter ihnen her.

Die Armee überquerte eine Anhöhe – eine große rollende Welle von Lebewesen – und kam auf ein Handzeichen von General Ceel zum Stehen. Auf der gegenüberliegenden Seite einer flachen Senke wartete die Armee der Handelsföderation auf dem nächsten Hügel. Kampfplattformen und Panzerfahrzeuge bildeten die ersten Reihen, verteilt über mehr als einen Kilometer, und die Panzerplatten und Waffen glitzerten in der Mittagssonne. Zwischen den kleineren Fahrzeugen standen die riesigen Föderationstransporter, schwebten dicht über dem Boden, die knolligen Bugtore geschlossen und auf die Gungan gerichtet. Panzerfahrzeuge und Plattformen waren von Kampfdroiden bemannt, gesichtslosen Metallhülsen, die unempfindlich gegen Schmerz waren, keinerlei Gefühle hatten und darauf programmiert waren, bis zu ihrer Zerstörung zu kämpfen.

Jar Jar Binks starrte die Droidenarmee ehrfürchtig an. Es war kein einziges lebendes Wesen in Sicht, nichts aus Fleisch und Blut, nichts, das auf das schreckliche Toben einer

Schlacht so reagieren würde wie die Gungan. Er bekam eine Gänsehaut, wenn er daran dachte, was das bedeutete.

Die Fambaa waren nun an Ort und Stelle, und General Ceel aktivierte die Schildgeneratoren. Die großen Turbinen erwachten summend zum Leben; rotes Licht spannte sich von einem Generator auf einem Fambaa zu einer Empfangsschüssel auf dem nächsten, und der Strahl wurde breiter und länger, bis er die gesamte Gunganarmee umspannte, bis jeder Soldat und jedes Kaadu sicher davon umgeben war. Die Farbe des schützenden Lichts hatte von Rot zu Gold gewechselt, und es schimmerte wie eine Fata Morgana über einer Wüste. Am Ende sah es so aus, als befände sich die Gunganarmee unter Wasser, als wäre sie von einem hellen, schimmernden Meer verschlungen worden.

Die Föderation beeilte sich, die Kraft des Schildes zu testen. Auf ein Zeichen des Droidenkommandanten OOM-9, der seinerseits auf einen Befehl des Kontrollzentrums im Weltraum reagierte, eröffneten die Panzerfahrzeuge das Feuer, und ihre Laserkanonen schickten Salve um Salve auf die Schilde. Glühende Strahlen hämmerten auf die Schilde ein und prallten wirkungslos von der flüssigen Energieoberfläche ab.

Hinter ihrem Schutz warteten die Gungan geduldig mit bereitgehaltenen Waffen und verließen sich auf die Kraft ihres Schildes. Jar Jar Binks wand sich erschrocken auf seinem Kaadu und murmelte Gebete vor sich hin, um die Zerstörung abzuwehren. Gnadenlos setzten die Kanonen der Handelsföderation ihren Angriff fort, unaufhaltsam zuckten Lichtblitze aus ihren Mündungen und schlugen auf den Schild ein. Das Blitzen und die Explosionen waren blendend und ohrenbetäubend, aber die Gungan wichen nicht von der Stelle. Endlich schwiegen die Geschütze der Föderation. So sehr sie es auch versuchten, sie würden den Energieschild der Gungan nicht durchbrechen können. Unter ihrer schützenden Kuppel jubelten die Amphibienwesen und fuchtelten triumphierend mit den Waffen.

Aber nun zogen sich die gepanzerten Fahrzeuge und Plattformen zurück, und die mächtigen Transporter schwebten nach vorn. Die runden Bugtore öffneten sich und zeigten eine Reihe von Gestellen. Die Gestelle rollten auf langen Schienen vorwärts, und an ihnen hingen an Haken Reihe um Reihe ordentlich zusammengeklappter Kampfdroiden. Als die Gestelle vollkommen ausgefahren waren, senkten sie sich abwärts, teilten sich und füllten den offenen Raum zwischen den Transportern mit Tausenden von Droiden.

General Ceel und seine Gunganoffiziere, die an der Spitze ihrer Armee standen, wechselten besorgte Blicke.

Nun lösten sich die Kampfdroiden von den Gestellen und entfalteten sich alle gleichzeitig, Arme und Beine ausgestreckt, Rümpfe hoch aufgerichtet. Metallhände griffen über Schultern nach hinten, nach den Blastergewehren, mit denen jeder Droide ausgerüstet war.

Auf ein Kommando von OOM-9 begann die gesamte Armee von Kampfdroiden auf die Gungan zuzumarschieren; glänzende Metallreihen füllten die Ebene von einem Horizont zum anderen.

Der Schild der Gungan war entwickelt worden, um große, schwerfällige Gegenstände abzuwehren – wie Artilleriefahrzeuge – und außerdem kleine, sich rasch bewegende Objekte von enormer Hitze wie Geschützfeuer. Aber kleine, langsame Droiden wehrte er nicht ab, selbst wenn sie in solcher Zahl kamen wie hier. Jar Jar Binks begann sich zu wünschen, er wäre woanders. So mächtig die Gunganarmee ihm auch vorgekommen war, sie wurde von der gewaltigen Metallmaschine, die jetzt gegen sie aufmarschierte, vollkommen in den Schatten gestellt.

Aber die Gungan waren auf den Kampf vorbereitet, und die Überzahl ihrer Feinde schreckte sie nicht derart, daß sie bereit gewesen wären, aufzugeben. Überall entlang ihrer Linien aktivierten sie ihre Energiespeere und -schleudern und zielten. Am Fuß der Anhöhe, auf der sie warteten, hatten die ersten Kampfdroiden das Energiefeld erreicht und marschierten hindurch. Die Schilde hatten keine Wirkung auf sie. Sie hoben die Blaster an die Schultern und begannen zu feuern.

Unter dem Aufheulen großer, gebogener Kriegstrompeten schlugen die Gungan zurück. Ein Schauer von Speeren regnete auf die anrückenden Droiden hinab, Schäfte und Spitzen explodierten beim Aufschlag und rissen metallene Glieder von metallenen Rümpfen. Energiekugeln aus den Schleudern folgten und richteten weiteren Schaden an. Mörser schleuderten ihre Geschosse mitten in die Ränge der Droiden und rissen gewaltige Lücken in die angreifenden Reihen. Die Kampfdroiden wurden langsamer, dann formierten sie sich neu und marschierten weiter, Hunderte nahmen die Plätze jener ein, die gefallen waren, und marschierten ebenfalls durch den Schutzschild und in Reichweite der Gunganwaffen.

Inmitten seines Kommandostabs feuerte General Ceel seine Krieger an und zog die Verteidigungslinie vor den Fambaa und den Schildgeneratoren enger zusammen, um diese zu schützen, denn er wußte, wenn das Kraftfeld zusammenbrach, würden auch die Panzerfahrzeuge wieder schießen.

Kampfdroidenreihen, deren Metallteile Sonne und Feuer reflektierten, und Gungan, orangehäutig und geschmeidig, standen sich nun im Nahkampf gegenüber.

Jar Jar Binks widerstand dem Impuls, die Augen zu schließen, spornte sein Kaadu an und griff mit dem Rest seiner Truppen an.

In der relativen Abgeschiedenheit des Thronsaals im Palast der Hauptstadt, an einem Ort, an dem sie sich vor jeder wahren Gefahr sicher wähnten, starrten Nute Gunray und Rune Haako auf einen großen Bildschirm und die schnell wechselnden Bilder des Kampfes im Haupthangar. Die Jediritter befanden sich bereits in dem Gebäude, begleitet von Naboosoldaten und -piloten. Ihre Lichtschwerter schleuderten Kampfdroiden beiseite, die versuchten, sie aufzuhalten.

»Wie sind sie in die Stadt gekommen?« flüsterte Rune Haako verzweifelt.

Nute Gunray schüttelte den Kopf. »Das weiß ich nicht. Ich dachte, der Kampf würde weit entfernt von hier stattfinden.« Er hatte die Augen weit aufgerissen. »Das hier ist viel zu nah!«

Sie drehten sich beide um, als Darth Maul in den Raum stolzierte, ein Lichtschwert mit langem Griff in der Hand. Die gelben Augen funkelten im schwarz-rot tätowierten Gesicht des Sith, und sein dunkler Umhang wehte hinter ihm her.

Nute Gunray und Rune Haako wichen instinktiv zurück; keiner von ihnen wollte dem Sith in den Weg geraten. »Lord Maul«, begrüßte Gunray ihn und neigte kurz den Kopf.

Darth Maul warf ihm einen verächtlichen Blick zu. »Ich habe Ihnen doch gesagt, daß an dieser Geschichte mehr dran ist, als es scheint!« Ein wilder Ausdruck stand in seinen Augen. »Die Jedi sind nicht ohne Grund nach Theed gekommen, Vizekönig. Sie haben einen eigenen Plan, um uns zu besiegen.«

»Einen Plan?« fragte der Neimoidianer besorgt.

»Einen, der fehlschlagen wird, das versichere ich Ihnen.« Das Gesicht mit dem Zackenmuster glänzte unheimlich im Licht. »Auf diese Gelegenheit habe ich schon sehr lange gewartet. Ich habe mich endlos darauf vorbereitet. Die Jedi werden ihren Entschluß bereuen, hierher zurückzukehren.«

Der grausame Unterton in seiner heiseren Stimme war erschreckend. Der Sith wartete nur auf diese Konfrontation, er war angespannt und hielt die Hände dicht an der Waffe. Der Neimoidianer beneidete seine künftigen Gegner nicht.

»Warten Sie hier, bis ich zurückkomme«, befahl der Sith-Lord abrupt und fegte an ihnen vorüber.

»Wo wollen Sie hin?« wollte Nute Gunray wissen, als der Sith-Lord auf die Gleiterdocks zuging.

»Was glauben Sie wohl, Vizekönig?« fragte der andere höhnisch. »Ich gehe zum Haupthangar, um Sie ein für allemal von diesen Jedi zu befreien.«

Einundzwanzig

Anakin Skywalker rannte hinter den Jedi und Padmé durch die offenen Tore des Haupthangars, und R2-D2 und die restlichen Freiheitskämpfer der Naboo folgten ihnen auf den Fersen. Kampfdroiden drehten sich um und kamen ihnen entgegen, aber Lichtschwerter und Blaster zerlegten die ersten, bevor die anderen auch nur wußten, was geschah. Die Droiden zogen sich zunächst zurück und riefen von irgendwoher Hilfe herbei, aber Panaka und seine Männer hatten jene auf dem Platz vor dem Hangar bereits erledigt, und für einen Augenblick hatten die Jedi und die Naboo die Oberhand.

Anakin dachte an Qui-Gons Ermahnung und duckte sich unter den Rumpf des nächsten Raumjägers, als rings um ihn her Laserblitze unter grellem Leuchten niedergingen.

»Zu euren Schiffen!« rief Padmé den Piloten zu und führte das Kontingent von Naboosoldaten unter ihrem Kommando hinter den zurückweichenden Kampfdroiden her.

Geduckt bewegte sie sich vorwärts, feuerte ihren Blaster mit raschen, präzisen Bewegungen ab und schoß Droiden um Droiden nieder. Ihre Begleiter fanden ihre Ziele mit derselben gnadenlosen Genauigkeit. Die Jedi kämpften direkt vor ihr, wehrten Laserfeuer mit den Lichtschwertern ab und schlugen jene nieder, die das Pech hatten, in ihre Reichweite zu kommen. Aber es war Padmé, auf die Anakin seinen Blick geheftet hatte, denn diese Seite von ihr hatte er noch nie gesehen, er hatte nicht einmal gewußt, daß sie existierte. Sie bewegte sich wie eine erfahrene, ausgebildete Kämpferin; jetzt war sie kein junges Mädchen mehr, sondern eine tödliche Gegnerin.

Er mußte plötzlich an seinen Traum denken, in dem Padmé

zu einer anderen Zeit und an einem anderen Ort eine große Armee angeführt hatte, und plötzlich kam ihm das gar nicht mehr so unmöglich vor.

Naboopiloten und R2-Einheiten, die aus den Stauräumen des Hangars befreit worden waren, machten sich rasch auf den Weg zu den Nabookampfjägern und huschten unter dem Blasterhagel hindurch. Sie kletterten an Bord, die Piloten in die Cockpits, die R2-Einheiten in die dafür vorgesehenen Halterungen, dann zündeten sie die Triebwerke. Das Aufheulen der Motoren erfüllte den Hangar, übertönte den Lärm des Laserfeuers und steigerte sich zu einem ohrenbetäubenden Crescendo. Einer nach dem anderen hoben sich die Raumjäger vom Boden und schwebten in Startposition.

Eine Naboopilotin rannte an Anakin vorbei und kletterte in den Jäger, hinter dem der Junge hockte.

»Verschwinde hier lieber, Junge!« rief sie aus dem Cockpit. »Such dir ein neues Versteck! Das hier wirst du bald verlieren!«

Anakin rannte geduckt davon; Blasterfeuer von den Droiden durchschnitt über ihm die Luft und konzentrierte sich auf die abfliegenden Schiffe. Der Jäger, den er gerade verlassen hatte, begann sich vom Boden zu heben und schwebte auf die offenen Hangartore zu. Andere Schiffe rasten bereits mit dröhnenden Motoren in den Himmel hinauf.

Während die Jedi und die Nabookämpfer die Hangarwache weiter zurückhielten, machte sich Anakin hastig auf die Suche nach einem neuen Versteck. Dann hörte er, wie R2-D2 aus einem anderen Raumjäger ganz in der Nähe pfiff, wo er sich bereits in seine Halterung gehockt hatte. Der Kuppelkopf des kleinen Droiden drehte sich, die Kontrollampen blitzten. Der Junge rannte über den Hangarboden, der mit den Trümmern von Kampfdroiden übersät war; Laserfeuer zischte auf allen Seiten an ihm vorbei, und er sprang mit einem erleichterten Seufzen ins Cockpit.

Aus der Sicherheit seines neuen Verstecks beobachtete er,

wie die beiden letzten Nabookampfjäger aus dem Hangar schossen. Der erste schaffte es aufzusteigen, aber der zweite wurde getroffen und sackte zur Seite, so daß er wieder auf den Boden prallte und in einem gewaltigen Feuerball explodierte. Anakin zuckte zusammen und duckte sich.

Nun kamen auch Panaka, Sabé und die Naboosoldaten, die draußen vor dem Hangar gekämpft hatten, wild um sich feuernd hereingestürzt. Die verbliebenen Droiden wurden vom Kreuzfeuer schnell überwältigt. Die Jedi, Padmé und Panaka sprachen kurz miteinander, und die gesamte Nabookampfgruppe ging direkt an Anakins Versteck vorbei auf einen Ausgang des Hangars zu.

»He, wo wollt ihr hin?« fragte der Junge und streckte den Kopf aus dem Cockpit, als sie vorbeikamen.

»Annie, du bleibst hier!« befahl Qui-Gon und winkte ihm zu. Das lange Haar des Jedi hing ihm wirr um das entschlossene Gesicht. »Bleib, wo du bist!«

Der Junge ignorierte ihn und stand auf. »Nein, ich will mit Ihnen und mit Padmé gehen!«

»Bleib in diesem Cockpit!« fauchte Qui-Gon mit einer Stimme, die keinen Widerspruch duldete.

Anakin blieb unentschlossen sitzen, als die anderen an ihm vorbei auf den Ausgang zueilten, die Waffen bereit. Er wollte nicht zurückbleiben. Er hatte nicht vor, Qui-Gon und Padmé ohne ihn gehen zu lassen, besonders, da er nichts tun konnte, um ihnen zu helfen, wenn er in diesem leeren Hangar hier festsaß.

Er dachte immer noch darüber nach, als die gesamte Gruppe vor dem Ausgang langsamer wurde. Eine dunkel gekleidete Gestalt kam durch die Türöffnung und trat ihnen entgegen. Anakin hielt den Atem an. Es war der Sith-Lord, der sie in der Wüste von Tatooine angegriffen hatte – ein gefährlicher Feind, hatte Qui-Gon dem Jungen später gesagt, ein Todfeind der Jediritter. Er trat aus dem Schatten wie ein riesiger Sandpanther, sein schwarz-rot tätowiertes Gesicht eine furchterregende Maske, seine gelben Augen blitzend vor Erwartung und Zorn.

Er versperrte den Weg nach draußen und wartete auf die Jedi und ihre Schutzbefohlenen, ein Lichtschwert mit langem Griff vor sich in den Händen. Captain Panaka und seine Kämpfer wichen sofort zurück. Dann traten auf einen Befehl Qui-Gons auch Padmé und ihre Dienerinnen zurück, obwohl sie das weniger schnell und erheblich zögernder taten.

Qui-Gon Jinn und Obi-Wan Kenobi standen allein im Weg des Sith-Lords. In einer einzigen Bewegung warfen sie ihre Umhänge weg und zündeten die Lichtschwerter. Ihr gehörnter Gegner streifte seinen Umhang ebenfalls ab, dann hob er das Lichtschwert wie zur Inspektion. Glitzerndes Feuer schoß aus beiden Enden des Griffs: eine tödliche Waffe mit doppelter Klinge. Ein Lächeln glitt über das raubtierhafte Gesicht des Sith-Lords, als er die Waffe mit einer unbeschwerten, lässigen Geste wie prüfend schwang und die Jedi heranwinkte.

Qui-Gon und Obi-Wan gingen langsam von zwei Seiten auf ihn zu.

Auf der Ebene südlich von Theed war die Schlacht zwischen der Handelsföderation und der Gunganarmee in vollem Gang. Gungan und Kampfdroiden waren im Nahkampf verstrickt, ein einziges Durcheinander von Amphibienkörpern und Metallhülsen. Die Schildgeneratoren hielten die gepanzerten Fahrzeuge der Föderation immer noch fern. Nur die Droiden waren durchgebrochen, aber es gab viel mehr von ihnen als Gungan, und General Ceel hatte seine gesamten Reserven in die Schlacht befohlen.

Jar Jar Binks kämpfte mitten in diesem Strudel, schwang einen zerbrochenen Energiespeer wie eine Keule, wirbelte und taumelte in diese und jene Richtung und schlug wild um sich. Er hatte sich in der Verdrahtung eines Kampfdroiden verfangen, dem er den Kopf abgeschlagen hatte, und konnte sich nicht mehr von den Trümmern befreien. Also zog er den kopflosen Torso hinter sich her. Der Droide, der immer noch auf Autopilot funktionierte, feuerte ununterbrochen aus seinem Blaster, während Jar Jar ihn hin und her riß, und traf dabei häufiger Droiden als Gungan, riß eine Lücke in ihre zurückweichenden Reihen.

»Super! Super!« schrie der Gungan immer wieder, während er seinen zerbrochenen Speer schwang und versuchte, seinen kopflosen Begleiter loszuwerden.

Als es ihm schließlich gelang und er die Überreste des Droiden zu Boden schmettern konnte, stand er ganz allein da, in einem weit offenen Kreis, den alle auf beiden Seiten verzweifelt zu vermeiden versuchten. Einen entsetzlichen Augenblick lang wußte Jar Jar tatsächlich nicht, wohin er sich wenden sollte.

Dann begannen die Gungan, die ihm am nächsten standen, zu schreien: »Jar Jar Binks! Jar Jar Binks!«

»Wer, ich?« keuchte der verblüffte Gungan.

Begeisterte Soldaten drängten sich um ihn und stürzten sich dann wie wild auf den Gegner, rissen ihn in einer unerwarteten Gegenattacke mit.

Aber anders als die Gungan, hatte die Handelsföderation noch andere Waffen, die sie benutzen konnte. OOM-9, der Befehlen aus der Kommandostation im Weltraum lauschte, setzte nun ein Bataillon von Zerstörerdroiden ein. Sie rollten die langen Rampen aus den Transportern herab über das Gras, über die Trümmer zerstörter Kampfdroiden hinweg und durch den Energieschild der Gungan. Dann erst klappten sie sich auf und griffen an, zwei Blaster in stetiger Kadenz feuernd. Gungan und Kaadu fielen, aber andere Gungan eilten, die Breschen in den Linien zu füllen, verlangsamten den Vormarsch der Zerstörerdroiden und kämpften um jeden Zentimeter Boden.

Vor und zurück tobte die Schlacht, und das Ergebnis war immer noch unentschieden.

Anakin Skywalker hatte sich vorgenommen, daß er Qui-Gon Jinn und Padmé Naberrie beschützen würde, daß er irgendwie dafür sorgen würde, daß ihnen nichts geschah. Er wußte, als er dieses Versprechen gegeben hatte, wie schwer es zu halten sein würde. Irgendwo in seinem Hinterkopf, wo er solche Dinge nur sich selbst gegenüber zugab, wußte er, wie dumm es gewesen war, diese Verpflichtung einzugehen. Aber er war jung und mutig, und er hatte sein Leben bisher so weit wie möglich nach seinen eigenen Bedingungen gelebt, weil es ihn auf jede andere Weise schon vor langer Zeit zerbrochen hätte. Das war nicht einfach gewesen, besonders als Sklave. Er hatte hauptsächlich deshalb überlebt, weil er imstande gewesen war, in schwierigen Situationen kleine Siege zu erringen, und weil er immer daran geglaubt hatte, daß er eines Tages einen Weg finden würde, die Umstände seiner Geburt zu überwinden.

Sein Glaube an sich selbst war belohnt worden. Sein Leben hatte sich mit seinem Sieg im Boonta-Kapselrennen auf Tatooine vor nur wenigen Tagen für immer verändert.

Daher war es nicht allzu abwegig, daß er nun beschlossen hatte, irgendwie das Leben eines Jediritters und einer Nabookönigin verändern zu können, selbst wenn er nicht genau wußte, wie. Er hatte keine Angst, solche Verantwortung zu übernehmen. Die Herausforderung, die diese Entscheidung darstellte, erschreckte ihn nicht.

Aber nun wurde seine Entschlossenheit auf eine schwere Probe gestellt.

Qui-Gon und Obi-Wan trafen in einem Klirren von Lichtschwertern wie dem Kreischen diamantbesetzter Sägeblätter durch Metall auf den Sith-Lord. Mitten im Hangar griffen die Gegner an, parierten, täuschten und führten echte Schläge in einem wilden, gnaden- und regellosen Kampf. Der Sith-Lord war schnell und geschickt, er drängte sich mit großem Selbstvertrauen zwischen die Jedi und ließ sein Lichtschwert mit den beiden Klingen immer wieder auf sie zuzucken. Er war ein sehr fähiger Kämpfer, das sah Anakin – vielleicht geschickter als die Männer, denen er gegenüberstand. Und sein Selbstvertrauen war beängstigend. Er würde nicht leicht zu überwältigen sein.

Aber Padmé und die Naboo fanden sich einer noch gefährlicheren Situation gegenüber. Am anderen Ende des Hangars, durch den Eingang, den die Raumjäger verlassen hatten, kamen drei Zerstörerdroiden hereingerollt, entfalteten sich und nahmen Kampfstellung ein. R2-D2 sah sie als erster und stieß ein warnendes Pfeifen aus. Anakin wandte den Blick von den Jedi und dem Sith-Lord ab. Die Zerstörerdroiden bewegten sich bereits vorwärts, und ihre Lasergeschütze feuerten auf die Naboo. Mehrere Soldaten fielen, und Sabé wurde von einem Streifschuß getroffen, der sie rückwärts in die Arme von Panaka taumeln ließ. Padmé und ihre Begleiter kämpften entschlossen, aber auch sie fielen bereits zurück und suchten Deckung.

»Wir müssen ihnen helfen, Artoo », erklärte der Junge und erhob sich im Cockpit mit der Absicht, etwas zu tun, irgend etwas. Er sah sich vergeblich nach einer Waffe um.

R2-D2 war schneller als er. Der kleine Droide hatte sich in das Computersystem des Raumjägers eingelogt, und auf der Steuerkonsole begannen Lichter zu blinken, als er die großen Motoren zündete. Mit gewaltigem Dröhnen erwachte das Schiff zum Leben, und der verblüffte Anakin sackte überrascht wieder auf den Pilotensitz.

Langsam hob sich das Schiff vom Boden und schwebte aus seinem Dock.

»Gute Arbeit, Artoo !« rief Anakin aufgeregt und griff sofort nach der Steuerung. »Dann wollen wir doch mal sehen…«

Er drehte den Jäger so herum, daß seine Nase auf die Kämpfenden wies. Verzweifelt suchte er auf der Konsole nach den Knöpfen und Hebeln für die Waffensysteme. Er hatte Ersatzteile und Schrott von Kampfjägern in der Hand gehabt und wußte einiges über sie, aber nichts Bestimmtes über die Typen, die die Naboo verwendeten, und auch nichts über Waffensysteme im allgemeinen. Seine Kenntnisse beschränkten sich überwiegend auf Leitsysteme und Motoren, und auch da vor allem auf Rennkapseln, Gleiter und veraltete Transporter.

»Welcher ist es bloß?« murmelte er und ließ die Finger unentschlossen über Knöpfen, Hebeln und Schaltern schweben.

Einen Augenblick lang hob er den Blick. Ein weiterer Naboosoldat fiel vornüber und zu Boden, sein Helm und sein Blaster flogen scheppernd zu Boden. Laserblitze brannten sich in die metallenen Stützpfeiler und Wände rings um die Verteidiger, als die Zerstörerdroiden ihren gnadenlosen Angriff auf Padmés immer kleiner werdende Truppe fortsetzten.

Verzweifelt bediente Anakin ein paar Schalter auf einer roten Fläche. Das Schiff begann heftig zu zittern – eine Reaktion auf eine Veränderung an den Stabilisatoren.

»Oh-oh, das waren die falschen«, murmelte der Junge und richtete das Schiff schleunigst wieder gerade. Dann fiel sein Blick auf eine Reihe von vier dunklen Knöpfen, die in einem Kreis von Grün tief in die Konsole eingelassen waren. »Vielleicht die da ...«

Er drückte einen der Knöpfe. Sofort feuerten die vorderen Laser und schleuderten ihre Blitze auf die Zerstörerdroiden. Drei von ihnen sackten verkohlt und rauchend zu Boden.

»Ja! Droidenblaster!« rief er vergnügt, und hinter ihm piepte R2-D2 beifällig.

Die verbliebenen Zerstörerdroiden wandten sich ihm zu und verteilten sich über den Hangarboden, um ein schwierigeres Ziel zu bieten. Hinter ihnen rannten Padmé, ihre Dienerinnen, Panaka und die verbliebenen Naboosoldaten zu der Tür, die in den Palast führte. Anakin spähte über den Rand des Cockpits, als sie verschwanden. »Viel Glück«, flüsterte er.

Die Zerstörerdroiden kamen nun ununterbrochen feuernd näher, und die Geschosse brachten das ganze Schiff zum Wackeln. Anakin warf einen raschen Blick auf den Sith-Lord, der die Jedi quer durch den Hangar und durch eine Öffnung in einen Raum dahinter trieb, sie immer weiter vor sich herdrängte und mit beängstigender Wut verfolgte.

Dann verschwanden auch diese drei aus seinem Blickfeld, und der Junge war allein mit seinen Angreifern.

Ein Laserblitz traf die Nase seines Schiffs und riß den Jäger zur Seite. Der Junge packte die Steuerung fester. Er feuerte im Gegenzug seine eignen Laser ab, aber die Zerstörerdroiden waren zu weit seitwärts, und Anakins Schüsse trafen nur die Hangarwände.

Wieder ließ er sich unter den Rand des Cockpits sinken, wieder sah er sich hektisch auf der Konsole um. »Schilde«, zischte er und zwang sich, sich zu konzentrieren, obwohl die Laserblitze um ihn herumzischten. »Immer rechts! Schilde sind immer rechts!«

Er bediente mehrere Schalter, und der Nachbrenner zündete dröhnend. Er drückte einen weiteren Knopf, dann noch einen. Die Steuerung entzog sich seinem Griff, und der Jäger drehte sich, schoß durch das Hangartor und gewann rasch an Höhe.

Die Cockpitabdeckung glitt an Ort und Stelle und schloß sich um den Jungen. »Artoo, was ist hier los?« rief er. Durch die Intercomlautsprecher erklang R2-D2s nervöses Zwitschern und Pfeifen. »Ja, ich weiß, daß ich einen Knopf gedrückt habe!« antwortete der Junge. »Nein, jetzt mache ich überhaupt nichts mehr!« Er hielt die Luft an, als das Piepen weiterging, und las R2s Worte auf dem Cockpitbildschirm. »Das Schiff ist auf Autopilot? Dann versuch ihn außer Kraft zu setzen!«

Der schlanke gelbe Kampfjäger hatte die Atmosphäre des Planeten verlassen und befand sich nun im Raum. Naboo war nur noch ein grünblauer Edelstein, der sich in der Schwärze immer weiter verlor.

Vor ihnen tauchten ein paar kleine silberne Punkte auf, die rasch größer wurden. Andere Schiffe.

»Artoo, wohin fliegen wir?« hauchte Anakin, der immer noch versuchte, aus der Steuerkonsole schlau zu werden.

Das Comsystem rauschte, und plötzlich hörte er die Stimmen von Ric Olié und den anderen Naboopiloten, die vor ihm gestartet waren.

»Hier Bravo-Kommando.« Rics rauhe Stimme brach durch die Statik. »Bravo Zwei, fangen Sie die feindlichen Jäger ab. Bravo Drei, greifen Sie die Transmitterstation an.«

»Verstanden, Bravo-Kommando«, erklang die Antwort.

Nun konnte Anakin sie genau sehen: Die silbernen Punkte hatten erkennbare Formen angenommen und sich in Naboosternjäger verwandelt, die sich über die Schwärze verteilt hatten und das viel größere Kampfschiff der Föderation angriffen.

»Feindliche Jäger direkt voraus«, warnte Ric Olié seine Leute plötzlich.

Im gleichen Augenblick stieß R2-D2 ein paar hektische Pfiffe aus. Der Junge spürte, wie sich sein Magen zusammenkrampfte, als er auf den Bildschirm schaute. »Was soll das heißen, der Autopilot sucht nach anderen Schiffen? Was für andere Schiffe?« Wieder spähte er zu den Naboojägern hin. »Doch nicht die da?«

R2-D2 pfiff bestätigend. Anakin sackte auf seinem Sitz zusammen. »Der Autopilot bringt uns da rauf? In den Kampf?« Seine Gedanken überschlugen sich. »Dann schalte den Autopiloten ab, Artoo !«

Der Astromech-Droide piepte und pfiff weiter. »Es gibt keine manuelle Abschaltung!« rief Anakin verzweifelt. »Oder zumindest kann ich sie nicht finden! Du mußt irgend etwas kurzschließen oder so! Beeil dich, Artoo!«

Hilflos starrte er durch den Transparistahl der Cockpitkuppel, als sein Jäger direkt auf den Kampfjägerschwarm der Handelsföderation zuraste. Er hatte nicht die geringste Ahnung, was er jetzt tun sollte, um sich zu retten.

Zweiundzwanzig

Qui-Gon Jinn war einer der besten Schwertkämpfer des Jediordens. Der Jedimeister, der ihn ausgebildet hatte, hielt ihn für den besten, den er in seinen mehr als vierhundert Jahren im Orden trainiert hatte. Qui-Gon hatte in seinem Leben Kämpfe in der ganzen Galaxis ausgetragen, und das oft gegen so gewaltige Übermacht, daß viele andere nicht die geringste Chance gehabt hätten. Er hatte Schlachten überlebt, die seine Fähigkeiten und seine Entschlossenheit auf alle erdenkliche Weise auf die Probe stellten.

Aber an diesem Tag hatte er einen ebenbürtigen Gegner gefunden. Der Sith-Lord, gegen den er zusammen mit Obi-Wan kämpfte, konnte es, was die Geschicklichkeit mit dem Schwert anging, durchaus mit ihm aufnehmen, und er hatte den Vorteil, jünger und kräftiger zu sein. Qui-Gon ging auf die sechzig zu, seine Jugend lag hinter ihm, und seine Kraft begann nachzulassen. Der einzige Vorteil, den er jetzt vielleicht hatte, kam aus seiner langen Erfahrung und dem intuitiven Begreifen, wie ein Gegner sein Lichtschwert einsetzen würde.

Obi-Wan brachte Jugend und Durchhaltevermögen in den Kampf, aber er hatte nur ein paar Duelle ausgetragen und war nicht annähernd so erfahren wie sein Lehrer. Gemeinsam waren sie in der Lage, ihrem Gegner standzuhalten, aber das genügte nicht, um wirklich offensiv gegen diesen gefährlichen Feind vorzugehen.

Darth Maul war ein Krieger auf dem Höhepunkt seiner Kraft. Darüber hinaus wurde er von seinem abgrundtiefen Haß und seiner Verachtung für die Jediritter getrieben, die seit Jahrtausenden Feinde der Sith gewesen waren. Er hatte sein

Leben lang für diesen Augenblick gearbeitet und trainiert, für eine Chance, einem Jedi im Zweikampf gegenüberzustehen. Für ihn war es nur ein Bonus, daß er jetzt sogar zwei Gegner hatte. Er hatte keine Angst und zweifelte keine Sekunde an seinem Sieg. Er war auf eine Weise konzentriert, die Qui-Gon sofort erkannte – es war die Konzentration eines Jedi, ganz auf die Gegenwart fixiert, auf das, was im Hier und Jetzt notwendig war. Qui-Gon sah das in seinem wahnsinnigen Blick und in dem Ausdruck des rot-schwarz tätowierten Gesichts. Der Sith-Lord war ein lebendes Beispiel dafür, was der Jedimeister Obi-Wan immer darüber sagte, wie man am besten den Willen der Macht vernahm.

Die drei Kämpfer bewegten sich mit blitzenden Lichtschwertern vor und zurück über den Hangarboden und setzten alles ein, was sie im Lauf von vielen Jahren gelernt hatten. Ununterbrochen versuchten die Jediritter vorzudrängen, und tatsächlich bewegte sich der Sith-Lord von den Naboo und den Raumjägern weg auf die andere Wand des Hangars zu. Aber Qui-Gon bemerkte rasch, daß es vielleicht so aussehen mochte, als ob die Jedi ihn vor sich hertrieben, daß es aber eigentlich der Sith-Lord war, der den Kampf in der Hand hatte. Er drehte sich und wirbelte, sprang und schlug Saltos mit erstaunlicher Leichtigkeit und zog sie immer weiter mit sich, führte sie auf einen Ort seiner Wahl zu. Seine Wendigkeit und Geschicklichkeit gestatteten ihm, beide Angreifer in Schach zu halten und immer wieder selbst anzugreifen, während er gleichzeitig parierte, und erbarmungslos nach einer Lücke in ihrer Verteidigung zu suchen.

Qui-Gon bedrängte den Gegner zu Beginn des Kampfes hart, weil er spürte, wie gefährlich dieser Mann war, und den Kampf so schnell wie möglich beenden wollte. Mit wehenden Haaren griff er wild und entschlossen an. Obi-Wan folgte seinem Beispiel. Sie hatten schon öfter zusammen gekämpft und waren mit den Bewegungen des anderen vertraut. Qui-Gon hatte Obi-Wan ausgebildet, und obwohl der jüngere Jedi ihm noch längst nicht gleichkam, glaubte er, daß Obi-Wan eines Tages besser sein würde, als er es je gewesen war.

Also forderten sie den Sith-Lord schnell heraus und stellten ebensoschnell fest, daß selbst ihr Bestes nicht gut genug war, zu einem raschen Ende zu kommen. Danach verfielen sie in ein Muster, arbeiteten als Team gegen ihren Feind und warteten auf eine Öffnung. Aber der Sith-Lord war zu klug, um das zuzulassen, und so ging der Kampf weiter.

Sie kämpften sich quer durch den Haupthangar auf eine Tür zu, die zum Kraftwerk führte. Metallene Stege und Brücken überquerten eine Grube, in der die beiden Generatoren des Hangarkomplexes arbeiteten. Der Raum war riesig und erfüllt vom Lärm schwerer Maschinen. Die Deckenbeleuchtung drang durch Dampfwolken und Schichten von Schatten. Die Jedi und der Sith-Lord kämpften jetzt auf einer der Metallbrücken oberhalb der Generatoren, deren Metallrahmen von ihren Schritten und dem Klirren der Lichtschwerter widerhallte und vibrierte.

Allein in diesem Kraftwerksraum, verborgen vor der Stadt und ihren Bewohnern, verdoppelten sie ihre Anstrengungen.

Der Sith-Lord sprang von der Brücke, auf der sie sich befanden, auf die nächsthöhergelegene, und sein fremdartiges Gesicht leuchtete von der Hitze des Kampfes und seiner Freude daran. Die Jedi folgten ihm, einer vor ihm, einer hinter ihm. Sie kämpften über die ganze Länge der Brücke, Lichtschwerter blitzten, Funken flogen vom Metallgeländer, wenn die Schwerter es berührten.

Dann überraschte Darth Maul Obi-Wan mit einem besonders geschickten Schlag und nutzte das kaum wahrnehmbare Zögern des Jedi für einen mächtigen Tritt, der Obi-Wan über das Geländer schleuderte. Qui-Gon nutzte es seinerseits aus, daß der Sith-Lord mit seinem Schüler beschäftigt war, und zwang Darth Maul ebenfalls über das Geländer. Der Sith-Lord stürzte und prallte hart auf einer Brücke mehrere Ebenen unterhalb von Obi-Wan auf. Die Überraschung oder vielleicht die Wucht des Aufpralls betäubte ihn sichtlich, und Qui-Gon sprang hinter ihm her, weil er eine Chance sah, dem Kampf endlich ein Ende zu machen. Aber schon war der Sith-Lord wieder auf den Beinen und floh und führte den Kampf in eine neue Richtung.

Bis Obi-Wan sich erholt hatte, verfolgte Qui-Gon Darth Maul bereits die Brücke entlang auf eine kleine Tür am anderen Ende des Kraftwerkraums zu. Der Jedimeister bewegte sich rasch, das Lichtschwert blitzte. Er war inzwischen müde und abgeschlagen, der völligen Erschöpfung nahe, aber endlich war es ihm gelungen, den Sith-Lord in die Defensive zu treiben, und er wollte ihm keine Gelegenheit geben, sich zu erholen.

»Qui-Gon!« rief Obi-Wan und versuchte ihn einzuholen, aber der Jedimeister wurde nicht langsamer.

Einer hinter dem anderen stürzten die Gegner durch die kleine Tür in den Korridor dahinter. Sie bewegten sich so rasch in ihrer wilden Hetzjagd, daß sie in dem Korridor waren, bevor ihnen klarwurde, um was es sich handelte. Laserstrahlen prallten an Streben ab, pulsierten in langen Strahlen, die den Korridor mit fünf schimmernden Lichtwänden in mehrere Abschnitte unterteilten. Die Laser hatten sich gerade erst eingeschaltet, als der Sith-Lord und die Jedi den Flur betreten hatten. Darth Maul, an der Spitze, war am weitesten gekommen und saß nun zwischen der vierten und fünften Laserwand fest. Qui-Gon, der ihm dicht auf den Fersen gewesen war, war nur eine Wand entfernt. Obi-Wan war es nicht einmal gelungen, an der ersten Wand vorbeizukommen.

Das Zischen und Blitzen der Laser ließ die Gegner wie erstarrt stehenbleiben. Sie sahen sich nach einem Fluchtweg um und entdeckten keinen. Qui-Gon schaute sich rasch um, um festzustellen, wo sie sich überhaupt befanden. Sie waren in dem Zulieferflur für die Schmelzgrube, wo Restbestände aus dem Generatorbetrieb verbrannt wurden. Dieser Zulieferflur war mit Lasern gegen unerlaubtes Eindringen geschützt.

An beiden Enden der Passage befanden sich zweifellos Schalter, um diese Schutzfunktion abzustellen, aber es war zu spät, sich jetzt noch danach umzusehen.

Die Jediritter starrten vorbei an den zuckenden Blitzen auf den Sith-Lord, der sie mit einem boshaften Grinsen bedachte. Macht euch keine Sorgen, schien seine Miene zu sagen, ihr müßt nicht lange auf mich warten.

Qui-Gon warf Obi-Wan einen bedeutungsvollen Blick zu, dann hockte er sich nieder, um zu meditieren und zu warten.

Padmé Naberrie, Königin der Naboo, folgte zusammen mit ihren Dienerinnen, Captain Panaka und seinen Soldaten dem Gang, der vom Haupthangar durch die Stadt zurück zum Palast führte. Sie mußten sich Gebäude um Gebäude vorwärts kämpfen, Flur um Flur gegen die Kampfdroiden erobern, die zur Bewachung von Theed zurückgelassen worden waren. Sie stießen immer wieder auf einzelne Droiden oder auf ganze Einheiten, und es blieb ihnen jedesmal nichts anderes übrig, als sich an ihnen vorbeizukämpfen und dabei möglichst wenig Zeit zu verlieren.

Deshalb vermieden sie den direkten Weg zugunsten von Umwegen, wo sie weniger Gefahr liefen, auf Droiden zu stoßen. Zunächst hatten sie keine Wahl, als direkt auf den Palast zuzugehen, nachdem sie dem Kampf im Haupthangar entkommen waren, in der Hoffnung, daß Geschwindigkeit und der Überraschungseffekt allein sie durchbringen würden. Als das nicht funktionierte, wurden sie vorsichtiger. Sie benutzten unterirdische Tunnel und verborgene Passagen und Brücken zwischen Gebäuden, auf denen sie den Droiden aus dem Weg gehen konnten, die die Straßen und Plätze durchsuchten. Wenn man sie entdeckte, kämpften sie sich so schnell wie möglich durch, dann verbargen sie sich wieder und versuchten, weiter vorzudringen.

Am Ende erreichten sie den Palast sehr viel schneller, als Padmé je zu hoffen gewagt hatte, über eine Brücke zu einem

Wachturm und machten sich von dort aus auf den Weg zum Thronsaal.

Sie hatten den Saal schon beinahe erreicht, als eine ganze Patrouille von Kampfdroiden um die Ecke eines Flurs vor ihnen bog und das Feuer eröffnete. Padmé und ihre Begleiter wichen in Türöffnungen und Alkoven zurück, erwiderten das Feuer und suchten nach einem Ausweg. Mehr und mehr Kampfdroiden erschienen, und überall im Palast ertönten die Alarmsirenen.

»Captain!« rief Padmé Panaka über den Waffenlärm hinweg zu. »Wir haben keine Zeit für so etwas!«

Der schweißüberströmte Panaka warf ihr einen raschen Blick zu. »Versuchen wir es draußen!« rief er zurück.

Er richtete seinen Blaster auf ein hohes Fenster und schoß den Rahmen und den Transparistahl weg. Während die Dienerinnen und die meisten Naboosoldaten ihnen Rückendeckung gaben, rannten die Königin, Panaka und ein halbes Dutzend weiterer Soldaten auf das Fenster zu und kletterten rasch hinaus.

Aber jetzt fanden sie sich auf einem breiten Sims, sechs Stockwerke oberhalb eines tosenden Wasserfalls und eines Auffangbeckens, von dem aus das Wasser in eine Reihe miteinander verbundener Teiche auf dem Palastgelände geleitet wurde. Die Königin preßte sich fest an die Mauer und überlegte hektisch, welchen Weg sie einschlagen sollten. Panaka rief seinen Männern zu, ihre Kletterhaken zu benutzen, und zeigte auf ein Sims etwa vier Stockwerke weiter oben am Gebäude. Die Naboo nahmen die Haken von den Gürteln, steckten sie auf die Läufe ihrer Blaster, richteten die Waffen zum Himmel und feuerten. Dünne Kabel entrollten sich wie zuschlagende Schlangen, und die Stahlklauen gruben sich tief in den Stein.

Rasch aktivierten Padmé und die anderen Naboo den Aufrollmechanismus und wurden die Wand hinaufgezogen.

In dem Flur hinter ihnen, wo die Dienerinnen und der Rest der Naboosoldaten die Kampfdroiden immer noch aufhielten, wurde das Feuer intensiver. Padmé ignorierte den Lärm und zwang sich weiterzuklettern.

Als sie auf dem oberen Sims angekommen waren, benutzte Panaka seinen Blaster, um ein Fenster aufzuschießen. Überall lagen Splitter von Transparistahl und Permacrete herum, als sie wieder ins Gebäude hineinkletterten und sich in einem weiteren Flur fanden. Sie waren jetzt ganz in der Nähe des Thronsaals; er lag nur noch ein Stockwerk über ihnen. Padmé jubelte innerlich. Sie würde den neimoidianischen Vizekönig doch noch gefangennehmen können!

Aber sie hatte den Gedanken noch nicht zu Ende gedacht, als bereits ein Paar Zerstörerdroiden in den Flur rollten und sich rasch zur Kampfstellung entfalteten. Nur Sekunden später tauchte ein zweites Paar am anderen Ende auf, die Waffen schußbereit.

Mit ausdrucksloser Roboterstimme befahl ihnen der vorderste Droide, die Waffen fallen zu lassen.

Padmé zögerte. Sie hatten keine Möglichkeit zur Flucht, es sei denn wieder durchs Fenster, und dann würden sie hilflos auf dem Sims festsitzen. Sie konnten versuchen, sich durchzukämpfen, aber während sie gegen Kampfdroiden eine gewisse Chance hatten, waren sie deren schlagkräftigeren Vettern hoffnungslos unterlegen.

Angesichts dieser aussichtslosen Situation kam Padmé ein Gedanke. Sie sah eine Möglichkeit, die ihnen vielleicht doch noch den Sieg bringen würde. Sie richtete sich auf, hob die Hände zum Zeichen der Niederlage und warf den Blaster weg.

»Werfen Sie die Waffen weg«, befahl sie Captain Panaka und seinen Soldaten. »Diese Runde haben die anderen gewonnen.«

Panaka wurde bleich. »Aber Euer Majestät, wir können doch nicht –«

»Captain«, schnitt ihm Padmé das Wort ab und sah ihm direkt in die Augen. »Ich habe gesagt, Sie sollen die Waffen wegwerfen.«

Panaka bedachte sie mit einem Blick, der eindeutig klarmachte, daß er sie für verrückt hielt. Dann warf er den Blaster auf den Boden und wies seine Männer mit einer Geste an, es ihm nachzutun.

Die Zerstörerdroiden kamen auf sie zu, um sie gefangenzunehmen. Aber bevor sie die Naboo erreichten, gelang es Padmé, mit ihrem Comlink eine Botschaft zu senden.

»Haben Sie Vertrauen, Captain«, flüsterte sie dem verblüfften Panaka zu, ihre Miene kühl und gesammelt, als sie das Comlink schnell wieder versteckte.

Es sah schlecht aus für die Gunganarmee. Ebenso wie die Naboo hatten die Gungan den Zerstörerdroiden wenig entgegenzusetzen. Langsam, aber sicher wurden sie zurückgedrängt, konnten dem gnadenlosen Angriff der Handelsföderation nicht standhalten. Hier und da öffneten sich entlang ihrer bedrängten Linien erste Breschen in der Verteidigung.

Jar Jar war genau an einer solchen Stelle.

Einige Zeit war seine Stellung eine der stärksten gewesen, da seine Truppen, ermutigt von dem, was sie fälschlich für unglaubliche Tapferkeit hielten, zu einem Gegenangriff angesetzt hatten. Aber dadurch hatten sie sich zu weit vorgewagt, und mit dem Erscheinen der Zerstörerdroiden hatte sich das Blatt gewendet. Nun waren Jar Jar und seine Kameraden auf der Flucht, wichen dorthin zurück, wo sich der Rest der Armee im Schatten des langsam versagenden Generatorschilds duckte und verzweifelt versuchte, sich wieder zu formieren.

Jar Jar, dessen Kaadu längst tot war, rannte um sein Leben. Verzweifelt bemüht, die Entfernung zwischen sich und den verfolgenden Zerstörerdroiden zu vergrößern, holte er einen flüchtenden Wagen ein, der mit Dutzenden der Energiekugeln gefüllt war, wie sie die Gungan für ihre Katapulte verwendeten. Er packte die Wagentür und versuchte, sich auf die Ladefläche zu hieven, während der Wagen über den unebenen Boden rumpelte. Aber in seinem Bemühen, sich zu retten, löste er den Riegel der Tür, die daraufhin aufflog. Energiekugeln polterten vom Wagen herab, hüpften und rollten den Hügel hinab. Jar Jar tänzelte aus dem Weg und wurde nicht getroffen, aber die weniger beweglichen Zerstörerdroiden, die ihm folgten, hatten Pech. Die Energiekugeln kollidierten mit ihnen, und Droide um Droide explodierte in einem Regen von Feuer und Metallsplittern.

»Super!« rief Jar Jar entzückt und beobachtete, wie die Föderationsdroiden hierhin und dorthin auswichen, um dem Teppich von Energiekugeln zu entkommen, der auf sie zurollte.

Anderswo allerdings nahm die Schlacht eine Wendung zum Schlechteren. Zerstörerdroiden waren durch die Gunganlinien vor den Schildgeneratoren gebrochen und feuerten immer wieder auf die Maschinen. Die Fambaa, die die Generatoren trugen, schauderten und brachen in die Knie, die Generatoren rauchten und spien Funken. Abrupt begann das Kraftfeld nachzugeben und verblaßte. OOM-9, der das alles beobachtete, meldete es rasch dem neimoidianischen Kommandoschiff. Panzerfahrzeuge wurden vorwärts befohlen und begannen abermals zu feuern.

Als General Ceel sah, daß die Schildgeneratoren an Kraft verloren, wurde ihm klar, daß sie besiegt waren. Die Gungan hatten alles für die Königin von Naboo getan, was sie konnten. Er wandte sich seinem Stab zu und gab das Zeichen zum Rückzug. Die Trompeten gaben das Signal weiter, schmetterten über das Grasland, und die gesamte Gunganarmee begann zurückzufallen.

Jar Jar hatte ein neues Reittier gefunden und raste wie verrückt auf die Sicherheit des Sumpfes zu. Bei seiner Flucht inmitten von Droiden und Panzerfahrzeugen wurde sein Kaadu jedoch unter ihm weggeschossen, und er wurde seitwärts auf das Geschütz eines Panzerfahrzeugs geworfen. Dort klammerte er sich an und fuhr auf dem feindlichen Vehikel über die Ebene, während um ihn herum die Schlacht weitertobte.

Die Droiden in dem Panzerfahrzeug bemerkten ihn rasch, und der Fahrer versuchte, ihn abzuwerfen, indem er das Geschütz von einer Seite zur anderen riß. Aber Jar Jar klammerte sich mit aller Kraft fest, schlang Arme und Beine fest um den Geschützlauf und ließ sich nicht abwerfen.

»Hife! Hife!« rief er laut.

Captain Tarpals arbeitete sich auf einem Kaadu neben das Panzerfahrzeug vor und rief Jar Jar zu, er solle springen. Laserfeuer prallte von der Panzerung des Gefährts ab und verfehlte Jar Jar nur knapp, während er versuchte, seine Angst zu besiegen und loszulassen. Luken öffneten sich, und Droidenköpfe erschienen. Jar Jar riß die Augen weit auf, als er sah, daß man mit Blastern auf ihn zielte.

Dann sprang er, warf sich von dem Panzerfahrzeug weg und landete ungeschickt hinter dem Gungancaptain, der in der Nähe geblieben war, um ihn zu retten. Das Kaadu, nun mit zwei Reitern belastet, taumelte, dann richtete es sich wieder auf und bewegte sich rasch weiter.

Rings um sie her ertönten Explosionen, Erdbrocken flogen zum Himmel, und Jar Jar Binks, die Arme um den anderen Reiter geschlossen, die Augen entsetzt zugekniffen, war sich ziemlich sicher, daß dies sein Ende sein würde.

Anakin Skywalker war inzwischen mitten in einen Luftkampf zwischen den Raumjägern der Naboo und der Föderation geraten. Er versuchte immer noch, den Autopiloten außer Kraft zu setzen, und es war ihm nur gelungen, näheren Kontakt mit dem Feind zu vermeiden, weil sein Schiff auf eine erratische, ausweichende Art immer wieder aus der Schußweite der Feinde floh, wenn diese zu nahe kamen. Überall explodierten Jäger, einige so nahe, daß er die Trümmer an seinem Cockpit vorbeifliegen sah.

»O Mann, das war knapp!« hauchte er und versuchte, Schalter um Schalter herauszufinden, um was es auf der Steuerkonsole ging. Sein Jäger schlingerte und bockte als Antwort auf seine unwillkommene Einmischung in den Kurs, den der Autopilot vorschrieb.

Aber immerhin lernte Anakin immer mehr über die Schaltkonsole, und er wußte nun, wozu die diversen Knöpfe und Hebel gut waren. Der Nachteil von all dem war, daß er es irgendwie geschafft hatte, den Auslöser der Lasergeschütze zu blockieren, und was immer er auch versuchte, es gelang ihm nicht, die Sicherung wieder zu lösen.

Er blickte von seiner Suche auf, als ein lautes Piepen von R2-D2 ihn vor zwei Föderationsjägern warnte, die direkt auf ihn zukamen.

»Artoo, Artoo, bring uns hier weg!«

Der Astromech-Droide übertönte den Rest von dem, was der Junge sagen wollte, mit einer Reihe hektischer Pfiffe.

»Ich kann jetzt selbst steuern?« rief Anakin entsetzt.

Er packte die Steuerung und riß sie nach links. Zu seiner Überraschung und unendlichen Dankbarkeit folgte der Jäger dem Ruder, und sie schossen an den Feinden vorbei und in einen neuen Schwarm von Gegnern hinein.

»Ja! Ich kann selbst steuern!« Anakin war begeistert. »Du hast es geschafft, Artoo!«

Der Astromech-Droide piepte ihm durchs Intercom ein Stakkato zu.

Anakin riß die Brauen hoch, als er die Worte auf dem Display las. »Zurück nach Naboo? Vergiß es! Qui-Gon hat mir gesagt, ich soll in diesem Cockpit bleiben, und genau das werde ich auch tun! Halt dich gut fest!«

Seine Begeisterung war stärker als seine Vernunft, und er lenkte seinen Jäger mitten in die Schlacht hinein. Sein Kampfinstinkt erwachte, und er war wieder auf Tatooine in einem Kapselrennen, Teil seines Schiffs, verloren in der berauschenden Herausforderung zu gewinnen. Vergessen war sein Versprechen, sich um Qui-Gon und Padmé zu kümmern; sie waren zu weit weg, als daß er an sie denken konnte. Alles, was zählte, war, daß er seinen Weg in den Raum gefunden hatte, diesen Raumjäger flog und eine Gelegenheit hatte, endlich seinen Traum zu leben.

Ein feindlicher Jäger kam in Sicht. »Halt dich fest, Artoo«, warnte Anakin. »Ich werde den da abschießen.«

Er brachte sein Schiff in Feuerposition hinter das der Handelsföderation, und erst jetzt fiel ihm wieder ein, daß die Auslöser seiner Lasergeschütze blockiert waren. Verzweifelt suchte er nach der Entsicherung.

»Welcher Knopf, Artoo?« rief er in seinen Helm. »Wie kann ich feuern?«

R2-D2 piepte wild.

»Welcher? Der da?«

Er drückte auf den Knopf, auf den der Astromech-Droide hingewiesen hatte, aber statt die Geschützauslöser zu entsichern, beschleunigte das den Jäger weit am feindlichen Schiff vorbei.

»Sachte!« keuchte Anakin erschrocken.

Nun war der Jäger der Handelsföderation hinter ihm her und manövrierte sich in Feuerposition. Anakin riß das Steuer ruckartig zur Seite, schoß an dem mächtigen Schlachtschiff der Föderation vorbei und in einer Reihe von Ausweichmanövern in den Raum hinein.

»Das war nicht die Entsicherung!« schrie der Junge in sein Intercom.

R2-D2 pfiff verlegen. Der feindliche Jäger war immer noch hinter ihnen und kam wieder näher. Anakin zog sein Schiff nach rechts herum und brachte es zurück zu den umherschwärmenden Jägern. Indem er die Stabilisatoren in unterschiedliche Richtungen drehte, begann er, seinen Jäger wie einen Kreisel zu drehen. R2-D2 kreischte verzweifelt. »Ich weiß, daß wir Ärger haben!« schrie Anakin zurück. »Aber mach dir keine Sorgen! Wir werden auf demselben Weg hier rauskommen, wie wir reingekommen sind!«

Er schoß auf das feindliche Kriegsschiff mit der Kontrollstation zu und zog den feindlichen Jäger mit. Laserblitze rasten auf ihn zu und verfehlten ihn knapp. Er wartete noch eine Sekunde länger, bis er so dicht an dem Schlachtschiff war, daß das Emblem der Handelsföderation auf der Brücke wie eine Mauer vor ihm aufragte. Dann lenkte er die volle Energie auf die rückwärtigen Lenkraketen und riß den Jäger wieder nach rechts.

Das Schiff hätte dieses Manöver beinahe nicht mitgemacht und sackte einen entsetzlichen Augenblick lang weg wie ein Stein, bevor es sich wieder stabilisierte. Der feindliche Jäger hatte allerdings keine Zeit mehr zu reagieren. Er schoß an Anakin vorbei in die Seite des Schlachtschiffs, wo er in einem Regen von Feuer und Metallsplittern explodierte.

Anakin beschleunigte vorwärts, drehte das Schiff dann und suchte nach neuen Feinden. Durch seine Cockpitkuppel konnte er eine Handvoll Nabooschiffe sehen, die das Flaggschiff der Handelsföderation angriffen.

Ric Oliés Stimme ertönte über das Intercom. »Bravo Drei, greifen Sie die Hauptbrücke an!«

»Verstanden, Bravo-Kommando«, kam die Antwort.

Eine Staffel von vier Jägern kam auf das Schlachtschiff zu und feuerte aus allen Geschützen, aber die Schilde des feindlichen Schiffs wehrten den Angriff mühelos ab. Zwei der Jäger wurden ihrerseits getroffen und explodierten zu Asche. Die beiden anderen brachen den Angriff ab.

»Ihre Schilde sind zu stark!« rief einer der überlebenden Piloten wütend. »Da kommen wir nie durch!«

In der Zwischenzeit war auch Anakin wieder unter Feuer. Ein weiterer Jäger der Föderation hatte ihn gesehen und jagte ihn. Der Junge beschleunigte und raste am Rumpf des Flaggschiffs entlang, drehte und wand sich durch Kanäle und um Vorsprünge herum. Laserfeuer folgte ihm in einem ununterbrochenen Strom.

»Ich weiß, daß das kein Kapselrennen ist!« fauchte Anakin R2-D2 an, als der Astromech-Droide tadelnd piepte.

Aber in seinem Herzen fühlte es sich genauso an. Wilde Begeisterung durchzuckte ihn, als er den Jäger am Schlachtschiff entlangflog. Das Tempo des Kampfes versetzte ihn in einen wahren Adrenalinrausch. Um nichts in der Welt hätte er woanders sein wollen!

Aber nun war es mit seinem Glück zu Ende. Als er sich dem Heck des Schiffs näherte, versetzte ein Laserblitz seinem Jäger einen harten Schlag und trieb ihn in eine schwindelerregende Drehung. R2-D2 kreischte abermals, und Anakin kämpfte verzweifelt darum, sein Schiff wieder unter Kontrolle zu bekommen.

»Banthadreck!« zischte der Junge und mühte sich, das Schiff zu stabilisieren.

Er wirbelte direkt auf den Rumpf des Flaggschiffs zu, drosselte die Energiezufuhr und kam schließlich in einen langgezogenen Gleitflug. Aber er hatte die Kontrolle zu spät wiedererlangt, und jetzt flog das Schiff auf eine riesige Öffnung in der Mitte des Schlachtschiffs zu. Laserfeuer peitschte um ihn her, als die Droiden, die die Geschütze des Flaggschiffs bemannten, versuchten, ihn abzuschießen, aber er war innerhalb von Mikrosekunden an ihnen vorbei und raste in den gewaltigen Haupthangar des Schlachtschiffs hinein. Er wich Transportern, Panzerfahrzeugen, Kampfjägern aus und kämpfte darum, seinen Jäger noch lange genug in der Luft zu halten, um einen geeigneten Landeplatz zu finden.

R2-D2 piepte hektisch. »Ich versuche ja zu landen!« rief Anakin ihm zu. »Ich versuch's ja!«

Der Naboojäger schlug auf den Boden auf und sprang wieder hoch, und Anakin verstärkte den Rückwärtsschub, um das Schiff zu bremsen. Ein Schott ragte vor ihnen auf und blockierte ihnen den Weg. Anakin brachte den Jäger mit einem Ruck, der bis in die Knochen ging, aufs Deck hinab und hielt ihn am Boden, wo das Schiff mit metallischem Kreischen die Rampe entlangschlitterte. Endlich wurde es langsamer, drehte sich halb und kam zu einem unsicheren Halt. Die Motoren spuckten und erstarben dann vollkommen.

R2-D2 pfiff erleichtert.

»Also gut!« keuchte Anakin und nickte. »Wir haben es geschafft. Und jetzt starten wir die Motoren wieder und verschwinden von hier!«

Er beugte sich vor, um die Treibstoffzufuhr zu regeln, und betrachtete besorgt die Anzeigeleuchten der Konsole. »Alles im roten Bereich, Artoo, alles überhitzt.«

Er arbeitete am Kühlsystem, als R2-D2 plötzlich warnend piepte. Der Junge hob den Kopf über den Rand des Cockpits und spähte in den Hangar hinein. »Oh-oh«, murmelte er leise.

Dutzende von Kampfdroiden kamen auf sie zu, die Waffen drohend erhoben. Ihr einziger Fluchtweg war verstellt.

Dreiundzwanzig

Obi-Wan lief am vorderen Ende des Korridors zur Schmelzgrube auf und ab wie ein Tier im Käfig. Er war wütend auf sich selbst, weil er so weit entfernt von Qui-Gon hier festsaß, und wütend auf Qui-Gon, weil dieser losgerannt war, statt auf ihn zu warten. Aber er machte sich auch Sorgen. Das konnte er insgeheim vor sich selbst zugeben, wenn auch mit einiger Anstrengung. Sie hätten diesen Kampf schon lange gewonnen haben sollen. Bei jedem anderen Gegner wäre das auch längst geschehen. Aber der Sith-Lord war weit besser ausgebildet und kampferfahrener als alle anderen, denen sie bisher gegenübergestanden hatten. Schlag um Schlag hatte er abgewehrt, und sie waren dem Sieg kein bißchen näher als zu Beginn des Kampfes.

Obi-Wan starrte den Flur entlang und maß die Entfernung ab, die er zurücklegen müßte, um Qui-Gon und seinen Gegner zu erreichen, sollten die Laserwände verschwinden. Er hatte aus dem Augenwinkel bemerkt, daß sie hin und wieder für Sekunden deaktiviert waren, als er versucht hatte, Qui-Gon einzuholen. Er würde schnell sein müssen. Sehr schnell. Er wollte nicht, daß sein Meister diesem tätowierten Wahnsinnigen allein gegenüberstand.

Weiter unten, gefangen zwischen zwei Wänden aus Laserstrahlen, kniete Qui-Gon Jinn und meditierte, dem Sith-Lord und der Schmelzgrube zugewandt, den Kopf über das Lichtschwert gesenkt. Er sammelte sich für einen letzten Angriff, brachte sich in Einklang mit der Macht. Obi-Wan gefiel überhaupt nicht, wie müde die Schultern des älteren Mannes herabgesunken waren, wie er den Rücken beugte. Qui-Gon Jinn war der beste Schwertkämpfer, den Obi-Wan je gesehen hatte, aber er wurde alt.

Dahinter war der Sith-Lord damit beschäftigt, seine Wunden zu verbinden, eine Reihe von Verbrennungen und Schnitten, die an den verkohlten Rissen in seiner dunklen Kleidung zu erkennen waren. Er war bis an den Rand der nächsten Kammer zurückgewichen und ließ Qui-Gon nicht aus den Augen, sein rot-schwarzes Gesicht angespannt, die gelben Augen im trüben Licht funkelnd. Sein Lichtschwert lag vor ihm auf dem Boden. Er bemerkte Obi-Wans Blick und lächelte verächtlich.

In diesem Augenblick wurden die Laserstrahlen, die den Korridor teilten, abgeschaltet. Obi-Wan stürzte vorwärts, schoß den schmalen Flur entlang, das Lichtschwert erhoben. Auch Qui-Gon war auf den Beinen, und seine Waffe blitzte. Er warf sich durch die Öffnung, die zur Schmelzgrube führte, und stürzte sich auf den Sith-Lord, zwang ihn aus dem Flur hinaus. Obi-Wan rannte noch schneller und brüllte den Gegnern vor ihm zu, als könne er sie allein durch den Klang seiner Stimme zurückbringen.

Dann hörte er das Surren des Schaltmechanismus, der sich drehte, um die Laser wieder zu aktivieren. Er warf sich vorwärts, immer noch zu weit vom Korridorende entfernt. Er war an allen Toren vorbei, außer dem letzten, und nun schlossen sich die Laser vor ihm wieder zu einer rötlichen Mauer, brachten ihn zu einem abrupten Halt, Zentimeter von seinem Ziel entfernt.

Das Lichtschwert in beiden Händen, mußte er hilflos warten und zusehen, wie Qui-Gon Jinn und Darth Maul auf dem schmalen Sims kämpften, der rund um die Schmelzgrube verlief. Ein Elektronenstrom war alles, was ihn von den beiden trennte, aber es hätte genausogut eine drei Meter dicke Mauer aus Permacrete sein können. Verzweifelt sah er sich nach einem Schalter um, der das System abschalten könnte, aber er hatte hier nicht mehr Glück als am anderen Ende. Er konnte nur zuschauen und warten und beten, daß Qui-Gon durchhielt.

Es sah ganz danach aus. Die Meditation hatte dem Jedimeister neue Kraft gegeben, und nun griff er mit einer Heftigkeit an, die den Sith-Lord offenbar verblüffte. Mit schnellen, harten Schlägen seines Lichtschwerts drang er auf den Gegner ein, blieb bewußt dicht bei ihm, so daß der andere die zweiklingige Waffe nicht voll zum Einsatz bringen konnte. Er trieb Darth Maul rückwärts zum Rand der Grube, hielt den Sith-Lord ständig in der Defensive, gönnte ihm keinen Augenblick Ruhe. Qui-Gon Jinn war vielleicht nicht mehr jung, aber er hatte immer noch Kraft. Auf Darth Mauls rot-schwarzem Gesicht zeichnete sich eine gewisse Unsicherheit ab, und das Blitzen seiner seltsamen Augen wurde fiebriger.

Gut so, Meister, dachte Obi-Wan, ermutigte Qui-Gon wortlos und spürte dessen Schwertstreiche im voraus, als wären es seine eigenen.

Dann schlug Darth Maul einen Rückwärtssalto über die Schmelzgrube und verschaffte sich damit ein wenig Raum und genug Zeit, wieder Kampfstellung einzunehmen. Qui-Gon war sofort wieder bei ihm und schlug erneut auf den Sith-Lord ein. Aber er begann zu ermüden, weil er den Kampf allein führen mußte. Seine Schwertstreiche waren nicht mehr so kräftig wie zuvor, sein Gesicht schweißnaß und angespannt vor Erschöpfung.

Langsam begann Darth Maul, sich in den Kampf zurückzudrängen, und wurde wieder zum Angreifer.

»Macht schon!« zischte Obi-Wan lautlos in dem Versuch, die Laser mit reiner Willenskraft abzuschalten.

Schlag um Schlag kämpften Qui-Gon und Darth Maul rund um die Schmelzgrube, verstrickt in einen Zweikampf, der auf diese Weise endlos hätte weitergehen können.

Dann parierte der Sith-Lord einen Abwärtsschlag, wirbelte nach rechts und schlug mit dem Rücken zum Jedimeister blind zu. Zu spät erkannte Qui-Gon die Gefahr. Die Klinge des

Sith-Lords traf ihn direkt in den Bauch und brannte sich durch Kleidung, Haut und Knochen.

Obi-Wan glaubte, den Jedimeister schreien zu hören, dann wurde ihm klar, daß er selbst es war, der verzweifelt den Namen seines Freundes rief. Qui-Gon gab keinen Laut von sich, als die Klinge in ihn eindrang. Er erstarrte nur und trat dann einen kleinen Schritt zurück, als der andere das Schwert wieder herauszog. Einen Augenblick lang stand er reglos da und kämpfte gegen den Schock des tödlichen Schlages an. Dann trübte sich sein Blick, er ließ die Arme sinken, und eine große Müdigkeit senkte sich über seine stolzen Züge. Er brach in die Knie, und sein Lichtschwert fiel klirrend auf den Steinboden. Er war nach vorn gefallen und bewegte sich nicht, als die Laser abrupt wieder ausgingen und Obi-Wan Kenobi kochend vor Wut zur Rettung seines Freundes eilte.

Nute Gunray befand sich in Begleitung von Rune Haako und vier Mitgliedern des Besetzungsrats der Handelsföderation, als Captain Panaka, eine der Dienerinnen der Königin und die sechs Naboosoldaten, die sie beschützt hatten, von zehn Kampfdroiden in den Thronsaal von Theed gebracht wurden. Der Vizekönig erkannte Panaka sofort, war sich aber nicht sicher, welche der Dienerinnen ihn begleitete. Er sah sich nach der Königin um, und obwohl diese Dienerin eine gewisse Ähnlichkeit mit ihr hatte...

Überrascht schaute er genauer hin. Das war tatsächlich die Königin, ohne ihr Make-up und die kunstvollen Gewänder und Amtszeichen. Sie sah sogar noch jünger aus als in ihrer offiziellen Aufmachung, aber ihre Augen und dieser kühle Blick waren nicht zu verwechseln.

Er warf Rune Haako einen Blick zu und sah die eigene Verwirrung in dessen Gesicht gespiegelt.

»Euer Hoheit«, sagte er, als man die Frau auf ihn zuführte.

»Vizekönig«, erwiderte sie und bestätigte damit seine Beobachtung.

Nachdem dies geklärt war, nahm er rasch die Pose eines Siegers gegenüber einer Besiegten ein. »Ihr kleiner Aufstand ist zu Ende, Euer Hoheit. Die jämmerliche Armee, die Sie südlich der Stadt aufgestellt haben, wurde geschlagen. Woanders kümmert man sich bereits um die Jedi. Und Sie sind meine Gefangene.«

»Bin ich das?« fragte sie ruhig.

Die Art, wie sie das sagte, machte ihn nervös. Es war etwas Herausforderndes daran, als wollte sie, daß er ihr widersprach. Selbst Panaka warf ihr einen erstaunten Blick zu.

»Ja, das sind Sie.« Er fragte sich plötzlich, ob ihm etwas entgangen war. Dann richtete er sich auf. »Es ist an der Zeit, daß Sie dieser nutzlosen Debatte, die Sie im Senat der Republik angezettelt haben, ein Ende machen. Sie werden jetzt sofort den Vertrag unterschreiben.«

Plötzlich entstand Unruhe an der Tür zum Thronsaal, Blaster feuerten, und dann stand Königin Amidala im Vorraum. Ein paar Kampfdroiden brachen auf dem Boden zusammen, und eine Handvoll Naboosoldaten schützten ihre Königin gegen weitere Angreifer.

»Ich werde keinen Vertrag unterschreiben, Vizekönig!« rief sie ihm zu, bereits auf dem Rückweg. »Sie haben verloren!«

Einen Augenblick lang war Nute Gunray so verblüfft, daß er nur reglos dastehen konnte. Eine zweite Königin? Aber das da war die echte, in ihren Amtsgewändern, weiß geschminkt, und sie sprach mit dieser herrischen Stimme, die er so gut kannte.

Er drehte sich zu den Kampfdroiden um, die Panaka und die falsche Königin in Schach hielten. »Ihr sechs! Hinter ihr her!« Er zeigte auf die verschwindende Amidala. »Bringt sie her! Diesmal die Echte – nicht irgendeine Doppelgängerin!«

Die Droiden folgten dem Befehl, schossen hinter der Königin und ihren Wachen her und ließen die Neimoidianer und die vier verbleibenden Droiden mit ihren Naboogefangenen zurück.

Gunray wandte sich der Dienerin zu. »Deine Königin wird damit nicht durchkommen!« zischte er, wütend, weil man ihn so getäuscht hatte.

Die Dienerin schien all ihren Mut zu verlieren, wandte sich mit gesenktem Kopf ab, ging langsam auf den Thron zu und setzte sich dort erschöpft und bedrückt nieder. Nute Gunray vergaß sie beinahe sofort und wandte seine Aufmerksamkeit den anderen Naboo zu, die er so schnell wie möglich in die Lager bringen lassen wollte.

Aber schon im nächsten Augenblick war die Dienerin wieder aufgesprungen, kein Zeichen von Verzweiflung oder Erschöpfung war mehr zu sehen; sie hatte Blaster in beiden Händen, die sie aus einem Geheimfach in der Armlehne des Throns gezogen hatte. Eine der Waffen warf sie Captain Panaka zu, mit der zweiten feuerte sie sofort auf die Kampfdroiden. Die Droiden, deren Aufmerksamkeit noch den Naboosoldaten zugewandt gewesen war, wurden vollkommen überrascht, und die Dienerin und Panaka erledigten sie mit eine paar Salven, die im Thronsaal dröhnend widerhallten.

Die Dienerin – wenn sie das denn wirklich war, denn nun hatte Nute Gunray wieder Zweifel daran – rief den Naboo Befehle zu, ging zur Tür des Thronsaals und legte den Hebel um, der diese Türen automatisch verschloß. Die Türen schwangen zu, Riegel schoben sich vor, und die junge Frau zerschlug den Schließmechanismus mit dem Kolben ihrer Waffe.

Dann wandte sie sich den Neimoidianern zu, die sich verwirrt in der Mitte des Raumes zusammengedrängt hatten und sich vergeblich nach Hilfe umsahen. Alle Kampfdroiden lagen in Trümmern am Boden, und die Naboo hatten sich ihrer Blaster bemächtigt.

Die angebliche Dienerin trat zu Gunray. »Fangen wir noch einmal von vorne an, Vizekönig«, sagte sie kühl.

»Euer Hoheit«, erwiderte er, und zu spät wurde ihm die Wahrheit klar.

Sie nickte. »Das ist das Ende Ihrer Besetzung.«

Er gab nicht auf. »Machen Sie sich nicht lächerlich. Sie sind viel zu wenige. Es wird nicht lange dauern, bis Hunderte von Zerstörerdroiden die Tür aufbrechen, um uns zu retten.«

Noch bevor er den Satz beendet hatte, hörte man rollende Geräusche im Vorraum, dann das Klacken sich entfaltender Droidenkörper. Der Vizekönig gestattete sich ein zufriedenes Lächeln. »Sehen Sie, Euer Hoheit? Unsere Retter sind schon auf dem Weg.«

Die Königin durchbohrte ihn mit einem Blick. »Bis sie es durch diese Tür geschafft haben, haben wir einen neuen Vertrag abgeschlossen, Vizekönig. Und Sie werden ihn unterzeichnet haben.«

Die Laserwand hatte sich endlich zurückgezogen, und Obi-Wan Kenobi stürmte aus dem Zugangsflur in den Raum mit der Schmelzgrube. Er tat nicht einmal mehr so, als kümmerte er sich um irgendwelche Vorsichtsmaßnahmen, sondern stürzte sich mit solcher Wut auf Darth Maul, daß er sie beinahe beide von dem Sims in den Abgrund gerissen hätte. Er schlug mit seinem Lichtschwert auf den Sith-Lord ein, als hätte seine eigene Sicherheit keine Bedeutung mehr, verloren in glühender Wut und Frustration, verzehrt von seiner Trauer um Qui-Gon und dem Wissen, daß er den Freund nicht mehr retten konnte.

Der Sith-Lord war vor der ersten Attacke zurückgewichen, überrascht von deren Heftigkeit, und stand nun mit dem Rücken zur Wand an der gegenüberliegenden Seite der Schmelzgrube. Dort bemühte er sich, sich den jungen Jedi vom Leib zu halten und sich genügend Raum zu erkämpfen, um sich besser verteidigen zu können. Lichtschwerter trafen aufeinander, und das Klirren und Kratzen hallte laut in der Kammer wider. Endlich war Darth Maul wieder in der Offensive und schlug zurück, benutzte beide Klingen seines Lichtschwerts, um Obi-Wan die Beine wegzuschlagen. Obi-Wan allerdings mochte zwar nicht so erfahren sein wie Qui-Gon, aber er war schneller. Er konnte jeden Schlag vorausahnen und so den Versuchen seines Feindes, ihn aus dem Gleichgewicht zu bringen, entgehen.

Der Kampf führte sie rund um die Schmelzgrube und in die Nischen dahinter, um dampfumwölkte Säulen und Rohre herum. Zweimal stürzte Obi-Wan, weil er auf dem glatten Boden am Rand der Schmelzgrube den Halt verlor. Einmal schlug Darth Maul mit solcher Entschlossenheit auf ihn ein, daß er das Hemd des jüngeren Jedi von der Schulter bis zur Taille verbrannte, und nur durch einen Aufwärtsschlag gegen den Rumpf des anderen und indem er sich schnell zur Seite rollte und wieder aufsprang, konnte Obi-Wan entkommen.

Schließlich waren sie wieder an dem lasergeschützten Flur angekommen, vorbei an Qui-Gons regloser Gestalt und an einem Chaos von Lüftungsrohren und Kabeltunneln. Dampf schoß aus gebrochenen Rohren, und die Luft war von beißendem Rauch brennender Kabel erfüllt. Darth Maul begann die Macht einzusetzen, um schwere Gegenstände nach Obi-Wan zu werfen, um ihn aus dem Gleichgewicht zu bringen und den stetigen Fluß seiner Attacken zu stören. Obi-Wan tat dasselbe, und die Luft war plötzlich erfüllt von tödlichen Geschossen. Lichtschwerter schossen nach allen Seiten, um diese Geschosse abzuwehren, und das Krachen und Klirren von Metall, das von den Steinwänden abprallte, erhob sich in dem düsteren Raum zu einem ohrenbetäubenden Lärm.

Der Kampf ging weiter, und eine Zeitlang schien er unentschieden. Aber Darth Maul war der stärkere der beiden und wurde von einer Wut angetrieben, die selbst die wilde Entschlossenheit Obi-Wans übertraf. Nach und nach gelang es dem Sith-Lord, den jungen Jedi zu ermüden. Zentimeter um Zentimeter trieb er ihn zurück, griff gnadenlos und ununterbrochen an und suchte nach einer Bresche in Obi-Wans Verteidigung. Der junge Jedi spürte, wie sein Körper schwächer wurde, und seine Angst vor dem, was geschehen würde, wenn auch er fiel, wuchs.

Niemals! schwor er wütend.

Qui-Gons Worte fielen ihm wieder ein. *Konzentriere dich nicht auf deine Angst. Konzentriere dich auf das Hier und Jetzt.* Er versuchte es angestrengt, versuchte die widerstreitenden Gefühle niederzuzwingen, die ihn nur noch mehr schwächen würden. *Sei dir der lebendigen Macht bewußt, mein junger Padawan. Sei stark.*

Da er spürte, wie sehr seine Kraft nachließ, versuchte Obi-Wan einen letzten Angriff. Er ließ einen Hagel von Schlägen auf den Sith-Lord niedergehen, alle mit der Absicht, daß sein Gegner das zweiklingige Lichtschwert in die Horizontale bringen sollte. Dann täuschte er einen Angriff zur Linken vor und riß sein eigenes Lichtschwert hoch und mit solcher Kraft nach unten, daß es die Waffe des anderen zerschlug.

Mit einem wütenden Aufschrei holte er zu einem tödlichen Schlag gegen den gehörnten Kopf des Sith-Lords aus.

Und verfehlte ihn.

Darth Maul, der das Manöver vorausgeahnt hatte, war ausgewichen. Nun ließ er die kürzere Hälfte seiner zerschlagenen Waffe fallen und griff rasch selbst wieder an, traf Obi-Wan heftig genug, daß der junge Jedi das Gleichgewicht verlor und zur Seite taumelte. Rasch schlug sein Gegner wieder zu, noch fester diesmal, und nun verlor Obi-Wan vollkommen den Halt und stürzte in die Grube. Das Lichtschwert flog ihm aus der Hand. Einen Augenblick lang fiel er ins Dunkel. Verzweifelt streckte er die Hand aus und klammerte sich an eine Metallsprosse direkt unter dem Rand der Grube.

Dort hing er hilflos und unbewaffnet und starrte hinauf zu dem triumphierenden Darth Maul.

Als Anakin Skywalker sah, wie viele Kampfdroiden seinen Jäger umzingelt hatten, duckte er sich sofort wieder tief ins Cockpit. Wäre es möglich gewesen, dann wäre er vollkommen im Rumpf des Schiffs verschwunden und hätte sie beide direkt durch den Hangarboden hindurch in eine sichere Zuflucht gewünscht.

»Ich fürchte, wir haben ein Problem«, sagte er leise zu sich selbst.

Schweißperlen standen ihm auf der Stirn, als er versuchte zu entscheiden, was nun zu tun war. Er war nur ein Junge, aber er hatte einige Erfahrung mit schwierigen Situationen und darin, einen kühlen Kopf zu bewahren. Finde einen Ausweg! forderte er von sich selbst.

Ein rascher Blick auf die Kontrollkonsole zeigte, daß alle Anzeigen immer noch im roten Bereich waren. Von dort aus war also keine Hilfe zu erwarten.

»Artoo«, flüsterte er. »Die Systeme sind immer noch überhitzt. Kannst du irgend etwas tun?«

Schritte näherten sich und eine metallische Droidenstimme fragte: »Wo ist Ihr Pilot?«

R2-D2 piepte mutig eine Antwort.

»Sie sind der Pilot?«

Der Astromech-Droide pfiff zustimmend.

Einen Augenblick lang herrschte verwirrtes Schweigen. »Identifizieren Sie sich«, kehrte der Kampfdroide zur üblichen Routine zurück.

Anakin konnte hören, wie Schalter sich bewegten und Stromkreise surrten. R2-D2 versuchte immer noch, sie zu retten. Guter alter R2. Der Astromech-Droide piepte leise, und der Junge sah, wie die Kontrollampen abrupt von Rot zu Grün wechselten.

»Ja, Artoo!« zischte er erleichtert. »Wir haben wieder Saft!«

Er bediente die Zündung, und die Motoren des Jägers erwachten dröhnend zum Leben. Rasch sprang er aus seinem Versteck wieder auf den Pilotensitz und griff nach der Steuerung. Der Kommandant der Droiden sah ihn und hob die Waffe.

»Verlassen Sie sofort das Cockpit oder wir setzen Ihr Schiff außer Gefecht!«

»Das könnte euch so passen!« entgegnete der Junge und

streckte die Hand nach einem Hebel aus. »Schilde hochfahren!«

Er riß die Steuerung zurück und startete die Hubgeneratoren. Der Raumjäger schwebte vom Hangarboden nach oben und schüttelte dabei den Droidenkommandanten ab. Die anderen Kampfdroiden begannen zu feuern, aber die Laserblitze prallten von den Reflektorschilden des Jägers ab.

R2-D2 piepte hektisch. »Die Geschütze sind entsichert!« rief Anakin vergnügt. »Jetzt werden wir es ihnen zeigen!«

Er drückte die Auslöser und hielt sie gedrückt, während er den Jäger in eine Kreisbewegung versetzte. Laserstrahlen mähten die ungeschützten Kampfdroiden nieder, bevor sie auch nur an Flucht denken konnten. Anakin schrie vor Begeisterung darüber, die Lage endlich wieder unter Kontrolle zu haben. Er sah die Droiden zu Boden gehen, sah, wie andere, die noch weit entfernt waren, in Deckung eilten, sah Schiffe und Ersatzteile bersten, wenn die tödlichen Strahlen sie berührten.

Dann bewegte sich etwas am Ende eines langen Flures, nicht mehr als ein Schatten, und Anakins Instinkte reagierten sofort. Er wußte nicht, ob das, was er dort gesehen hatte, eine Waffe, ein Droide oder etwas anderes war, und das war auch gleich. Instinktiv witterte er eine Bedrohung und reagierte entsprechend. Er war wieder auf dem Rennkurs, im Kampf mit Sebulba, und konnte sehen, was kein anderer sah, was vor allen anderen verborgen war. Er reagierte, ohne nachzudenken, antwortete auf eine Stimme, die zu ihm allein sprach, die immer von der Zukunft flüsterte und ihn in der Gegenwart schützte.

Wie von selbst zuckte seine Hand in Sekundenbruchteilen von den Laserauslösern weg und bediente einen Schalter auf der rechten Seite. Sofort schossen zwei Torpedos den Flur entlang auf den Schatten zu. Die Torpedos rasten an den Kampfdroiden vorbei, vorbei an Stapeln von Material, Transportern und allem anderen und verschwanden durch eine breite Luke.

Der Junge stöhnte. »Verdammt! Daneben!«

Ohne noch länger darüber nachzudenken, riß er den Jäger herum und beschleunigte. Die Motoren brüllten wild auf, und der Jäger schoß über das Hangardeck und katapultierte sich zurück in den Raum. Geschützfeuer des Schlachtschiffs folgte ihm in einem tödlichen weißen Strom.

Darth Maul ging langsam zum Rand der Schmelzgrube, das tätowierte Gesicht schweißgebadet, die Augen vor Freude blitzend. Der Kampf war vorüber. Auch der letzte Jedi würde nun sein Ende finden. Er lächelte, nahm den Rest seines zerbrochenen Lichtschwerts von einer Hand in die andere und genoß den Augenblick.

Ganz auf den Sith-Lord konzentriert, versenkte sich Obi-Wan Kenobi in sich selbst und verband sich mit der Macht, die er so angestrengt zu verstehen versucht hatte. Er wurde ruhiger, das Zittern seines Herzens ließ nach, er verbannte Zorn und Angst und sammelte seine letzten Kräfte. Sein Ziel klar vor Augen, riß er sich vom Rand der Grube los und schlug einen Salto zurück auf das Sims. Durchdrungen von der Macht, bedurfte es nur einer einzigen weiteren Bewegung, die ihn hinter den Sith-Lord brachte. Noch während er aus dem Sprung landete, hatte er bereits Qui-Gons Lichtschwert aufgehoben.

Darth Maul fuhr zu ihm herum, das rot-schwarze Gesicht vor Schrecken und Zorn verzerrt. Aber bevor er etwas unternehmen konnte, um sich zu retten, drang ihm Qui-Gons Lichtschwert in die Brust und brannte dort mit tödlichem Feuer. Der getroffene Sith-Lord heulte ungläubig auf.

Dann drehte sich Obi-Wan, schaltete das Lichtschwert aus und sah zu, wie sein sterbender Feind in die Schmelzgrube taumelte.

»Mann, das ist noch besser als Kapselrennen!« rief Anakin Skywalker R2-D2 zu, als er den Jäger zu wilden Ausweichmanövern veranlaßte, um dem Geschützfeuer zu entgehen.

Der Astromech-Droide piepte und zwitscherte, als wären

all seine Schaltkreise durchgebrannt, aber der Junge hörte nicht hin, drehte und wendete den Raumjäger wild hin und her und flog wieder auf Naboo zu, fort von dem Flaggschiff.

Dann ertönte eine erschrockene Stimme aus dem Intercom. »Bravo-Kommando, was ist da auf dem Kontrollschirm los?« wollte einer der Piloten wissen.

Im nächsten Augenblick raste ein pulsierender Lichtblitz an ihm vorbei. Er warf einen Blick über die Schulter und sah, wie das Schlachtschiff, aus dem er gerade geflohen war, von einer Reihe von Explosionen zerrissen wurde. Riesige Trümmer flogen in den Raum davon.

»Es explodiert von innen heraus!« rief eine andere Stimme im Intercom.

»Das war keiner von uns, Bravo Zwei«, erwiderte Ric Olié rasch. »Wir konnten keinen Treffer landen.«

Das Schlachtschiff brach immer weiter auseinander, von Explosionen zerrissen, und verschwand schließlich in einem grellen Feuerball.

Trümmer flogen an Anakins Jäger vorbei, und das Licht der Explosionen verglomm.

»Schaut mal!« brach Bravo Zwei plötzlich wieder das Schweigen. »Das ist doch einer von unseren! Der kam direkt aus dem Haupthangar! Der muß das gewesen sein!«

Anakin verzog das Gesicht. Er hatte gehofft, vielleicht unentdeckt zum Planeten zurückkehren zu können, damit er Qui-Gon nicht erklären mußte, was hier passiert war. R2-D2 piepte tadelnd. »Ich weiß, ich weiß«, murmelte Anakin und fragte sich, was für Ärger ihm wohl diesmal bevorstand.

Blastersalven hämmerten auf die Türen des Thronsaals ein. Captain Panaka und die Naboosoldaten hatten sich zu beiden Seiten verteilt und bereiteten sich darauf vor, die Droiden ins Kreuzfeuer zu nehmen. Nute Gunray wollte sich außer Schußlinie bringen, aber die Königin stand ihm immer noch gegenüber, die Waffe direkt auf ihn gerichtet, und er wollte sie zu keiner übereilten Reaktion provozieren. Also blieb er mit den anderen vom Handelsrat stehen, wo er war.

Dann wurde es plötzlich still. Der Lärm von Waffen und Droiden vor den Türen zum Thronsaal verstummte.

Captain Panaka warf der Königin einen fragenden Blick zu. »Was ist da los?« fragte er beunruhigt.

Amidala, die Waffe immer noch auf Nute Gunray gerichtet, schüttelte den Kopf. »Aktivieren Sie die Bildschirme. Versuchen Sie sich mit den anderen in Verbindung zu setzen.«

Der Kommandant der Leibwache befolgte ihren Befehl. Alle Augen waren auf ihn gerichtet, als er die Bildschirme einschaltete, die ihnen die Außenwelt zeigen würden.

Draußen, südlich der Stadt, war die Gunganarmee von den Droiden überrannt worden. Einige Gungan waren auf ihren Kaadu zurück in den Sumpf geflohen, andere auf die Hügel im Westen. Alle wurden von Kampfdroiden auf Plattformen und von Panzerfahrzeugen der Handelsföderation verfolgt. Es bestand nicht viel Hoffnung, daß sie noch lange frei bleiben würden.

Die meisten Gungan waren bereits gefangengenommen worden, darunter auch Jar Jar Binks. Er stand in einer Gruppe Gunganoffiziere, darunter auch General Ceel. Rings um sie her wurden die anderen Gungan von Droiden der Handelsföderation weggebracht.

»Gar nicht super«, murmelte Jar Jar verzweifelt.

General Ceel nickte ebenso niedergedrückt. »Ich nur hoffen, daß Königin durchkommen.«

Jar Jar seufzte. Und Annie, Qui-Gon, Obi-Wan, Artoo und der Rest. Er fragte sich, was wohl aus ihnen geworden war. Waren sie ebenfalls gefangengenommen worden? Plötzlich mußte er an Boss Nass denken. Das alles würde dem Boss überhaupt nicht gefallen. Jar Jar hoffte nur, daß man ihm nicht die ganze Schuld geben würde, aber er konnte diese Möglichkeit nicht ausschließen.

Plötzlich begannen alle Droiden, heftig zu zucken. Einige liefen im Kreis herum, andere schwankten wie nach einem Kurzschluß. Panzerfahrzeuge blieben stehen, und Plattformen rasten ins Leere. Jegliche Aktivität erstarb.

Jar Jar und General Ceel wechselten einen verwirrten Blick. Die ganze Droidenarmee war erstarrt. So weit das Auge reichte, bewegte sich kein einziger Feind mehr.

Die Gungangefangenen starrten die reglosen Droiden an. Endlich schlich sich Jar Jar auf General Ceels Drängen auf einen seiner metallenen Wächter zu und berührte ihn. Der Droide kippte um und blieb leblos im Gras liegen.

»Das Wahnsinn«, flüsterte Jar Jar und fragte sich, was um alles in der Welt geschehen war.

Obi-Wan dachte keinen Augenblick lang darüber nach, was es ihn gekostet hatte, Darth Maul zu besiegen, sondern rannte sofort zu Qui-Gon. Er kniete an der Seite seines Meisters nieder und nahm Qui-Gons Kopf und Schultern sanft in die Arme.

Qui-Gon öffnete die Augen. »Zu spät, mein junger Padawan.«

»Nein!« Obi-Wan schüttelte entsetzt den Kopf.

»Jetzt mußt du bereit sein, ob der Rat dasselbe denkt oder nicht. Du mußt der Lehrer sein.« Qui-Gon verzog vor Schmerz das Gesicht, aber sein Blick war fest. »Obi-Wan. Versprich mir, daß du den Jungen ausbilden wirst.«

Obi-Wan nickte sofort, stimmte zu, ohne nachzudenken. Er hätte alles gesagt oder getan, um den Schmerz des anderen zu lindern. »Ja, Meister.«

Qui-Gons Atem wurde flacher. »Er ist der Auserwählte, Obi-Wan. Er wird die Macht ins Gleichgewicht bringen. Unterrichte ihn gut.«

Noch einmal sah er Obi-Wan an, dann wurde sein Blick leer. Er hörte auf zu atmen. Macht und Leben wichen aus ihm.

»Meister«, sagte Obi-Wan noch einmal leise, zog den schlaffen Körper fester an sich und weinte leise. »Meister.«

Vierundzwanzig

Drei Tage später stand Obi-Wan Kenobi in einem kleinen Raum des Tempels in Theed, wo der Tod von Helden beweint und ihr Leben gefeiert wurde. Qui-Gon Jinns Leichnam war draußen auf dem Platz aufgebahrt, wo er verbrannt werden sollte. Die Bürger und alle Würdenträger der Naboo und der Gungan versammelten sich bereits dort, um den Jedimeister zu ehren.

Im Leben aller, die für die Freiheit von Naboo gekämpft hatten, hatte sich vieles verändert. Mit dem Zusammenbruch der Droidenarmee war auch die Macht der Handelsföderation über Naboo gebrochen. Alle Bodentransporter, Panzerfahrzeuge, Kampfplattformen, Waffen und Vorräte waren in den Händen der Republik. Vizekönig Nute Gunray, sein Stellvertreter Rune Haako und der Rest des neimoidianischen Besatzungsrates waren als Gefangene auf dem Weg nach Coruscant, wo sie vor Gericht gestellt werden würden. Senator Palpatine war zum Kanzler der Republik gewählt worden und hatte versprochen, die Gefangenen rasch abzuurteilen.

Königin Amidala hatte die Neimoidianer ein letztes Mal überlistet, indem sie so getan hatte, als wolle sie sich ergeben, und dadurch Zugang zum Vizekönig erhalten hatte, bevor er fliehen konnte. Sie hatte Sabé durch das Comlink angewiesen, sich aus dem Kampf mehrere Flure tiefer zurückzuziehen, sich durch die Lieferantenflure in die Gemächer der Königin zu schleichen und dann vor dem Vizekönig zu erscheinen. Es war ein großes Risiko gewesen, denn es hatte immer die Gefahr bestanden, daß Sabé nicht rechtzeitig auftauchte. In diesem Fall hätte Amidala trotzdem versucht, das Geheimfach im Thron zu erreichen und um ihre Freiheit zu kämpfen. Sie war jung, aber es fehlte ihr nicht an Mut. Sie hatte sich als intelligent und einsichtig erwiesen, seit die Jedi ihr zu Hilfe geeilt waren. Obi-Wan war der Ansicht, daß sie eine sehr gute Königin sein würde.

Aber es war ein neunjähriger Junge gewesen, der sie alle gerettet hatte. Ohne auch nur genau zu wissen, was er tat, hatte Anakin Skywalker seinen Raumjäger direkt durch die Verteidigungslinien der Föderation geflogen, war in das neimoidianische Flaggschiff eingedrungen, hatte seine Torpedos auf den Reaktor abgeschossen und damit eine Kettenreaktion von Explosionen verursacht, die die Kontrollstation schließlich zerstört hatten. Es war die Zerstörung dieses Transmitters gewesen, die dazu geführt hatte, daß die Droidenarmee erstarrt war, da sie keine Befehle mehr erhielt. Anakin behauptete, bei seinem Angriff keinerlei Plan gehabt und nicht einmal gewußt zu haben, worauf er schoß, als er die Torpedos zündete. Aber nachdem er die Geschichte des Jungen gehört und ihn ausführlich befragt hatte, glaubte Obi-Wan, daß Anakin von mehr als dem Denken gewöhnlicher Wesen geleitet wurde. Die außergewöhnlich hohe Anzahl von Midi-Chlorianen in seinen Zellen verlieh dem Jungen eine Verbindung zur Macht, die selbst Jedimeister vom Rang Yodas nie erreichen mochten. Qui-Gon, so glaubte er nun, hatte recht gehabt. Anakin Skywalker war der Auserwählte.

Er ging auf und ab. Er trug die üblichen, weiten sandfarbenen Jedigewänder und hatte sich Qui-Gons Lichtschwert, das nun ihm gehörte, an den Gürtel geschnallt. Der Jedirat war zur Beisetzung nach Naboo gekommen und auch, weil sie noch einmal mit Anakin sprechen wollten. Damit waren sie im Augenblick beschäftigt, ganz in der Nähe, um eine letzte Einschätzung zu treffen, wobei sie in Betracht ziehen würden, was sich seit ihrer letzten Begegnung mit dem Jungen ereignet hatte. Für Obi-Wan stand das Ergebnis ihrer Beratungen bereits fest. Er konnte sich nicht vorstellen, daß es anders ausgehen könnte. Einen Augenblick lang blieb er stehen, starrte ins Leere und dachte an Qui-Gon Jinn, seinen Meister, seinen Lehrer, seinen Freund. Er war nicht an Qui-Gons Seite gewesen, als es notwendig gewesen war. Aber nun würde er seine Arbeit fortsetzen und ihn noch im Tod ehren, indem er sein Versprechen erfüllte, den Jungen auszubilden, ganz gleich, was geschah.

Hör dir das an, dachte er mit einem ironischen Lächeln. Ich klinge schon genau wie er.

Die Tür ging auf, und Yoda erschien. Er betrat langsam schlurfend den Raum, auf seinen Stock gestützt, der Blick schläfrig und nachdenklich.

»Meister Yoda«, grüßte ihn Obi-Wan, eilte zu ihm und verbeugte sich ehrfurchtsvoll.

Der Jedimeister nickte. »Der Rang des Jediritters dir übertragen wird. Beschlossen über den Jungen der Rat hat, Obi-Wan«, erklärte er feierlich.

»Er wird also ausgebildet?«

Yodas große Ohren zuckten vor, und die schläfrigen Augen öffneten sich ein wenig weiter. »So ungeduldig bist du, so sicher dessen, was entschieden wurde.«

Obi-Wan biß sich auf die Zunge, schwieg und wartete darauf, daß der Meister fortfuhr. Yoda betrachtete ihn forschend. »Ein großer Krieger war Qui-Gon Jinn«, gurgelte er leise und mit trauriger Stimme. »Aber so viel mehr er hätte sein können, wenn nicht so schnell er gerannt wäre. Langsamer mußt du gehen, Obi-Wan.«

Obi-Wan wich nicht zurück. »Er hat bei dem Jungen verstanden, was der Rest von uns nicht begriffen hatte.«

Aber Yoda schüttelte den Kopf. »Dein Urteil fälle nicht zu schnell. Nicht alles verstehen ist. Nicht auf einmal werden die Dinge enthüllt. Jahre braucht es, um ein Jediritter zu werden. Noch viele Jahre mehr, um eins mit der Macht zu sein.«

Er ging zum Fenster, wo das Nachmittagslicht weich und golden hereinfiel. Es war kurz vor Sonnenuntergang, kurz vor der Stunde, in der sie Abschied von Qui-Gon nehmen wollten.

Yoda starrte ins Leere, als er wieder sprach. »Beschlossen der Rat hat«, wiederholte er. »Ausgebildet der Junge wird.«

Obi-Wan spürte, wie ihn Erleichterung und Freude durchfluteten, und er gestattete sich ein dankbares Lächeln.

Yoda bemerkte das. »Zufrieden du bist? So sicher, daß es die richtige Entscheidung war?« Das runzlige Gesicht spannte sich. »Umwölkt die Zukunft des Jungen bleibt, Obi-Wan. Ein Fehler ist es, ihn auszubilden.«

»Aber der Rat –«

»Ja, beschlossen.« Wieder hob er die Lider ein wenig. »Gegen diesen Beschluß ich war.«

Beide schwiegen lange, während sie sich gegenüberstanden und den Geräuschen der Vorbereitungen zur Beisetzung draußen lauschten. Obi-Wan wußte nicht, was er sagen sollte. Die anderen Ratsmitglieder hatten sich also gegen Yoda gewandt. Das an sich war schon ungewöhnlich. Daß der Jedimeister dies nun noch einmal betonte, machte nur noch deutlicher, wie besorgt er wegen Anakin Skywalker war.

»Ich werde diesen Jungen als meinen Padawan nehmen, Meister. Ich werde ihn so gut ausbilden, wie ich kann. Aber ich werde nicht vergessen, was du mir gesagt hast. Ich werde vorsichtig sein. Ich werde deine Warnungen nicht mißachten. Ich werde seine Fortschritte strengstens überwachen.«

Yoda betrachtete ihn einen Augenblick lang, dann nickte er. »Dein Versprechen dann nicht vergiß, junger Jedi«, sagte er leise. »Genügen wird es, wenn du das tust.«

Obi-Wan verbeugte sich. »Ich werde es nicht vergessen.«

Gemeinsam traten sie hinaus ins Licht.

Der Scheiterhaufen wurde entzündet, und die Flammen begannen langsam, den Leichnam von Qui-Gon Jinn zu verzehren. Jene, die auserwählt waren, ihn zu ehren, standen im Kreis um den Scheiterhaufen herum. Amidala und ihre Dienerinnen, Kanzler Palpatine, Gouverneur Sio Bibble, Captain Panaka und eine Ehrengarde von hundert Naboosoldaten. Boss Nass, Jar Jar Binks und zwanzig Gungankrieger standen ihnen gegenüber. Die beiden Gruppen waren verbunden durch die Mitglieder des Jedirates, darunter Yoda und Mace Windu. Eine weitere Gruppe von Jedirittern, jene, die Qui-Gon am längsten und besten gekannt hatten, vollendeten den Kreis.

Anakin Skywalker stand neben Obi-Wan und versuchte, gegen seine Tränen anzukämpfen.

Ein langer Trommelwirbel folgte den Flammen, die Qui-Gon in Geist und Asche verwandelten. Als das Feuer ihn verschlungen hatte, flatterte ein Schwarm weißer Tauben in den Sonnenuntergang auf. Die Vögel erhoben sich weiß schimmernd und flogen rasch davon.

Obi-Wan erinnerte sich. Sein ganzes Leben lang hatte er bei den Jedi verbracht, und vor allem zusammen mit Qui-Gon Jinn. Nun war Qui-Gon fort, und Obi-Wan war von einem alten in ein neues Leben übergegangen. Nun war er ein Jediritter, kein Padawan mehr. Alles, was bisher geschehen war, befand sich hinter einer Tür, die nun für immer verschlossen sein sollte. Das war schwierig zu akzeptieren, und gleichzeitig gab es ihm ein seltsames Gefühl der Freiheit. Er blickte auf Anakin hinab. Der Junge starrte die Asche des Scheiterhaufens an und weinte leise.

Er legte ihm die Hand auf die magere Schulter. »Er ist jetzt eins mit der Macht, Anakin. Du mußt ihn loslassen.«

Der Junge schüttelte den Kopf. »Er fehlt mir.«

Obi-Wan nickte. »Er fehlt mir auch. Und ich werde mich immer an ihn erinnern. Aber er ist fort.«

Anakin wischte sich die Tränen ab. »Was wird jetzt aus mir?«

Die Hand schloß sich fester um die Schulter des Jungen. »Ich werde dich ausbilden, genau wie Qui-Gon es getan hätte«, sagte Obi-Wan leise. »Ich bin dein neuer Meister, Anakin. Ich werde dich lehren, und du wirst ein Jediritter werden, das verspreche ich dir.«

Der Junge richtete sich kaum merklich auf. Obi-Wan nickte. Irgendwo, dachte er, lächelte Qui-Gon jetzt.

Ihnen gegenüber stand Mace Windu neben Yoda und sah nachdenklich zu, wie Obi-Wan Anakin Skywalker die Hand auf die Schulter legte.

»Ein Leben endet, und ein neues beginnt im Jediorden«, murmelte er, beinahe nur zu sich.

Yoda beugte sich vor, stützte sich auf seinen Knotenstock und schüttelte den Kopf. »Nicht so sicher über den Jungen wie Qui-Gon ich bin. Unruhig er ist. Umhüllt von Schatten und schwierigen Entscheidungen.«

Mace Windu nickte. Er wußte, wie Yoda über die Angelegenheit dachte, aber der Rat hatte seinen Beschluß gefaßt. »Obi-Wan wird ihn gut ausbilden«, sagte er und wechselte das Thema. »Qui-Gon hatte recht. Er ist bereit.«

Sie wußten, was der junge Padawan getan hatte, um sich in der Schmelzgrube vor dem Sith-Lord zu retten, nachdem Qui-Gon getroffen worden war. Das verlangte ungewöhnlichen Mut und Willenskraft. Nur ein Jedi, der vollkommen mit der Macht im Einklang war, konnte sich gegen einen solchen Feind behaupten. Obi-Wan Kenobi hatte an diesem Tag die Erwartung aller weit übertroffen.

»Bereit diesmal er war«, mußte Yoda zugeben. »Bereit zur Ausbildung des Jungen er vielleicht nicht ist.«

»Einen Sith-Lord im Zweikampf zu besiegen stellt eine schwere Prüfung seiner Bereitschaft für alles dar«, meinte der Oberste des Rates. Sein Blick ruhte weiter auf Obi-Wan und Anakin. »Daran besteht kein Zweifel. Derjenige, der ihn geprüft hat, war ein Sith.«

Yoda blinzelte schläfrig. »Immer zwei von ihnen es gibt. Nicht mehr, nicht weniger. Ein Meister und ein Schüler.«

Mace Windu nickte. »Was glaubst du, welcher von beiden umgekommen ist – der Meister oder der Schüler?«

Sie sahen einander an, aber keiner von ihnen wußte eine Antwort auf diese Frage.

An diesem Abend stand Darth Sidious allein auf einem Balkon hoch über der Stadt, eine schattenhafte Gestalt über der Unzahl blinzelnder Lichter. Seine Miene war finster und zornig, während er über den Verlust seines Schülers nachdachte. Es hatte Jahre der Ausbildung gekostet, Darth Maul zum Sith-Lord zu machen. Er war den Jedirittern, denen er gegenübergestanden hatte, mehr als ebenbürtig gewesen und hätte mit Leichtigkeit in der Lage sein müssen, sie zu besiegen. Es waren reines Pech und Zufall gewesen, die zu seinem Tod geführt hatten, eine Kombination, gegen die selbst die Macht der dunklen Seite nicht immer ankommen konnte. »Zumindest nicht kurzfristig.« Er runzelte die Stirn. Er würde einen Ersatz für Darth Maul finden müssen. Er mußte einen neuen Schüler ausbilden. Und ein solcher würde nicht leicht zu finden sein.

Darth Sidious ging zum Geländer und legte die Hand auf das kühle Metall. Eins war sicher. Jene, die für den Tod von Darth Maul verantwortlich waren, würden dafür büßen müssen. Er würde niemandem verzeihen, der sich ihm entgegengestellt hatte. Sie würden alle dafür zahlen müssen.

Seine Augen glitzerten. Dennoch, er hatte bekommen, was er gewollt hatte. Selbst den Verlust von Darth Maul war das wert. Er würde warten. Er würde warten, bis seine Zeit gekommen war. Er würde die Fundamente für das schaffen, was er brauchte.

Ein Lächeln zuckte über seine dünnen Lippen. Der Tag der Abrechnung würde bald genug anbrechen.

Am nächsten Tag fand eine große Parade statt, um die neugegründete Allianz zwischen Naboo und Gungan öffentlich zu feiern, ebenso wie ihren hart erkämpften Sieg über die Handelsföderation, und um jene zu ehren, die für die Freiheit des Planeten gekämpft hatten. Menschenmengen säumten die

Straßen, als Gungankrieger auf Kaadu und Naboosoldaten in Gleitern unter Jubel und Gesang durch die Straßen zogen. Fambaa, geschmückt mit Seide und besticktem Zaumzeug, die Köpfe von einer Seite zur anderen schwenkend, stapften zwischen ihnen dahin. Hier und da glitt auch ein erobertes Panzerfahrzeug vorbei, von dessen Geschützen Naboo- und Gunganflaggen flatterten. Jar Jar und General Ceel führten die Gungan an, beide auf ihren Kaadu, und diesmal gelang es Jar Jar, während der gesamten Parade im Sattel zu bleiben, obwohl es hin und wieder so aussah, als hätte er gewisse Schwierigkeiten damit.

Captain Panaka und die Leibwache der Königin standen oben auf der Treppe auf dem größten Platz der Stadt, um die Parade zu begrüßen. Panaka trug eine gefältelte Uniform, und die Rangabzeichen an seinen Ärmeln glitzerten.

Anakin Skywalker stand zusammen mit Obi-Wan Kenobi ganz in der Nähe der Königin. Er war verlegen und fühlte sich fehl am Platze. Er fand die Parade wunderbar, und er war dankbar für die Ehrung, aber seine Gedanken waren anderswo.

Sie waren bei Qui-Gon, der eins mit der Macht geworden war.

Sie waren bei Padmé, die kaum ein Wort mit ihm gesprochen hatte, seit der Jedirat ihn akzeptiert hatte.

Sie waren zu Hause, auf dem Planeten, zu dem er vielleicht nie zurückkehren würde.

Sie waren bei seiner Mutter, und er wünschte sich, sie könnte ihn jetzt sehen.

Er trug die Kleidung eines Jedipadawan, sein Haar war im Padawanstil kurz geschnitten, er war nun ein Schüler eines Jediritters. Er hatte alles erreicht, worauf er gehofft hatte, als er mit Qui-Gon nach Coruscant geflogen war, und mehr als das. Er hätte glücklich und zufrieden sein müssen, und das war er auch. Aber Glück und Zufriedenheit waren getrübt von der Trauer, die er empfand, weil er sowohl Qui-Gon als auch seine Mutter verloren hatte. Sie waren auf unterschiedliche Weise von ihm gegangen, das war ihm klar, aber beide waren nicht mehr bei ihm. Qui-Gon hatte ihm die Stabilität gegeben, die er gebraucht hatte, um seine Mutter zurückzulassen. Nach dem Tod des Jedimeisters hing Anakin in der Luft. Es gab niemanden, der ihm dieselbe Festigkeit geben konnte wie Qui-Gon – weder Obi-Wan noch Padmé. Eines Tages vielleicht. Eines Tages würden sie beide vielleicht eine Rolle in seinem Leben spielen, die ihn für immer verändern würde. Das konnte er spüren. Aber in diesem Augenblick, wo es am wichtigsten war, fühlte er sich vollkommen allein.

Also lächelte er, aber ihm war elend zumute, und sein Herz zog sich zusammen.

Obi-Wan, der vielleicht sein Unbehagen gespürt hatte, legte ihm eine tröstende Hand auf die Schulter. »Das ist der Anfang eines neuen Lebens für dich, Anakin«, meinte er.

Der Junge lächelte pflichtbewußt, sagte aber kein Wort.

Obi-Wan betrachtete die Menschenmenge vor ihnen. »Qui-Gon hat Feiern immer verachtet. Aber er hat auch verstanden, daß sie notwendig waren. Ich frage mich, was er wohl von dieser hier gehalten hätte.«

Anakin zuckte die Schultern.

Der Jedi lächelte. »Er wäre jedenfalls stolz gewesen, daß du ein Teil davon bist.«

Der Junge blickte zu ihm auf. »Glaubst du wirklich?«

»Ja. Und auch deine Mutter wäre stolz auf dich.«

Anakin kniff den Mund zusammen und wandte den Blick ab. »Ich wünschte, sie wäre hier. Sie fehlt mir.«

Die Hand des Jedi schloß sich fester um seine Schulter. »Du wirst sie eines Tages wiedersehen. Aber dann wirst du ein Jediritter sein.«

Die Parade hatte jetzt den Platz vor dem Palast erreicht, wo die Königin und ihre Gäste der Prozession zusahen. Neben ihr standen ihre Dienerinnen, Gouverneur Sio Bibble, Kanzler Palpatine, Boss Nass von den Gungan und die zwölf Mitglieder des Jedirates. R2-D2 stand unterhalb der Dienerinnen und direkt neben Anakin und Obi-Wan, sein Kuppelkopf drehte sich von einer Seite zur anderen, und die Lampen blinkten, während seine Sensoren alles aufnahmen.

R2 piepte dem Jungen zu, und Anakin berührte liebevoll die Hülle des kleinen Droiden.

Boss Nass trat vor und hielt die Friedenskugel hoch über seinen Kopf. »Superfeier!« rief ein begeisterter Jar Jar über den Jubel und das Klatschen hinweg. »Gungan und Naboo jetzt Freunde für immer, wie?«

Gegen seinen Willen mußte Anakin über diese Begeisterung lächeln. Der Gungan tanzte auf und ab, die langen Ohren flatterten, und die schlaksigen Glieder bogen sich, als er die Treppe heraufkam. Jar Jar würde sich nie von den unangenehmen Dingen im Leben niederdrücken lassen, dachte der Junge. Vielleicht war auch das etwas, was er lernen mußte.

»Wir Superfreunde, Annie!« lachte Jar Jar, hob die Arme hoch über den Kopf und zeigte alle seine Zähne.

Der Junge lachte. Das waren sie wohl wirklich.

Auf der breiten Straße unter ihnen ging die Parade, die sie zu diesem Ort und dieser Zeit geführt hatte, in einem langen, bunten Band des Lebens weiter.